BOD

Books on Demand

Haus Fühlingen – August 2013

Haus Fühlingen und das Mädchen am Fenster

Thriller

Vergessene Orte und ihre Geschichten

Bibliografische Information der Deutschen Nationalbibliothek: Die Deutsche Nationalbibliothek verzeichnet diese Publikation in der Deutschen Nationalbibliografie; detaillierte bibliografische Daten sind im Internet über www.dnb.de abrufbar.

4. Auflage 2017

© 2014 Robert Jung

Herstellung und Verlag: BoD – Books on Demand, Norderstedt

ISBN 978-3-735-75050-1

Prolog

Dieser Thriller befasst sich mit einer Gruppe Jugendlicher, denen eine Reihe von unheimlichen Begegnungen widerfährt. Es geht um Morde aus der Vergangenheit und Gegenwart, die es aufzuklären gilt. Der Ursprung der Ereignisse hat einen wahren Hintergrund. Die Namen aller Hauptdarsteller, mit Ausnahme von einem Akteur, sind verändert worden. Die Namen wurden abgeändert, um die Nachkommen der Täter zu schützen. Widmen möchte ich dieses Buch Edward Margol, der in den Wirren der nationalsozialistischen Zeit in Köln-Fühlingen grausam ermordet wurde. Ich möchte des Weiteren mit diesem Buch auf die Schrecken der NS-Zeit verweisen, damit diese nicht in Vergessenheit geraten.

Andenken benötigt Gegenwart.

Diese Tatsache gibt mir den Anlass, eine moderne Geschichte mit wahrem Hintergrund zu verfassen. Dieses Buch soll zum Dialog zwischen Generationen und Menschen verschiedener Nationen führen. Reden Sie über das Buch und die Beweggründe, warum man ideologisch geprägte Verbrechen in Erinnerung behalten sollte. Spielt man so den ewig Gestrigen zu oder rüttelt man damit die Unentschlossenen auf? Die Charaktere der Hauptdarsteller sind mit Bedacht gewählt und spiegeln unterschiedliche Lebensweisen oder auch Kulturkreise wider. Die

Herausforderung einer jeden Gesellschaft ist es, kulturelle Kompromisse der alltäglichen Gepflogenheiten einzugehen. Dabei steht der Kompromiss nicht essentiell für eine bestimmte Art von Gesellschaft, sondern vielmehr für jede Art von gemeinschaftlichem Leben. Nachdem die geschichtlichen und ideologischen Hintergründe klargestellt sind, kann jetzt die Reise beginnen.

Kapitel 1

Alles begann vor Jahrzehnten am Fühlinger See in Köln, doch seinen Anfang nimmt diese Geschichte in einer kleinen Autowerkstatt in der Nähe von Köln-Chorweiler.

Alex hatte früh Feierabend, es war 13:30 Uhr und der Werkstattleiter ließ vom Auszubildenden die Halle fegen. Nur noch einen Stapel Reifen in den Container werfen und er könnte duschen gehen. Dann ein Knall und ein Schrei. Der Auszubildende hatte beim Fegen einen großen Rangierwagenheber angestoßen, der sich zu seinem Unglück löste und das damit aufgebockte Fahrzeug zur Seite fallen ließ. Eine kleine Beule und ein wütender Werkstattleiter waren das Resultat der Aktion. So hatte Simon, der Siebzehnjährige Auszubildende, sich seine erste Woche als KFZ-Mechatroniker bestimmt nicht vorgestellt. Nach kurzer fachlicher Einschätzung konnte der zwei Jahre alte 5er BMW ohne Lackierarbeiten nicht instand gesetzt werden. Die Folge würde ein Brief an die Geschäftsführung sein und ein Eintrag in die Personalakte des mittlerweile sprachlosen, geschockten Azubi werden. Ein paar Geschichten kamen Alex aus seiner Lehrzeit hoch. Er schluckte, schmiss den letzten Reifen in den Container und ging zu seiner Stempelkarte. Eine korrekte Zeiterfassung war dem Werkstattleiter sehr wichtig, was für ein gutes Betriebsklima sorgte. Überstunden waren die Seltenheit und ein geschenkter Freitagnachmittag bei erledigter Arbeit fast schon die Regel. Alex und der Rest der Belegschaft empfanden dies als Kompliment und eine großen Wertschätzung der getanen Arbeit. Das Klicken der Stempelmaschine ließ wie immer alles vergessen.

»Endlich Wochenende!

Jetzt schnell Susanne abholen und kurz ein paar Kleinigkeiten für heute Abend einkaufen«, denkt sich Alex. Susanne ist Erzieherin und arbeitet in einer integrativen Kita in Köln-Ossendorf. Sie freut sich schon lange auf den heutigen Abend, da ihre beste Freundin Nicole aus Aachen zu Besuch kommen sollte. Susanne und Nicole sehen sich nur noch selten, seitdem Nicole angefangen hat Chemie zu studieren und sich nur noch mit ihrem neuen Freund trifft. »Das ist doch ein toller Anlass, mal so richtig einen draufzumachen und den See von früher zu rocken«, denkt sich auch Susanne.

Susanne hatte heute Küchendienst, was bedeutet, dass sie im Sozialraum der Mitarbeiter sowie im Gruppenraum der Mittagskinder abräumen muss. Die Aufsicht beim Mittagstisch der Kinder wechselte wöchentlich, was für jede Erzieherin, die dieses große Los gezogen hatte, eine hektische Woche bedeutete. Integrative Kindergärten haben eine große Verantwortung und müssen Brücken zwischen verschiedensten Kindern bauen. Das kann bei einem Achtstundentag an die Substanz gehen, was aber bei Susanne heute nicht der Fall war. Sie erlebte einen sehr gelassenen Freitag, der ihr ein paar tolle Eindrücke brachte. Der Küchendienst konnte auch nichts daran ändern. Das Geschirr war schnell in die Spülmaschine geräumt, die Zivildienstleistenden regelten den Rest. Eine halbe Stunde später konnte sie sich umziehen und zum Parkplatz der Kita gehen.

Da bog auch schon Alex um die Ecke. Sein neues Auto schimmerte in der Sonne und Susanne war schon ganz aufgeregt, ihrem Liebsten die Geschehnisse vom Tag zu berichten. Alex hatte nicht viel Geld für einen teuren Neuwagen zur Verfügung, konnte aber günstig einen zwei

Jahre alten, verunfallten Mercedes instand setzen. Das Luxuscoupé war nach drei Wochen intensivster Aufmerksamkeit nicht mehr als Unfallfahrzeug zu erkennen. Lediglich wenige Stellen der Front wiesen eine leicht abweichende Lackschicht auf. Die restlichen Blechteile wurden erneuert und neu lackiert. »Ein Unfallschaden repariert vom Fachmann«. Diese Auszeichnung wurde vielen Fahrzeugen bescheinigt, stimmte aber nur bei den wenigsten.

Ein absoluter Hingucker, aber jetzt wieder zu Susanne.

Sie überlegte, was sie Alex alles erzählen würde. Nicht dass etwas Besonderes geschehen wäre, aber ein paar Zankereien und neue Gerüchte gibt es eigentlich immer zu verbreiten.

Alex fuhr auf direktem Weg zum nächsten Feinkost-Supermarkt. »Heute nur das Beste für den Klappgrill am See«, dachte er und stellte sich schon sein Abendessen vor. Susanne redete und redete von ihren Kolleginnen sowie den Missgeschicken der Kinder, die beeindruckender nicht hätten sein können. Endlich am Supermarkt angekommen, konnte der Kaufrausch beginnen. Gekauft wurde, was Spaß macht.

So denken Pärchen mittleren Alters ohne Kinder, die es sich ein Wochenende lang gutgehen lassen wollen.

Steak für Freitag, Schrimps für Samstag und Sonntag ein Katerfrühstück.
Nach einer Dreiviertelstunde war alles vorbei und die Kauforgie im Auto verstaut. »Jetzt schnell nach Hause, umziehen und die Taschen für den See packen. Nicole und ihr Freund wollen um 16:30 Uhr am Hauptbahnhof sein.«

Unterdessen stellt sich Nicole in Aachen vor, wie der heutige Abend laufen würde. »Wird Susanne meinen, zugegeben etwas rechthaberischen und schnell aufbrausenden, Freund Ruslan akzeptieren? Was wird passieren, wenn sie erfährt, dass wir ein Pärchen aus der Uni dazugeladen haben? Was werden die beiden von Maite und Alain halten?«, dachte sie sich.

Maite und Alain sind die typischen Studenten und Vollblutnerds. Beide sind totale Leseratten und Fashiongegner. Strickpullis, Hornbrillen, Sandalen und einen ausgeprägten Rechtssinn für alles, was Unterdrückung von Frauen oder Tierrettung betrifft. Allgemein verkörpern sie genau den Typ Mensch, den wir in unserer Schulclique nie akzeptiert hätten. Dass die beiden einfach spitze Typen und superwitzig sind, hätte dabei keine Rolle gespielt. Kennengelernt haben die beiden sich im Studentenheim. Alain hatte ein Zimmer in derselben Etage wie Maite. Er hielt sich viel im Flur, in der Lobby sowie im Gemeinschaftsraum auf. Man hätte denken können, dass er sich in seiner Freizeit ausschließlich im Studentenheim aufhält. Er musste Maite einfach auffallen. Sie stammt eigentlich aus Barcelona, doch ihre Eltern lebten schon mehr als dreißig Jahre in Deutschland. Schon nach dem ersten Semester fand die schüchterne Maite im lockeren Alain ihren Seelenverwandten. Ein süßes Paar, was von diesem Tag an alles zusammen erledigte. Sie hielten sich zusammen im Wohnheim auf und verbrachten ihre freien Tage zusammen in Debattierclubs und bei endlosen Play-Station-Abenden.

Alain ist in Marseille geboren und lebt seit seinem sechsten Lebensjahr mit seiner gesamten Familie in Leverkusen bei Köln. Seine Lebensart ist typisch für Südfrankreich, gelassen und auch bei ernsten Themen sehr intuitiv. Seine Geschwister, Eltern und Großeltern wohnen zusammen in einem älteren Mehrfamilienhaus aus den 20er Jahren. Alle genießen die Nähe der Familie und leben ohne Schlösser zusammen im Haus. Oft spielt sich das Familienleben im Innenhof, in einer kleinen Gartenlaube ab, wo sich Jung und Alt sowie die halbe Nachbarschaft treffen.

Zurück zu Nicole.

Aufgeregt suchte sie Susannes Telefonnummer in ihrer Adressenliste des Smartphone raus und drückt auf Anrufen. »Hallo, Süße, na, wie geht's?«, das übliche belanglose Gequatsche begann, über das aktuelle Befinden und was man gerade in diesem Moment anstellte.

»Alain und Maite! Wer soll das sein?«

»Freunde von der Uni!«

»O. K.!«

»Die sind schwer in Ordnung und später fahren die mit der ersten Bahn nach Leverkusen. Alain wohnt da und wird nicht auch noch versuchen bei euch zu übernachten! Keine Panik! Ich hoffe, es ist in Ordnung, wenn wir euer Gästezimmer nutzen können?«

Susanne holte kurz Luft und versicherte, dass es ihnen nichts ausmachen würde. Man könnte auch Samstag gerne zusammen ausschlafen und frühstücken. »Alles klar, also schafft ihr die Bahn und seid dann spätestens um 16:30 Uhr am Bahnhof.«

»Ja, klar, passt. Maite und Alain fahren jetzt schon mal

nach Leverkusen und kommen dann direkt zum See.«

Nachdem alles für den Grillabend zusammengepackt wurde und das Zelt gefunden war, ging es los. Susanne und der etwas gestresst wirkende Alex starteten Richtung Köln HBF. Die A57 ist wieder rappelvoll und bei Ossendorf ging es wieder nur im Schritttempo voran.

»Na toll, das fängt ja schon super an«, dachte Susanne. An der Rückseite des Hauptbahnhofs angekommen spurteten Susanne und Alex Richtung Gleis 11, wo die S-Bahn aus Aachen vor fünf Minuten eingefahren sein sollte. Oben am Bahnsteig angekommen, war nichts von Nicole und diesem komischen Proleten zu sehen. Sie gingen den Bahnsteig von vorne bis hinten einmal ab und konnten immer noch keinen der beiden entdecken.

Kurz darauf, ein seltsames Pfeifen. Susannes Smartphone meldete sich.

Nicole: »Wo seid ihr?«

Susanne: »Auf dem Bahnsteig und ihr?«

Nicole: »Sind schon nach unten gefahren und haben uns beim Bäcker Verpflegung geholt. Ruslan hatte etwas Hunger und kannte den Einkaufsbahnhof Köln noch nicht.«

Mit seinen siebzig Geschäften, Kneipen und Restaurants lockt die Passage Reisende mit allerlei Interessantem. Die historische Stahlträgerkonstruktion ist nach der letzten Renovierung zum Vorschein gekommen und bietet am Fuße des Kölner Doms ein einmaliges Flair. Imposante dunkle Stahlträger mit Tischtennisball großen Nieten, glänzende Böden und strahlend beleuchtete Ladenlokale. Ein höchst lebendiger Ort der zu keiner Tages oder Nachtzeit zu schlafen scheint.

Susanne: »Super, wir kommen dann auch nach unten.« Die Begrüßung hielt sich eher in Grenzen.

»Ab nach Hause«, dachte Susanne. Die Fahrt ist relativ wortkarg gewesen, doch auf der Rückfahrt gab es wenigstens keinen Stau. Nachdem Alex das Auto in der Tiefgarage abgestellt hatte, machte Ruslan schon ein paar abwertende Bemerkungen über die Wohnanlage in Chorweiler. Alex ignorierte ihn.

»Wenn wir in der Wohnung sind, werde ich erst einmal die Männer mit einem Bierchen versorgen und dann mit Nicole in Ruhe sprechen. Das wird toll«, dachte sich Susanne. Es gab viel zu reden und aus dem Gästezimmer kam viel Gekicher und Gelächter. Bei Ruslan und Alex herrschte Eiszeit. Nicht, dass sie keine Interessen teilten.
Es schien eher so, dass keiner den Anfang machen mochte.
Dann ein erster Lichtblick!

»Biste FC-Fan?«, fragte Alex.
Ruslan konnte sein Grinsen nicht mehr verbergen und rief los, »Nein, Fortuna-Fan. F95 Olé! F95 Olé!«

Alex schlug die Hände übers Gesicht und musste lachen. »Jetzt weiß ich, warum ich dich vom ersten Augenblick an nicht leiden konnte!« Ruslan fing ebenfalls an laut zu lachen und stieß mit seiner Bierflasche an.
»Kölsch, toll, ich schätze, du willst mich vergiften.« Alex antwortete schroff, »Ich würde es versuchen, aber heute darf ich ja nicht! Susanne würde echt kurz sauer sein, wenn ich dich vom Balkon werfen würde. Komm mit und lass uns den Ausblick über Chorweiler genießen, wenn du dich mit mir nach draußen traust.«

Das Eis schien gebrochen. Zwei Interessengemeinschaften

bildeten sich und das gemeinsame Wochenende konnte kommen. Mittlerweile war es 17:20 Uhr und in fünf Minuten sollte die Linie 120 vorbeikommen. Mit dieser Buslinie wollte die Ausflugsgruppe unbedingt zum Fühlinger See fahren. Der Aufbruch ist überstürzt bis hektisch gewesen, aber das hatte danach keine Bedeutung mehr. Die Gruppe, ein Haufen Rucksäcke und Tüten saßen wenige Minuten später im Bus Richtung See.

»Wo treffen wir uns eigentlich mit den anderen?«, fragte Susanne. »Am Blackfoot Beach?«

»Nein, nicht da«, antwortete Nicole.
»Wir sollen neben der Brücke, die über die Regattabahn führt, warten.«

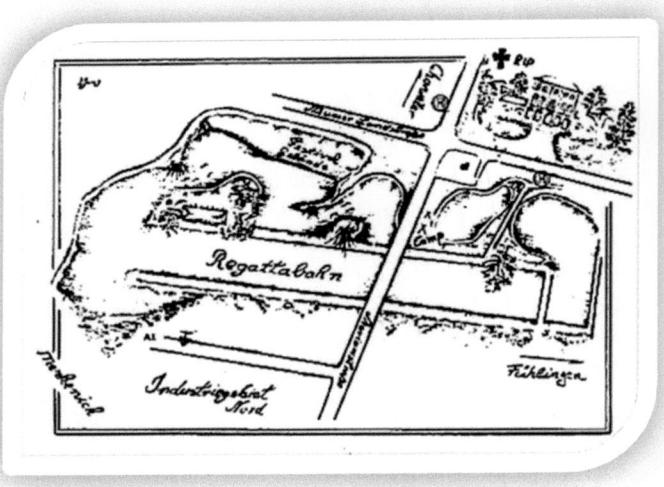

Und da war es auch schon passiert.

»Wir sind am Schwimmbad vorbei!«, rief Alex.

»Na und«, rief Ruslan. »Sind doch noch nicht am See, oder?«

»Doch, wir hätten hier aussteigen müssen.« Der Bus fuhr um eine Kurve. »Drück auf Stopp, wir steigen die Nächste aus.« Der Bus verlangsamte sein Tempo und hielt kurze Zeit später an.

»Das ist ja gar nicht weit entfernt«, rief Alex. Sie stiegen mit Sack und Pack aus und stellten die Taschen erst einmal zusammen.

Das, was sie jetzt sahen, nachdem der Bus die Sicht frei gemacht hatte, war überwältigend und beängstigend zugleich. Sie standen vor der Haltestelle »Haus Fühlingen«. Das riesige Herrenhaus stand da, so verfallen und überwuchert von Schlingpflanzen wie aus einem Horrorfilm, der in den Sümpfen des Mississippi-Deltas spielt. Die Tore standen weit auf, das Grundstück schien verlassen und sehr weitläufig zu sein. Alle Fenster waren zerschlagen, der Putz hatte handbreite Risse, eine Eingangstür fehlte. Anstelle der Eingangstür klaffte dort nur ein schwarzes Loch. Um das Haus herum gab es nur tiefen Wald sowie einen schmalen Pfad, der vom Haus wegzuführen schien. Der Augenblick kam allen ewig vor. Die jetzt schon tiefer stehende Nachmittagssonne ließ das Dach funkeln. Lichtstrahlen fielen durch Löcher an der Außenwand. Schattenspiele waren in der gesamten oberen Etage zu beobachten. Die Ruine stand da wie eine verlassene Festung. Das Haupthaus hatte drei Etagen, seine Breite betrug gute vierzig Meter. Zwei Seitenflügel sowie eine niedergebrannte Hofanlage, die von hier nur schwer zu erkennen war, schlossen sich dem Hauptgebäude an.

Alex unterbrach als Erster die erstaunte Gruppe. »Was glotzt ihr denn so? Das ist Haus Fühlingen. Der Komplex steht leer, seit ich denken kann, und verfällt immer mehr. Hier sollen schlimme Dinge passiert sein. Vor allem in der braunen Epoche. Fühlingen ist schon seit den 30er Jahren ein Freizeitpark mit Reitanlage und Schwimmbad gewesen. Also, das habe ich gehört.«

Susanne sprach als Nächste in die verunsicherte Runde. »Das ist richtig, ich habe so etwas auch gehört. Der Gutsherr soll nicht alle Tassen im Schrank gehabt haben! Bei uns auf der Schule gab es eine Projektwoche dazu.«

Nicole rümpfte die Stirn. »Ja, ich weiß noch, der Gutsbesitzer hat Zwangsarbeiter aus Polen für sich knechten lassen und einige haben wohl auch den Tod gefunden. Die Projektarbeit ist eine Kooperation zwischen einer Interessengemeinschaft aus Israel, der Schule und einer Behörde, die sich um die Aufklärung von Naziverbrechen kümmert. Ich will sofort hier weg.«

»Schatz! Sei nicht so angespannt. Das gibt es bei mir in Minsk an jeder zweiten Ecke. Irgendwelche alten Hucken, in denen was ganz Schlimmes passiert sein soll, sagte die Oma. Bullshit! Da ist nichts, wovor man Angst haben sollte. Bis auf irgendwelche Obdachlose und Punks, die dich abziehen wollen, gibt es da nichts.«

Nicole sah angesäuert aus und Ruslan hatte einen Gang drauf, der John Wayne zu seiner besten Zeit ähnelte. Susanne wechselte das Thema und kurze Zeit später knickte ein kleiner Weg nach links ab, in Richtung Regattabahn.

Sobald man an die Seen rings um die Regattabahn kommt, steckt man in einem wilden Gedränge zwischen fußballspielenden Jugendlichen und grillenden Großfamilien. Die verschiedensten Kulturkreise und Sprachen prasseln auf einen ein. Wer denkt, an einem Naturpark, der von der Uni Köln mit Schilfzonen und gewässerreinigenden Biotopen versehen wurde, geht es ruhig und beschaulich zu, der irrt total. Der Fühlinger See ist ein Treff der Kulturen. Bei den Jugendlichen der Umgebung, wie einst auch Alex, Susanne und Nicole, galt er lange als einziges Ausflugsziel. Zumindest bis zur Führerscheinzeit. Dann kommt bei den meisten Jugendlichen eine Zeit der Diskothekenbesuche. Hierbei gilt, je weiter weg, desto interessanter.

Nach einem weiteren Fußmarsch von circa fünfzehn Minuten erreichten sie die Brücke, wo die beiden Gäste schon warteten. Maite und Alain standen etwas abseits des Weges direkt an einem schwimmenden Podest der Regattabahn.

Ruslan wetterte direkt los. »Na, ihr Streber, alles richtig hinter der Hornbrille?« Sichtlich schockiert und gepeinigt drehte Alain seinen Kopf etwas nach rechts unten. Als hätte er nichts gemerkt. Maite warf Ruslan stattdessen einen Blick zu, der sich gewaschen hatte. Ruslan reagierte umgehend. »Macht euch mal locker, ist nur ein Scherz gewesen! Ich liebe euch, das wisst ihr doch.« Danach stellte der Unruhestifter sich an den Rand des Schwimmers und schaute übers Wasser.

Nicole übernahm sofort die Unterredung.

»Achtet nicht auf den Rüpel. Das sind Maite und Alain.«

»Hallo, ich bin Alex und das ist meine bessere Hälfte Susanne.« Die zwei Parteien stellten sich herzlich vor.

Schnell packten sie alle Mitbringsel an das nahe Seeufer und klappten ihren Reisegrill aus. Alles verlief immer harmonischer, sogar Ruslan wurde netter.

Wider Erwarten schienen sie sich super zu verstehen. Alain verstand zwar nichts von Fußball, war aber begeisterter Trecker-Fan. Dies ermöglichte einem Mechaniker und Treckerverrückten ein Spektrum von fast unerschöpflichen Unterhaltungsthemen. Alains Eltern hatten im Hof immer ein Restaurationsobjekt der Marke Lanz stehen, über das dann die gesamte Nachbarschaft philosophierte. Bei Maite reichten die Neuigkeiten bei DSDS, GZSZ und Verbotene Liebe vollkommen aus. So langsam nahm die Party Fahrt auf. Die Zelte waren schnell aufgebaut und der Sprung ins kühle Nass folgte sofort. Der Zufall sorgte dafür, dass sich Nicole direkt vor Alex umzog. Ihr schlanker Körper rekelte sich langsam aus ihrem Oberteil. Ihre langen brünetten Haare glitten dabei durch die Strahlen der tief stehenden Sonne. Er nahm den Duft ihres Parfüms wahr und erinnerte sich an das Ende ihrer gemeinsamen Schulzeit. Er, Nicole und Susanne gingen auf dieselbe Schule, jedoch nicht in die gleiche Klasse. Das, was dann auf der Abschlussfahrt geschehen ist, konnte man sich gut vorstellen. Es ist nichts daraus entstanden, aber diese Woche am Gardasee hatte ihre Spuren hinterlassen. Kurze Zeit darauf sind dann Susanne und Alex zusammengekommen. »Wird Nicole es jemals Susanne erzählen?« Unglaublich, wie ihn die Vergangenheit eingeholt hatte, dachte Alex. Als er merkte, dass Ruslan näher kam, ließ er seinen Blick von den langen samtigen Beinen auf das Seepanorama schweifen. »Nicole merkt schon nichts«, dachte er und ging zum Grill. Nach einer gefühlten Stunde im See wurde der Grill angezündet. Mittlerweile war es circa 19:50 Uhr und alle haben Hunger.

Susanne kam mit den Nachbarn ins Gespräch, Maite

gesellte sich dazu. Es war eine marokkanische Großfamilie bzw. die drei jüngeren Töchter dieser. Eine von ihnen war Jamila, eine junge großgewachsene Frau mit gelockter Mähne. Sie gingen zusammen zur Schule und heute arbeitete sie seit längerer Zeit in dem besten und einzigen Reisebüro in Chorweiler. Sie erzählten sich von den letzten Urlauben und Jamila von Hoteltests, zu denen sie regelmäßig eingeladen wurde. Für eine marokkanische Familie ging es sehr locker zu. Die Männer tranken Bier und rauchten Shisha direkt am See. Es war eine sehr ausgelassene Atmosphäre, bis sich Ruslan etwas versuchte aufzuspielen.

»In Tschetschenien haben meine Verwandten euch Moslems kennengelernt«, rief er und ging auf die vergnügt feiernde Gesellschaft zu. Alex reagierte sofort und zog ihn zur Seite, bevor einer der Nachbarn merkte, dass der Schreihals sie meinte.

Alex nahm sich jetzt Ruslan vor. »Ich denke, du kommst aus Weißrussland! Was soll der Mist, wir kennen diese Leute schon seit der 5. Klasse! Sie sind immer sehr höflich zu uns gewesen und total westlich eingestellt. Ich kenne niemanden aus dieser Familie, der schon mal negativ aufgefallen wäre!«

Ruslan verdrehte die Augen und entschuldigte sich. Er stand ganz schön mickrig da, neben dem 1,95 Meter großen und total trainierten Alex. Ruslan selbst war nur circa 1,73 Meter groß und eher schmächtig. Dafür hatte er eine Klappe wie ein Bodybuilder, total aufgeblasen. Die beiden hatten sich damit erst so richtig kennengelernt. Nach einer kurzen, emotionslosen Debatte über die großen Weltreligionen und deren Fanatiker nahmen sie sich jeder ein eiskaltes

Bier. Sie setzten sich zu Alain, der schon begonnen hatte zu grillen. Es dauerte nur kurze Zeit und das gesamte Areal roch köstlich nach Bauchspeck, russischen Schaschlik-Spießen, marinierten Nackensteaks und Garnelenspießen in Speckmantel. Die Raubtierfütterung dauerte eine gute Stunde und die untergehende Sonne tauchte die Landschaft in warme Töne. Jetzt lagen sich alle wieder in den Armen und es wurden so manche lustigen Geschichten von früher erzählt. Auch von jener Abschlussfahrt am Gardasee. Bei jeder Anekdote darüber schreckte Alex innerlich zusammen und Nicole warf ihm provozierende Blicke zu. Diese Art von Blick, die man direkt deuten konnte. »Wie konnte das passieren, warum macht sie so was?«, fragte sich Alex, der insgeheim die Antwort auch nicht wissen wollte. Sie war hübsch, keine Frage, aber seine Susanne war auch eine Granate. Außerdem hatte Susanne diese Ausstrahlung, sie war einfach das, was er sich ersehnte. »Sie ist meine Seelenverwandte!«, dachte Alex. Fast schon erschrocken über diese tiefen Erkenntnisse seiner momentanen Beziehung beschloss er, alles, was von Nicole an Sticheleien kommen sollte, zu ignorieren.

Das Thema wechselte Maite. Sie sprach jetzt quasi pausenlos über ein unheimlich wichtiges Präparat, welches sie momentan in der Uni herstellte. Sie stellt sich darauf ein, ihre gesamte Bachelorarbeit über dieses Molekül zu schreiben.

»Es ist ein besonderer Salizylsäureester, der vielleicht bahnbrechende Eigenschaften haben könnte. Ähnlich wie Aspirin sollte dieser Stoff enzymatisch die Produktion von Prostaglandinen im Körper steuern. Prostaglandine werden bei Verletzungen, Entzündungen und Schmerzen allgemein freigesetzt. Sie steuern somit das Wohlbefinden.«

Ruslan meldete sich zu Wort. »So eine Art von LSD habe ich auch mal probiert. Ist mir nicht so gut bekommen. Ich kann mich nur noch daran erinnern, dass ich in Unterhosen und mit offenem Hemd von der Party heimgekehrt bin.«

Ein Gelächter brach los. Nach diesem trockenem Stoff gab es endlich wieder was zu lachen.

»Maite, vergiss heute mal deine Uni! Wir sind zum Feiern hier«, sagte Susanne.

Alain warf ihr einen verstohlenen Blick zu und drehte langsam die Musikanlage auf. Diese Situationskomik machte den Charme von Alain aus. Alle kleinen Anmerkungen passten immer so genau in die Situation, die sich gerade abspielte. Er war dafür im Studentenwohnheim bekannt, mit seiner lockeren und etwas zurückhaltenden Art die Situation fast schon einzigartig zu kommentieren. Er ist dabei nie abgehoben, was Maite jedes Mal ein Funkeln in die Augen trieb.

»Die zwei haben sich einfach gefunden«, dachte Nicole. Erneut sah sie Ruslan zur Schnapsflasche greifen.
»Dieser Typ raubt mir noch den letzten Nerv«, dachte sie und schaute kurz verstohlen zu Alex.

»Susanne hat so ein Glück gehabt. Unglaublich, die denkt wohl, sie ist was Besseres!«

Als Nächstes haben die Jungs begonnen, auf dem Grill ein kleines Lagerfeuer einzurichten. Die Installation aus Pappkarton, Ästen und leider auch Blättern, die Ruslan unbedingt zum Anzünden benutzen wollte, wurde mit einem kräftigen Schluck Flüssiganzünder übergossen. Die

Stichflamme war atemberaubend, das Lagerfeuer oder eher die Blätter trieben einem Tränen in die Augen. Unsere Nachbarn waren auch nicht begeistert und zogen es vor, für heute Schluss zu machen, sie gingen nach Hause. Alle, außer Jamila, sie fragte, ob sie sich noch etwas zu uns setzen könnte. Sie hätte noch keine Lust, mit den anderen nach Hause zu gehen.

Alle stimmten zu, auch Ruslan. Der Verfechter und Beschützer der westlichen Lebensart aus Weißrussland hatte wohl ein Auge auf die großgewachsene Afrikanerin geworfen. Anscheinend ist jetzt ihre Herkunft, Religion und Gesinnung nicht mehr von Bedeutung.

Es wurde immer dunkler und wie ausgerechnet Susanne wieder auf die Idee gekommen ist, von den Spukgeschichten übers Haus Fühlingen zu reden, konnte sich im Nachhinein niemand erklären. Es ist offensichtlich gewesen, dass auch ihr bei der Ankunft sehr unwohl gewesen ist. Sie musste dabei immer an ihren Vater denken, der letztes Jahr durch einen grausamen Autounfall in der Nähe der angrenzenden Landstraße verstorben war. Es gibt einige Fotos, außerdem sogar einen kurzen Super-8-Film von Susanne und ihrem Vater spielend auf dem Grundstück von Haus Fühlingen. Das Areal ist schon in den 80ern eine öffentlich zugängliche Ruine gewesen. Sie haben sich dabei immer mit Prinzessin und Herr König angesprochen. Ein ganz normales Szenario für kleine Mädchen, die mit Märchenfilmen aus Tschechien bombardiert wurden. Nach dem Unfall war ihr Vater noch eine Woche am Leben gewesen und ist kurz vor seinem Ableben aus dem Koma erwacht. Als würde er Susanne noch etwas mit auf den Weg geben wollen. Er konnte leise und bedacht reden. Er erklärte, dass er kurz vor dem

Ford-Werk Merkenich von etwas Hellem geblendet wurde. Dann könne er sich nur noch an einen kurzen Zeitraum nach dem Unfall erinnern, wobei er schon eingeklemmt in der Fahrerkabine des umgestürzten LKWs lag. Er erwähnte immer einen fülligen alten Mann, der in einer Art Fischermantel neben ihm gestanden hatte und ihn grimmig ansah. Der alte Mann konnte ihm wohl altersbedingt nicht helfen.

»Hat der Alte die Polizei gerufen?«, fragte er immer.

Er war ein starker Mann gewesen, der die Kraft besaß, seiner Familie Lebewohl zu sagen. Einige Stunden später war es um ihn geschehen. Die Beerdigung eine Woche später war schrecklich. Alles kam ihr hoch, wenn sie Haus Fühlingen live sah. Aber Spukgeschichten über vergangene Tage erzählen, das schien für sie in Ordnung zu sein.

Sie wusste anscheinend einiges und fing euphorisch, aufgeregt an zu reden.

»Wusstest ihr, dass ganz Fühlingen und das Worringer Feld Schauplatz eines riesigen Gemetzels im Mittelalter gewesen sein sollen? Genau hier soll die Rivalität zwischen Düsseldorf und Köln ihren Ursprung gehabt haben. Über eintausend Tote soll es gegeben haben und die Leichen der Gefallenen sollen meterhoch gestapelt worden sein. Genau da, wo sie einst die Leichen gestapelt haben, wurde Haus Fühlingen erbaut. Es soll jedem Besitzer Pech gebracht haben. Man redet immer von einem adeligen Bankier, der Haus Fühlingen Ende des 17. Jahrhunderts erbaut haben soll. Dieser Adelige baute auch Stallungen für sein Gestüt, welches er auf den Feldern ringsum aufbauen wollte. Leider erwies sich schon nach kurzer Zeit, dass die

Gegend für eine Pferdezucht total ungeeignet war. Kurze Zeit später, nach Fertigstellung des Hauses, verkaufte er wieder die komplette Anlage. Vom adeligen Bankier kaufte ein Gutsherr aus der Umgebung das Haus, um auf den Wiesen und Feldern Kies abzubauen. Die so entstandenen Kiesgruben waren gleichzusetzen mit der Grundsteinlegung des Fühlinger Sees. Teile der so entstandenen Seen wurden schon in den 30er Jahren als Naherholungsgebiet genutzt. Mit allem, was dazu gehört. Strandbad, Café und schönen, noblen Strandkörben.«

Nicole unterbrach Susannes Redeschwall. »Woher weißt du diese ganzen Sachen? Ich fühle mich wie in einer Geschichtsstunde bei Frau Kratz! Erinnerst du dich? Unsere Lehrerin für Geschichte und Politik auf der Gesamtschule. Ich bin auch in Chorweiler geboren, aber von diesen ganzen Sachen habe ich noch nichts gehört!«

»Tja«, antwortete Susanne trotzig. »Meine Verwandtschaft stammt eigentlich aus Fühlingen selbst. Meine Oma wohnt immer noch da. Ich habe diese Geschichten immer von meinem Vater erzählt bekommen, der konnte einfach super Geschichten erzählen!«

Susannes Gesicht verzog sich wieder ein bisschen. Sie schaute ins Mondlicht und drehte sich euphorisch direkt wieder zu der gespannten Meute.
»Aber das Beste habe ich noch nicht erzählt!«

»Der Gutsherr ist ein sehr ehrgeiziger Mensch gewesen, der für seinen Profit auch vor Grausamkeiten nicht zurückschreckte. Er beschäftigte in der Nazizeit viele Zwangsarbeiter und ließ sie in den Stallungen einkerkern. Tagsüber wurden sie angekettet und zur Arbeit in den

Steinbruch getrieben. Wie Vieh, was man auf eine Weide treibt! Meine Oma hat die Kolonnen öfters gesehen. Sie wurden am Schwimmbad unterhalb des Herrenhauses vorbei zum zweiten Steinbruch getrieben. Da steht heute das Bootshaus der Regattabahn. Der Gutsherr hatte eine schöne Tochter, die damals zwischen zwölf und sechzehn Jahren alt gewesen sein muss.«

Ruslan unterbrach das Schweigen kurz mit einer obszönen Bemerkung.

»Diese Tochter verliebte sich in einen jungen gutaussehenden Zwangsarbeiter. Der Junge, kaum älter als sie, erwiderte dieses Liebesgesäusel erst nicht. Kein Wunder in seiner Lage! Doch wie das Leben so spielt, wurden die beiden ein heimliches Paar, immer auf der Flucht vor neugierigen Blicken und ihrem strengen Vater.«

Maite gab ein Surren von sich und liebkoste Alain, den die plötzliche Aufmerksamkeit um seine Person total verlegen machte.

»Typisch Streber«, hetzte Ruslan. »Schnapp sie dir richtig«, rief er dazwischen.

Susanne fuhr fort.

»Eines Tages erwischte der Gutsherr seine geliebte Tochter beim Fluchen. Eigentlich wäre es keine große Sache gewesen, doch das Burgfräulein fluchte auf Polnisch. Allerunterste Schublade! Der Gutsherr war entsetzt. Er recherchierte sofort, welcher der dreckigen Zwangsarbeiter Kontakt zu seiner Tochter hatte, und wurde fündig. Schnell hatte einer der älteren Zwangsarbeiter ausgepackt und beschuldigte ebendiesen jungen Polen, für ein paar

Vorzüge bei der Aufgabenverteilung im Steinbruch.«

»Verräter«, rief Alex. Ruslan buhte und ein Gelächter folgte.

»Der Gutsherr war außer sich vor Wut und bestellte einen guten Freund des Hauses zu sich. Der örtliche Gestapo-Richter, welcher die gesamte Rechtsprechung innerhalb diese Stadtgebietes verkörperte, stand kurze Zeit später auf der Matte von Haus Fühlingen. Die Schergen der Schutzstaffel hatte er direkt mitgebracht. Sie machten kurzen Prozess mit dem armen Polen. Die übrigen Zwangsarbeiter sollten alles mit ansehen. Die Tochter des Gutsherrn schlief fest und wurde vom Hundegebell des SS-Zuges geweckt. Als sie zum Fenster im ersten Obergeschoss ging, durchzog ein schmerzhafter Schreck ihren ganzen Körper. Sie konnte sich nicht bewegen und stand da wie erstarrt. Ihr Geliebter hing am Halse aufgeknüpft am Scheunentor des Gestüts. Zur Sicherheit soll der Richter selbst noch die Hand angelegt haben. Mein Vater hat immer gesagt, wenn die Alliierten nach der Eroberung des Kölner Stadtgebiets das gewusst hätten, wäre der gute Mann kein Richter geblieben.«

Maite entsetzt: »Was, der Typ ist nach dem Zusammenfall des Dritten Reichs Richter geblieben? Was soll er denn mit dem Jungen gemacht haben?«

Susanne antwortete fast schon verlegen. »Der Richter soll ihm ins Gesicht geschossen haben. Als Zeichen für die Zwangsarbeiter! Zu seinem Glück stand die Rückeroberung durch die Amerikaner kurz bevor, dabei sind wohl die meisten Zeugenaussagen abhandengekommen.«

»Dann hat wohl ganz Fühlingen den Drecksack geschützt«, sagte die bis jetzt absolut zurückhaltende Jamila. »Tolle Leute hier! Ich glaube, ich hau ab!«

Susanne antwortete schnell und sehr verlegen. Sie war da ganz schön tief in ein Fettnäpfchen getreten. Jetzt dachten anscheinend alle, sie wären in einer Nazifamilie groß geworden, die NS-Verbrecher schützt.

»Bitte bleibe sitzen! Das ist anders gelaufen, Jamila, schon einen Tag drauf wurde das ganze Stadtgebiet von den Amerikanern befreit und die Zwangsarbeiter haben sich umgehend am Gutsherrn gerächt. Sie hängten ihn ebenfalls und zündeten danach die Scheune mit ihm an. Die Reste der abgebrannten Hofanlage sind noch zu sehen. Der Richter wurde länger nicht mehr gesehen und tauchte erst Jahre später wieder auf. Zeitzeugen Fehlanzeige, nur das Gerede im Dorf, was niemand beweisen kann!«

»Was ist aus dem Rest der Familie des Gutsherrn geworden?«, fragte der nachdenklich aussehende Alex.
»Ist das Mädchen in Sicherheit? Oder wurde es mit ihrem Vater aufgeknüpft?«
Susanne beruhigte sich wieder und fuhr mit ihrem Schauermärchen fort. »Das Mädchen war der einzige Nachkomme des Gutsherrn und wurde nie wieder gesehen. Die Leute im Dorf redeten wohl oft von ihr. Sie soll einigen sogar in der Nähe des Hauses begegnet sein.«

Ruslan platzte mal wieder in die Situation. »Bestimmt! Alles Ammenmärchen!«

»Nein, ich sage euch, es gab da eine alte Frau, die im Haus gearbeitet hatte. Die soll sich so erschrocken haben, dass sie den Hang vor dem Haus zum See hinuntergefallen ist.

Sie war seit diesem Tag an querschnittsgelähmt. Das Haus ging nach dem Krieg an die Bezirksverwaltung über und wurde nicht genutzt. Einige Jahre später, so in den 50ern, soll das Haus ein Privatmann gekauft haben. Der hat es dann verfallen lassen. Aber wer das gewesen ist, weiß ich nicht. Meine Familie hat allgemein wenig über diese Ereignisse geredet. Mein Vater wollte nie über die Geschichte des Hauses reden, aber meine Großmutter fing immer wieder davon an. Meistens tat sie das, wenn wir alleine waren. Sie redete viel über die schöne Umgebung hier und den See, der damals schon so sauberes und klares Wasser führte. Ich bin manchmal mit ihr zum See gefahren und spazieren gegangen. Ich musste dann immer auf dem Feldweg nach Haus Fühlingen halten. Dann sind wir zusammen den kleinen Weg zum See spaziert. Wie wir das heute getan haben.«

»Hat jemand Bock auf einen Caipirinha?«, Alex fragte anscheinend genau zum richtigen Zeitpunkt. Die gesamte Lagerfeuerrunde stimmte zu. Alex hatte zu Hause alles vorbereitet. Rohrzucker, Limettensaft, Zuckerrohrschnaps und Crushed-Eis von der Tankstelle. Er legte sofort los. In seiner Zivildienstzeit hatte er abends in einer Bar gearbeitet. Was er nach dem dritten bis vierten Bier immer erwähnte.

Es war schon spät und um den See herum wurde es stiller. Das Mondlicht ließ den See wie einen Spiegel wirken. Der warme Sommerwind wehte sanft das Schilf und das Zirpen der Nacht spielte uns ein Konzert. Es war jetzt schon nach 23:00 Uhr.

»Ist jemand von euch hier schon mal auf dem Summerjam Festival gewesen? Es findet jedes Jahr auf der großen

Wiese und eigentlich dem kompletten Areal des Naturschutzgebietes Fühlinger See statt. Ich bin die letzten drei Male dort gewesen! Es ist ein Reggae-Festival unbeschreiblicher Art«, schwärmte Jamila. »Einfach unglaublich, diese jamaikanischen Rhythmen in Köln. Die meisten Interpreten werden extra für das Festival aus Jamaika und Kuba eingeladen.«

Maite, Alain, Alex und Susanne waren schon mal da gewesen und konnten ebenfalls von abgefahrenen Storys rund ums Festival erzählen. Nur Ruslan konnte damit überhaupt nichts anfangen.

»Was soll ich da machen?«, fragte er die anderen. »Den ganzen Tag kiffen und mir das Gesäusel von irgendwelchen Stadtaffen anhören?«

»Das war zu viel«, dachte Jamila und wurde sauer. Nicole ging verlegen rüber zu Susanne. »Wie kannst du diese Leute als Stadtaffen bezeichnen? Du bist ein Affe, weißt du das!«

Ruslan hatte damit gerechnet, aber er konnte seine Überraschung trotzdem nicht verbergen. »Mein Gott, das habe ich doch nicht so gemeint! Das sagt man doch nur so, mach dich mal locker!«

Jamila sah ihn immer noch an, als würde sie ihn verprügeln wollen für das, was er gesagt hat und wie er es gemeint hatte. Schlussendlich beschloss sie, Ruslan einfach zu ignorieren, wie es wohl alle hier taten.

Maite versuchte die Szene etwas aufzulockern. »Nächsten Samstag findet auf der großen Wiese das ›Fühlingen for Life‹-Festival statt. Das ist eine Veranstaltung, organisiert von den Studenten der Kölner Uni. Das Festival ist ein Crossover durch R&B, Hip-Hop und auch etwas Dance Hall. Der Erlös geht direkt an die organisierenden Studentenverbindungen. Sollen wir nächste Woche alle zusammen dahin gehen?«

Jamila war immer noch total rot vor Wut. »Wenn dieser Russe zu Hause bleibt, bin ich dabei!«

Ruslan stand vorher auf, um kurz seine Notdurft in einem Gebüsch zu befriedigen. Die Stimmung lockerte sich nach ein paar kurzen männerfeindlichen Witzen der vier Mädels.

»Sollen wir vielleicht einen kleinen Mitternachtsspaziergang machen?«, Alain wollte sich ein bisschen bewegen, um nicht auf der Thermomatte festzuwachsen. Bis jetzt war der Abend ziemlich statisch verlaufen. An einer kleinen Grillstelle neben der großen Autobrücke, die über die Regattabahn führt. Die Mädels waren direkt für den Spaziergang. Alex waren jetzt der Unmut und die Unlust wie ins Gesicht geschrieben, »Ach, lasst uns doch hierbleiben und noch ein paar Caipirinhas killen.«

Susanne wusste direkt, was er vorhatte, »Mach mal langsam, du lallst ja schon! Wir sollten wirklich etwas spazieren gehen!«

Ruslan kam gerade zurück. »Spazieren gehen? Ja klar, bin dabei! Lasst uns zum Herrenhaus gehen, mal nachsehen, ob wir ein paar Geister sehen.« Er lachte hämisch und sah die Panik in den Gesichtern der anderen.

Alain antwortete als Erster. »Ich würde mir das Haus gerne mal genauer ansehen!«

Die Mädels schienen geschockt zu sein. »Das kann doch nicht euer Ernst sein!« Susanne reagierte schon fast panisch. »Auf keinen Fall gehen wir jetzt ins Haus, ich finde es schon bei Tage unheimlich genug.«

Alex schien sich rächen zu wollen und ging total auf die Sache ein. »Klar, lasst uns losgehen!«

Bis auf Susanne waren alle für eine kleine Nachtwanderung. Die skeptische Susanne willigte nach einigen Liebkosungen von Alex ein. Die Gruppe packte alles in ihre Zelte und ging los. Jamila nahm schon mal ihr Fahrrad mit, immerhin war es schon spät geworden. Der Weg schlängelt sich die beiden ersten Seen entlang. Alex und Ruslan nahmen sich noch Grillfleisch und jeweils zwei Flaschen Bier mit. Die Mädels hatten Sekt mit, Maite und Alain wollten mit Bionade anstoßen. Es war kurz vor 24:00 Uhr und alle wollten in Haus Fühlingen anstoßen, um sich wie die feine Gesellschaft von einst zu fühlen. Als die Gruppe den kleinen Feldweg erreicht hatte, der vom See direkt den Hügel hoch zum Herrenhaus führte, stockte ihnen der Atem. »Seht ihr das?«, platzte Jamila in die Stille des Sees. »Was denn, Puppe?«, ätzte Ruslan. Nicole gab ihm einen Ellenbogen in die Seite. »Da oben, ist das nicht das Herrenhaus hinter dem Laub?« Susanne antwortete sofort, »Ja klar! Da brennt irgendein Licht in der oberen Etage. Von hier aus würde ich sagen, sollte es eins der mittleren Zimmer im ersten Obergeschoss sein.«

»Ach, seid ihr sicher?«, Alex sah ein schwaches Flimmern verborgen hinter Bäumen und Gebüsch. »Wie kann man da eindeutig ein Licht oder ein beleuchtetes Zimmer erkennen? Es könnte von hier aus auch eine Straßenlaterne das Licht abgeben.«

Sie gingen weiter, der Feldweg machte einen kleinen Knick. Die verunsicherten Jugendlichen entfernten sich einen kurzen Augenblick weiter vom Herrenhaus und der Landstraße. Die Stimmung wurde besser, sogar Ruslan und Jamila konnten ein bisschen rumalbern.

Dies zauberte jedoch dunkle Regenwolken auf Nicoles Gesicht.

»Hat der einen Knall, dieser blöden Kuh schöne Augen zu machen«, dachte sie. »Unglaublich, jetzt versuchte Ruslan ihr mit seiner Taschenlampe Angst zu machen, indem er von unten auf sein Gesicht leuchtet. Wahnsinnsidee, du super Typ.« Nicole schickte giftige Blicke Richtung Jamila. Jamila selber bekam das sofort mit und orientierte sich mehr zu Maite. Ruslan machte sich noch ein Bier auf und heftete sich an Alex' Fersen.

Kapitel 2

Jetzt waren sie auf der Landstraße angekommen. Wenige hundert Meter trennten sie noch vom Arial des Gutshofes. Man merkte, dass sich die Stimmung auf dem Höhepunkt befand, die gesamte Gruppe benahm sich absurd aufgestachelt. Alle waren enorm gespannt und aufgekratzt, das Gelächter war weit hörbar.

Alex empfand das genauso, »Wenn da Geister sind, werden sie uns jetzt schon gehört haben.« Die Gruppe lachte laut, die Mädels quietschten regelrecht. Der kichernde Mob näherte sich dem Eingang der Anlage. Nach einem Wimpernschlag kam das Haus plötzlich zum Vorschein, tatsächlich erhellte irgendetwas ein Zimmer im Obergeschoss. Jedoch war dieses Licht wirklich schwach und könnte ebenfalls aus einem Loch im Dach vom Mondlicht herstammen. Die Mädels stoppten sofort ab, selbst Jamila und Nicole waren sich einig. »Da gehen wir doch jetzt nicht rein?«

Susanne ging wundersamerweise als Erste der Gruppe auf die andere Straßenseite zum Eingang des Gutshofs.

»Kommt schon«, rief Susanne. »Ich bin so oft auf diesem Gelände gewesen, da ist nichts, wovor ihr Angst haben solltet.« Alex sah Susanne an und konnte ein seltsames Funkeln in ihren Augen vernehmen. Die Laterne der Bushaltestelle gegenüber sorgte für ein gedämpftes Licht im Eingangsbereich.

Die überdachte Terrasse warf einen tiefen Schatten ins Haus. Mit Taschenlampen versuchten sie den

Eingangsbereich auszuleuchten. Endlich am Eingang des Herrenhauses angekommen übernahm Susanne direkt das Wort.

»Die massive Eichentür hat ein Nachbar aus dem Dorf meiner Oma entwendet. Jeder weiß das, doch niemand nahm es ihm übel. Der letzte Besitzer ließ hier alles verrotten. Warum sollte man nicht das nutzen, was sonst verloren wäre?«

Der Putz im Inneren war fast komplett von der Wand gefallen. Der Boden sah aus wie in einer Lehmhütte in der Sahara. Vom Eingang gingen zwei Flügel ab und geradeaus war das Treppenhaus. Der Flur und die Terrasse waren vollkommen mit Graffitis beschmiert gewesen. Das erste Zimmer zur Linken bestand ebenfalls aus einer Wüstenlandschaft und einem weiteren zugemauerten Bereich. In der Mauer, welche den restlichen Hausflügel vom Zimmer trennte, fehlten einige Steine in Augenhöhe. Hier schien schon mal jemand nach dem Rechten gesehen zu haben. Oder jemand hat nach Stehlbarem Ausschau gehalten.

In diesem Vorraum des linken Flügels sammelte sich die Gesellschaft.

»Hey, lasst uns eine Flasche Sekt aufmachen. Nicole, mach mal dein Handy an und stell die kleine Box auf. Lasst uns Party machen!« Alain hatte wohl Lust, einen draufzumachen. Er redete wie ein echter Anführer, alle stimmten zu und schnell entwickelte sich das Erdgeschoss zu einer Party-Lounge. Die Partygemeinde hatte natürlich mehrere Flaschen Sekt mit und das Erdgeschoss des Spukschlosses wurde zur Disko. Selbst Alain und Maite ließen sich gehen.

Jamila hatte eine schaurige Idee. »Lasst uns das Haus besichtigen. Ruslan! Jetzt kannst du mal zeigen, ob du so ein toller Typ bist, kannst ja vorgehen.«

Nicole reagierte aggressiv. »Ja klar, geh und zeig ihr alles. Schreib mir einfach eine Karte, wenn ihr was gefunden habt! Scheinst ja den Abend zu genießen!«

Nicole stapfte aus der Villa und rempelte Jamila dabei an. Jamila hingegen sprach direkt Susanne an. »Was hat die denn? Ich habe nur Spaß gemacht, ich will nichts von dem.«

Ruslan rief Nicole noch hinterher, »Schatz! Kein Problem, ich regele das mit ihr!«

Jamila fuhr erneut aus der Haut und klatschte Ruslan eine. Sie lief raus und wollte Nicole alles erklären. Von so einem Arschloch würde sie nie etwas wollen.

An der Bushaltestelle konnte sie endlich Nicole sehen. »Hey, warte bitte! Ich will nichts von deinem Freund, ich habe eigentlich ein Riesenproblem mit ihm. Bitte, du kannst ihn bestimmt haben, aber erklär mir eins. Warum ist er so ein Arschloch? Wieso muss er immer alles miesmachen? Ich habe ihn nur angestachelt, weil ich ihn ärgern wollte!«

»O. K.! Aber dann lass ihn ab jetzt in Ruhe, ich mag keine Flittchen, die ihn mir streitig machen wollen!«

»Erstens, ich bin kein Flittchen, und zweitens kannst du den Scheißkerl gerne behalten! Warte ab, bis er dich schlägt! Ich kenne solche Typen, die versprechen dir das Blaue vom Himmel und wenn du ihm vertraust, wird er dich fertigmachen.«

Nicole wurde so langsam richtig sauer. »Du kennst ihn nicht, er ist ein sehr liebevoller Partner und eigentlich nur auf Partys etwas aufbrausend. Lass uns einfach in Ruhe!«

Jamila antwortete einfühlsam und entschuldigte sich. »Tut mir leid, ich wollte ihn dir nicht schlechtmachen. Ich schwöre dir, ich werde ihn nicht mehr ansprechen. Ich habe schon mal schlechte Erfahrungen mit einem Typen gemacht, der ihm etwas ähnelt.«

Nicole sah Jamila skeptisch an. »Was ist denn da gewesen, mit diesem Typen?«

Jamila senkte den Kopf und erzählte, was ihr vor Jahren passiert war. Er war ein Schläger, der schon bei den kleinsten Missgeschicken oder besser Regelverfehlungen ausrastete. Er war ein halbes Jahr mit ihr zusammen und verhielt sich sogar in Anwesenheit ihrer Familie zum Teil ausfallend. Manchmal wurde er auch handgreiflich. Um ihn loszuwerden, wurde ihm der Umgang verboten. Er dürfe sich ihr nicht mehr als fünfzig Meter nähern, und das galt auch für ihre Wohnung. Sie verbrachte die erste Zeit in einem Frauenhaus. Jetzt wohnte sie wieder bei ihrer Familie. Seit dieser Zeit sieht sie diesen Typ »Macho« mit gemischten Gefühlen.

Nicole zeigte Verständnis. Die zwei redeten noch eine ganze Zeit lang an der Bushaltestelle. Abschließend stellten sie fest, dass dieser Abend einfach schlecht gelaufen ist. Niemand hatte so richtig Schuld dran, es waren einfach zu verschiedene Charaktere aufeinandergetroffen.

»Lass es für heute einfach gut sein, ich schnappe mir

mein Fahrrad und fahre nach Hause«, meinte Jamila. »Ich bin sowieso etwas geschafft von der Woche. Grüße die anderen, ich bin jetzt weg.«

»Sollen wir dich nicht etwas begleiten?«

Jamila dankte und schlug die Einladung aus. Innerlich dachte sie nur, »Später wirst du dich an meine Worte erinnern. Dann, wenn dieser Idiot dich wegen dem versalzenen Mittagessen verprügelt.« Sie schwang sich auf den Drahtesel und fuhr los. Nur schnell weg von diesem düsteren Ort.

Nicole ging zurück in die Villa, wo alle anderen schon auf sie warteten.

»Wo ist Jamila?«, fragte Susanne.

»Sie ist nach Hause. Wir haben uns ausgesprochen, alles ist aus der Welt. Es gab da eine Reihe von Missverständnissen!«

»Ach«, platzte Ruslan in die Runde. »Ich glaube eher, dass Jamila eine gewaltige Schraube locker hat. Ich mach hier und da einen kleinen Spruch und sie tickt jedes Mal richtig aus.«

»Ruslan, bleibe locker, sie hatte einen Grund. Das hat nichts mit uns zu tun. Sie wurde von ihrem Ex geschlagen und du erinnerst sie an ihn. Sie hat mir erzählt, dass er dieselbe Art hatte wie du. Nur mit dem kleinen Unterschied, dass er immer ausgerastet ist. Er hat sie über ein halbes Jahr wöchentlich grün und blau geschlagen.«

»Na toll, da gehen wir einmal zusammen feiern und treffen auf eine solche Verrückte. Lasst uns auf einen geretteten

Abend anstoßen.«

Alle waren sich einig und versuchten die Aufregung zu vergessen.

»Mach mal die Musik lauter«, rief Alex. »Kommt schon, ihr Angsthasen, lasst uns das Haus erkunden.« In diesem Moment ging das Handy aus. »Was ist los?«, rief Alex. Nicole ging zu ihrem Handy. »Es ist aus, selbst die LED der Mini-Box leuchtet nicht mehr. Egal, lasst uns das Haus ansehen.«

Alex und Alain gingen vor. Ruslan blieb bei Nicole und ist allgemein ganz brav geworden. »Wo sollen wir als Erstes hin? Das Erdgeschoss haben wir erkundet, sollen wir in den Keller oder in die oberen Etagen?«

Alain begann wieder alles zu managen. »Lasst uns die Hütte von unten aufrollen«, sagte er und ging sogar vor.
»Was war das?«, rief Maite. Nach der Treppe ins Untergeschoss stand da plötzlich eine massive Wand im Weg, in der glücklicherweise wieder einige Ziegelsteine fehlten. »Leuchte mal da rein.« Alain nahm seine LED-Laterne und hielt sie in das tiefschwarze Loch. Zum Vorschein kam ein riesiger Gewölbekeller, mit dicken Säulen und schönen gemauerten Bögen. Sie staunten nicht schlecht, als sie die zwei Autos im hinteren Teil des Gewölbes erblickten.

»Da müssen schon einige Jugendliche drin gewesen sein.« Alain lenkte das Licht auf Graffitis.

»Da passen wir schon durch«, meinte Alex und so kletterte die Gruppe nacheinander durch die Öffnung in der Wand. Die Autos waren umwerfend. Es fehlten eine Menge

Einzelteile, die wohl einen guten Preis im Online-Auktionshaus gebracht haben. »Schaut mal, hinter dem alten VW steht ein Mercedes. Hammer! Das ist die renommierteste Luxuslimousine aus den 60ern, ein S 300.«

» Alex' Schrauber-Herz schlug höher. » Komm, Alain, den schrauben wir bis morgen auseinander. Lass mal sehen, ob der Motor noch dreht.«

»Alles klar«, erwiderte er. Susanne öffnete die leicht aufstehende Haube.

Einige Kilometer weiter in Worringen fiel Jamila plötzlich auf, dass sie noch den Pullover von Maite anhatte. Ihr war am Lagerfeuer etwas kalt gewesen und Maite war so nett, ihr einen Strickpulli zu leihen.

»Den Strickpulli hat meine Oma gemacht und er ist super gemütlich, schau selbst«, sagte Maite.

Jamila musste sofort an diesen Satz denken. » Ich muss ihr den Pulli sofort zurückbringen. Das ist ein Andenken an ihre Oma, das kann ich nicht auf mir sitzen lassen«, dachte sie.

Jamila war nur noch eine Straße von zu Hause entfernt. Trotzdem drehte sie auf der Stelle um und radelte wieder Richtung See. Im Keller von Haus Fühlingen versuchten unterdessen drei leicht angetrunkene Halbstarke das Handschuhfach des Mercedes aufzubrechen. Alex hatte dafür eine rostige Stange aus dem Volkswagen organisiert. Leider war diese Stange nur circa zwanzig Zentimeter lang. Jegliche Hebelwirkung fehlte somit.

Die Mädels beobachteten das Spiel und öffneten in der

Zwischenzeit eine weitere Flasche Sekt. Die Stimmung war wieder hervorragend und die Mädchen begannen Wahrheit oder Pflicht zu spielen. Ein Spiel, was schon fast in Vergessenheit geraten war. Aber eben nur fast. Damit die Jungs nichts davon mitbekommen, flüsterten sie.

Die Jungs interessierte das nicht, sie waren an diesem Handschuhfach dran.

»Wusstet ihr eigentlich, dass, wenn wir den Fahrzeugbrief des Wagens finden, er offiziell uns gehört? Es würde sogar schon reichen, wenn nur der Schein da wäre«, sagte Ruslan.

»Wieso das denn?«, erwidert Alex. »Um das Auto anzumelden, benötigst du immer den Brief.«

»Nein, den Brief kann man beim Straßenverkehrsamt nachdrucken lassen. Zumindest, wenn der Wagen nicht als gestohlen gemeldet worden ist. Was hier nicht der Fall sein sollte. Die Frage ist dann nur, wie wir unser Eigentum aus dem Gewölbe bekommen. Irgendwie muss das Teil auch hier reingekommen sein. Eins ist sicher, die Treppe hat das Auto nicht genommen.«

So philosophierte die Gruppe munter weiter. Jede Partei hatte ihr Thema gefunden.

Unterdessen fuhr Jamila auf den Vorhof des Gutshauses vor. Im Erdgeschoss brannte kein Licht mehr. Über dem Anwesen schien fade das Mondlicht. Einzig die Laterne der Bushaltestelle schien hell. Im ersten Obergeschoss flackerte ein kleines Licht. »Direkt neben dem Treppenhaus«, dachte sich Jamila. »Das sind bestimmt die anderen, die sehen sich jetzt bestimmt das Haus an.«

Vorsichtig schlich Jamila in das dunkle Treppenhaus. »Hallo, Nicole! Wo seid ihr!« Ihre Rufe hallten durch das Haus. Im Keller jedoch konnte man keinen Ton hören. Die Treppe machte einen Knick und das Loch in der massiven Wand ließ so gut wie keine Geräusche durchdringen. Auch wenn etwas durchdringen sollte, die Mädchen kicherten und quatschten die gesamte Zeit durcheinander und die Jungs waren völlig abgeschrieben. Sie hatten das Handschuhfach ein Stück aufbekommen. In der Ablage schien wirklich der Fahrzeugschein drin zu sein. Was auch logisch war, warum hätte man sonst abgeschlossen? Um den alten Fahrzeugschein nicht zu beschädigen, wollten sie unbedingt das Schloss von der Seite aufhebeln. Der Hebel war kleiner, aber die Gefahr, abzurutschen, war geringer.

Jamila ging in den großen Saal im Erdgeschoss. »Nichts zu sehen«, dachte sie. »Oder doch?« Da standen ihre Vorräte. Zwei Bier, eine Flasche Sekt und Chips. Alex hatte seinen Rucksack neben der Tür liegen lassen. Sie mussten noch hier sein.

»Alex! Susanne! Nicole! Wo seid ihr?«

Sie ging wieder ins Treppenhaus.

»Sie müssen im Obergeschoss sein und mein Rufen nicht gehört haben. Vielleicht ist da eine Türe, die den Schall nicht durchlässt. Ich habe ja die Taschenlampe gesehen.« Die Treppe nach oben hatte kein Geländer mehr. Die Stufen waren karg und ausgetreten. Sie sah nicht einmal die Hand vor Augen. Als sie im 1. OG ankam, fiel etwas Licht von der zur Straße gerichteten Seite durch die großen Fenster.
»Maite! Ich habe deinen Pulli, den von deiner Oma!« Ihre Rufe wurden nicht erwidert. Als sie nach links schaute, sah

sie einen schwachen Lichtschlitz unter der Tür neben der Treppe leuchten. »Jetzt habe ich sie gefunden«, dachte Jamila.

Sie ging schnell auf die Tür zu, stolperte, knallte dann mit dem Kopf gegen die Tür und stieß sie damit auf. Als sie wieder zu sich kam, konnte sie nicht fassen, was sie zu sehen bekam. Da war ein älterer, kräftig aussehender Mann, mit lichtem Haar. Er hatte ein komisches, graues Hemd an und saß vor einem massiven Schreibtisch aus Eiche. Er schaute aus dem Fenster. Jamila versuchte ihn anzusprechen. Als sie das tat, drehte er sich langsam um. Er stand auf, zog seinen Mantel an und ging langsam mit den Händen auf dem Rücken verschränkt auf Jamila zu. Jamila rappelte sich in der Zeit auf und versuchte sein Gesicht zu erkennen. Das Mondlicht schien ins Zimmer, da er sich vom Fenster näherte, stand sein kompletter Körper im Schatten.

»Entschuldigen Sie, haben Sie meine Freunde gesehen? Die sind eben noch im Erdgeschoss gewesen und haben ihre Sachen noch dagelassen.«

Der Mann sprach mit einer tiefen Stimme. »Habe keine Angst, mein Kind. Du kannst nichts für deine Fehler! Du bist nur ein minderwertiges Beispiel unserer Theorie. Die Rassenlehre ist eine Wissenschaft, die ihre Thesen immer wieder bestätigt.«

Jamila stand da wie versteinert, als der Alte sich ein Stück nach rechts drehte, sah sie ihm direkt in sein totes, fahles Gesicht. Es sah so kahl aus wie Kalk mit einigen vereinzelten Leberflecken. Im Auge trug die Gestalt ein altmodisches Monokel. Er kam näher und ein fauliger

Geruch machte sich im Raum breit, jetzt verstand Jamila alles. Der Mantel war ein Ledermantel der Waffen-SS und diese Gestalt lebte nicht mehr. Es war ein Ding, was nur Wut in sich hatte.

Als sie endlich die Situation verstand und wegzulaufen versuchte, packte sie eine starke Hand am Hals. Ihre Haut brannte, der übermächtige Gegner schlug ihren Kopf gegen die Zarge und warf sie anschließend durch die halboffene Tür. Ein Aufschrei, dann ein dumpfer Schlag.

Im Untergeschoss ging plötzlich das Handschuhfach des Mercedes auf. Eine Ledermappe rutschte heraus, in der ein Führerschein eines Unbekannten und der erhoffte Fahrzeugschein steckten.

»Unglaublich! Super, wir haben was, schaut mal.« Gespannt wurden die Dokumente begutachtet.

»Kommt mit«, rief Alex. »Lasst uns weitergehen. Hier unten ist nichts mehr zu holen.« Sie kletterten nacheinander durch das Loch in der Wand und gingen wieder zurück ins Erdgeschoss. »Ich bin mal kurz eine Stange Wasser an den Busch stellen«, tönte Ruslan. Er ging zum Vordereingang und lief auf einen großen Busch zu.

Die anderen packten etwas Verpflegung aus und schlugen sich die Bäuche mit Nackensteaks auf Toast voll. Dann waren plötzlich Schritte zu hören. »Ist Ruslan nach oben gegangen?«

»Wo soll ich hingegangen sein?« Ruslan stand schon längst wieder in der Türe.

»Da waren eben Schritte zu hören. Über uns!«

»Richtig, da ist Licht an«, erwiderte Ruslan. »Oben in der ersten Etage, ich konnte das von draußen sehen!«

Susanne antwortete hektisch, »Was denn für ein Licht? Hier im Hause ist jedes Stromkabel seit Jahren nicht benutzt worden. Falls euch das nicht aufgefallen sein sollte, nirgendwo sind noch intakte Lampen.«

»Lasst uns nachsehen gehen.«

Unglaublich, Alain versuchte die Initiative zu übernehmen.

»Was denn, was denn«, rief Ruslan. »Anscheinend haben wir einen neuen Anführer! Alain, der Unbesiegbare! Oder eher der Schreckhafte?« Ruslan brachte mal wieder seine schlechteste Seite zum Vorschein. Sie gingen zum Treppenhaus, ein leiser Windzug schien ihnen entgegenzuwehen.

»Da, wieder diese Schritte, das hört sich nach Wanderstiefeln an«, sagte Nicole. »Kommt, lasst uns weitergehen, wir sollten kurz nachsehen und dann nichts wie weg von hier. So langsam finde ich es hier unheimlich.«

Die Gruppe ging weiter in das erste Obergeschoss. Ein großer Raum eröffnete sich ihnen hinter dem Treppenhaus.

»Das muss ein Ballsaal gewesen sein«, sagte Maite. Etwas weiter links stand eine Tür auf, fahles Licht schien aus dem Raum zu leuchten.

»Was ist das da hinten? Da kommt das Licht raus«, rief Ruslan.

Sie näherten sich, bewaffnet mit Taschenlampen und einer

gehörigen Portion Angst. Ruslan stieß die Türe auf. Sie öffnete sich in Zeitlupe. Anscheinend ist die Türe sehr schwer und die Scharniere wurden seit Jahrzehnten nicht gefettet. Ein einstig repräsentatives Büro kam zum Vorschein. Ein wuchtiger Schreibtisch mit einem schweren Stuhl ohne Sitzbezug, ein alter Garderobenständer, eine kaputte Kommode und ein großer Spiegel. Der Spiegel hatte zwar einen Sprung, er reflektierte jedoch noch super das schwache Licht der Straßenlaterne.

Alle lachten.

»Das muss das Licht gewesen sein, was wir von weitem gesehen haben.«

Susanne erkundete den Raum. Sie setzte sich auf den abgenutzten Stuhl an den massiven alten Schreibtisch. »Von hier aus kann man super auf die Straße sehen, man hat sogar einen tollen Panoramablick über die Seen. Wahnsinn, das muss das Arbeitszimmer des Großgrundbesitzers gewesen sein.«

»Toll«, sprach Nicole. »Dann müsste im Ballsaal die arme Tochter gestanden haben und den Tod ihres Geliebten von einem der Fenster aus beobachtet haben.«

»Richtig«, rief Alain aus dem Ballsaal herüber. »Hier ist ein Fenster in Richtung Innenhof. Dort hinten sollten dann die Schlafräume gewesen sein. Hier ist sonst nichts mehr, nur eine Riesenmenge an Putz und Dreck. Lass uns noch in die zweite Etage gehen. Vielleicht sind dort noch Möbel oder anderes Zeug.«

Susanne schaute noch die vorhandenen Schubladen durch.

»Nichts drin.« Sie ärgerte sich und schlug die letzte

Schublade zu. Dabei fiel ein Stück Furnier ab und eine kleine Klappe am verschnörkelt geschnitzten Tischbein kam zum Vorschein.

»Was ist das?«, rief sie jetzt.

Alex kam sofort herbeigeeilt. »Lass mal sehen, das scheint ein kleines Versteck zu sein. So was ist gut möglich, in einem handgemachten und einst so toll verzierten Schreibtisch.« Alex öffnete die Klappe mit einem kleinen Taschenmesser. Er fühlte in die kleine Kammer.

»Da ist ein gefaltetes Dokument und ein Stück Stoff. Wartet, da ist noch eine dünne Kette mit einem Medaillon.«

»Lies mal, was da steht«, rief Maite.

Nach Erlass der Reichsregierung vom 8. März des Jahres 1940 vollstreckt der anwesende Hauptwachtmeister Schubert im Beisein des verurteilenden Richters Kilian die Todesstrafe durch den Strang. Das Todesurteil, begründet aus der Straftat des polnischen Zivilarbeiters Edward Margol, der die minderjährige Tochter des Großgrundbesitzers Köhler unzüchtig berührt haben soll. Der Tathergang wurde von Herrn Köhler selbst beobachtet. Dies stellt eine gravierende Verletzung der Rassengesetze und der Gehorsamsverpflichtung polnischer Zivilarbeiter gegenüber deren Gutsherrn dar.

»Unglaublich, das ist die Vollstreckungsurkunde eines Todesurteils. Ich habe noch diesen Stofffetzen mit einem P und diese dünne Kette mit einem schönen Medaillon gefunden. Was hat das zu bedeuten?«

»Da hatte wohl jemand ein Geheimnis«, rief Ruslan in den Raum. »Eine Leiche im Keller oder den

Vollstreckungsbescheid im Schreibtisch. Der nette Papa, der seinen polnischen Zwangsarbeiter-Schwiegersohn abmurksen ließ. Versteht ihr denn nicht! Der Alte wäre sicher dran gewesen, wenn die Amerikaner diese Urkunde bei ihm gefunden hätten. Dass er den nächsten Tag sowieso nicht erleben würde, weil ihn die übrigen Zwangsarbeiter noch in der Nacht gelyncht hatten, konnte er ja nicht wissen. Wahnsinn!«

»Mir wird ganz komisch«, sagte Maite. »Das ist ein Albtraum! Dieses Dokument macht mir echt Angst! Können wir nicht endlich abhauen? Wir sind jetzt bestimmt schon über eine Stunde in diesem muffigen Haus.«

Alex hatte Blut geleckt und versuchte sie zu beeinflussen. »Komm schon, sei kein Spielverderber. Wir haben nur noch eine Etage vor uns.« Er bekam natürlich sein Recht und so setzte sich die Touristengruppe in Bewegung. »Was ist das da hinten am Treppenabgang?«, rief Alex nervös.

»Da steht doch jemand! Hallo! Sie da!«

Susanne drängelte sich nach vorne.

»Wer ist da? Was hast du gesehen?«

Alex lief auf die Treppe los, dem Eindringling hinterher. Die restliche Truppe wartete im Ballsaal. Nur einige Augenblicke später stand Alex wieder im Türrahmen.

Susanne wollte jetzt sofort wissen, was er gesehen hatte.

»Ich habe einen großen, schweren Typen im Mantel auf der Treppe stehen gesehen. Ich bin sofort auf ihn zugelaufen. Er hat überhaupt nicht reagiert und ging schnell die Treppe hinunter.«

»Wie sah er aus? Konntest du sein Gesicht erkennen?«

»Ja, das konnte ich, er sah sehr zornig aus. Sein Gesicht hatte sehr markante Züge und sein Nacken war ausrasiert gewesen. Die Haare, die noch auf seinem Kopf wuchsen, ließ er lang wachsen und kämmte sie über seine Glatze. Der Typ war ein schäbiger Vogel, keine Frage, aber auf der Treppe muss ich ihn verloren haben! Kommt jetzt nur kurz in die nächste Etage und dann gehen wir wieder an den See.« Alex ging zwei Schritte vor, die anderen warteten im Treppenhaus. Eigentlich wollte jeder gehen, außer Alex.

»Kommt schon«, rief er jetzt und stürmte auf die Zwischenetage. Er schaute nach oben in den zweiten Stock. Sein Gesicht verzog sich sofort, er fiel nach hinten und sackte in sich zusammen. Als er seinen Blick auf die versteinerte Gruppe richtete, lief eine Träne seine Wange hinunter.

Susanne war wie alle anderen auch schockiert von seiner Reaktion. Sie ging langsam auf ihn zu und drehte ihren Kopf zögerlich nach oben.

Ein durchdringender Schrei kam aus ihr, der nach einem Wimpernschlag in ein wimmerndes Heulen überging. Die Übrigen reagierten nicht anders. Lediglich Maite konnte ihre Veggie-Würstchen nicht in sich behalten. Es roch jetzt, wie es aussah. Einfach schrecklich.

Im Treppenhausflur der zweiten Etage hing Jamila, am Halse aufgeknüpft. Ihre dunklen Locken hingen blutdurchtränkt herunter. Ihr Oberteil wurde zerschnitten und zwischen ihren Brüsten klaffte ein großes aufgerissenes

Loch. Unter ihr lagen Exkremente und eine große Menge Blut lief die Treppe hinunter. Ein Rinnsal, welches erst seit kurzem getrocknet sein musste. Es war ein grauenhafter Anblick. Hinter ihr stand in seltsamen altmodischen Buchstaben:

Nehmt die Hure aus meinem Haus.

Das ist ein unbeschreiblich schockierender Anblick für die Gruppe gewesen. Sie hielten sich an den Händen und liefen die Treppen runter zur Straße. An der Bushaltestelle sammelten sie sich wieder. Maite und Alain zitterten am ganzen Körper, vor lauter Angst konnten sie nicht einmal richtig reden. Susanne und Nicole heulten, sie hielten sich an den Schultern ihrer Männer fest.

Ruslan schaute Alex absolut ernst an. So hatte er sich noch nie gezeigt. »Was sollen wir jetzt machen? Ich schätze, wir müssen die Polizei rufen.«

Nicoles Heulen verstummte kurz danach.

»Was, aber was sollen wir ihnen denn sagen?«

Alex antwortete gefasst und sehr ernst. »Wir sagen ihnen, dass wir das Grundstück widerrechtlich betreten haben und dass in der zweiten Etage Jamila hängt. Ganz einfach, die ganze Geschichte. Wir haben nichts zu befürchten! Klar, wir haben unbefugt dieses Grundstück betreten, aber da wir keinen Fernseher klauen wollten, sollte das nur ein Bagatelldelikt sein. Das ist nur eine Ordnungswidrigkeit aber welches Monster hat das Jamila angetan?«

Maite flüsterte mit wimmernder Stimme. »Habt ihr gesehen, wie ihre Brust ausgesehen hat? Man hat ihr das Herz herausgerissen. Wieso macht man so was? Wer hat ihr das nur angetan?«

Alain flüsterte, »Keine Tat fordert so eine Vergeltung. Das war der Teufel persönlich!«

Alex versuchte die Situation an sich zu reißen. »Ruhe! Ich rufe jetzt die Polizei.«

Es war 01:43 Uhr, als der Notruf bei der Zentrale der Kölner Polizei einging. Hektisch erzählte Alex der Koordinatorin die etwas abstrakte Story. Er redet schließlich mit der Polizei, da muss man alles ehrlich erzählen, auch wenn sich das nach einer Räuberpistole anhört. Die Sirenen waren nach nur ein paar Minuten gut zu hören. Mehrere Einsatzwagen fuhren auf den Vorhof des Herrenhauses. Die Gruppe bewegte sich trotzdem nicht Richtung Haus. Sie blieben unter der Überdachung der Bushaltestelle sitzen. Einer der Wachtmeister forderte sie auf, rüber zum Grundstück des Gutshofs zu kommen. Die Mädels schüttelten panisch den Kopf, selbst Alain fing an zu weinen. Alex und Ruslan gingen rüber.

»Wer von euch Rotzlöffeln hat uns angerufen?«

»Ich bin das gewesen. Und Rotzlöffel sind wir keine, damit das klar ist.«

»Ach, aber wie kleine Kinder ins Spukschloss einbrechen, das könnt ihr. Das ist Hausfriedensbruch, das könnte eine Geldstrafe von bis zu 500 Euro geben.«

»Herr Wachtmeister, können Sie meine Sprache gut verstehen? Verstehen Sie Deutsch?« Alex wurde so langsam richtig sauer.

»Ich habe Sie nicht angerufen, weil ich mich verlaufen

habe. Da hat jemand unsere Freundin im Treppenhausflur der zweiten Etage erhängt und ihr das Herz herausgerissen. Wurde Ihnen das nicht übermittelt?«

»Doch, wurde es. Also alle mal herkommen, ich will die Personalien von allen von euch. Es sind bereits zwei Kollegen hochgegangen, um das Opfer zu begutachten. Meine Kollegin zur Linken wird, nachdem ihr eure Personalien angegeben habt, jeden von euch zum Tathergang befragen. Einzeln, alleine, jeder nach der Reihe.«

Der sichtlich genervte Wachtmeister drehte sich kurz um, als seine Kollegen aus der Ruine getrottet kamen. Der eine schüttelte den Kopf. Der Wachtmeister ging auf seine Kollegen zu, schüttelte dann ebenfalls den Kopf und schritt dann wieder auf Alex zu.

»So, du Witzbold, eine Leiche soll da hängen! Ohne Herz? Verstehe! Wir konnten im gesamten Gebäude nicht mal einen toten Vogel finden. Das hat ein Nachspiel für alle von euch, das schwöre ich. Wisst ihr eigentlich, welche Ressourcen ihr mit diesem Einsatz verschwendet habt? Wir sind sofort los, obwohl wir noch zwei Einsätze wegen häuslicher Gewalt vor uns gehabt hätten. Sollte den Frauen etwas passiert sein, mache ich euch dafür verantwortlich.«

Alex stand die Verwunderung ins Gesicht geschrieben. »Das kann nicht sein«, er lief los und wollte sich selbst überzeugen. Ein Polizist hielt ihn fest.

»Willst du nochmal Hausfriedensbruch begehen?«

»Junge, mach uns nicht wütender, als wir jetzt schon sind. Volker, der Junge hier riecht nach Alkohol, eine Gefährdung für die Allgemeinheit ist dabei nicht auszuschließen. Wir können dich auch mal eine Nacht mitnehmen. Dann kannst du bei uns auf der Gummimatte deinen Rausch ausschlafen! Wie wäre das für dich? Gehe sofort wieder zurück zu meinem Kollegen, bevor ich mich vergesse.«

Alex spurte und ging zu dem mittlerweile etwas abgekühlten Wachtmeister. »So, ihr Helden der Nacht, ihr geht jetzt auf direktem Weg nach Hause! Habt ihr mich verstanden? Ihr müsst da Gespenster gesehen haben. Da gibt es keine Leichen ohne Herz oder wie auch immer. Ihr versprecht mir jetzt, nie wieder in dieses Haus oder auf dieses Grundstück zu gehen. Ich werde von einer Anzeige absehen, da Sie Einsicht zeigen. Los jetzt!«

Der Wachtmeister ging zum Streifenwagen. Die übrigen Streifenwagen waren schon mit Blaulicht los zum nächsten Einsatz gefahren. Er setzte die Mütze ab und ging zur Beifahrerseite. Der Wagen fuhr los und hinterließ ein Häufchen Elend.

Alle sahen sich verwundert an. Hatten sie Wahnvorstellungen?
Ruslan stellte sich vor die Gruppe. »Ich weiß, was ich gesehen habe! Schaut mal, da hinten am Zaunpfahl lehnt Jamilas Fahrrad. Ist das auch ein Gespenst?«

»Was machen wir jetzt?«, fragte Nicole. »Ich gehe nochmal da rein«, rief Ruslan. »Alex, kommst du mit?«

»Auf keinen Fall, du hast doch gehört, was der Bulle gesagt hat! Er steckt mich in eine Ausnüchterungszelle, wenn ich mich auf dem Grundstück nochmal sehen lasse.«

»Dann nicht, ist mir auch egal. Ich renne kurz rüber und sehe mir das genauer an. Da müssen doch noch Spuren sein.«

Ruslan lief über die Straße zum Eingang des Herrenhauses. Zu diesem Zeitpunkt fuhr der Streifenwagen des Wachtmeisters wieder um die Ecke.

Nicole rief laut, » Ruslan! Vorsicht, die Bullen kommen wieder! Die wollen bestimmt sehen, ob wir nach Hause sind.« Nicole und der Rest legten sich in den Straßengraben. Ruslan lief zu einem Gebüsch rechts neben dem Eingang. Wie ein Fußballer ließ er sich in das Gebüsch rutschen.

Eine Sekunde danach fuhr der Streifenwagen wieder auf das Grundstück von Haus Fühlingen. Eine große Taschenlampe leuchtete die Hauswand und Fenster ab. »Nichts zu sehen«, dachten sich wohl die Polizisten. Sie drehten in zwei Zügen und fuhren Richtung Chorweiler davon.

Sobald die Polizei nicht mehr zu sehen war, stürzte Nicole aus dem Gebüsch und gab Ruslan ein Zeichen. Er stellte seine Taschenlampe an und lief los wie ein Hundert-Meter-Sprinter.

Keine zwei Minuten später lief er wieder aus dem Gebäude. »Gott sei Dank«, dachte Nicole. »Er hat es geschafft.«

Auf der anderen Straßenseite angekommen musste er erst einmal Luft holen. Nicole begann direkt mit ihrem Verhör. »Was hast du gesehen? Hängt sie da noch? Konnte man irgendwelche Blutspuren sehen? Das ist bestimmt dieser widerliche Typ auf der Treppe gewesen.«

»Ich habe keine Ahnung ,was wir da gesehen haben, aber da ist kein Tropfen Blut gewesen. Nicht einmal einen Fleck konnte man sehen. Da war auch nichts nass, wie nach einer Reinigung. Ich habe nur ihren komischen Strickpulli gefunden.«

»Was?« , rief Maite auf. »Das ist der Pulli, den ich ihr für heute Abend geliehen habe. Es ist doch schon so schnell frisch geworden. Oh nein, sie muss wegen dem Pulli zurückgefahren sein. Wir sind im Keller gewesen, so dass dieser Typ das mit ihr anstellen konnte.«

Susanne war jetzt total klar und ihr kam eine Idee. »Was ist, wenn das nur eine böse Vorahnung gewesen ist, die wir gesehen haben? Vielleicht ist es wirklich der Gutsherr, der uns warnen wollte, bevor wir es zu gemütlich im Haus finden. Vielleicht lebt Jamila noch.«

Alain hatte lange geschwiegen, doch jetzt meldete er sich zu Wort.

»Es hört sich zwar blöde an, aber wer hat Jamilas Nummer? Vielleicht sollten wir sie anrufen. Wenn das wirklich nur ein böser Traum gewesen sein soll, müsste sie ja ans Telefon gehen.«

Susanne fand das auch gut und holte ihr Smartphone aus der Tasche. »Ich habe sie in meiner Facebook-Gruppe von der Schule. Hier ist sie und da ist ihre Telefonnummer.«
Susanne drückte auf Anrufen.

Zwei Sekunden später konnte man leise ihren Klingelton hören.

»Woher kommt das nur?« Ruslan ging Richtung Waldweg.

»Das kommt da hinten aus dem Wald. Wir können froh sein, dass Jamila den Ton angelassen hatte und das Handy wohl auf voller Lautstärke steht.«

»Was ist da hinten?«, fragte Ruslan Susanne.

»Da hinten geht es zum alten Friedhof. Er ist schon ewig geschlossen, da wird niemand mehr beigesetzt. Wir müssen uns das ansehen, das sind wir Jamila einfach schuldig. Sie ist total zufällig hier am See gewesen und hatte mit der Idee, Haus Fühlingen zu besichtigen, nichts zu tun.«

Maite stimmte ihr zu, Alain trottete hinterher. Alex und Ruslan mussten natürlich vorgehen. Der Waldweg führte nicht vom Haus weg, sondern zuerst ums Haus herum.

Susanne spielte wieder die Fremdenführerin. »Dort hinten ist einst die Scheune gewesen, wo sie den armen polnischen Jungen gelyncht haben. Da drüben waren die alten Stallungen, die in der NS-Zeit als Schlafbaracken dienten.«

Da lag auch schon das Handy. Es war total mit Blut überzogen und daneben lagen Fetzen ihrer Kleidung.

Susanne schrie auf, »Das ist doch nicht möglich, ich bin in einem Albtraum gefangen. Was machen wir jetzt?«

»Wir gehen weiter«, sagte Ruslan. »Diese Kleidungsstücke beweisen, dass wir nicht geträumt haben. Egal, was dieser Sadist mit ihr gemacht hat, wir werden es jetzt herausbekommen. Kommt, wir machen das jetzt für Jamila.« Ruslan wickelte das Handy noch in ein Papiertaschentuch und steckte es sich in seine Hosentasche.

Die Gruppe ging weiter. »Da, ein Tor«, rief Alain. »Da geht es wohl zum alten Friedhof.«

Susanne übernahm wieder. »Ich bin hier auch schon mal gewesen. Ich habe nur noch eine Erinnerung, dass ich mit Oma hier war und auf das kleine unscheinbare Grab da hinten Blumen gelegt habe.«

»Da ist auch Blut auf der Stufe. Er muss hier gewesen sein.«

»Was steht auf dem Grabstein?«

»Da steht nichts«, antwortete Susanne. »Ich meine, hier hat es noch nie eine Inschrift gegeben. Ich habe mich immer gewundert, warum da nur ein eisernes Kreuz auf dem Grabe steht, aber mich nie getraut, Oma zu fragen. Dieses Grab ist immer das erste gewesen, was wir besuchten, da war ich immer noch etwas mit der Umgebung am Kämpfen gewesen. Friedhöfe sind für mich grauenhafte Orte. Deswegen würde ich jetzt gerne weg von hier, lasst uns bitte zurück zum See gehen. Jamila ist hier nicht und ich glaube, da wir ein Stück ihrer zerfetzten Kleidung gefunden haben, sollten wir uns nicht länger hier aufhalten.«

Die Stimmung war gedämpft, jeder war erschöpft und verhielt sich leise. Der Weg zurück, bergauf Richtung Haus Fühlingen zog sich unheimlich. Das Mondlicht tauchte die Umgebung in ein kaltes, metallenes Licht. Das Herrenhaus stand hoch über dem Waldweg, das Dach des Haupthauses konnte man als Erstes sehen. Es wurde immer größer und mächtiger, bis auch die beiden Nebenflügel sich aus den Baumwipfeln hervortaten. Sie gingen über den Innenhof und konnten von der Seite wieder das gedämpfte

Licht im ersten Obergeschoss wahrnehmen. »Ob das nur der Spiegel sein kann? Es sah von unten eher wie das gedämpfte Licht einer Schreibtischlampe aus. Würde auch passen«, dachte Susanne. »Immerhin stand da auch ein Schreibtisch, nur woher kam der Strom?« Haus Fühlingen besaß schon Jahrzehnte keinen Strom mehr.

So, jetzt schnell an den See.

»Was sollen wir mit dem Fahrrad und Jamilas Handy machen? Ich habe das Handy noch hier in einem Taschentuch«, sagte Ruslan.

» Klemm es in den Gepäckträger! Beides sind Beweisstücke, sie sollten vor Ort bleiben«, meinte Alex.

Kapitel 3

Die Gruppe ging jetzt Richtung See, den Weg links nach der Bushaltestelle entlang. Sie waren jetzt alle ziemlich fertig. Alle dachten sich, einen Drink noch und dann hauen wir uns erst einmal für ein paar Stunden hin. Aber wie immer kam es ganz anders, als alle dachten.

Als sich die Partygemeinde den Zelten näherte, lag schon ein Nebelteppich über der Regattabahn. Es roch nach frischem Gras und die Feuchtigkeit legte sich auf die Lungen. Als sie ankamen, wunderten sie sich über gar nichts mehr. Ihre Zelte waren geöffnet, die Klamotten lagen verstreut auf der Wiese und jemand hatte den Grill in den See geworfen.

Egal, die Situation war in zehn Minuten im Griff und die Campinghocker waren auch noch da. Die Jungs machten wieder ein Lagerfeuer und sie versammelten sich erneut am Rande des Sees.

»Was für eine Nacht«, sagte Susanne. »Was haben wir heute alles aus dem Haus mitgenommen? Was ist uns eigentlich passiert? Ich fasse das mal kurz zusammen. Wir sind zu dieser Ruine gegangen, sahen das Licht im Fenster. Im Keller haben wir einen Führerschein eines Fremden gefunden und einen Fahrzeugschein, ebenfalls zugelassen auf diesen Herrn. Im ersten Obergeschoss haben wir das Dokument, den Fetzen und ein Medaillon gefunden. Dann kam dieser Typ, der höchstwahrscheinlich Jamila getötet hat. Wir finden ihr Handy, zerfetzte Kleidung und Blut auf dem Grab, wo meine Oma schon mal Blumen niedergelegt hatte.«

»Kapiert ihr das? Ach, außerdem wissen wir nicht, wer nach dem Krieg hier gewohnt hat.«

Alex dachte kurz nach und versuchte das Puzzle zusammenzusetzen. » Das Fahrzeug muss dem letzten Besitzer gehören. Die nächste Frage wäre dann, warum mauert man ein Auto ein?« Alex holte den Führerschein zum Vorschein. »Dieser Herr Kilian muss das Haus bewohnt haben. Die Fahrzeuge sind beide Ende der 50er oder Anfang der 60er gebaut worden. Was meinst du, Susanne, seit wann steht das Haus leer? Seit den 70ern oder den 60ern? In den 80ern auf jeden Fall, oder?«

»Ja, in den 80ern auf jeden Fall! Wie gesagt, mein Vater hatte nur ungern über das Herrenhaus gesprochen. Er mochte es nicht so oder besser gesagt die Vergangenheit des Hauses.«

Alain meldete sich und hatte eine tolle Idee. »Ich habe hier volles Netz! Ich schau mal im Internet nach, was ich über Haus Fühlingen, dessen Geschichte und einen Herrn Kilian so finde. Ein Hoch auf die Datenflatrate.«

Susanne meldete sich wieder zu Wort. »Ich werde mal Sonntag mit meiner Oma essen gehen und vielleicht einen kleinen Ausflug unternehmen. Was machen wir denn jetzt mit Jamila? Sollen wir mit ihren Angehörigen sprechen? Die Polizei scheint uns nicht helfen zu wollen oder sollen wir mal ins Präsidium gehen?«

Ruslan hatte mittlerweile mehr getrunken und antwortete prompt.

»Klar, lasst uns einen Termin machen. Vielleicht mit der Abteilung für Geisterverbrechen, Steuerbetrug und

Außerirdisches Strafrecht. Na klar! Ich haue mich jetzt hin! Gute Nacht, ihr Spinner.«

Nicole feuerte böse Blicke in seine Richtung. »Ich bleibe noch auf, bin ja nicht so besoffen wie mein Mann.«

»Nacht, Schatz.«

Alain meldete sich wieder. »Ich habe da schon etwas gefunden. Das Internet ist voll mit Artikeln über das Haus und den grausamen Gutsherrn Walter Köhler, der Zwangsarbeiter für sich schuften ließ. Ich habe auch das Skript von eurer Schulzeit gefunden. Da ist so einiges erklärt über die Nachkommen und den Tod des jungen polnischen Zwangsarbeiters. Schaut mal, da ist ein Bild vom prächtigen Gutsherrn. Ein hagerer Hänfling, dem selbst Frauen das Butterbrot streitig machen würden.«

»Also das kann nicht unsere Gestalt sein! Der Typ könnte niemandem von uns gefährlich werden«, meinte Nicole.
»Wer war nur dieser Typ oder diese Gestalt aus dem Schloss? Kannst du vielleicht nach Nachkommen suchen? Vielleicht gibt es neben der Tochter einen Sohn, der sich vielleicht regelmäßig im Haus Fühlingen aufhält? Er könnte der schönen Zeit hinterhertrauern und alle Eindringlinge versuchen in die Flucht zu schlagen.«

Maite mischte sich ein, »Aber was ist mit der Blutlache? Da ist nichts mehr zu sehen gewesen. Außerdem müsste der Killer mit der Leiche an uns vorbeigelaufen sein. Der Hintereingang und die meisten Fenster im Erdgeschoss waren zugemauert. Das ist das erste Mal, dass ich so ein Erlebnis habe. Wie sieht das bei euch aus?« Niemandem an der Feuerstelle schien so was jemals passiert zu sein.

Alain fand nichts über weitere Verwandtschaft, eher im Gegenteil.

»Die Tochter des Gutsherrn wird seit der Geschichte mit ihrem Vater, nach der Befreiung des Kölner Raums, vermisst. Vielleicht wurde sie ebenfalls gelyncht und später vergraben. Was meinst du, Susanne? Vielleicht ist das kleine Grab ohne Namen das der Tochter des Gutsherrn Köhler. Da ist auch ein Artikel über diesen Herrn Kilian, dem das Auto gehört. Der hat wirklich einige Jahre mit mehreren Familienangehörigen im Haus Fühlingen gewohnt. Aber das ist nicht das Interessanteste! Alex, gib mir mal das Dokument, da gibt es einen unglaublichen Zusammenhang.«

Alex schaute verdutzt. »Was willst du denn damit? Steht da was im Internet drüber?«

»Ja, aber natürlich. Herr Kilian hat das Dokument sogar unterschrieben.«

»Was?« Susanne, Nicole und Maite erschraken sich nahezu gleichzeitig.

»Herr Kilian kaufte das Haus wohl in den 50ern, circa zehn Jahre nach Ende des Krieges von der Stadt Köln. Er zog dort mit seiner kompletten Verwandtschaft ein. Insgesamt sind das mehr als zehn Personen gewesen, die sich auf dem Komplex verteilten. Leider steht hier, dass die meisten in den ersten Jahren wieder auszogen, da der praktizierende Amtsrichter Kilian langsam unausstehlich wurde. Seine Vergangenheit soll ihn eingeholt haben, da er in der NS- Zeit ebenfalls als Richter fungierte. Hinrichtungen sollen aber nicht auf sein Konto gegangen sein, steht hier.«

Nicole war fassungslos.

»Wahnsinn, wir haben heute den Beweis für das Gegenteil gefunden!«

Alain las weiter. »Hier steht noch etwas sehr Bedenkliches. Herr Kilian hat sich in der Silvesternacht des Jahres 1962 in der zweiten Etage von Haus Fühlingen erhängt. Er wählte den Freitod, da seine Vergangenheit als NS-Richter ans Tageslicht kam und er seine Stellung als Amtsrichter abgeben sollte. Seine Frau zog kurz nach dem Freitod ihres Mannes aus und lebte bis in das Jahr 1995 in einem Heim. Sie wollte wohl das Haus Zeit ihres Lebens wieder in Stand setzen lassen und als Wohnraum vermieten. Der Umbau und die Trennung der Säle in einzelne Wohneinheiten standen jedoch im Gegensatz zu unserem modernen Denkmalschutz. Da der Streit mit der Denkmalschutzbehörde eskalierte und das Haus immer mehr verfiel, lohnte sich irgendwann die Sanierung nicht mehr. Ein Abriss kam durch den Denkmalschutz leider auch nicht in Frage und so hatte die Stadt Köln eine Ruine der Neuzeit mehr.«

Maite schaute müde in die Runde. »Leute, ich bin total fertig, wir haben mittlerweile halb fünf, es scheint wieder hell zu werden. Lasst uns eine Stunde aufs Ohr hauen, wir können dann nachdenken, was wir machen. Jetzt ist mein Akku leer!«

»Alles klar«, rief Alex. »Ich lösche kurz das Feuer und dann alle in die Schlafsäcke.« Alex holte mit leeren PET-Flaschen zwei Liter Wasser und löschte die Glut. Alain wollte gerade sein Smartphone zuklappen, wie sich die letzte Seite aufbaute.

»Hey, kommt mal alle her! Ich habe Neuigkeiten.« Maite war schon leicht genervt. »Alain! Mann, kannst du nicht dein Handy endlich loslassen? Wenn du einmal angefangen hast damit zu spielen, kannst du einfach nicht aufhören.«

»Nein, Liebes, so ist es nicht! Alex, du musst dir das unbedingt ansehen. Du hast doch die Gestalt ganz gut gesehen. Ich weiß nicht, wie das bei den anderen war, aber ich konnte nur einen älteren Mann im Fischermantel sehen, der aus der Dunkelheit nach unten lief. Das Foto auf meinem Handy zeigt Richter Kilian bei einem Einsatz der Gestapo. Sie führen vor dem alten Köln-Longericher Krankenhaus, Heckweg 42, einen Zivilarbeiter ab, der in einer Textilfabrik seinesgleichen zum Aufstand ermutigt haben soll. Er soll sich im Streit zwei Finger an einer Quetsche abgerissen haben. Danach wurde ihm umgehend der Prozess gemacht. Er wurde deportiert und landete höchstwahrscheinlich in Birkenau. Diese Aufnahme ist von einem Mitglied der deutsch-französischen Widerstandsgruppe um Martha Heublein entstanden. Schaut mal, wer da in einem schwarzen SS-Mantel neben der Gestapo steht. Laut Bild ist das unser Herr Kilian. Warte, ich zoome ran.«

Alex schaute ernst drein. »Das ist der Mistkerl bestimmt. Er ist da noch etwas jünger, aber das Gesicht zeigt einige markante Züge, an die ich mich erinnere. Diese Aufnahme und der Artikel sind im Oktober des Jahres 1962 im Kölner Stadtanzeiger publiziert worden. Bestechlichkeit ist in Köln schon immer ein Thema gewesen. Anscheinend hatte jeder leitende Angestellte des Amtsgerichts über die Vergangenheit des Richters Kilian Bescheid gewusst. Das ist also einer der Gründe, warum der liebe Herr Richter sich selbst richtete. Er hätte vor lauter schlechter Presse keinen Fuß mehr vor die Türe setzten können.«

Die Gruppe war sich einig. Sie mussten jetzt etwas schlafen, um ihre Akkus wieder aufzuladen. Alle legten sich hin.

Die Sonne ging vor einigen Stunden auf und die Gesellschaft schlief noch fest, obwohl die Liegewiesen des Fühlinger Sees sich wieder füllten. Sie standen nach 10:00 Uhr auf und bauten ihre Zelte ab. Der Samstagmorgen war kühl und etwas feucht gewesen. Die klammen Klamotten würden schon trocknen, dachten alle.

Jetzt würden sich ihre Wege bis auf Weiteres trennen, das wussten alle der Gruppe. Maite und Alain fuhren zu seinen Eltern. Alex und Susanne fuhren in ihre Wohnung nach Köln-Chorweiler. Ruslan war erstaunlicherweise als Erster wach und fuhr mit Nicole zurück nach Aachen.

Kapitel 4

Als Maite und Alain in Leverkusen ankamen, empfing sie seine Verwandtschaft herzlich und ausgiebig. Sie gingen in den Innenhof des Häuserkomplexes, da stürzten seine Mutter und dessen Cousinen schon auf sie ein. Es wurde ein langer Samstag, an dem vom nachmittäglichen Grillfest bis zum mitternächtlichen Zusammensein so einiges geboten wurde. Ihre Gedanken drehten sich nicht mehr um Haus Fühlingen oder um die arme Jamila. Am Sonntag gingen sie in ein Restaurant in der Nähe des Stadtteils Hitdorf. Leverkusen-Hitdorf liegt direkt am Rhein, gegenüber von Dormagen. Das malerische Städtchen bietet viel Gesprächsstoff. Der Sonntag verging vielleicht noch schneller als der Samstag und gegen 17:00 Uhr traten die beiden die Heimreise ins Aachener Studentenheim an.

Bei Nicole und Ruslan verlief das restliche Wochenende nicht so ruhig. Als die zwei nach Aachen zurückkehrten, machte sich Ruslan auch schon auf den Weg zum Treffpunkt. Die Fortuna spielte heute auswärts und er hatte eine Karte. Wieder am Aachener Hauptbahnhof angekommen, sah er auch schon seine Kumpels und die üblichen Verdächtigen aus Aachen. Der Sonderzug nach Frankfurt war richtig vollgestopft mit gutgelaunten Fortuna-Fans. Ruslan hatte seinen Spaß und als die Fortuna nach neunzig Minuten als Sieger vom Platz ging, konnte man doch nicht einfach direkt zurückfahren. Gut einhundert Fans machten Frankfurt unsicher. Nicole hingegen stand wieder alleine da. Zuerst dachte sie, »Das ist schon in Ordnung so.« Sie könnte sich mit ihren Studienkolleginnen treffen und anschließend zu Hause einen schönen Film sehen. Egal was sie tat, es schien etwas zu fehlen. Dieses Etwas war leider nicht Ruslan, was das bedeutet, war leider wieder klar. Nicole musste ihr Leben ändern.

Sie traf sich mit Fatima, einer Kommilitonin aus der Uni. Die beiden gingen in ein Café und blieben dort gute zwei Stunden. Sie redeten natürlich über ihre Jungs, über unerträgliche Vorlesungen und ihren Lieblingsprofessor. Dann musste ihre Freundin leider gehen. Nachdem sie zu Hause wieder die Ruhe und auch Einsamkeit spürte, begann sie über ihre Beziehung zu grübeln. War das das Leben, was sie sich gewünscht hatte? Wo ist ihr Held, der mit ihr ins Kino, in ein Musical oder in einen Tanzkurs geht?

»Dieser Neandertaler kann mich nicht glücklich machen«, dachte sie.

Ruslan kam am nächsten Morgen gegen 07:00 Uhr nach Hause. Er roch nach Zigaretten und Bier, wobei sein Zustand schlimmer als sein Körpergeruch war. Er würdigte sie keines Blickes, ging sofort ins Bad und wusch sich die üblen Gerüche vom Körper. Der Sonntagmorgen startete für Ruslan erst um 13:20 Uhr. Er stellte fest, dass er alleine in der Wohnung war.

»Nicole ist Joggen oder Radfahren, wie auch immer«, dachte er. »Vielleicht hat meine Ex Zeit für mich«, dachte er. Bei diesem Gedanken ging die Eingangstür auf. Nicole stand plötzlich im Raum und fuhr ihn direkt an.

»Wieso schreibst du mir nicht, dass du länger wegbleibst?«

Der Beziehungsstreit endete wie immer. Die beiden beschlossen, sich fürs Erste aus dem Weg zu gehen. Meistens beruhigten sich die Gemüter innerhalb der nächsten zwei Tage.

Zurück nach Köln-Chorweiler zu Susanne und Alex. Sie verbrachten einen schönen Samstag zusammen. Sie gingen nach der ganzen Aufregung spazieren und abends ins Kino. Ihre Beziehung war einfach nur traumhaft, sie schienen füreinander bestimmt zu sein. Sobald sie getrennt wurden, wünschten sie sich wiederzusehen. Sobald sie arbeiten gehen mussten, wünschten sie sich den Feierabend, um sich wiederzusehen. Bei ihnen lief alles wie am Schnürchen. Im Mai dieses Jahres hatte Alex um ihre Hand angehalten. Susanne antwortete mit »Ja« und sie reisten spontan mit dem Auto nach Südfrankreich. Alex' Arbeitskollege Jerome organisierte eine Ferienwohnung bei seinen Leuten in Nizza. Der Verwandtschaft erzählten Alex und Susanne noch nichts. »Erst einmal sparen«, dachten sie. Der Sonntag ist immer ein Familientag. Alex fuhr zu seinen Eltern und Susanne zu ihrer Oma nach Fühlingen. Ihre Oma war die einzige Person, die ihr geblieben ist. Sie hatte keine Tanten, Onkel oder Cousinen, nur ihre Oma. Susannes Großmutter hieß Anna Maria Schneider und war dreiundachtzig Jahre alt. Sie kellnerte ihr gesamtes Arbeitsleben lang in der Familiengaststätte der Schneiders in Fühlingen. Aufgrund der schweren körperlichen Arbeit konnte sie nur noch sehr langsam laufen und wirkte allgemein gebrechlich. Ihr Verstand jedoch war fit wie ein Turnschuh. Sie konnte Susanne sogar bei politischen Themen folgen. Bei ihrer Oma angekommen, parkte sie ihr in die Jahre gekommenes

Auto direkt neben dem alten Wirtschaftshaus. Im Obergeschoss der Wirtschaft hatte Oma Schneider eine große Wohnung mit einer tollen Dachterrasse. Der Pächter zahlte alle ihre Rechnungen, da das Haus in ihrem Besitz stand. »Schön, so ein Ruhestand«, dachte Susanne und ging rauf zu ihrer Oma.

Zu Beginn eines jeden Sonntags gingen die zwei erst einmal runter in die Gaststätte und ließen sich zwei heiße Tassen Kaffee bringen. Sie quatschten zuerst über Gott und die Welt, aktuelle Themen wie der neue Papst, der arabische Frühling oder die Weltwirtschaftskriese. Oma Schneider schaute den ganzen Tag Nachrichten oder Politsendungen. Sie war sehr weltgewandt, was aus ihrer Berufszeit herrührte. Sie übernahm den Laden damals von ihren Eltern und führte ihn bis in die 90er Jahre. Danach suchte sie sich einen Pächter, der die gut gehende Gaststätte liebend gerne übernahm. Schneider ist ihr Mädchenname und dabei ist es geblieben. In der hektischen Nachkriegszeit brachte sie ihren einzigen Sohn zur Welt, der ebenfalls ihren Namen erbte und ohne Vater aufwachsen musste. Susannes Großvater ist Seefahrer gewesen und kam nach dem Krieg nicht mehr zurück. Er sollte in der Ostsee, beim Rückzug der deutschen Invasoren, gefallen sein. Nach ihrer Flucht und der Rückkehr ist Oma nicht einmal ein Foto geblieben. Nach der politischen Stunde konnte Susanne ihre Oma für einen Ausflug begeistern. Sie fuhren natürlich ihre gewohnte Strecke Richtung Fühlinger See. Schon weit vor der Ankunft an dem kleinen Waldweg begann Susanne ihrer Oma brisante Fragen zu stellen.

»Oma, du hast mir doch früher schon mal Geschichten über das Haus Fühlingen erzählt.«

Oma antwortete prompt, »Ja sicher, Liebes. Wie schon

gesagt, die Geschichte des armen Zivilarbeiters, dessen Gutsherr ihn aufhängen ließ.«

Susanne fuhr über eine Kreuzung. »Kannst du mir etwas über die Zeit nach dieser Sache erzählen? Wer hat nach der Befreiung des Kölner Gebiets in Haus Fühlingen gewohnt? Wo ist die Tochter des ermordeten Gutsherrn hingegangen?«

Susannes Oma war sichtlich überrascht. »Liebes, warum möchtest du das alles wissen? Es sind alte Ammenmärchen, die man sich im Dorf erzählt hat. Na gut, Haus Fühlingen stand nach dem Krieg ungefähr zehn Jahre leer. Danach kaufte ein ehemaliger Nazirichter das gesamte Areal. Man munkelt, dass dieser Richter das Todesurteil des jungen polnischen Zivilarbeiters verhängte. Man konnte ihm das nie nachweisen, aber er war früher für diesen Bezirk zuständig gewesen. Die Tochter des Gutsherrn hat man nie wieder gesehen. Was möchtest du noch wissen, Liebes, ich sehe, es beschäftigt dich.«

Susanne fuhr unbewusst langsamer. »Kanntest du den Richter? Hattest du mal mit ihm in der Wirtschaft geredet?«

»Nein, Süße, der Richter soll ein sehr zurückgezogen lebender Mensch gewesen sein. Kein Wunder, da er ebenso ein grausamer und jähzorniger Mensch gewesen sein soll. Ich bin oft am Gutshaus vorbeigegangen und konnte ihn oft in seinem Arbeitszimmer, vor dem Schreibtisch sitzend, sehen. Das Haus steht wirklich nah an der Straße. Wenn ich freitagabends die Kasse mit den Einnahmen zur Bank gebracht habe, sah ich ihn immer. Er saß im gedämpften Licht im ersten Obergeschoss.«

»Möchtest du vielleicht zum Friedhof gehen? Wir könnten Blumen holen und eine Runde drehen?«

Oma Schneider war sichtlich gerührt. »Das ist lieb von dir, wir können wirklich mal hinfahren. Ich bin schon ewig nicht da gewesen. Meine Beine machen nicht mehr so mit, Schatz.«

Sie fuhren zum Blumenladen um die Ecke und setzten danach ihre kleine Reise fort.

Diesmal wollte Susanne nicht auf dem kleinen Waldweg halten. Sie fuhr direkt vor Haus Fühlingen vor, dann parkte die junge Dame direkt neben dem Haupteingang und half ihrer Oma aus dem Auto.

Oma schaute nicht schlecht. »Susanne, was machst du denn? Das ist doch Privatbesitz!«

»Ja, richtig, aber mach dir keine Sorgen, der Besitzer scheint keinen Wert auf Privatsphäre zu legen.« Susanne lächelte und bekam dafür die Zustimmung ihrer lieben Oma.

Sie gingen über das Grundstück von Haus Fühlingen. Oma sah sich das Haus genau an. Man sah in ihren Augen, dass sie sich eigentlich nicht auf diesem Grundstück aufhalten wollte, jedoch konnte man auch eine gewisse Neugier feststellen.

»Oma, bist du früher jemals in Haus Fühlingen gewesen? Hast du den Richter schon mal kennengelernt?«

»Ja, ich habe früher öfters mit der Tochter des Gutsherrn gespielt. Meine Mutter putzte und wusch für die Familie

Köhler die Wäsche. Sie nahm mich immer mit, da mein Vater in der Wirtschaft arbeitete. Herr Köhler ist eigentlich ein guter Mann gewesen, er hat sich schlecht beeinflussen lassen und konnte später nicht mehr zurück. Vor den Zivilarbeitern beschäftigte er einen Haufen deutscher Arbeiter. Nach Kriegsanfang wurden diese aber alle zum Wehrdienst gezogen. Danach setzte man ihm wohl das Messer auf die Brust. Die Beziehung seiner Tochter und deren Auswirkungen hatte er sich vollkommen anders vorgestellt. Er wollte eigentlich nur, dass der Zwangsarbeiter einen Denkzettel bekommt. Er wollte ihn niemals töten, das weiß ich. Der Richter hingegen war ein überzeugter Nationalsozialist, welcher die Rassenideologie von Himmler und Hitler befürwortete. Man könnte sagen, er nutzte jeden Anlass. Da oben, in der ersten Etage, hatte er sein Arbeitszimmer. Ich habe ihn oft abends am Fenster gesehen, wenn ich vom Großmarkt mit dem Fahrrad nach Hause gefahren bin.«

Sie gingen zu jenem kleinen Weg Richtung Friedhof.

»Was für ein Großmarkt, Oma?«

»Ich half damals bei den Marktständen der Fühlinger Bauern aus, um mir mein Taschengeld aufzubessern. Meine Eltern konnten sich mit der Wirtschaft gerade so über Wasser halten. In der Nachkriegszeit hatten die Leute kein Geld für lange Abende in der Wirtschaft.«

»Wie war eigentlich der Name der Tochter des Gutsherrn und was war sie für ein Mensch?«

Oma drehte sich nochmal zum Herrenhaus um, ehe sie weiter den schmalen Feldweg entlanggingen. »Sie hieß Annemarie Köhler und war ein eher schüchterner Mensch.

Sie wurde nach dem Tod ihrer Mutter vom Vater mit Seidenhandschuhen angefasst. Er beschützte sie vor allen Gefahren des Lebens. Vielleicht sogar etwas zu viel.«

Am kleinen Tor des Friedhofs angekommen, drehte sich Susanne direkt nach links auf den Weg zum Grab ohne Namen. »Oma, wir waren schon öfters hier, nicht wahr?«

»Ja, Liebes.«

»Wer ist hier in diesem Grab ohne Namen begraben? Ist es vielleicht Annemarie Köhler, die ebenfalls von den geknechteten Zwangsarbeitern gehängt wurde?«

Omas Gesichtsausdruck wurde nachdenklicher. »Nein, Kind, auf keinen Fall. Warum möchtest du alles über das Haus und seine Bewohner wissen? Warum sind wir eigentlich hier?« Die alte Frau hatte Susanne durchschaut. Sie wusste jetzt, es war kein normaler Spaziergang am Sonntagnachmittag. Was wollte Susanne bloß mit den ganzen Details aus vergangenen Tagen?, fragte sie sich.

Susanne antwortete stotternd. »Wir waren am Freitagabend am See, da haben wir uns so Gedanken gemacht. Ich konnte einiges zum Haus erzählen und da war noch unser Schulprojekt von früher, weißt du noch? Ich kann mich an die meisten Geschichten ums Haus, Herrn Köhler und die schreckliche Tat der Nazischergen erinnern.«

»Aber was geschah nach diesem Ereignis? Wieso konnte dieser Nazirichter das Haus kaufen, in dem er damals den Jungen ermorden ließ?«

Frau Schneider blieb sachlich. »Das Grab gehört einem Jungen aus meiner Schulzeit, der im See ertrunken ist. Für die Eltern war es zu grausam gewesen, seinen Namen auf das Kreuz schreiben zu lassen. Sie konnten einfach nicht verstehen, warum er schon gehen musste, und wollten dies auch nicht akzeptieren. Der Richter hatte nach der Befreiung Kölns keine Zeitzeugen mehr. Nur einige Dorfbewohner, wie mein Vater, erkannten ihn noch. Das Ereignis in jener Nacht ist zum Ende des Naziregimes nie aktenkundig geworden. So und jetzt zu dir, raus mit der Sprache, Fräulein! Warum willst du das alles wissen? Seid ihr Freitagabend in das Haus eingebrochen?«

Susanne lächelte verlegen. »Oma, da ist überhaupt keine Tür mehr, das weißt du doch. Aber wenn es dich beruhigt, nein, sind wir nicht. Mich interessiert es einfach nur, weil ich weiß, dass ich sogar mit Vater hier gespielt habe und der nicht über die Geschichte des Hauses mit mir reden wollte. Was hatte Vater nur?«

Die alte Frau antwortete sehr ruhig und bedacht. »Mein Sohn kannte den Richter nicht und hatte auch keine richtige Beziehung zum Haus. Die Geschichte mit der gemeinen Ermordung und dem Suizid des Richters wollte er dir nicht erzählen, um dir keine Angst zu machen. Das hat er mir zufällig kurz vor seinem Tod selbst gesagt.«

»Aber Oma, ich bin doch schon groß«, Susanne lächelte und ihre Oma ging weiter zum Grab ihrer Eltern. Sie verblieb einige Zeit in Stille und bekreuzigte sich. »Lass uns gehen, Liebes. Dieser Ort ist so traurig für eine alte Frau, dass ich es nicht aushalten kann, länger hier zu sein.«

Sie gingen wieder zurück. Ohne dass Susanne größere Erkenntnisse aus ihren Erläuterungen ziehen konnte. Als sie neben dem Herrenhaus am Auto ankamen, sah Oma Schneider ihre Enkelin ernst an und bat sie vom Hause fernzubleiben. »Da treiben sich Landstreicher und anderes

Gesindel rum.« In der Tageszeitung gab es immer wieder Berichte von irgendwelchen Teufelsanbetern, die auf diesem ehrwürdigen Gelände schwarze Messen gehalten haben sollen.

Sie fuhren wieder zurück Richtung Fühlingen, zur kleinen Gaststätte ihrer Oma.

Susanne konnte mit den Fragen nicht aufhören.

»Die Tochter des Gutsherrn.«

»Ja, Liebes.« Genervt schaute Frau Schneider aus dem Fenster des Autos und sah sich die schöne Landschaft an, die an ihr vorbeiflog.

»Was, meinst du, ist mit ihr geschehen? Meinst du wirklich, dass sie nach dem Krieg zurückgekommen ist und die Leute sie gesehen haben?«

»Nein, Kind, das junge Mädchen ist höchstwahrscheinlich zu irgendwelchen Verwandten geflüchtet.«

»Aber sie soll doch keine mehr gehabt haben.«

»Man hat immer irgendjemanden. Vielleicht ist es in ihrem Fall ein weiter entfernter Verwandter gewesen oder sie kam auf der Flucht ums Leben. Die Zeiten damals waren sehr hart, das kann sich heute keiner mehr vorstellen.«

»Wo kann man denn Vermisste aus dem Zweiten Weltkrieg suchen? Gibt es da Informationen im Einwohnermeldeamt oder dem Bürgerbüro?«

»Susanne, lass doch diese alten Geschichten in Ruhe. Ich schätze aber, dass das Rote Kreuz die meisten

Informationen hat. Lass es einfach sein.«

»Endlich«, dachte wohl Oma. Sie fuhren zur Wirtschaft und verabschiedeten sich kurz darauf herzlich voneinander. Das war wohl ein anstrengender Nachmittag, obwohl sie die Gegenwart von Susanne sonst sehr angenehm empfand. Susanne stieg wieder in ihr Auto und fuhr nach Hause.

Alex wartete schon sehnsüchtig zu Hause. Der Besuch bei seinen Eltern dauerte nie lange. Sie stritten sich immer im Viertelstundentakt über unwichtige bis gleichgültige Dinge. Dabei versuchte jeder den anderen so schlecht wie möglich aussehen zu lassen. Sie blieben dabei immer einigermaßen sachlich und waren nie beleidigend. Das mochte witzig sein, war auf die Dauer aber sehr anstrengend.

Susanne grübelte während der Fahrt über die Gespräche mit ihrer Oma. Sie hatte ihr eigentlich nicht weitergeholfen. Natürlich hatte Susanne auch nicht mit offenen Karten gespielt. Sie hatte ihr alles verschwiegen und konnte somit auch nichts erwarten. Trotzdem war ihre Oma heute sehr nervös gewesen und hatte sich einige Male seltsam verhalten. »Na ja, was soll es. Ich habe mich höchstwahrscheinlich, aus Omas Sicht, ebenfalls die gesamte Zeit seltsam verhalten«, dachte Susanne.

Sie bog auf den Parkplatz des Mehrfamilienhauses, in dem sie wohnten, lief das Treppenhaus hinauf und schloss die Türe gekonnt mit zwei Handgriffen auf. Alex stand schon im Flur und Susanne glitt ihm in die Arme. Sie setzten sich auf ihren Balkon und quatschten über die Erlebnisse des Tages. Es war so ein schöner Sonntagnachmittag und die Dächer funkelten im Sonnenlicht. Nach circa einer halben Stunde surrte Alex' Handy. Ein alter Freund aus seiner

Facebook-Gruppe schickte eine SMS. Es war Fathi, Jamilas Cousin aus Alex' Klasse. Er hielt sich kurz. »Ruf mich bitte an, wenn du kannst, ich muss mit dir reden.«

Den beiden stockte der Atem. War es doch Realität gewesen, was sie gesehen haben?

Jamilas Fahrrad stand Samstagnacht vor Haus Fühlingen. Susanne dachte an ihren Ausflug gerade.

Das Fahrrad war verschwunden. »Entweder hat Jamila es geholt oder es ist gestohlen worden! Wir hatten Samstagnacht nicht nachgesehen, ob es abgeschlossen wurde«, dachte sie.

Alex sah Susanne fragend an. »Was soll ich jetzt antworten? Wie viel soll ich ihm erzählen? Vielleicht nur, dass sie nach Hause gefahren ist? Wir haben sie ja anscheinend wirklich nicht mehr gesehen. Das mit Haus Fühlingen hört sich auch sehr seltsam an. Der denkt doch, wir würden Drogen nehmen oder hätten nicht alle Tassen im Schrank. Ich hätte vor diesem Ereignis niemandem solch eine verrückte Geschichte abgekauft.«

Susanne war skeptisch, »Meinst du wirklich, wir sollten das mit ihrer Erscheinung im Flur weglassen? Was ist eigentlich mit ihrem Fahrrad? Ich habe es heute Mittag nicht mehr gesehen. Hast du gesehen, ob es abgeschlossen gewesen ist?«

»Ich habe nicht nachgesehen. Lass uns die komplette Geschichte mit Haus Fühlingen weglassen. Die machen sich sonst nur Sorgen. Wir sollten nur Fakten erwähnen. Ich rufe ihn jetzt an.«

Fathi erzählte, das Jamila Samstagmorgen nicht nach Hause

gekommen sei.

»Sie ist doch bei euch am See geblieben, oder? Wollte sie noch in die Stadt? Wie lange war sie bei euch?«

Die Fragen prasselten nur so auf Alex ein. Er beantwortete Fathi alles wahrheitsgemäß und zeitlich sehr genau. Nur den Schluss ließ er weg.

»Jamila wollte nach Hause fahren, und das so gegen 01:00 Uhr nachts. Wir sind zum alten Herrenhaus, du weißt doch, am kleinen See.«

Fathi wusste genau Bescheid. »Was wolltet ihr denn da? Für Kiffer hätte ich euch jetzt nicht gehalten.«

Alex wiegelte diese Anschuldigung ab. »Von Nicole sind Bekannte aus Aachen mit gewesen und wir haben uns Spukgeschichten erzählt. Danach sind wir auf die tolle Idee gekommen, dorthin zu gehen. Jamila ist aber direkt gefahren.«

Fathi gab jetzt langsam nach. »O. K.! Schade, dass ihr nichts wisst. Eine Sache habe ich aber noch. Nachdem wir eine Vermisstenanzeige aufgenommen haben, wurden wir gefragt, mit wem Jamila als Letztes gesehen wurde. Ich habe deinen und Susannes Namen der Polizei gegeben. Ich konnte mich an die anderen Personen nicht erinnern. Die Polizei hatte gesagt, sie würde in den nächsten Tagen zu euch kommen und einen Fragebogen mit euch durchgehen. Bitte, sobald euch etwas einfällt, schreib mir einfach. Redet bitte auch mit euren Freunden darüber, vielleicht hatte Jamila noch mit einem Fremden geredet. Die ganze Familie ist in großer Sorge.«

Alex versprach Fathi hoch und heilig, dass er mit allen

nochmal reden würde. Außerdem wünschte er ihm Glück, dass alles wieder ins Lot kommt und Jamila auftaucht. Nach diesem Gespräch machten sich die beiden große Sorgen. »Das kann kein Zufall sein. Jamila ist normalerweise super zuverlässig.«

Susanne brannte noch eine Kleinigkeit auf der Zunge. »Warum hast du Fathi eigentlich nichts vom Streit mit Nicole erzählt?« »Meinst du, das würde irgendetwas ausmachen? Die haben sich danach doch wieder vertragen. Das meinte zumindest Nicole.«

Alex' Gesichtszüge verdunkelten sich. »O. K., aber außer Nicole hat niemand Jamila wegfahren sehen und als wir aus dem Haus kamen, stand ihr Fahrrad noch da. Was meinst du, ist denn Eifersucht ein Motiv?«

Susanne schaute Alex verdutzt an. »Was soll das denn bedeuten? Nicole ist das liebste Geschöpf auf Erden, sie ist nur oft zu lieb und wahrscheinlich deshalb mit so einem Arsch zusammen.«

Alex nickte, »Das glaube ich auch, aber jeder, der die Geschichte erzählt bekommt und Nicole nicht kennt, würde diesen Schluss in Betracht ziehen. Sie haben sich heftig gestritten und sind dann auseinandergegangen. Dass Jamila weggefahren ist, könnte niemand bestätigen. Die beiden sind außerdem länger als zehn Minuten zusammen fort gewesen, dann kam Nicole und hat euch erzählt, warum die Situation so eskaliert sei. Ich bin kein Polizist, aber das könnte man auch anders deuten.«

Susanne verstand Alex' Befürchtungen. Sie beschlossen in eine nahe gelegene Videothek zu gehen und sich einen schönen Film auszuleihen. »Einfach mal abschalten, was ist in dieser Nacht nur passiert?«, dachte sie.

In der Videothek angekommen, dauerte es nicht lange, bis Susanne einen schönen, schnulzigen Liebesfilm fand.

Alex favorisierte eine Komödie, was ihm aber letztendlich nichts nutzte. Susanne setzte sich bei den wichtigen Entscheidungen des Abends immer durch. Sie fuhren nach Hause und verbrachten noch einen ruhigen Sonntagabend auf der Couch. Das Wochenende war gelaufen und irgendwie war nichts mehr, wie es vorher war. Susanne schrieb Maite und Nicole mit ihrem Smartphone. »Mädels, wir müssen morgen mal chatten oder telefonieren! Es ist wichtig, glaubt mir, aber jetzt will ich euch nicht stören. Genießt den Abend und grüßt eure Lieben.«

Schlafen konnten sie nach diesem Wochenende nicht gut. Susanne wollte dieses Schicksal den anderen ersparen.

Der Montag startete für alle wie gewohnt. Die Aachener Studenten gingen zur Uni, Alex war wieder der Erste in der Werkstatt und Susanne hatte ebenfalls Frühdienst in der Kita bei Ossendorf. Der Montag verging wie im Flug, bis auf eine Feuerwehrübung der Uni nichts Aufregendes.

In der Mittagspause trafen sich die drei Studenten in der Aula. »Was für eine bescheuerte Feuerwehrübung. Musstet ihr auch ein Opfer spielen?«, fragte Maite. Die zwei antworteten mit nein und kriegten sich nicht mehr ein vor Lachen. »Was für ein Opfer?«

»Mir ist da so ein Feuerwehrtyp entgegengekommen, der meinte, ich wäre jetzt ein Brandopfer. Ich musste mich auf den Boden legen und sollte laut schreien. Wenn sich ein Feuerwehrmann nähert, solle ich laut ›Brandopfer‹ rufen. ›Brandopfer! Brandopfer!‹ Unglaublich, die haben mich da ewig liegen lassen, kaum auszudenken, wenn ich wirklich große Brandverletzungen gehabt hätte! Ich bin mal gespannt, was Susanne heute Abend so zu erzählen hat. Was meint ihr, ob sich Jamila bei ihr gemeldet hat? Vielleicht hatte sie noch Leute getroffen und ist feiern gegangen.«

»Ich glaube auch, das muss eine Halluzination oder ein Poltergeist gewesen sein«, meinte Alain. »Das ist bestimmt so was wie eine Warnung gewesen. Wir sollten uns nicht an diesem Ort aufhalten. Ich glaube jetzt auf jeden Fall an Geister und etwas an übernatürliche Erscheinungen. Auch als Naturwissenschaftler oder angehender Chemiker kann man an Übernatürliches glauben. Ich kenne da einige Kommilitonen, denen es ähnlich geht. Alles ist berechenbar, aber das, was wir da am Samstagmorgen gesehen haben, widerspricht jeder Logik.«

So langsam mussten sie sich wieder auf die nächste Vorlesung vorbereiten. Sie packten ihre Butterbrotdosen und Getränke weg, dann brachten die drei ihre Tabletts zum Spülwagen.

»Na gut und weiter geht's.« Die nächste Vorlesung war Pflicht und ging über das kommende Organische Praktikum. Es war der erste Teil der Lehrreihe und eine inoffizielle Pflichtveranstaltung. Zumindest eine Pflichtveranstaltung für die Leute, die den Schein bestehen wollten. Der Referent war ›ein alter Hase‹ an der Uni und allen noch aus dem letzten Semester bekannt. Die Veranstaltung zog sich beinah ins Unendliche. Trockene Mechanismen und Regeln, die bewiesen werden wollten. Dazu flache Witze, über die nur die Streber lachten. Nach zwei Stunden war das Martyrium zu Ende. Die hektische

Betriebsamkeit füllte wieder den Raum und die drei Freunde beschlossen sich in fünf Minuten vor dem Gebäude zu treffen. Draußen angekommen verabschiedete sich Alain, sein Debattierclub rief.

Die zwei Mädels fuhren zu Maite ins Studentenheim. Sie wollten im Gemeinschaftsraum einen Kaffee trinken und sehen, wer sonst noch alles da ist. Später wollten sie dann mit Susanne schreiben und danach mit ihr übers Internet ein Videotelefonat führen.

Unterdessen in Chorweiler. Alex und Susanne kamen nach einem anstrengenden Arbeitstag nach Hause. »Es ist Sonntag wohl zu spät geworden, Schatz«, sagte Susanne zum gähnenden Alex.

»Ja, richtig, Süße, du hättest ja gestern mal früher Ruhe geben können!« Er zwinkerte und ging in den Flur. Alex packte das Leergut aus dem Abstellraum. Sie wollten mal wieder Einkaufen fahren, Susanne schrieb einen Einkaufszettel.

»Was schreibst du da wieder?«

Alex hasste Einkaufszettel und wollte immer ohne aus dem Haus gehen. »Die lassen einen zum Roboter werden«, hielt er ihr immer vor.

»Ich schreibe wichtige Besorgungen auf. Wenn wir auf deine Art einkaufen gehen, kaufen wir nur unnütze Dinge und vergessen die wichtigen Sachen. Sehr wichtige Sachen, die z. B. nicht schön, aber lebensnotwendig sind. Denk mal an Spülmaschinentabs, Ohrstäbchen und Toilettenpapier.«

Die zwei fuhren zu ihrem Lieblingsdiscounter.

Wieder zu Hause angekommen verstauten sie die lebensnotwendigen Alltagsutensilien in der Abstellkammer. Nach einer gefühlten halben Stunde waren sie endlich fertig. Alex ließ sich jetzt auf die Couch fallen.

»Mann, bin ich platt!«

Susanne war jetzt so richtig wach. Sie nahm sich ihr Smartphone und dann ging es los. Nicole und Maite antworteten sofort.

»Susanne, hast du eigentlich eine neue Kamera an deinem Desktop? Die Alte hatte doch diesen Wackelkontakt.«

»Ja, ich habe sie vor ein paar Tagen per Post bekommen.«

Maite und Nicole freuten sich. »Alles klar, lass uns in fünf Minuten einloggen.«

Gesagt, getan. Die Mädels bauten eine Internetverbindung auf und los ging es. Zuerst redeten sie über ihren Tag, Susannes »liebstes« Kindergartenkind hatte ihr mal wieder aufgelauert. Maite erzählte von ihrem Wochenende und speziell dem tollen Sonntag. Nicole konnte wieder nur von einem schrecklichen Wochenende berichten. Sie erzählte ihren Freundinnen, was so alles vorgefallen war, und versuchte sogar manchmal Ruslans ignorante Art zu erklären. Maite und Susanne reagierten jedes Mal mit einem lauten Aufschrei. Die zwei waren sich einig und schimpften permanent über diesen Rüpel. Nicole stand bis jetzt immer hinter Ruslan und nahm ihm die kleinen Eskapaden nie übel. Bis jetzt. Sie öffnete sich und schüttete ihr Herz aus. Ihr Leben in den letzten Monaten war trist und auf die Hobbys von Ruslan zugeschnitten. Alles drehte sich um ihn und als Dank gab er ihr nichts wieder. Keine Aufmerksamkeiten, kein nettes Wort, sondern nur Streit. Ein guter Rat sollte die Debatte abrunden.

»Vergiss diesen Vollidioten und zieh zu uns ins Studentenheim.« Maite strich ihr dabei zärtlich über die Schulter.

Nicole schaute traurig nach rechts. »Meint ihr? Wie soll ich ihm das erklären?«

Maite meldete sich wortstark. »Wo ist dieser Held jetzt? Vergiss ihn und packe deine Sachen!« Susanne war derselben Meinung.

Nicole wurde ernster, »Er ist mit seinem Cousin und zwei Brüdern auf Montage gefahren. Sie bauen Büromöbel in Akkord in ganz Deutschland auf. Heute Morgen sind sie vierhundert Kilometer nach Erfurt gefahren. Er wollte bis zum Wochenende wieder zu Hause sein.«

Susanne meldete sich wieder zu Wort, »Nicole, sei dir endlich mal im Klaren darüber, was du willst. Ist dieser Typ was für dich und liebst du ihn wirklich? Manchmal bildet man sich auch nur etwas ein und sieht alles rosarot. Meinst du, dass er dich angemessen behandelt? Lässt er dich spüren, wie wichtig du für ihn bist?«

Nicole schwieg zuerst, bis sie endlich den richtigen Weg einschlug. »Lasst bitte mal an der Information nachsehen, ob ein Zimmer im Gebäude frei ist! Ihr habt vollkommen Recht, ich haue ab. Der wird schon sehen, was er davon hat. Ist sowieso seine Wohnung gewesen. Dieser Idiot! Ich habe mir schon Gedanken über unsere Zukunft gemacht, aber mit diesem Idioten ist das überhaupt nicht möglich. Ich habe mich auch in einen ganz anderen Menschen verliebt. Der Ruslan, der von Beginn unserer Beziehung jeden Wunsch von meinen Lippen abgelesen hat. Er war spontan, lustig und sehr einfühlsam. Nachdem wir zusammengezogen waren, redeten wir nicht einmal mehr über den Arbeitstag oder unsere Freunde. Wobei man sagen muss, dass ich seine Freunde nie so richtig kennenlernen durfte. Er hat sie mir nie richtig vorgestellt und dann von mir verlangt meine Kontakte einzuschränken. Ich sollte am besten jeden Tag zu Hause sitzen und darauf warten, dass er endlich nach Hause kommt. Seine Arbeitsreisen haben auch immer mehr zugenommen, in der Woche sehe ich ihn somit kaum noch und am Wochenende nimmt er dann auch keine Rücksicht mehr. Fußball, Kneipenbesuche und Familienveranstaltungen, zu denen er mich auch nie mitnahm.«

Susanne unterbrach kurz. »Was, du hast seine Familie noch nicht kennengelernt?«

»Nein, er meinte, das müsste noch warten, da es mit einer baldigen Heirat gleichgesetzt werden würde. Seine Eltern und seine Familie seien sehr konservativ eingestellt. Seine Familie sei sowieso das Höchste, was die Evolution je erbracht hat. So schlau und erfolgreich, das kann sich kein normal Sterblicher vorstellen.«

»Der miese Typ hat dich nur ausgenutzt«, platzte Maite ins hitzige Gespräch. »Alles nur zu seinem Vorteil. Wir zwei gehen jetzt los und sehen nach einem Zimmer für dich nach. Da wird sich schon eine Wohnung finden meine Liebe.«

Nicole fing in diesem Moment an hemmungslos zu heulen. »Ich logge uns kurz aus Susanne«, sprach Maite in die Webcam ihres Laptops. »Wir gehen mal kurz zur Info und danach melden wir uns wieder.«

Susanne war jetzt einerseits tieftraurig, andererseits aber auch erleichtert. Nicole hatte endlich begriffen, was ihr Freund mit ihr gemacht hat. Sie ging zu ihrer Couch und schaute sich den mittlerweile schlafenden Alex an. »Einen tollen Typen habe ich mir da geangelt«, dachte Susanne sich. »Ein absoluter Gentleman und Kavalier. Jede Türe öffnete er zuvorkommend, keine schwere Last wurde mir zugemutet. Er kümmerte sich um alles, Versicherungen, Einrichtung und Reparaturen. Irgendwie hatte er für alles ein Händchen.«

Während Susanne etwas entspannte, kamen Maite und Nicole an der Info des Studentenheims an. Die Sprechstundenkraft packte schon alles zusammen und signalisierte Nicole damit, »Du bist echt spät dran, ich habe jetzt Feierabend.« Ein paar Streitgespräche später kooperierte die Sprechstundenkraft mit den beiden. Tatsächlich gab es ein Zimmer im zweiten Stock, welches länger leer stand. Sie reservierte die Wohnung für drei Tage und würde dann morgen direkt den Vertrag unterschreiben. Direkt nachdem die Reservierung im System vermerkt wurde, speicherte die Dame an der Info und drückte auf Herunterfahren.

»Alles Weitere besprechen wir dann morgen. Ich muss noch meine Bahn erreichen!« Einen Wimpernschlag später stürmte die jetzt total gestresste Bürokraft zur Tür und lief davon.

»Super, lass Susanne anrufen! Ich muss ihr das erzählen. Ich werde es tun, morgen unterschreibe ich meinen Mietvertrag und dann bin ich ihn los.«

Zehn Minuten später meldete sich Susannes Rechner mit einem weichen Klingelton. »Die zwei haben sich jetzt wohl wieder eingeloggt«, dachte sie. Am Rechner angekommen, sah sie direkt zwei strahlende Gesichter im Lifescreen.

»Und wie ist es gelaufen?«, fragte überflüssigerweise Susanne noch.

Nicole strahlte noch einen kurzen Moment und schrie euphorisch.

»Ich habe die Wohnung!«

Direkt danach drehte sich ihr Gesichtsausdruck quasi um 180°. Die Tränen flossen ihr wie Gebirgsbäche über die Wangen. Die Welt kann so grausam sein. »Wieso ist er nur so?«, rief sie jetzt. »Ich konnte doch nichts anderes machen, wenn der so zu mir ist.« »Maite nahm sie in den Arm und versuchte sie zu beruhigen.

In dem Moment kam Alex ins Zimmer. »Was ist denn hier los? Ist was passiert? Hat Ruslan einen Unfall auf der Baustelle?« Susanne schob ihn aus dem Zimmer, weg vom Bildschirm. »Ja, man könnte sagen, er hat so etwas Ähnliches wie einen Unfall gehabt. Ab Morgen wird er deswegen auch wieder alleine wohnen.«

Alex konnte sich das Lachen nicht verkneifen. »Mach keinen Scheiß! Sie hat ihn rausgeschmissen?« Susanne schüttelte den Kopf. »Nein, lass mal, ich erkläre dir alles später! Ich muss jetzt mit den beiden reden! Nicole braucht mich jetzt.

Alex blieb nur der Rückzug. Mit diesem Schritt hatte er jedoch nicht gerechnet. Eigentlich war er auch froh, dass dieser aggressive Typ nicht mehr auf unseren Partys für Stunk sorgen würde. Das mit Jamilas Verwandtschaft hatte ihm echt gereicht. »Vollidiot«, sagte er sich noch und ging auf seinen Balkon. Er legte sich wieder in die Strahlen der etwas tiefer stehenden Vorabendsonne und nahm einen Schluck von seiner eiskalten Cola. So kann es laufen. Innerlich dachte Alex schon über Nicoles Umzug nach. »Ich werde die Jungs aus unserer Werkstatt fragen. Wir werden einfach eine Party draus machen und nach dem Umzug grillen. Aber würden die bis nach Aachen fahren? Ich glaube, da würde auch die Aussicht auf ein Bier und Grillfleisch nicht helfen. Vielleicht hat auch Nicole ein paar kräftige Bücherwürmer am Start? Sportstudenten? Egal, ich glaube, ich mach mir wieder zu viele Sorgen.«

Plötzlich klingelte es an der Haustüre. Alex fuhr hoch und ging die Tür öffnen. Wer konnte das wohl sein? »Wir erwarten niemanden. Ist es wieder dieser Nachbar, der sein Päckchen sucht? Der hatte letzte Woche auch schon einmal nachgefragt, ob wir sein Päckchen angenommen haben. Auf der Eingangsbestätigung stand ein Name, der nicht zu diesem Haus gehören würde. Wer hat nur das Paket angenommen?« Seine Gedanken kreisten noch um die Probleme des Nachbarn, als Alex die Türe öffnete. Er stellte sofort fest, dass es sich nicht um ein verschollenes Päckchen drehte. Da standen zwei nett aussehende Streifenbeamte, die sich auswiesen. Sie fragten, ob Herr Alexander Schäfer und Frau Susanne Schneider hier wohnen. Sie verglichen kurz die Geburtsdaten, um sicherzugehen, dass auch die richtigen Personen anwesend seien.

»Hätten Sie kurz Zeit? Dürfen wir kurz in Ihre Wohnung kommen und eine Aussage von Ihnen beiden aufnehmen?«

Alex war sichtlich geschockt. »Aber natürlich, kommen

Sie doch herein.«

Susanne hatte die Türklingel auch gehört und ihr Telefonat unterbrochen. Aufgeschreckt stand sie im Türrahmen zum Wohnzimmer, in welchem die Polizeibeamten mit Alex standen.

Der zweite Beamte fragte Susanne jetzt, ob sie Susanne Schneider sei. Nach Abgleich der Personalien setzte sich die Gruppe an den kleinen Esstisch.

»Es ist nichts passiert, wir haben nur ein paar Fragen zur Nacht von letztem Freitag auf Samstag. Wir haben von einem weiteren Zeugen die Aussage vorliegen, dass Sie mit Freunden aus Aachen am Fühlinger See etwas gegrillt und gefeiert haben. Ist das richtig?«

Alex und Susanne starrten sich verdutzt an. » Was ist wohl geschehen und wie viel von diesem Abend wissen die Beamten? Haben sie Jamilas Leiche gefunden? Sind wir eventuell tatverdächtig? Würden dann zwei gelassen wirkende Polizeibeamte auf diese lockere Art und Weise zu uns kommen? Wohl eher nicht.« Dieser Denkprozess benötigte nur wenige Sekunden, nachdem dieser dann abgeschlossen wurde, meldete sich Susanne zu Wort.

»Ja, sind wir, warum fragen Sie denn? Wegen Haus Fühlingen?«

Jetzt schauten sich die beiden Polizeibeamten skeptisch an.
»Was soll denn mit Haus Fühlingen gewesen sein? Wir sind hier, weil wir einer Vermisstenmeldung nachgehen. Ihr Name wurde von einem Familienangehörigen der Vermissten genannt und gilt bis jetzt als letzter Kontakt dieser vermissten Person. Ist Haus Fühlingen nicht diese

Ruine direkt nach dem Schwimmbad?«

»Ja, richtig«, schaltete sich Alex ein. »Vergessen Sie das mit Haus Fühlingen, es ist nicht wichtig. Wer wird denn vermisst?«

»Vermisst wird Jamila K., eine alte Klassenkameradin von Ihnen, und was wichtig ist, werden wir entscheiden. Können Sie kurz Ihren Abend und den Zeitpunkt des letzten Kontakts zu jener Person beschreiben? Wir benötigen am besten sehr genaue Zeitangaben, das ist für eine Rekonstruktion des Abends sehr wichtig.«

»Gut«, Alex wurde jetzt etwas warm. »Wir sind gegen 17:30 Uhr am See angekommen, haben unseren Grill aufgestellt und etwas gefeiert. So gegen 21:00 Uhr ist Jamila zu uns gestoßen. Ihre Familie hatte ebenfalls etwas am See gegrillt und sie gesellte sich zu uns. Nach dem Essen haben wir ein Lagerfeuer angezündet und etwas getrunken.«

Die Beamten unterbrachen Alex. »Bitte warten Sie kurz, wir müssen uns das notieren. Wer ist alles dabei gewesen? Am besten wäre es, wenn Sie uns die vollständigen Personalien der Personen nennen könnten.«

Susanne holte ihr Handy aus der Tasche und fing an zu suchen. Der zweite Polizeibeamte notierte sich die Namen und Adressen.

»Sind da noch weitere Personen im Laufe des Abends gewesen, die Sie kannten oder schon mal gesehen haben? Ist Ihnen aufgefallen, ob Jamila sich mit einer fremden Person gestritten oder angefreundet hatte?«

Alex und Susanne konnten sich an keine Situation erinnern.

»Jamila hatte sich vorher ausschließlich bei ihren Verwandten aufgehalten und verhielt sich den gesamten Abend eher zurückhaltend. Bei uns ist sie dann etwas mehr aus sich herausgekommen. Sie redete viel über früher und hatte so ein paar lustige Streitgespräche mit Ruslan.«

»Wie kann man das denn verstehen? Was sind denn das für lustige Streitgespräche?« Die Beamten wurden etwas hellhörig.

Alex versuchte das zu erklären. »Ruslan ist eher so der Macho und Jamila war mehr die Emanzipierte, die sich nichts von solchen Typen sagen lässt. Die beiden haben sich den ganzen Abend lang aufgezogen.«

»Kannten Sie sich aus Aachen und wieso war Jamila eine emanzipierte Frau? Sie ist es doch noch, oder?«

Alex und Susanne schauten sich wieder geschockt an. Alex ruderte sofort zurück. »Nein, ich meinte natürlich, sie ist eine emanzipierte Frau. Die kannten sich nicht und ich glaube, die beiden wollten auch nichts miteinander zu tun haben.«

»O. K., also nach 09:00 Uhr abends, was ist da geschehen?«
Der ältere Beamte wollte die Unterredung wieder auf das Wesentliche zurückführen.

»Wie gesagt, wir machten ein kleines Lagerfeuer und feierten. Alle haben angefangen Gruselgeschichten zu erzählen und es wurde richtig lustig. Später hatten wir dann die blöde Idee gehabt, uns Haus Fühlingen von Nahem anzusehen. Jamila verabschiedete sich danach und wir machten uns auf den Weg zur alten Herrenhausruine.«

Der erfahrenere Beamte platzte jetzt in die lockere Runde. »Liebe Leute, ich kenne die Gegend und ihr wisst sehr wohl, dass das Privatgelände ist. Ich werde das jetzt so vermerken müssen, ob ihr wegen unbefugten Betretens Ärger bekommt, wird sich später noch herausstellen. Ging die Vermisste zu Fuß nach Hause, fuhr sie mit dem Rad oder bestellte sie sich ein Taxi? Wann ist das genau gewesen? Das sind jetzt die letzten Fragen, dann sind wir fürs Erste durch.« Die Beamten lehnten sich etwas zurück und warteten die Reaktion des verschreckten Pärchens ab.

Susanne antwortete kurz und knapp. »Jamila fuhr so gegen 01:00 Uhr mit dem Rad nach Hause.«

»Na gut, wir haben alles notiert, in den meisten Fällen tauchen vermisste Personen binnen einer Woche wieder auf. Sie sind bei Freunden oder auf Kurztrips nicht erreichbar. Manchmal haben sie auch nur eine neue Telefonnummer oder der Netzanbieter hat eine größere Störung. Ich lasse Ihnen das Aktenzeichen und die Telefonnummer der zuständigen Stelle hier.«

Die beiden Polizeibeamten verabschiedeten sich und verließen die Wohnung.

Nachdem sie die Wohnungstür hinter sich geschlossen hatten, lehnten sie sich mit den Rücken gegen die Tür und rutschten an ihr runter. Sie verschnauften kurz, Susanne hielt sich die Hände vors Gesicht und fing langsam an zu weinen. Alex umarmte sie. Sie blieben so eine ganze Weile sitzen und Susanne beruhigte sich erst viel später.

»Was meinst du, ist sie wirklich tot?«

Alex streichelte Susanne zärtlich durch die Haare. »Ich

habe kein gutes Gefühl, aber wenn diese böse Vorahnung sich wirklich bewahrheiten sollte, ist Jamila jetzt ein Engel. Sie wird uns keinen Vorwurf machen, glaube mir. Wir haben nicht gewusst, was in diesem Haus vor sich geht und wen wir damit verärgern würden.«

Susanne bekam sich langsam ein. »Ich werde den anderen Bescheid geben. Die müssen wissen, dass die Polizei auch zu ihnen kommen wird.«

Susanne verschwand ins Arbeitszimmer und setzte ihr Videotelefonat fort.

Alex haute sich auf die Couch. Es war spät geworden und draußen wurde es jetzt richtig dunkel. Der Tag neigte sich dem Ende zu und die beiden führten noch einige Gespräche zu diesem Thema. Schlafen konnten beide nicht.

Der Dienstag begann für das Pärchen und die Studenten hart. Alle konnten die Nacht nicht schlafen und träumten von der Villa und schaurigen Gestalten. Alles lief in ihren Köpfen nochmal und abermals ab. Sie träumten von den wildesten Wendungen.

Susanne konnte sich auf wundersame Weise an das meiste erinnern. Sie erzählte Alex alles, was ihr im Traum Angst gemacht hatte.

»Ich bin im Traum heute Nacht wieder im Haus gewesen. Ich wanderte durch die Zimmer und war plötzlich wieder draußen. Ich bin den kleinen Weg hinterm Haus runter zum Friedhof gegangen. Alles sah etwas anders aus.« Sie biss in ihr Brötchen und schmierte beim Kauen noch etwas Marmelade darauf.

»Was meinst du?«, unterbrach Alex.

»Da waren nicht so viele Bäume und das Friedhofstor war nicht da gewesen. Ich konnte von weitem zwei Männer an dem Grab ohne Namen sehen. Ich glaube, sie pflegten das Grab.«

Alex konnte ebenfalls von Erlebnissen in seinem Traum erzählen. Allerdings beschäftigte ihn mehr der Mercedes im Keller.

»Bekommt Nicole heute die Schlüssel für ihr Zimmer im Wohnheim?«, fuhr er fort.

»Ja, sollte sie, ein Zimmer soll seit längerem leer stehen. Ich bin mal gespannt ob sie schon angefangen hat zu packen. Ich schätze, dass Maite ihr schon auf die Sprünge geholfen hat. Es ist gut, jemanden bei Nicole zu wissen, der sie unterstützt. Mit Ruslan hatten wir alle einen guten Riecher gehabt. Nur Nicole muss immer auf solche Typen reinfallen. Der ist mir so unsympathisch gewesen, mit dem hätte ich nie was angefangen.«

»Will ich auch hoffen.« Alex blieb sein Brötchen im Halse stecken.

Susanne beruhigte ihren Liebsten wieder und sie gingen zur Arbeit.

Die drei Studenten schlugen sich wieder durch einen ganzen Haufen von Vorlesungen, bis sie schließlich wieder in der Aula der Fakultät zusammen zu Mittag aßen. Ihre Gedanken und Träume drehten sich ebenfalls nur um Jamila.

Am schlimmsten hatte es wohl Alain erwischt. »Ich habe die ganze Nacht kein Auge zugemacht. Immer habe ich an

Jamila denken müssen. Ich habe den Anblick ihrer geschändeten Leiche bestimmt hunderte Male vor Augen gehabt. Die Gestalt auf der Treppe hat mich durch alle Zimmer gejagt. Als ich dann morgens kurz eingenickt bin, hat sie mich erwischt. Es ist der Richter gewesen, er hat mir eine Axt in die Seite gerammt. Er konnte unglaublich schnell rennen und hat mich dann fertiggemacht.«

»Was ist dann passiert?«, fragte Nicole.

»Maite hat mich geweckt und ich bin aufgestanden. Aber der Traum war so realistisch, dass ich einige Sekunden benötigte, um mich neu zu orientieren.«

Maite wollte jetzt etwas ablenken. »Wann hast du den Termin bei der Dame von der Info?«

»Ich wollte jetzt noch vorbeigehen. Sie hat erst in einer halben Stunde Mittagspause. Das habe ich mir noch gemerkt. Ich kann mir unheimlich gut Öffnungszeiten merken. Das ist eine Gabe, die viele gerne hätten. Ich muss mir auch immer die Schilder am Eingang von Geschäften, dem Schwimmbad oder eben jeder Info ansehen. Ich speichere das sofort ab.«

Maite ging auf Nummer sicher. »Sollen wir mitkommen?«

»Nein, nein! Ich mache das schon alleine, danke, Maite. Was sollte ich nur ohne euch machen? Ich werde euch das nie vergessen. Ihr habt mir echt geholfen und ich bin so froh, dass ich diesen Schritt endlich gemacht habe. Jetzt muss ich aber los, bevor die Infofachkraft ihre Mittagspause in Anspruch nimmt.«

Nur fünf Minuten später näherte sich Nicole der Info, direkt neben der Sporthalle hinter dem Studentenwohnheim. Die Begrüßung fiel heute gleich viel netter aus als gestern Abend. Alle Unterlagen waren vorhanden, das Ausfüllen der Papiere war reine Formsache und Nicole hatte nach ungefähr fünfzehn Minuten ihre neuen Wohnungsschlüssel in der Hand. Allgemein könnte die atemberaubende Geschwindigkeit der Infofachkraft auch mit der drohenden Mittagspause zusammenhängen. Was Nicole natürlich gut gefiel.

Nachdem alle Praktika und Vorlesungen überstanden waren, trafen sich die neuen Nachbarn mit Nicole im Gemeinschaftsraum des Wohnheims. Der Einzug musste natürlich gebührend gefeiert werden. Das Flaschenbier und die Pizza waren schnell organisiert und eine auf gut fünfzehn Personen angewachsene Gesellschaft ließ es sich gut gehen.

»Ich muss jetzt nochmal in mein Zimmer gehen«, sagte Nicole zu Maite. »Ich habe mir die Räumlichkeiten noch gar nicht richtig angesehen. Nur einen kurzen Blick konnte ich eben in das Zimmer werfen.«

Maite wusste, dass es ihr gefallen würde. »Ich komme mit, wenn das in Ordnung für dich ist.«

»Na klar«, antwortete Nicole belustigt.

Das Zimmer war winzig und hatte ein dagegen riesiges Altbaufenster mit Oberlicht. Der Raum war fast quadratisch und sehr hell. Es gab nur ein kleines Waschbecken und eine Kühlschrank-Plattenkocher-Kombination. Diese seltsame Kombi gab es in jedem Zimmer und gehörte zum Wohnheim dazu wie die blau gestrichenen Altbaufenster. Maite versuchte Nicole den Raum schönzureden und zeigte ihr die tolle Aussicht. »Dein Fenster geht zur selben Seite heraus wie unseres. Du hast da einen tollen Blick auf die große Wiese neben der Sporthalle. Glaub mir, im Sommer gibt es hier immer etwas zu sehen.« Maite lächelte und zwinkerte Nicole zu. Nicole hingegen wechselte die Gesichtsfarbe in einen leichten Rosé-Ton und kicherte hämisch. »Lass uns mal zur Poststelle der Uni gehen und nachsehen, ob die Kartons für deinen Umzug haben. Ich kenne da jemanden, der die guten, noch brauchbaren Kartons auseinanderbaut und an die Studenten verteilt. Endlich mal jemand, der mitdenkt.«

Als die beiden Richtung Ausgang des Studentenheims gingen, schaute Maite noch kurz in ihr Postfach und erklärte Nicole das System. »Jedes Zimmer hat ein Fach und der kleine Schlüssel an deinem Bund passt hier rein«, erklärte sie. Das, was sie jetzt aus dem Kasten holte, brachte sie wieder etwas von dieser euphorischen Stimmungslage runter. Das war eine Vorladung der Polizei, zwecks Aussagen zu einer Vermisstenmeldung. »Das hast du bestimmt auch im Briefkasten«, sagte Maite zu Nicole.

Nicole wurde blass und ihre Augen wanderten panisch von links nach rechts.

»Meinen Wohnsitz habe ich nie geändert, somit sollte die Vorladung nicht zu Ruslan und mir, sondern zu meinen Eltern in Chorweiler gegangen sein. Oh Gott, ich muss schnell nach Hause fahren und den Brief abfangen. Kümmerst du dich bitte um die Kartons, Maite? Ich muss fort.«

Nicole stürmte zur S-Bahn, um die Nachmittagsverbindung nach Köln zu erreichen. Mit dem Regionalexpress sollte sie schnell da sein. »Hoffentlich sind meine Eltern noch auf der Arbeit«, dachte Nicole. »Die bekommen einen Schock, wenn sie die Vorladung sehen, und ich müsste ihnen alles erklären.«

Es dauerte keine dreißig Minuten, dann kam sie in Köln an. Unterwegs hatte sie schon Susanne informiert. Alex und Susanne wollten Nicole am Hauptbahnhof abholen. Sie hatte Glück, dass die zwei diese Woche Frühdienst hatten.

Die Begrüßung war kurz und knapp. »Lasst uns schnell zum Auto! Es zählt jede Minute.« Alex hatte widerrechtlich am Busbahnhof unterhalb des Hauptbahnhofs geparkt. Die drei fuhren schnell Richtung Zubringer und kamen nach circa fünfundzwanzig Minuten bei Nicoles Eltern zu Hause an.

»Ich gehe mal schnell rauf«, rief sie.

Nicole öffnete den Briefkasten ihrer Eltern. Nichts zu sehen! Nur viel Werbung, zwei Briefe von der Versicherung und ein Prospekt. »Da ist nichts drin! Was soll ich jetzt nur machen? Vielleicht ist die gestern schon da gewesen.«

Alex beruhigte Nicole. »Die ist auf keinen Fall gestern da gewesen! Denk doch mal nach, hätten deine Eltern nicht direkt bei dir angerufen? Wäre sie da gewesen, dann wäre die Angelegenheit anders abgelaufen. Lass mal, ich habe von dem einen Beamten die Visitenkarte bekommen. Ich rufe den jetzt an und frage nach, was wir machen sollen.«

Der Zuständige der Fachabteilung für Vermisstenanzeigen meldete sich zuverlässig und erklärte, dass er nur zu Maite und Alain eine Vorladung geschickt hatte. Im Bericht der Kölner Kollegen wurde Nicole nicht erwähnt. Der Beamte notierte sich trotzdem die aktuelle Adresse von Nicole und verabschiedete sich.

»So ein Schock«, dachten die drei. Eine tonnenschwere Last fiel von ihren Schultern.

Nicole ergriff jetzt die Initiative. »Lasst uns schnell von hier wegfahren, bevor meine Eltern uns im Hof sehen. Habt ihr noch etwas Zeit heute?«

Susanne dachte nicht eine Sekunde daran, Alex um Erlaubnis oder zumindest sein Einverständnis zu fragen. »Klar doch! Du kommst jetzt mit uns und ich mach uns einen schönen Früchtetee.«

Gesagt, getan. Sie fuhren um die Ecke zu der kleinen Wohnung von Susanne und Alex. Susanne machte gleich eine ganze Kanne ihrer Lieblingsteemischung.

» Lasst uns auf den Balkon setzen, das war eine Aufregung eben. Hast du Fotos von deiner Studentenbude gemacht?«

»Ja, klar«, sagte Nicole und zeigte ihr stolz einen ganzen Haufen Fotos, die sie mit ihrem Smartphone geschossen hatte. Sie hatte sich schon alles ausgedacht. Da der kleine Sessel, hier die Kommode und das Bett. Sie hatte sich auch schon überlegt, wie man das Zimmer farblich gestalten könnte. »Wisst ihr, ich werde mich mit sehr hellen Möbeln einrichten, das Bett und die Kommode werde ich weiß streichen. Alles wird hell und freundlich sein. Meinen Schreibtisch werde ich rechts neben das riesige Fenster stellen. Das Licht hier ist super, seht euch das Foto an. Die Lichtstrahlen fallen hell und linear direkt durch Baumwipfel und Fenster. Das Foto hat etwas Magisches und erinnert mich an Elfen oder eine der Herr-der-Ringe-Verfilmungen. Die Holz-Bodendielen sind poliert und glänzen, wenn sie auch Macken und Katschen haben. Die Kombination mit den übergroßen Fußleisten und den hohen Wänden lässt den kleinen Raum riesig aussehen. Das Zimmer ist keine Frage ein Glücksgriff.«

Zufrieden lehnt sich Nicole zurück. »Wie viel Uhr haben wir eigentlich? Ich möchte den Interregio um 18:30 Uhr erreichen. Dann bin ich spätestens um 19:30 Uhr in Ruslans Wohnung.«

»Wir haben 18:35 Uhr, soll ich dich fahren?«, fragte Alex zuvorkommend.

»Nein, auf keinen Fall. Ich schaue kurz mit meinem Smartphone nach, wann der nächste Bus fährt, und hau dann ab. Ihr müsst mich nicht behandeln wie ein rohes Ei. Ich habe alles im Griff und weiß jetzt, was das Richtige für mich ist. Ich bin eine souveräne, selbstständige Frau, die genau weiß, was sie will.«

In diesem Moment der Stärke konnte Nicole leider ihre emotionale Verfassung nicht verbergen. Nicole begann schrecklich zu heulen und konnte das selber nicht fassen. Sie beruhigte sich kaum und schaffte es trotzdem, ihr Handy zu bedienen, um ihre Busverbindung herauszusuchen. Zutiefst betrübt verließ sie Susannes und Alex' Liebesnest gegen 18:42 Uhr. Ihr Bus kam um 18:50 Uhr direkt an der Haltestelle am Marktplatz an. Die zwei ließen sie nur ungern in dieser Verfassung gehen. Was sollten sie jedoch machen? Nicole war eine erwachsene Frau von Format, die selbstbewusst auch in dieser Situation ihren Weg finden würde. Sie wird den heutigen Abend genau wie diesen Trottel hinter sich lassen. Die Zukunft wird ihr guttun und sie frei machen von Ängsten, die ihr Freund verursachte. Ihr Freund, der sie nicht zu schätzen weiß und sie innerlich nach der ersten Nacht verlassen hat.

»Schluss! Aus! Ich fahre jetzt zu ihm und morgen schon zu mir nach Hause.« Nicole umarmte die beiden und stürmte los.

Im Interregio angekommen schrieb sie Susanne per e-Messenger.

»Meinst du, Alex hat morgen Zeit, mit mir das Bett und die wichtigsten Sachen mit seinem Auto in meine Studentenwohnung zu bringen? Wenn du nichts dagegen hast, könnte er auch alleine vorbeikommen, dann könnte man die Sitze umklappen, um alles zu transportieren.«

Susanne antwortete schnell und etwas blauäugig, was sich später noch rausstellen wird.

»Sicher, Alex wird dir helfen, alles Nötige in die Wohnung zu schaffen. Ich wollte morgen sowieso mit meinen Mädels von der Kita etwas shoppen gehen. Der Termin steht schon seit Wochen, ich könnte ihn nicht absagen, auch wenn ich wollte.«

»Super«, schrieb Nicole.

Die Freundinnen verabschiedeten sich und das Unglück nahm seinen Lauf.

Der Mittwoch begann zunächst wie der Montag und der Dienstag. Alex bekam einen Großauftrag. Motorwechsel bei einem Audi TT Roadster. Der 1,8 Liter Turbo neigt zu Kolbenklemmern und Lagerschäden. Das Aggregat war nicht groß, doch die Steuerung und der Einbau waren tückisch. Alleine der ordentliche Abbau des defekten Triebwerks stellt Mechaniker vor eine logistische Meisterleistung. Die alten Teile, welche später am neuen Motor ihren Platz finden, galt es nicht zu beschädigen sowie etwas zu warten. Das überforderte Leute, die ihren Job nicht leben. Das Mittelmaß schaffte solch ein Meisterstück nicht. Alex gehörte zur Meisterklasse und nahm solche Aufgaben mit Vorliebe an. Zu zeigen, was in ihm steckt, war sein Bestreben.

Ein cooler Typ, durch und durch.

Zum Ende seiner Schicht klingelte sein Handy. Eine ihm nur zu gut bekannte Nummer leuchtete im Display auf. Nicole.

»Hi, Nicole, na, alles klar? Wo bist du?«

»Ich bin gerade vor der Aula. Hast du gleich Zeit, mir zu helfen? Ich habe mein Bett gestern schon auseinander gebaut. Ich weiß auch, wie es wieder zusammengebaut wird. Die wichtigsten Sachen habe ich schon zusammengestellt. Wie sieht es aus?«

»Ich muss noch eine halbe Stunde arbeiten, dann fahre ich direkt nach Aachen. Wir haben dich da noch nie besucht. Ich hoffe, ich finde den Weg direkt. Wenn ich losfahre, rufe ich nochmal kurz an und sag dir Bescheid.«

»Ja, klar, mach das, ich finde das übrigens supertoll, dass du mir hilfst. Ich werde dir das echt nicht vergessen, du bist ein Schatz.«

Alex war total geschmeichelt oder eher in Erinnerungen schwelgend. Nein, daran durfte er jetzt nicht denken. Er wurde plötzlich sehr sachlich. »Das ist selbstverständlich, du bist Susannes beste Freundin.«

Der hat gesessen. Nicole stimmte zu und beendete das Gespräch abrupt.

»Was bildet sich dieser Schnösel ein, ich habe ihn nicht angemacht. Wenn schon, soll er sich doch freuen, dass ihm jemand Honig um den Mund schmiert. Männer sind alle gleich. Holzköpfe, die Komplimente mit einem Heiratsantrag verwechseln. Auch wenn mir noch nie jemand einen gemacht hatte«, dachte sie.

Eine Stunde später stellte sich Alex seiner alten Freundin. Er informierte sie, dass er unterwegs war, und fuhr los.

Als er in Aachen auf den Garagenhof vor Ruslans Wohnung vorfuhr, wartete Nicole schon aufgeregt auf ihn. Er parkte sein Auto, stieg aus und kippte fast nach hinten um, als Nicole ihm an den Hals sprang. Sie umarmte ihn herzlich und drückte ihn.
»Danke, dass du gekommen bist. Komm, ich zeige dir die Sachen, die ich gerne heute transportieren würde.« Als sie sich dem Hausflur näherten, kam ihnen eine ältere Frau entgegen. Die Frau sah Nicole an, als hätte sie einen Geist gesehen. Sie schaute kurz zu Alex und drehte sich danach schnell weg.

»Wer war das denn?«, fragte Alex verdutzt.

»Ach, achte nicht auf die alte Hexe. Das ist eine alte Frau aus der Nachbarschaft. Ruslan kennt ihren Enkel gut. Sie ist so etwas wie eine russische Geheimpolizei. Wenn ich Pech habe, wird sie ihrem Enkel Bescheid sagen und Ruslan steht morgen in der Türe. Was soll es schon, es ist sowieso vorbei.«

»Du hast Recht, du darfst jetzt nur auf dich achten und musst etwas egoistischer sein.«

»Wieso egoistisch, ich habe einiges aushalten müssen. Ich wurde enorm ausgenutzt und muss jetzt die Scherben zusammenkehren. Es ist mir egal, was irgendwelche alten, verblendeten Greise denken. Die muss ja auch nicht mit diesem Choleriker leben.«

Sie gingen hoch zur Zweizimmerwohnung von Ruslan und Nicole. Angekommen öffnete sie die Tür und ging vor in den Wohnraum der Neubauwohnung. »Das Haus hat sein Onkel gebaut und den Innenausbau erledigte die Firma von Ruslans Cousin. Alles erstanden aus Vetternwirtschaft, so wie es eine weißrussische Familie wünschen würde. Die Wohnung war modern, jedoch schlecht geschnitten und ein Balkon fehlte gänzlich.«

»Lass uns zuerst das Bett in dein Auto packen. Die Matratze lässt sich einrollen und sollte auf das Gestell passen. Woher hast du eigentlich den Kombi? Fährst du nicht einen Mercedes?«

»Der Wagen ist von der Werkstatt«, Alex legte los. Er schleppte zuerst die Bettpfosten und kümmerte sich dann wie besprochen um die Matratze.

»Maite und Alain sollten bei der zweiten Runde zum Helfen eintreffen. Sie haben heute ein ganztägiges Praktikum, welches sie nicht verpassen dürfen. Aber wenn mein Bett im Zimmer aufgebaut ist, sollte der halbe Umzug erledigt sein. Nochmal, super, dass du mir hilfst.«

Alex hatte das Gestell, zwei Kartons, einen Koffer und die Matratze innerhalb von wenigen Minuten im Auto verstaut. Die Fahrt dauerte ebenfalls nur einige Minuten. Doch während der Fahrt war Alex extrem nervös geworden und konnte seine Blicke nicht von Nicole abwenden. Sie trug heute schlichte, schwarze Leggins mit einem strengen dunklen Faltenrock und einem weit ausgeschnittenen dunkelroten Schlabberpullover. Ihre schöne Figur kam sehr zur Geltung und ihr Parfüm füllte jeden Raum mit einem leichten süßen Duft aus, der ihm nur wieder zu gut bekannt gewesen war. »Au Mann, was mache ich hier?«, dachte sich Alex.

»Wenn Susanne das von früher wüsste, würde sie mich keine Minute alleine mit Nicole verbringen lassen. Ich könnte keinen Meter ohne ihren prüfenden Blick mit Nicole spazieren gehen. Ich mach ja gar nichts, ihre Anwesenheit schmeichelt mir einfach. Ach, was rede ich da, sie gefällt mir und ich war immer scharf auf sie. Jetzt sitzt sie neben mir und hat dieses unbeschreibliche Outfit an. Ich glaube, ich muss jetzt runterkommen, ich phantasiere. Einfach wie ein Roboter denken. Ich fahre nur Auto und trage gleich die Sachen in ihr Zimmer, such mir die Schrauben zusammen und installiere das Bett. Und dann, oh Gott, das Bett! Was soll ich nur tun? Ich bin gefangen von einer Sirene, die mich hypnotisiert und mich ins Verderben locken möchte.«

Alex versuchte sich zu beherrschen und seine Blicke auf den Straßenverkehr zu richten.

Vor dem Studentenheim angekommen, kamen auch schon einige Mitbewohner herbei und halfen beim Tragen des Gestells sowie der sperrigen Matratze. Die Fensterfront des Gemeinschaftsraums war auf den Parkplatz gerichtet. Sie bot eine gute Sicht für alle, die sich im Erdgeschoss aufhielten.

»Ein Glück!«, dachte Alex. »Wir sind nicht alleine.«

Die Einzelteile waren schnell ins Zimmer geräumt, Alex konnte direkt anfangen das Bettgestell zusammenzubauen. Für einen gestandenen KFZ-Mechaniker, der etwas von Bauplänen und räumlicher Orientierung versteht, kein Problem. Es dauerte keine zehn Minuten, bis sich Nicole auf ihr Bett werfen konnte. Sie rekelte sich und machte Alex schöne Augen.

Was sollte er nur tun? Sie genoss anscheinend seine Verlegenheit und fühlte sich dabei wie eine junge Göttin. »Setz dich doch, mach eine Pause. Nimm dir was zu trinken, ich muss dir eine wichtige Frage stellen.«

Alex wurde komisch, »Was kann das nur sein? Was kann sie nur meinen?«, dachte er.

»Hast du Susanne eigentlich von unserem kleinen Ausrutscher erzählt?«

Alex stockte der Atem, »Nein, warum auch, du hast doch auch nichts erzählt, oder?«

»Nein, auf keinen Fall«, Nicole fing an zu grinsen. »Lass uns unser kleines Geheimnis bewahren und hüten. Findest du eigentlich, dass es wirklich ein nichtssagender Ausrutscher gewesen ist? Ich empfinde das etwas anders.«

»Na ja, was soll ich sagen, ich bin erst kurz danach mit Susanne richtig zusammengekommen. Das heißt, es ist kein richtiger Ausrutscher gewesen, oder?«

»O. K., wenn du meinst. Ich schätze, dass das Susanne ganz anders empfinden würde. Wann genau war eigentlich euer Jahrestag nochmal?«

Nicole schien voll auf Angriff programmiert zu sein. Sie lehnte sich etwas nach vorne und schaute ihm tief in die Augen. Ihr weiter Ausschnitt ließ tief blicken, was Alex auch ausnutzte. Ihr Grinsen wurde immer breiter und Alex streichelte ihr zärtlich über den Oberschenkel.

In diesem Moment waren plötzlich Schritte zu hören.

Nicole beugte sich ganz nah zu ihm und stand dann, kurz bevor sich ihre Lippen berührten, mit einem Satz auf. Ihr Faltenrock flog leicht hoch und Alex' Hände kamen zum Vorschein. Eine Sekunde später begrüßte die aufgeregte Nicole Maite und Alain herzlich an der Tür.

Alex begutachtete unterdessen den linken Bettpfosten und räumte sein Werkzeug zusammen. »Ich habe es überstanden«, dachte er sich. »Das war eine knappe Angelegenheit. Ich muss hier weg, die sucht einen Seelentröster, der ihr aus der Depression hilft und dann fallen gelassen wird. Ich würde ihr trauen und einen Scherbenhaufen aus meinem Leben machen. So toll ist sie auch nicht«, dachte Alex.

»Was tue ich hier nur? Was denkt sie sich dabei? Susanne vertraut ihr blind.«

Alex dachte, dass er die Angelegenheit jetzt in die Hand nehmen müsste. »Hör mal, Alain, lasst uns schnell nochmal rüber zu Ruslans Wohnung fahren und die Kartons einladen. Im Gemeinschaftsraum sind gerade so viele Leute, die könnten vielleicht beim Schleppen helfen, wie eben.«

Alain schaute erstaunt, »Ach, haben die euch eben auch

beim Tragen geholfen?«

»Ja! Lass die Situation weiter ausnutzen, solange die Leute noch gut drauf sind.«

Die beiden zogen ab und Alex wog sich in Sicherheit, vor diesem Liebesmonster. Als er den Raum verließ, schickte Nicole noch ein paar heiße Blicke zu ihm rüber, was auch Maite auffiel.

Verdutzt schaute sie Nicole an, »Seid ihr schon lange mit dem Aufbau des Bettes fertig?«

Nicole grinste, »Nein, gerade eben erst. Ihr seid gerade in dem Moment angekommen, an dem wir uns das erste Mal hinsetzen konnten.«

Maite war jetzt so richtig sauer, »Kann es sein, dass wir gerade noch rechtzeitig gekommen sind? Ich meine, bevor zwischen euch etwas passiert wäre, was Susanne gar nicht gut gefunden hätte?«

Maite durchschaute Nicole sofort, für diese Art Anmache hatte sie einen Riecher.

Nicole wurde jetzt tiefrot. Sie leugnete alles und ihr wurde gerade erst richtig bewusst, was sie ihrer besten Freundin da antun wollte. »Wie erbärmlich. Sich wie eine Schlampe vor den so anständigen Alex zu werfen!«, dachte sie. Sie bekam große Gewissensbisse und beschloss innerlich die Situation mit Alex aus der Welt schaffen zu müssen. »Ich muss mich entschuldigen, er wird es verstehen. Ich bin eben zurzeit sehr durcheinander und meine Gefühle fahren Amok.« Nicole lenkte mit ein paar Einrichtungsideen ab und versuchte die unangenehme Stimmung zu kippen.

Unterdessen in Ruslans Wohnung.

Alex und Alain hatten eine entspannte Fahrt, bei der sich Alex erholen konnte. Alain durfte nichts merken. Die Situation sollte im Sande versinken und er würde bei der nächsten Gelegenheit die Sache mit Nicole klären. »Das kann sie nicht von mir verlangen, einfach so mein Leben zerstören. Als wenn ich ihr Ausweg wäre. Ich bin glücklich mit Susanne und Susanne ist immerhin ihre beste Freundin. Ich muss diesen Umzug hinter mich bekommen und hier weg. Das nächste Mal werde ich mir eine Ausrede ausdenken, um nicht alleine mit Nicole zu sein. Was habe ich mir nur dabei gedacht? Ich werde es zu keiner weiteren Situation dieser Art kommen lassen. Ich werde ihr bei jedem Blick, jeder Bewegung den Wind aus den Segeln nehmen. Die wird das sofort merken, das schwöre ich«, dachte sich Alex.

»So, da sind wir.«

Die beiden Männer räumten circa sechs Kartons, zwei Rucksäcke und mehrere Tüten in den Kombi. Das Auto ermöglichte jetzt keinen Blick mehr über die Rücksitzbank aus der Heckscheibe. Vom Gewicht waren die Kartons nicht sehr schwer, sondern nur sperrig. Wieder am Studentenheim angekommen wurden umgehend eine Hand voll Studenten, die im Gemeinschaftsraum abhingen, aktiviert. Die Umzugskartons wurden wie von einem Ameisenstaat abtransportiert. Alle wuselten umher und das Zimmer der neuen Bewohnerin füllte sich mit Trägern und Schaulustigen. Als alles abgestellt war, trafen sich die Blicke von Nicole und Alex das erste Mal. Sie waren voller Scham und Verlegenheit über das, was fast passiert wäre.

Eine Situation, die Angelegenheit zu klären, ergab sich leider nicht. So bedankte sich Nicole anständig, als wenn nichts gewesen wäre, bei Alex und ließ ihn gehen.

Nachdem sich Alex noch mit Alain über das Festival am kommenden Wochenende unterhalten hatte, ging er erleichtert zum Auto. Er klappte seine Sitze der Rückbank zurück und installierte die Kofferraumabdeckung. Als er sich ins Auto setzte, meldete sein Handy eine Kurznachricht.

»Nicole« stand im Display, »Das darf doch nicht wahr sein«, dachte er sich. »Was will die denn noch?«, er öffnete die Nachricht und konnte den Wortlaut nicht einordnen.

»Bitte komm auf den Parkplatz neben der Einfahrt des Unigeländes. Ich muss mit dir über eben reden.«

Alex hatte Angst vor dem, was da auf ihn zukommt, »Was sollte das bedeuten, die spinnt doch.«

Er fuhr zu dem nicht weit entfernten Parkplatz und hielt direkt nach der Einfahrt. Er stieg aus, öffnete die Kofferraumklappe und setzte sich auf die Ladefläche. »So kann ich wenigstens schnell weglaufen«, dachte er sich.

Es vergingen unendliche Minuten, bis Nicole auftauchte. Sie lief direkt auf ihn zu. Sie hatte nicht mehr dieses Feuer in den Augen, es sah eher nach Regenwetter aus. Konsequent und sachlich begann sie zu reden.

»Alex, es tut mir sehr leid, was da geschehen ist. Es ist mit mir einfach durchgegangen. Da sind vielleicht zu viele Erinnerungen von früher. Ich werde das nie wieder machen oder diesen Augenblick erwähnen. Du bist mit Susanne zusammen und ich akzeptiere das total. Bitte verzeihe mir und gib unserer Freundschaft noch eine Chance.«

Nicole dachte, sie hat jetzt alles im Griff. Sie sei die Herrin ihrer Situation. Doch was sie nicht wusste, Maite ist ein sehr emotionaler Mensch und Eifersucht ist bei ihr ansteckend. »Dieses verlogene Stück heult mir gestern die Ohren voll und macht sich heute an Alex ran«, dachte sich Maite.

Die Ausrede, Nicole wolle sich noch eben etwas zum Abendessen holen gehen, nahm sie ihr nicht ab. Maite beobachtete Nicole genau und folgte ihr. Sie merkte direkt, dass die Richtung nicht stimmte. Sie ging eher Richtung Autobahnzubringer als Richtung Supermarkt. Maite blieb in Deckung und folgte Nicole langsam. Als sie auf dem Parkplatz Alex erblickte, wurde ihr beinahe schlecht. Sie beobachtete die Szene und schwor sich dabei, die beiden umgehend zur Rechenschaft zu ziehen, sobald sie übereinander herfallen würden. Doch das taten sie nicht, sie ließen einen Abstand von gut einem Meter zwischen sich und diskutierten kurz. Den Dialog konnte Maite nicht verstehen, doch die Körpersprache war eindeutig. Nicole machte eine beschwichtigende Geste und Alex nickte betroffen. Danach gaben beide sich die Hand und drehten sich auf ihren Hacken um. Alex fuhr weg und Nicole sah ihm nicht mal nach. »Das kann kein heimliches Liebespaar sein«, dachte sich Maite und machte sich aus dem Staub.

»Trotzdem werde ich die noch einige Zeit beobachten und Alain werde ich nicht mehr aus den Augen lassen. Das hätte ich nicht erwartet von Nicole.«

Als Alex nach Hause kam, fühlte er sich schlecht und wollte

direkt duschen. Auch danach hatte er noch ein schlechtes Gewissen. Das mit Nicole war schon fast vergessen, dann passiert dieser Mist. Zumindest haben sie sich jetzt richtig ausgesprochen und festgehalten, dass das nie wieder passieren darf. Nicole hat auch zugegeben, dass sie provoziert hat. Sie hat das initiiert und er war der Puppenspieler gewesen.

War das auch so oder hatte er sich die Situation sogar herbeigewünscht? Das war schon krass gewesen. Seine Gedanken drehten sich kurz um Nicoles endlose Beine und ihre sensationelle Figur. »Egal! Ich vergesse das jetzt, ein für alle Mal.« Als Alex das Badezimmer verließ, konnte er immer noch nicht klar denken. Susanne verwickelte ihn in ein paar fast belanglose Gespräche über die Arbeit.

»Sollen wir am Wochenende zum Festival gehen? Ich habe mit Alain gesprochen, der hätte schon Lust. Wir müssen ja nicht zu den kleinen Seen gehen. Die Party ist auf der großen Wiese am Bootshaus. Ich finde, das ist weit genug weg von unserem Trauma, was meinst du?«

Susanne wurde nachdenklich, »Ich habe ein schlechtes Gefühl dabei. Was ist mit Jamila und was wäre, wenn wir jemanden von ihrer Familie treffen würden? Was würden die dann von uns denken?«

»Jamila wird nur vermisst. Ich kann mir nicht vorstellen, dass sie wirklich ein Opfer einer Straftat geworden ist. Ich sage dir, was wir an diesem Abend gesehen haben, ist nur eine Fata Morgana gewesen. Ein schlechtes Omen, was uns den Weg aus dem Haus weisen sollte.«

Susanne wusste nicht, was sie davon halten sollte, »Wenn du meinst, ich bin vielleicht etwas empfindlich geworden.

So langsam sollte ich abschalten und die Sache vergessen. Ist vielleicht eine gute Idee, das mit dem Festival. Die Strandbar hat auch einen ganz besonderen Style. Dazu karibische Klänge sowie eine ausgelassene Stimmung. Natürlich könnte ich mir das am Samstag vorstellen.«

Alex hatte gewonnen, »O. K., Schatz, ich rede mit Alain. Vielleicht sage ich Tobias und den Jungs von früher noch Bescheid. Stört dich doch nicht, wenn die auch kommen würden, oder?«

Susanne rümpfte die Stirn, »Dann stellst du dir den Abend so vor, dass du dich stundenlang mit deinen Saufkumpels beschäftigst und ich mit Maite in der Ecke stehe. Du kannst sie gerne einladen, ich möchte dann aber mit einbezogen werden. Ich habe auch keine Lust, dich nach Schnapsexzessen nach Hause tragen zu müssen. Sei dir darüber bitte nur im Klaren. Ich mag deine Freunde sehr, aber bitte trink dann nicht so viel!«

Alex versuchte jetzt seinen Charme spielen zu lassen.

»Schatz, komm schon! Habe keine Angst um mich, ich werde immer zwischendurch eine Cola trinken und die Schnapsrunden werde ich nicht alle mitnehmen. Das wird schon, ich habe die Jungs schon so lange nicht mehr gesehen. Das wäre ein super Anlass, alle mal wieder zu treffen. Ich habe so im Gefühl, dass Tobias Freiwoche hat, die anderen haben ja öfters frei, als ewige Langzeit-Sportstudenten.«

»Du hast das im Gefühl, ja klar. Wann hast du mit ihm geschrieben und um wie viel Uhr treffen wir uns?«

Alex senkte seinen Blick, »Du kannst Maite so gegen

17:30 Uhr schreiben. Das Festival fängt zwar erst um 19:30 Uhr an, wir wollten uns aber noch etwas vorher an die Strandbar setzen.«

Susanne hatte Recht behalten. »Ach ja, als wenn mir das nicht bekannt vorkommt. Vorglühen und Weiber checken.«

»Nein, nur über alte Zeiten philosophieren und Neuigkeiten austauschen, bevor die Band anfängt. Keine Panik, das wird eine ganz gelassene Sache. Du wirst es kaum glauben, Tobias hat eine Freundin, die er mitbringen möchte. Eine feste Freundin!«

Susanne lachte jetzt, »Wie hat der das denn geschafft? Der hat doch zwischen Schicht und Saufokgien nie Zeit. Na gut, das Mädel würde ich mir auch gerne mal ansehen. Ich schreibe noch Maite, dass sie Nicole mitbringen soll. Die Arme kann sich da bestimmt etwas ablenken. Was meinst du, sollen wir sie auf dem Gästebett schlafen lassen?«

Alex wurde schlecht, »Ach, meinst du, Schatz? Vielleicht hat sie da überhaupt keine Lust drauf. Du weißt ja, ich beispielsweise habe nie bei Fremden oder auf Partys übernachtet. Wieso sollte ich auch? Den Weg nach Hause finde ich immer irgendwie.«

»Bei uns Frauen ist das aber anders. Wir sind das schwache Geschlecht, erinnerst du dich vielleicht mal. Sie kann jederzeit auf unserem Sofa übernachten, das sage ich dir.«

Alex bekam einen Kloß im Hals und stimmte widerwillig ein. Damit hatte er nicht gerechnet. Er hat extra seine Freunde dazugeladen, um nicht bei Nicole abhängen zu müssen. Dass Alain sowieso vorhatte, das Festival zu besuchen und uns dazuzuladen, wusste er seit ein paar Stunden. Er wollte die Situation steuern und manövrierte sich ins Abseits. »O. K., dann lasse ich den Abend auf mich zukommen«, dachte Alex sich. » Alles, was ich jetzt noch an Einwänden einbringen würde, könnte Susanne merkwürdig vorkommen und unangenehm auffallen.«

Susanne ging ins Arbeitszimmer und telefonierte via Internet. Ob sie Nicole anrief oder mit ihrer neuen besten Freundin Maite telefonierte, wusste er nicht. Der Tag neigte sich dem Ende zu und ein neuer Tag begann.

Der Donnerstag verlief irgendwie reibungsloser als der Anfang der Woche. Keine Horrornachrichten, Umzüge, bei denen der Partner plötzlich verlassen wurde, oder Polizeibesuche. Alex werkelte weiter am Audi und Susannes Tag in der Kita endete ohne Zankereien, was wirklich selten war.

Nicole war dabei, ihre letzten Sachen aus Ruslans Wohnung zu holen und sich hübsch einzurichten. Maite und Alain hatten nur eine Vorlesung und machten es sich schon am frühen Nachmittag auf der Couch gemütlich. Das bedeutete, es wurden alle neuen Filme auf dem Uni-Server angesehen, die auch nur ein kleines bisschen interessant waren. Dabei gab es natürlich selbstgemachtes Popcorn und Mate-Tee.

Nicole stand jetzt in ihrem alten Schlafzimmer. Der Raum war leer und wirkte sehr kalt. Dort, wo ihr gemeinsames Bett gestanden hatte, klaffte jetzt die Leere eines staubigen Laminatbodens. Das Bett hatte sie mit eingebracht in die Beziehung. Ruslan hatte sein Mini-Bett abgebaut und im Keller verstaut. » Das kann er sich jetzt ja wieder

aufbauen«, dachte sie argwöhnisch. Als Schrank diente ein massives Regal mit rotem Vorhang. »So ein Schrott und der ist auch noch Möbelmonteur, unglaublich.« Sie packte noch einige Kleinigkeiten aus dem Bad und dem CD-Regal zusammen. Sie wollte sich gerade aus dem Staub machen, als sie die Eingangstüre hörte. »Oh nein, wer sollte das sein? Ruslan ist doch bis morgen auf Montage.«
Sie stürmte in den Flur.

»Was machst du denn schon hier«, rief Nicole.

»Toller Empfang, Schatz, könntest mir ja erst einmal einen Kuss geben oder mich wenigstens umarmen. Die Fahrt von Erfurt zu uns nach Hause war lang gewesen. Wir haben das diesmal in Rekordzeit hinbekommen und konnten sogar einen Tag früher nach Hause. Was hast du denn? Warum fängst du denn jetzt an zu heulen?«

In diesem Augenblick schüttelte Nicole nur den Kopf und lief an ihm vorbei. Die Tasche mit den so wichtigen Gegenständen, weswegen sie wieder zurückgekommen war, ließ sie einfach in der Wohnung hinter sich. Genau wie Ruslan, der ihr auch nicht folgte. Was für eine Aussage, später schrieb er ihr noch ein paar nette Ansichten über sie und empfahl ihr, sich bloß nie wieder in seiner Nähe blicken zu lassen. Die Klamotten und den Rucksack könnte sie sich gern am Müllcontainer der Häusergemeinschaft abholen.

Sie war zuerst so traurig und Ruslan tat ihr sehr leid, aber das musste jetzt sein. Als dann diese aggressiven Nachrichten und Beschimpfungen folgten, holte sie das direkt wieder zurück auf den Boden der Tatsachen. »So ein Arschloch!«, dann kam ihr ein guter Gedanke. »Ich bin ihn jetzt los! Ich habe es geschafft und er hat mich nicht verprügelt oder die Treppe runtergestoßen. Warum weine ich eigentlich? Ich gehe jetzt in mein neues Zimmer und mache eine kleine Privatparty. Außerdem kann er mich nicht mehr finden, da er meine Adresse nicht hat. Es ist vorbei, ich kann wieder beruhigt schlafen.«

Nicole fuhr mit dem Bus Richtung Studentenheim. An der Station Uni angekommen, stieg sie aus und beschloss noch etwas über den Campus spazieren zu gehen. Es wurde dunkel, aber auf dem Gelände und im Park waren noch viele Leute unterwegs. Als sie an einer Gruppe Jugendlicher vorbei zum Eingang des Parks ging, vernahm sie einen süßlichen Geruch. Der Geruch war intensiv und absolut eindeutig. Als sie sich die Leute an der Parkbank genauer ansah, konnte sie ein bekanntes Gesicht aus der Bibliothek identifizieren. Da stand ein schmächtiger junger Typ, der immer in der Bibliothek zu finden war. Er jobbte dort als so eine Art menschliche Sortiermaschine. Die Studenten hatten keinen Kontakt zur Sortiermaschine, da sie ihre Leihgaben beim Fachpersonal abgaben. Dieser arme Tropf bekam immer die vollen Einkaufswagen der zurückgekommenen und wieder eingebuchten Werke zum Einsortieren. Es war eine undankbare, wenig angesehene Aufgabe. Man merkte, dass die Studenten ihn oft musterten und meist mit erhobener Nase an ihm vorbeigingen. Sie behandelten ihn meistens wie Luft. Doch als sie näher kam, nickte er kurz mit dem Kopf und lächelte. Nicole dachte plötzlich, genau das mache ich jetzt, sie nickte zurück und kam schnell mit ihm ins Gespräch. Nach einem kurzen Warmwerden zog sie auch schon am Joint und entspannte herrlich. Eine Erfahrung, welche sie zuletzt nach bestandener Abiturprüfung erlebte. Dass sie Ruslan los ist, war eine ähnlich schwierige Situation gewesen. Die Gespräche waren nett, die Leute echt in Ordnung und

Nicole klinkte sich nach einer halben Stunde im Dampf aus. Es reichte, sie ist jetzt total klar. Keine fünf Minuten später erreichte sie ihr neues Domizil.

Nach einer kleinen Entspannungsphase rief sie Susanne an. Sie erklärte Susanne alles, was passiert war. Maite und Alain wollte sie heute Abend nicht mehr stören. Susanne hingegen hatte immer ein offenes Ohr für sie. Sie konnte alles loswerden, was sich in ihr aufgestaut hatte. Nach einer Stunde ließ sie endlich locker.

»Liebes, ich möchte jetzt noch kurz duschen gehen, sofern eine der Gemeinschaftsduschen frei ist. Ich melde mich morgen. Dann kann ich dir noch von einer lustigen Begegnung im Park erzählen, das würde jetzt zu lange dauern.«

Susanne war eine sehr gute Zuhörerin und tat das für ihre beste Freundin auch gerne.

»Alles klar, geh ruhig duschen, ich bin morgen ja auch noch da. Ich bin wirklich mal auf die Geschichte im Park gespannt. Hast du vielleicht eine Runde Basketball gespielt?«, fragte Susanne neugierig.

»Nein, nein! Es hat eher etwas mit unserer Abschlussfeier zu tun. Ich hoffe, dass du dich noch an die Party erinnern kannst, bei mir gibt es da einige Lücken.«

Susanne lachte und sie verabschiedeten sich.

Nicole ging jetzt zu den Duschen, als ihr ein sehr gutaussehender Typ nur mit Handtuch und Badeschlappen bekleidet entgegenkam. Sie grüßte nett, was ebenso erwidert wurde.

»Ich habe es geschafft«, dachte Nicole. »Das hier ist ein richtiger Glückstreffer.« Sie duschte ausgiebig, machte sich fertig und ging endlich schlafen. Sie konnte übrigens wunderbar schlafen und hatte heute alles richtig gemacht.

Endlich Freitag, das Wochenende stand vor der Tür.

Alex' Werkstatt machte schon um 12:30 Uhr die Pforten dicht. Der Motor des Audis sprang übrigens an. Es waren zur Fertigstellung nur noch die Klimaanlage und einige Anbauteile zu installieren. Der Motor lief noch etwas unruhig, Alex meinte aber, dass es nur an der geänderten Luftzufuhr lag. Der Luftmassenmesser mitsamt Airbox war noch nicht angeschlossen. Somit funktionierte auch die Katalysatorsteuerung nicht optimal, was die Verbrennung natürlich beeinflusst. Der Werkstattleiter war auch sehr zufrieden mit der Arbeit. Es standen sonst keine großen Sachen an und er beschloss, den Jungs frei zu geben. »Das spornt hin und wieder an.«

Auf dem Heimweg nahm er noch einen kleinen Umweg in Kauf und besorgte schon mal Karten fürs Festival morgen. Er kaufte nach Absprache fünf Karten, was ihn wieder an Nicole erinnerte. »Die macht mich fertig! Sie hat sich zwar entschuldigt, das Lächeln bei ihrer Anmache im Studentenheim blieb mir jedoch wie eingebrannt in den Gedanken hängen. So etwas Unverfrorenes.«

Man projiziert ja gerne mal die eigene Schuld auf andere, was eine bessere Stimmungslage zur Folge hat. Bei Alex wich Scham einer Art Opfergedanke. Wobei ihm eigentlich ziemlich klar war, dass er kein Opfer, sondern ein Täter war. Mit etwas Phantasie und Willenskraft konnte man diese Schuld jedoch überspielen. Zu Hause angekommen, schaltete er erst einmal den Fernseher an und nahm sich zusätzlich das Notebook. »Aufräumen und einen Grundputz machen wie jeden Freitag ist erst mal nicht drin.« Alex nahm sich noch ein Getränk aus dem Kühlschrank und Salzstangen von gestern.

»Wochenende ist super.« Susanne legte einen Endspurt ein. Die Mittagskinder sind schon alle abgeholt worden und die Nachmittagskinder spielten im gesamten Außenbereich. Ihre Kollegin gab Tretroller raus, was alle erfreute. Sie ging zurück in den Gruppenbereich und fing an die Stühle hochzustellen. Die Kinder hatten nach dem Mittagessen ein heilloses Durcheinander veranstaltet. Die Zahnbürsten lagen zu Hauf im Waschbecken, jedoch nicht in den einzelnen Bechern der Kinder. Die Bauklötze verstreuten sich im gesamten Raum, da der kleine Jonas den großen Turm vom Vormittag mit seinem Schuh erwischte. Die überforderte Mutter versuchte mit einer Psychoanalyse ihren Sohn zu durchleuchten und redete anschließend mit ihm wie mit einem Außerirdischen.

»Jonas, das sind doch Schuhe, die darf man nicht schmeißen. Die muss man anziehen und dann kann man damit vor die Türe gehen. Jetzt sag mal schnell Entschuldigung, dann gehen wir nach Hause.«

Susanne staunte nicht schlecht, nachdem dieser kleine Egoist nach ihr trat und die engagierte Supermami sich kurz entschuldigte.

»Er ist gerade in einer Entdeckerphase und emotional sehr angespannt. Was natürlich nicht bedeutet, dass ich dieses Verhalten gut finde. Er wird sich in Kürze sammeln und seine weiche, liebevolle Art wird sie begeistern«, sagte die Supermutti.

Susanne stimmte kurz zu und dachte sich ihren Teil. »Dieser kleine Egoist wird mal Pfandleiher oder Gerichtsvollzieher.«

Nachdem sie alles aufgeräumt hatte, ging sie wieder nach draußen und musste zu ihrem Erstaunen feststellen, dass fast alle Kinder abgeholt wurden. Ihre Kollegin freute sich riesig, wie sie erfuhr, dass Susanne den kompletten Innenbereich aufgeräumt hatte.
»Super, danke, Susanne, du kannst gerne schon mal gehen. Ich werde mit den zwei Kleinen schon fertig.«

Die beiden grinsten und einigten sich. Nächste Woche würden sie das in getauschten Rollen wiederholen. Früh- und Spätdienst wechselten im Zwei-Wochen-Takt, was diese Art von Arrangements leicht zuließ. Susanne ging noch kurz in den Sozialraum und holte ihre Tasche. Sie studierte noch den Plan für nächste Woche, dann ging sie zum Bus.

Sie dachte, direkt nachdem sie in der Bus gestiegen war, an Bügelwäsche, den Badezimmerputz und ihren neuen Allzweckreiniger. Den würde sie heute ausprobieren können. »Ob der auch hält, was er verspricht?« Sie hoffte noch, dass Alex heute nicht schon wieder Überstunden machte, und stieg aus. Der Weg zu ihrem Mehrfamilienhaus dauerte nur wenige Minuten. Als sie die Türe zu ihrem Palast aufschloss, fiel ihr die Kinnlade herunter. Sie war total abgehetzt und ihr Göttergatte lag unterdessen mit einer Tüte Chips auf dem Sofa und schaute Fernsehen. Nicht nur, dass er alles vollkrümelte, er räumte auch nicht auf oder putzte gerade das Bad. Normalerweise half er ihr, wo er kann, und begann schon mit dem Putzen, sobald er nach Hause kam. Sie sah ihn an und er sprang umgehend auf.

»Schatz, du bist ja schon da. Ich wollte gerade anfangen zu putzen, aber dann kamst du dazwischen. Glaube mir, ich wollte soeben anfangen.« Alex umarmte sie und machte ihr schöne Augen.

Susanne seufzte und legte erst einmal die Tasche ab. »Willst du mich verarschen, Schatz? Das kann doch nicht wahr sein! Jetzt können wir bis nach 18:00 Uhr putzen und dann erst einkaufen fahren. Ich schätze, das Abendspiel der Bundesliga kannst du somit vergessen.«

Alex winkte ab, »Ja, vielleicht die erste Halbzeit. Was soll es schon, das Spiel heute Abend ist uninteressant. Komm schon, ziehe kein Schmollgesicht, ich fange jetzt mit dem Staubwischen an und den Boden mache ich danach in rasender Geschwindigkeit.«

Susanne fing an zu lachen, »Was das bedeutet, weiß ich schon, du wirst alles nur provisorisch erledigen und lässt die Hälfte liegen. Schönen Dank!«

»Ach komm schon, Schatz, ich mach das ganz ordentlich, vertraue mir.« Alex grinste und holte den Staubmopp aus dem Abstellraum.

Die zwei Hobbyreinigungskräfte legten los und wie Susanne schon vorhergesagt hatte, endete ihre Tortur ungefähr um 18:00 Uhr. Nachdem Alex wie jeden Freitag feststellte, dass Bodenwischen sehr anstrengend sein kann, schüttete er das Putzwasser in die gerade saubere Badewanne. Susanne stand direkt daneben und begann ihn anzuschreien.

»Mach doch mal deine Augen auf, du Trampel, ich habe die Wanne schon geputzt. Das kann doch nicht wahr sein, jetzt kann ich von neu anfangen! Du musst besser aufpassen, verdammt!«

Alex konnte sich sein Lächeln nicht verkneifen.

»Bleib mal locker!«

Susanne musste jetzt auch lachen und schmiss plötzlich ihren Putzlappen nach ihrem Liebsten. Platsch, genau getroffen. »Schön, wenn man sich gehörig rächen kann«, dachte sie sich. Ihr Gelächter verstummte umgehend, nachdem Alex zur Brause der Dusche griff und kurz den Hahn öffnete. Es spritzte ein intensiver, kurzer Strahl direkt in Susannes Gesicht. Susanne drückte sich an ihm vorbei und lief erneut schreiend ins Schlafzimmer. Nachdem beide nun im Schlafzimmer angekommen waren, hielten sie es für angebracht, sich dort etwas länger aufzuhalten. Nach einer guten halben Stunde endete das Liebesspiel und es wurde Zeit, erneut das Bad aufzusuchen.

»Herrlich! Endlich wieder Wochenende.«

Mittlerweile war es schon 19:30 Uhr, die beiden setzten sich in Richtung Discounter in Bewegung. Auf dem Rückweg wollten sie noch kurz zur Videothek, einen Film ausleihen. 21:15 Uhr kehrten die zwei wieder nach Hause zurück.

Sie ergatterten eine amerikanische Liebeskomödie, deren Hauptdarsteller gut bekannt waren. »Ein Klassiker, bei dem keine Wünsche offenbleiben«, dachte Susanne. Sie bereiteten eine große Schüssel Popcorn vor und brachten sich so richtig in Kinostimmung. Nach ungefähr einer Dreiviertelstunde fielen bei Susanne immer wieder die Augen zu. Der Film war eher ein Drama, was mit flachen Witzen und einem exzentrischen Hauptdarsteller etwas aufgewertet wurde. Susanne beschloss früher als sonst schlafen zu gehen und ließ Alex am Fernseher alleine zurück. Er wollte sich noch die Zusammenfassung des Freitagabendspiels ansehen. Daraus wurde wie immer eine nachtausfüllende Veranstaltung.

Susanne schlief schnell ein. In ihrem ersten Traum befand sie sich auf dem Festival, jedoch fiel ihr auf, dass keine Musik spielte. Die Atmosphäre war eher gedrückt, nur einige wenige Leute alberten an der Theke der Beach-Bar herum. Das war für eine solche Veranstaltung sehr ungewöhnlich. Sie ging Richtung Regattabahn und ihr kamen immer mehr weinende und bedrückte Menschen entgegen. Es sah so aus, als würden sie die Leute total ignorieren. Immer wenn sie jemanden ansprach, drehte sich diese Person weg. Ihr wurde kalt und Susanne wachte das erste Mal auf. Ihr wurde klar, dass das Fenster einen Spalt geöffnet war und der Wind durchheulte. Sie stand auf und ging kurz in die Küche, um etwas zu trinken.

»Du siehst ja gar keinen Fußball mehr«, rief sie ihrem Liebsten rüber.

»Nein, das Spiel war echt scheiße! Aber im Zweiten läuft ein Klassiker, den ich schon ewig nicht gesehen habe. Ich habe jetzt noch keine Lust, ins Bett zu kommen.«

Susanne registrierte das und machte sich mit einer Flasche Wasser auf den Weg ins Schlafzimmer.

»Bis morgen, du TV-Junkie.«

»Ciao, Schatz.«

Susanne ließ das Fenster gekippt, da sie die Türe zum Wohnzimmer schließen musste, um nicht den gesamten Film mit zu bekommen. Es dauerte nicht lange, dann konnte sie wieder schlafen. Der Traum wurde lebhafter und war sehr real anmutend. Sie befand sich jetzt direkt vor Haus Fühlingen, es war finstere Nacht und in der ersten Etage brannte wieder das Licht. Nebel strich über den verwilderten Vorplatz und der Mond tauchte das Haus in ein fahles Licht. Sie näherte sich und schaute nach oben. Konnte das Licht in der ersten Etage wirklich vom Spiegel sein? Es sah aus, als würde es von einer Tischlampe herrühren. Jedoch war da keine Tischlampe gewesen. Sie näherte sich weiter und das Bild wurde klarer. Da saß jemand, sein kräftiges Gesicht war durch den Schein der Tischlampe gut zu erkennen. Er schien zu arbeiten und bemerkte Susanne nicht. Seine Gesichtszüge waren angespannt. Als sie schon fast an der Treppe der Veranda angekommen war, trat sie plötzlich auf einen Ast. Es knackte zwei Mal laut und Susanne schaute im ersten Moment nach unten. Da lag der kleine Ast, der sie verraten hatte. Sie schaute langsam nach oben. Da stand er plötzlich. Auf der Veranda, direkt über ihr, stand ein massiger Kerl im Ledermantel. Die gesamte Gestalt war durch die Laterne auf der anderen Straßenseite gut zu erkennen. Er war es, kein Zweifel. Sie hatte das Gesicht schon von weitem erkannt, doch als er über ihr stand, war sie sich absolut sicher. Der Richter Kilian schaute zuerst finster drein, er beugte sich über das Geländer, als würde er gleich herunterspringen wollen.

Susanne konnte es nicht lassen und rief in diesem Moment zu ihm hoch. »Was wollen Sie von mir?«

Diese Frage schien ihn enorm zu verärgern. Er drehte sich ruckartig um und lief unvermittelt los. Seine schweren

Schritte hallten durch das Treppenhaus. Susanne war wie gelähmt und stand hilflos vor dem verfallenen Gebäude. Kurz darauf sah sie ihn, mit einer alten Laterne in der Hand, die Treppe herunterlaufen.

In diesem Moment hallte ein Satz, gesprochen von einer gewaltigen Stimme, zu ihr. »Ich bring dich um, du Bastard, verrecken soll eure Saat.«

Jetzt merkte Susanne erst, dass sie rennen musste, so schnell sie konnte. Als sie dies tat, stürmte er auch schon aus dem alten Gebäude. Er sprang mit einem Satz die drei Stufen der Veranda hinunter. Er kam näher und näher, als Susanne bemerkte, dass sie sich bereits auf dem kleinen Pfad Richtung Friedhof befand. Der Weg machte eine kleine Kurve, wobei sie ihren Verfolger gut sehen konnte. In der linken Hand hatte er diese große Laterne, in der Rechten eine große Spaltaxt. Diese Art von Axt nannte man im Fachjargon auch Ochsenkopf, aufgrund des klobigen Erscheinungsbildes. Damit konnte man nichts schneiden, man konnte damit nur sehr harte Gegenstände zerteilen. Vergleichbar mit einer Streitaxt der Wikinger in etwa.

Susanne versuchte schneller zu rennen, was ihr nicht gelang. Am Tor des kleinen Friedhofs angekommen, stellte sie zu ihrem Bedauern fest, dass das massive Eisentor verschlossen war. Als sie sich nach einigen Versuchen, das Tor zu öffnen, umdrehte, raste eine riesige eiserne Axt auf ihren Kopf zu. Ein eisiger Schauer fuhr ihr durch Mark und Bein. Ein Schrei löste sich ihr, der so durchdringend und laut gewesen sein musste, dass Alex innerhalb von Sekunden am zerwühlten Bett stand. Er schaltete das Licht an und sah eine entsetzte Susanne, deren Wangen tiefrot vor Adrenalin gewesen waren. Sie hatte die Augen weit aufgerissen und schnappte nach Luft.

»Ich lebe noch! Mein Gott, ich lebe noch!«

Dann fing sie, ohne einen Ton von sich zu geben, an zu weinen. Die Tränen rinnen nur so über ihr Gesicht und Alex wusste nicht, was passiert war. Er schaute in ihr Gesicht und konnte die Panik in ihren Augen erkennen.

»Was ist los, mein Schatz, was hast du?«, sagte er.

Susanne legte ihren Kopf auf die Seite und flüsterte leise: »Ein Traum, ein schrecklicher Traum.«

Susanne erzählte ihm alles und bekam sich den Rest der Nacht nicht mehr ein. An Schlaf war nicht mehr zu denken.

Nicole erlebte ihren ersten Freitag im Gemeinschaftsraum des Studentenheims. Der Raum ist den gesamten Abend über stark frequentiert, von den verschiedensten Mitbewohnern. Ihre Begegnung von gestern war übrigens auch dabei. Der Abend verlief gelassen und sehr harmonisch. Alle machten einen sehr zuvorkommenden, freundlichen Eindruck. Kein Vergleich zu einem Kneipenabend oder einem Festivalbesuch, der ja morgen folgen sollte. Keine grölenden Affen, die einem hinterherpfeifen. Die Klientel war einfach passend und die geführten Gespräche sehr angenehm. Nach 22:00 Uhr wurde die Musik leiser gestellt und alles traf sich in der Gemeinschaftsküche, um einen kleinen Mitternachtssnack vorzubereiten. Es gab Mini-Pizzen aus dem Tiefkühlfach, für Studenten eine Delikatesse sondergleichen.

Kapitel 5

Maite und Alain fuhren schon mittags nach Leverkusen zu seinen Verwandten. Sie bezogen wieder das Gästezimmer, in dem sie sich schon fast heimisch fühlten. Der Familienabend verlief, wie diese Abende öfters verlaufen. Mit einer Runde »Mensch ärgere dich nicht« im Hof. Samstagmorgen wurde schon etwas hektischer, Maite wollte zum Friseur und danach shoppen. Dies bedeutet, dass der Tag bis zum späten Nachmittag oder frühen Abend absolut ausgebucht war. Maite war keine Shoppingqueen, die auf Schnäppchen oder die neuste Mode aus Mailand abzielte. Was man ihr leider auch ansah. Sie achtete auf Öko-Labels und beschäftigte sich mit der Herstellung der Produkte. Sie fragte regelmäßig, woher die Rohstoffe dieser Textilien kamen und wo das Kleidungsstück angefertigt wurde. Selbst wenn die Verkäuferin einige Antworten hatte, reichte Maite das meist nicht aus. Diese Art von Marketing wird von keinem Textilunternehmen gefördert oder einfacher ausgedrückt, es interessiert sonst niemanden. Ob eine chinesische Wanderarbeiterin am Tag fünfzehn Stunden arbeiten muss, um einen Mindestlohn von 300 Euro Ende des Monats zu erhalten, ist dabei vollkommen irrelevant. Hauptsache, das Kleidungsstück der großen Labels ist schön billig und sieht auch noch schick aus. Um ungefähr 13:35 Uhr endete der erste Teil des Shoppingdramas, in der Leverkusener Rathaus-Galerie. Im großen Atrium der Galerie führte eine Gruppe Kinder eine Gesangsvorführung vor. Ungefähr vier Animateure des Kaufhauses redeten auf die Kinder ein und forderten eine lautstarke Glanzleistung. Maite und Alain entspannten sich hingegen in den fest installierten Massagestühlen, die es auf fast allen Etagen des riesigen Einkaufszentrums gab. Für zwei Euro Einsatz fünfzehn Minuten Ruhe und Entspannung. »Ein wirklich guter Tausch«, dachte Alain, dem der Marathon so langsam zu viel wurde. Da nach der Massage ein Besuch beim asiatischen Schnellimbiss um die Ecke anstand, konnte er die Strapazen gut hinter sich lassen.

»Sollen wir eigentlich gleich zusammen die knusprige Pekingente mit Nudeln nehmen?« Alain fragte jedes Mal, obgleich er wusste, dass Maite dies direkt als Angriff auf ihre Grundsätze betrachtete.

»Bist du wahnsinnig, damit will ich nichts zu tun haben. Die Lebensbedingungen dieser armen Tiere waren höchstwahrscheinlich schlimmer als in jedem Konzentrationslager des Zweiten Weltkriegs. Glaube mir, würdest du dich mehr mit der Materie beschäftigen, wüsstest du, wovon ich rede. Diese armen Wesen sollte niemand verzehren, um auf die schrecklichen Bedingungen der modernen Tierhaltung aufmerksam zu machen.«

Alain versuchte Maite zu beruhigen und ihrem bestimmt gut gemeinten Vortrag über den Raubbau des Menschen an der Ressource Nutztier Ausdruck zu verleihen.

»Liebes, bitte, ich weiß genau, wovon du sprichst. Ich wollte dich nur etwas aufziehen. Natürlich nehmen wir etwas ökologisch Unbedenklicheres. Hättest du vielleicht wieder Lust auf die große Sprotten- Veggie- Pfanne oder eher die feurigen Shiitake-Pilze?«

Nach einem tollen Essen und weiteren Shoppingerlebnissen fuhren die beiden so gegen 15:00 Uhr wieder ins

Hauptquartier. Sie packten aus und machten sich schon mal für das Festival fertig. »Das wird bestimmt ein toller Abend«, dachte Alain. Er stellte sich die Bands vor und die gelassene Stimmung am See. Leider durchkreuzte seine schöne Vorstellung das schlechte Gewissen, nicht zu wissen, was mit Jamila geschehen war.

Nicole schlief Samstag erst einmal lange aus und begab sich dann so gegen 11:00 Uhr in den Gemeinschaftsraum des Studentenheimes. Sie war wieder im Zentrum allen Lebens. In ihrer neuen Heimat, ihrem Zufluchtsort und irgendwie in ihrem neuen Wohnzimmer. Der Unterschied war nur, dass ständig neue Leute ein und ausgingen. Sie lernte heute Morgen wieder zwei nette Studentinnen kennen, die ebenfalls heute Abend zum Festival nach Fühlingen fuhren.

»Was? Nach Fühlingen wollt ihr?«, Nicole fiel aus allen Wolken.

»Ist das toll, ich bin da mit Freunden verabredet. Mein Name ist Nicole, ich wohne seit gestern hier.«

»Mein Name ist Annika und das ist Gabi. Wir wohnen hier schon seit zwei Jahren. Ich kann dir sagen, das ist echt entspannt hier. Bist du schon mal auf dem Summerjam gewesen? Wir sind jedes Jahr da. Das heute Abend ist nur ein kleines Festival, wir hoffen trotzdem, dass es etwas von diesem Flair mitbekommt.«

»Auf dem Summerjam bin ich auch schon mal gewesen, ich komme ursprünglich aus der Gegend. Ich freue mich total drauf. Fahrt ihr mit der Bahn dorthin? Meine beste Freundin wollte mich vom Hauptbahnhof abholen. Wollt ihr mit?«

»Nein, Quatsch, wir fahren mit Annikas Auto hin. Du

kannst gerne mit uns mitkommen. Annika ist eine sehr gute und gewissenhafte Fahrerin. Wir wollten später so gegen 16:00 Uhr los, dann können wir noch etwas am See spazieren gehen.«

Nicole zögerte einen Moment, bevor sie zusagte. »Wann wollt ihr denn zurückfahren, bleibt ihr die ganze Nacht da«?

»Nein, wir hauen immer so gegen Mitternacht ab. Danach ist die Stimmung sowieso nicht mehr so gut und alle wollen sich nur noch besaufen. Annika trinkt ohnehin keinen Alkohol. Stimmt doch, nach deiner Eskapade mit sechzehn packst du das Zeug nicht mehr an«, sagte Gabi.

Annika wurde rot, »Kein Kommentar, ich erinnere mich nicht mehr an diesen Abend. Das war so grausam.«

Annika erzählte von dem bislang schlimmsten Abend ihres Lebens. Es geschah in einer Dorfkneipe, die einem unverantwortlichen Wirt gehörte, der Hochprozentigen an die Kids ausschenkte. Den Rest konnte man sich gut vorstellen. Zwei nette Freundinnen brachten Annika damals nach Hause. Ihre Mutter brachte sie dann völlig schockiert ins Krankenhaus. Der Nachtarzt gab ihr ein Brechmittel und was nun folgte, war eine lange Ernüchterungsphase.

Nicole verbrachte den Rest vom Vormittag mit ihren neuen Freundinnen. Sie verabredeten sich für 16:00 Uhr im Gemeinschaftsraum und trennten sich.

»Toll«, dachte Nicole. »Das wird ein Hammerabend. Die zwei sind super drauf, genau unsere Wellenlinie. Keine Spinner oder weltfremde Verrückte, ganz normale Leute eben.« Sie verschwendete keinen Gedanken mehr an Ruslan.

Ruslan erholte sich gerade von einer durchzechten Nacht mit seinen Kumpels. Er machte das klassisch, eine Kopfschmerztablette und ein Konterbier zum Frühstück. Er erholte sich innerhalb einer halben Stunde, was ihn auf keinen guten Gedanken brachte.

»Der Schlampe werde ich es zeigen, die hat bestimmt einen Neuen. Den werde ich mir vorknüpfen, einer vergebenen Frau nachstellen gibt Ärger, das hätte er sich denken können!« Er holte sein Smartphone aus der Tasche und schickte ein paar Nachrichten an seinen Freundeskreis.

»Hey, ihr Stinker, wacht auf. Wer hat Lust, mit mir heute Abend zu einem R&B-Festival zu gehen? Kennt ihr den Fühlinger See in Köln? Meine Schlampe von Ex ist auch da, ich hoffe, mit ihrem neuen Stecher.« Manchmal sind soziale Netzwerke und die Verlinkungen zwischen verschiedenen Freundeskreisen auch negativ zu sehen. In diesem speziellen Fall hatte Susanne vergessen Ruslan rauszuschmeißen. Er hatte somit Zugriff auf ihr Profil und konnte alles mit verfolgen, was geplant war.

Ruslans Freunde hielten das für eine tolle Idee und stimmten zu. Das Übel nahm seinen Lauf.

Zurück zu Susanne und Alex.

Nach einer schlaflosen Nacht verbrachten die beiden einen herrlichen Samstagmittag. Sie bereiteten sich ein ausgiebiges Frühstück mit gekochten Eiern, heißen Fertigbrötchen und frisch aufgeschnittener Salami zu. Dazu schloss Alex den Laptop an, um die aktuellen Nachrichten zu sehen. Nach guten anderthalb Stunden beschlossen sie wieder abzuräumen und etwas spazieren zu gehen.

Mittlerweile war es 13:00 Uhr und der kleine Wochenmarkt am Liverpooler Platz stand in vollem Betrieb. Unzählige indische Textilien-Händler, zwei Obst- und Gemüsestände, sowie einige Imbissbuden versammelten sich inmitten ihrer Hochhaussiedlung. Sie schlenderten umher, auf der Suche nach etwas Nützlichem. Ein Stand mit Taschenmessern, Armbanduhren und einer Vielzahl von Taschenlampen erweckte jeden Samstag das Aufsehen von Alex. Susanne wusste, was folgte, er versucht jedes Mal einen noch unwichtigeren Gegenstand zu kaufen.

»Schau mal, Schatz, ein super Feuerzeug mit Taschenmesser.«

Susannes Gesichtszüge glichen nach dieser Feststellung einer Mischung aus einem Grinsen und blanker Fassungslosigkeit. Ich schätze, jeder Mann kennt diesen Gesichtsausdruck, der jetzt Alex auf den Boden der Tatsachen zurückholte. Er fing selbst etwas an zu grinsen, als dann auch noch der nette Verkäufer in seine Richtung hechtete, legte Alex das extrem billig anmutende Feuerzeugtaschenmesser wieder zurück.

»Danke, ich muss weiter. Ich komme später noch vorbei, vielleicht kaufe ich es.«

Susanne zog ihn zu sich und schob ihn förmlich zum nächstfolgenden Stand. Sie hatte wieder dieses Grinsen im Gesicht und Alex versuchte sich umgehend zu rechtfertigen.

»Ich habe direkt gesehen, dass dieses Taschenmesser total der Schrott ist. Die Taschenlampe hat auch nicht funktioniert. Keine Angst, Schatz, ich habe alles im Griff.«

Susanne ließ sich die folgenden Liebkosungen gefallen, wobei sie sich sicher gewesen war, dass er diesen billigen Artikel gekauft hätte.

»Er hat ja mich«, dachte sie. »Ich passe auf meinen Mann auf, das werden diese Halsabschneider schon merken.« So langsam ging ihnen diese Anhäufung von Produkten, die niemand gebrauchen kann, auf den Geist. Sie beschlossen zum Rhein zu fahren, um dort etwas Ruhe zu finden. Nach nur fünf Minuten Fahrzeit erblickten sie den Anleger der Autofähre Köln-Langel – Leverkusen-Hitdorf. Sie beschlossen das Auto stehen zu lassen und als Fußgänger den Rhein hinüberzusetzen. Keine große Sache, aber immer wieder ein Erlebnis. Einige Kilometer rheinaufwärts soll sogar eine historische Personenfähre, zwischen Dormagen und Monheim am Rhein, den Dienst wieder aufgenommen haben. Gesponsert von einem privaten Fährverein. In Hitdorf angekommen schlenderten sie das Ufer entlang und setzten sich erst einmal in das kleine Café Krahn. Dieses Café ist in einem echten, alten Schiffskran im Hitdorfer Hafen untergebracht. Die Uferpromenade, gesäumt mit alten denkmalgeschützten Häusern, bot ein malerisches Bild, was einen auch an einen kleinen Fischerort der Nord- oder Ostsee erinnern konnte. Einige Gebäude hatten sogar Jahreszahlen des 15. Jahrhunderts an der Fassade angebracht. Den Anblick dieser tollen Häuserfassaden, gemischt mit dem Charme der Motorjachten, die im Hafen vor Anker lagen, trübte nur ein übler Geruch, der hin und wieder mal die Luft verpestete.

Nach einer Weile sprach Alex leise vor sich her.

»Nach was stinkt das hier so?«

Susanne zuckte nur die Schultern. »Keine Ahnung. Das riecht ein bisschen faulig, irgendwie nach Schwefel.«

Die Bedienung des Café Krahn war gerade dabei, die Stehtische abzuwischen, als sie die Unterredung mitbekam. »Das ist die Hefefabrik um die Ecke. Der Geruch kommt, je nachdem wie der Wind steht, zu uns nach Hitdorf rübergeweht. Für Sie ist das jetzt unangenehm, aber ich sage Ihnen, den Anglern gefällt's.«

»Wie das denn? Haben die etwa eine Schwäche für fauligen Geruch?«, erwiderte Alex flapsig.

»Nein, vor der Hefefabrik werden von Zeit zu Zeit nährstoffreiche Abwässer in den Rhein geleitet. Deshalb ist das Fischvorkommen dort sehr groß. Einen guten Angelplatz zu ergattern ist wirklich schwer. Ich habe schon Streitigkeiten erlebt, bei denen es um nur wenige Meter ging.«

»Sind Sie Angler?«, nicht dass es Alex interessierte, aber um dem älteren Herren eine Freude zu machen, fragte er einfach mal nach.

Der Kellner sprang sofort drauf an. Er erzählte ihnen vom neuen Fischreichtum des Rheins und riesigen Aalen, die wieder rheinaufwärts schwimmen. Die ganze Unterredung dauerte, bis der Kaffee endgültig kalt geworden war. Sie ließen beide einen Schluck in der Tasse zurück und beschlossen noch etwas entlang der Uferpromenade zu flanieren und dann die 14:30-Uhr-Fähre zu nehmen.

In Köln-Langel angekommen, beschlossen die total übermüdeten Turteltauben nach Hause zu fahren, um sich vor dem Festival noch etwas schlafen zu legen. Susanne machte noch per Kurzmitteilung mit Maite und Nicole den Treffpunkt aus, bevor sie todmüde ins Bett fiel.

17:00 Uhr unter der Autobrücke an ihrem Grillplatz von letzter Woche. Ob das ein gutes Omen gewesen war, bleibt abzuwarten.

Es ist jetzt bereits 16:30 Uhr, Maite und Alain fuhren los. Mit dem Auto von Alains Mutter von der A1 auf die Schnellstraße Richtung Fühlingen, auf der auch schon Susannes Vater verunglückte. Die Schnellstraße endete an der großen Autobrücke, die über die Regattabahn führte. Sie überquerten die Regattabahn und parkten auf dem ersten Parkplatz rechts. Für eine große Runde um den See war es jetzt schon zu spät und auf dem Parkplatz warten machte auch keinen Sinn. Die beiden entschlossen sich den ersten kleinen See am oberen Ende der Regattabahn zu umrunden. Dabei kam man direkt wieder auf die Autobrücke zu und der Fußmarsch dürfte so ungefähr zwanzig Minuten betragen.

»Genau richtig«, dachten sie.

Nachdem der Wagen verschlossen war und das Gepäck in stabilen Wanderrucksäcken verstaut wurde, marschierten sie los. Der heutige Nachmittag war etwas wolkenverhangen und bei weitem nicht so schön wie der letzte Woche. Nach einhundert Metern kreuzte der kleine Pfad zum Herrenhaus ihren Weg, welches erneut durch die Baumwipfel zu sehen war.

»Siehst du das, Schatz?«, fragte Maite vorsichtig.

»Ja, natürlich, aber ich habe das Haus ganz anders in Erinnerung. Hast du gewusst, dass es ein Dach aus

Wellblech besitzt? Das eigentliche Dach scheint wohl vor Jahren eingestürzt zu sein. Und überhaupt, von hier aus erscheint es mir sehr klein und unscheinbar.«

»Ja, du hast Recht, man könnte es auch für eine Scheune halten. Wenn es hell ist, gehen die Fenster etwas in der Fassade unter. Im Dunkeln lassen sich die schwarzen Schatten der Fenster besser vom Rest der Fassade trennen. Das könnte auch an der Straßenlaterne liegen.«

Die tief stehende Sonne scheint jetzt fast waagerecht die Fassade an.

»Wie auch immer, lass uns weitergehen. Hast du eine Ahnung, ob sich Jamilas Verwandtschaft nochmal bei Alex oder Susanne gemeldet hat? Vielleicht ist sie schon längst wieder aufgetaucht. Mal im Ernst, würdest du dich um die Leute kümmern, bei denen du nach Jamilas Verschwinden nachgefragt hattest? Wohl kaum! Ich würde von denen niemanden informieren, schlimm genug, dass so eine Party am See mit einer Vermisstenmeldung endet.«

Die beiden gingen weiter und philosophierten darüber, welche Gefahren hier am See lauerten. Was gab die Umgebung her, was ein Verschwinden hervorrufen könnte? Sie schauten sich dabei die schöne Natur des gepflegten Seeparks an. Die zwei staunten über das Schilf, was sich im Wind bog, und die vielen Lichtspiele auf der Wasseroberfläche des Nebensees. Es wirkte wie funkelnde Sterne im Mondlicht. Sogar ein Fischreiher wagte sich auf einen kleinen Landstreifen, der nur schwer vom Lande aus zu erreichen war. Nach zwanzig Minuten kamen sie wieder an ihren Grillplatz an und entdeckten sofort Alex und Susanne, die auf einem Baumstamm saßen. Sie standen auf und schlenderten zu Maite und Alain rüber. Die Begrüßung war herzlich und sehr vertraut. Obwohl man sich erst eine Woche kannte, konnte man eine gewisse Sympathie füreinander entdecken. So verschieden sie auch sein mochten, das Ereignis von letzter Woche ließ sie näher zusammenwachsen, als es bei manch einem Arbeitskollegen der Fall sein mochte. Sie setzten sich erst einmal auf eine schwimmende Plattform der Regattabahn, die an massiven Bodenankern am Ufer befestigt worden war. Ihr Hauptthema war Jamila und deren Verschwinden, was Alex auch entgegenkam. Jedes Thema, was sich nicht um Nicoles Umzug drehte, kam ihm entgegen. So redeten sie eine gute Viertelstunde, bis ihr Name fiel. »Nicole, wo ist eigentlich Nicole?«, fragte Susanne. »Oder ist eure neue Mitbewohnerin jetzt schon anderweitig verabredet?«, Susanne kicherte und schaute Maite tief in die Augen.

Maite fing an zu lachen.

»Nein, sie müsste auch gleich ankommen. Sie fährt mit zwei Mädels aus dem Studentenheim hierhin. Annika und Gabi. Ich schreibe ihr mal kurz.«

Wenige Minuten später trafen sich die Pärchen mit den drei heißen Single-Studentinnen. Alex merkte sofort, dass Nicole ihn ignorierte und sich direkt an Susanne heftete. Er ließ sie gewähren und war innerlich erleichtert. »Das hätte auch anders enden können.«

Die Gruppe ging jetzt zum Eingang des Strandbads, auf dessen Gelände die Veranstaltung ablaufen sollte. Sie zeigten ihre Tickets und traten ein in eine extrem gelassene Atmosphäre. Die Luft war süß und geschwängert vom Duft der Räucherstäbchen. Den Geruch der Räucherstäbchen vermischte ein anderer Duft etwas kräftigerer Note. Jeder wusste Bescheid und doch redete niemand über die selbst gedrehten Zigaretten einiger weniger. Sie beschlossen erst einmal an die Bar zu gehen, um sich Drinks zu bestellen. Danach checkten sie die Stimmung vor der Bühne ab. Es spielte eine Vorband von der Vorband und so verhalten war auch die Stimmung. Nur der Bassist der Gruppe schien gut spielen zu können und machte regelmäßig auf sich aufmerksam. Das nächste Stück schien der Gruppe und besonders dem Leader besser zu liegen. Langsam füllte sich das Areal vor der Bühne und die Party schien zu starten. Nachdem die erste Band mit einem Alibi-Klatschkonzert verabschiedet worden war, bekam Alex einen Anruf von seinen Kumpels. Ein grölender Haufen angetrunkener Freunde aus seiner Schulzeit rief nach ihm und Alex hörte. Er gab seiner Susanne einen Kuss und ging zur Theke des großen Bierstands vor dem Eingangsportal. Alle waren da und die Kölsch-Runden flogen nur so herbei. Nach ungefähr einer Stunde fiel ihm eine weitere Gruppe auf, die ihnen in Sachen Aufsehenerregen und lautstarken Trinksprüchen in nichts nachstand. In diesem Moment trafen sich auch ihre Blicke und Alex wusste, dieser Abend wird nicht nett werden. Ruslan stand da und hatte anscheinend schon gut etwas getrunken. Er schwankte etwas und ging auf Alex zu.

»Hallo, du Drecksack, na, ist die Schlampe auch da?«, stammelte Ruslan vom Alkohol gezeichnet. Seine Mimik war eindeutig auf Streit aus und seine Begrüßung ließ zu wünschen übrig.

»Wenn du Nicole meinst, ist das richtig. Sie ist hier, aber warum du mich so anätzt, ist mir nicht klar.«

»Was ist dir nicht klar? Fickst du sie? Dich Drecksack

hat mein Nachbar beschrieben. Du hast sie beeinflusst und ihr geholfen die Sachen aus der Wohnung zu tragen. Sie wohnt jetzt bestimmt bei euch und ihr schiebt jeden Abend einen Dreier. Du und deine hässliche Nutte von Freundin.«

Dieser Moment ließ das Fass für Alex überlaufen. Er sah Ruslan emotionslos an und streckte das Großmaul mit einer rechten Geraden nieder. Der Schlag kam für Ruslan so unvermittelt, dass er erst auf dem Boden realisierte, was ihn da getroffen hatte. Er schüttelte sich und schaute hoch zum groß gewachsenen Automechaniker Alex, der ihn am liebsten gefressen hätte. Der Tumult wurde größer, als die Anhänger beider Lager für ausgewogenere Verhältnisse sorgen wollten. Was immer das für die Jungs bedeutete. Nachdem sich Ruslan wieder aufrappelte und symbolisch von einem Freund zurückgehalten wurde, ergriff Alex lautstark das Wort.

»Du Idiot nennst meine Frau nicht eine Nutte. Nicole wohnt nicht bei uns, sie hat mich gebeten ihr beim Umzug zu helfen, bevor du von deiner Montage zurückkehrst. Damit sie von dir Lusche wegkommt. Wir haben mit ihrer Entscheidung nichts zu tun, man kann sie aber gut verstehen.

Ein Teil von Ruslans Freunden fing an zu lachen und er selbst zuckte nur mit den Schultern. »Das ging wohl in die Hose«, dachte er sich. » Wo wohnt die Schlampe denn jetzt?«, rief er Alex noch rüber, bevor ihn seine Freunde zum Bierstand schoben.

Alex schaute ernst in seine Richtung. »Frage sie doch selber!«

Die beiden Lager trennten sich und beschlossen sich an getrennten Bierständen aufzuhalten, was ihnen auch gut gelang.

Alex ging nach dem nächsten Bier zu den Toiletten und bog danach Richtung Bühne ab. Er muss Nicole warnen, obwohl sie es nicht verdiente. Schließlich sah er seine Frau, Maite, Alain, Annika, Gabi und Nicole, die vor einem tief melancholischen Ruslan stand. Er hatte wohl die gleiche Idee. Zu seinem Erstaunen redeten die beiden sehr ruhig miteinander. Sie beschlossen sich auszusprechen und suchten einen ruhigen Platz am kleinen See. Unterdessen erklärte Alex den anderen, was geschehen war, da er sich auch etwas schuldig fühlte. Vielleicht hätte er versuchen sollen mit Ruslan zu reden? Geschehenes konnte man nicht mehr rückgängig machen und ein schlechtes Gewissen war überflüssig.

Ein paar Minuten später waren plötzlich Schreie zu hören. Eine Gruppe von drei Mädchen und einem dicken großen Jungen stürmte von der Seite auf den Platz vor der Bühne. Direkt aus der Richtung, wo Ruslan und Nicole vorher hingegangen waren. Die vier Personen könnte man als panisch beschreiben. Sie schrien, so laut sie konnten, um Hilfe und immer wieder den einen Satz.

»Sie ist tot! Sie haben sie umgebracht.«

Die Panik verbreitete sich wie ein Lauffeuer in der einst so gelassenen Menge. Die Musik hörte dann plötzlich auf zu spielen. Susanne, Alex, Maite und Alain liefen los, »Er wird Nicole doch nichts angetan haben?« Ohne ein weiteres Wort auszusprechen, dachten alle dasselbe. »Er ist eine aufbrausende und dennoch sehr berechnende Person, aber war er auch ein Frauenmörder?«

Sie liefen einen Schotterweg zum See hinunter und befanden sich jetzt fast an der Stelle der Grillparty von letzter Woche, als sie Nicole mit Ruslan da stehen sahen. Die Gruppe stoppte ihren Lauf etwas ab und sie gingen langsam auf die beiden zu. »Gott sei Dank«, dachte Susanne. »Er hat ihr nichts angetan.« Sie wunderten sich noch, warum die zwei so versteinert am Ufer standen. Bis sie es sahen. Susanne wurde umgehend ohnmächtig, als sie die aufgequollene Wasserleiche sah. Ihre Augen waren weit aufgerissen, die Augäpfel standen stark aus den Augenhöhlen. Der Körper lag gestreckt da, auf der Seite zum Ufer gerichtet. War das Jamila? Ihre Gesichtszüge waren nicht mehr zu erkennen. Der Gestank war grauenhaft. Alex musste sich übergeben und Maite lief weg.

Es dauerte nur etwas mehr als zehn Minuten, bis mehrere Einsatzwagen direkt an den See fuhren und das gesamte Gebiet unterhalb der Autobrücke absperrten. Sie nahmen Zeugenaussagen auf und ein Krankenwagen rollte an. Mehr als fünf Personen erlitten einen Schock und die Rettungshelfer hatten beide Hände voll zu tun, alle Kreislaufpatienten zu stabilisieren. Binnen einer Stunde waren die Spuren gesichert und die Leiche abtransportiert.

Alain tröstete die heulende Maite und der Rest stand ziemlich geschockt daneben. Niemand brachte ein Wort heraus und so setzten sich Ruslan, Alex, Susanne und Nicole nebeneinander auf das schwimmende Plateau hinter der Absperrung. Sie sollten dort warten, bis die zuständigen Beamten ihre Aussage aufnehmen würden. Erstens hatten sie den Leichnam entdeckt und zweitens hatte Nicole einem Streifenpolizisten gesagt, dass sie wüsste, wer das sei. Sie wüsste, wer diese fast bis zur Unkenntlichkeit entstellte Leiche war. Das klang so seltsam, ich glaube, jeder Dorfpolizist hätte die Gruppe festgehalten. Die Zeit raste an ihnen vorbei, es tummelten sich mittlerweile dutzende Beamte am Ufer und es wurde dabei dunkel. Als würde der Tag eine Botschaft schicken wollen. Als würde Jamila endlich einschlafen können. Die Beamten ließen sich davon nicht stören, sie bauten Scheinwerfer auf, die den Uferbereich erhellten. In diesem Augenblick kamen zwei nicht uniformierte Gestalten auf die Gruppe zu. Sie stellten sich als Kommissar Sander und Hauptkommissar Peters von der Mordkommission Köln vor. Aufgrund der fortgeschrittenen Zeit, des Schocks und des alkoholisierten Zustandes einiger Anwesender verabredeten sie sich für Montagnachmittag auf dem Kölner Polizeipräsidium. Bis dahin sollten die meisten Spuren ausgewertet sein. Das Opfer ist schon seit mindestens einer Woche verstorben, teilten die Beamten der Gruppe mit. Abschließend muss man jedoch leider sagen, dass die Verstorbene höchstwahrscheinlich einem Gewaltverbrechen zum Opfer gefallen war. »Ob es sich wirklich um Ihre Schulfreundin handelt, werden wir dann auch wissen.« Kommissar Sander verteilte seine Visitenkarte und machte sich nun mit seinem Kollegen auf den Weg zu einem älteren Ford Mondeo, welches ihr Dienstfahrzeug zu sein schien. Die Polizeibeamten fuhren fort und die niedergeschlagene Gruppe machte sich auf den Weg zum Parkplatz. Das »Fühlingen for Life«-Festival schien gehörig ins Wasser gefallen zu sein. Es waren kaum noch Fahrzeuge auf dem Parkplatz zu sehen. Zu Beginn der Veranstaltung war hier kein Stellplatz mehr zu ergattern, so voll war es gewesen.

Ruslan entschuldigte sich bei allen, insbesondere bei Nicole. Alex und Susanne gingen zur Bushaltestelle, Alain machte sich mit Maite auf den Heimweg. Nicole wurde von Annika und Gabi mitgenommen, die mindestens so schockiert wie sie waren. Die zwei wussten auch nicht, was sie jetzt von Nicole halten sollen. So ein Unglück, was, wenn Nicole oder einer ihrer Freunde ein Psychopath war? Sie schwiegen die ganze Rückfahrt. In Aachen angekommen, verkrümelte sich Nicole umgehend in ihr Zimmer, sie fing an mit Susanne und Maite zu schreiben. Annika und Gabi gingen in den Gemeinschaftsraum, um das Erlebte zu verarbeiten sowie die Chance zu nutzen, mit jemand Außenstehendem diese Angelegenheit zu besprechen.

Zu Hause angekommen köpfte Alex erst einmal ein Bier und setzte sich auf den Balkon, um nachzudenken. Susanne ging direkt ins Arbeitszimmer, um den Rechner hochzufahren. Sie diskutierten die halbe Nacht, um dann gegen 2:30 Uhr morgens zu folgenden Thesen zu kommen. Susanne fasste das jetzt zusammen.

»Jamila muss in Haus Fühlingen umgekommen sein. Ihre Leiche ist dann zum See geschleppt worden, um sie an unserer Grillstelle zu versenken. Das heißt, der, der das getan hat, verwüstete auch unser Zeltlager. Wir haben neben Jamila die Nacht verbracht. Was sagen wir Montag nur der Polizei? Sollen wir ehrlich sein und uns als Spinner darstellen lassen? Oder lassen wir was weg?«

Mit diesen bohrenden Fragen und schrecklichen Bildern der entstellten Wasserleiche gingen die Freunde schlafen.

Kapitel 6

Als der Sonntag anbrach, stellten sich die Uhren wieder auf null. Jamila wurde definitiv ermordet und im Präsidium liefen die Drähte heiß. Die Leiche der jungen Frau wurde exhumiert und die Kommissare der Mordkommission schoben Überstunden. So eine grausame Tat erfordert besondere Aufmerksamkeit und bereitet jedem engagierten Polizeibeamten Kopfzerbrechen. Hauptkommissar Peters fasste die Fakten zusammen.

»Wir haben eine Wasserleiche, weiblich, 173 Zentimeter groß, schlank, mit einer klaffenden circa zehn Zentimeter großen Wunde in der Brust. Die Wunde erstreckte sich trichterförmig, tief in den Brustkorb des Opfers. Allgemein muss die Leiche schon ungefähr eine Woche im See liegen. Faulgase blähen sie langsam auf, bis sie dann nach ungefähr sieben bis neun Tagen auftaucht. Das bedeutet, Donnerstag bis Samstag. Die Auswertung der Polizeieinsätze ergab nur einige Anzeigen wegen Ruhestörung sowie eine Schlägerei in einer Kneipe um die Ecke.«

Kommissar Sander unterbrach seinen Kollegen, »Da gibt es einen unglaublichen Zusammenhang, Chef. Also, da gibt es eine Vermisstenanzeige von Montagmorgen. Eine Jamila K. wurde von ihrem Cousin Fathi als vermisst gemeldet, sie soll in der Nacht von Freitag auf Samstag am See mit einigen Schulfreunden gefeiert haben. Diese Schulfreunde wurden in derselben Nacht vor Haus Fühlingen aufgegriffen. Sie hatten sich unbefugt Zutritt verschafft und in der Ruine eine Party gefeiert. Nach einigen Drinks und wer weiß was noch haben sie die Polizei gerufen. Sie hätten das Opfer tot unterm Dachboden baumeln gesehen, was nach Ankunft der Polizei widerlegt wurde. Es gab keine Leiche unter dem Dachboden, jedoch einen Tag später eine Vermisstenmeldung und eine Gruppe verängstigter Jugendlicher. Es wird noch schräger, halte dich gut fest, rate mal, wer das Opfer gefunden hat?«

»Das kann doch nicht wahr sein«, unterbrach Hauptkommissar Peters seinen Kollegen. »Du meinst, da gibt es Überschneidungen von Personen, die zugleich an beiden Tatorten anwesend waren?«

»Ja, alle Namen sind identisch. Alle Personen, die Samstag vor einer Woche Hausfriedensbruch begingen, sind am Fundort der Leiche zu finden gewesen. Es ist auch nicht so, dass alle der Personen in direkter Nachbarschaft zum See wohnen. Ich sehe hier mehrere Personen aus Aachen und zwei in direkter Nachbarschaft. Es wurde auch bestätigt, dass zwei männliche Personen dieser Gruppe gestern auf dem Festivalgelände aneinandergeraten sind. Nicht verbal, sondern handgreiflich. Was meinst du, sollten wir auf morgen warten oder sollten wir unsere Kundschaft heute schon abholen lassen?«

»Lass uns erst einmal zur Gerichtsmedizin gehen und uns den Bericht ansehen. Dann können wir immer noch entscheiden, ob wir uns den Sonntagabend kaputt machen müssen«, sagte Peters.

Die Kommissare näherten sich über einen langen Flur, an dessen Ende ein buckeliger älterer Mann stand und auf sie wartete. Sehr wahrscheinlich sind die meisten praktizierenden Gerichtsmediziner Sonderlinge, Dr. Gerhard gehörte wohl auch dazu. Sein Humor war kaum zu deuten und ein Scherz die Seltenheit.

Dr. Gerhard konnte den Beamten so einige Neuigkeiten zum Opfer berichten. Man konnte beispielsweise ganz klare Spuren einer Strangulation erkennen. Die Todesursache war nicht Ertrinken, sondern die riesige Wunde im Brustkorb. Ein stumpfer Gegenstand schädigte wohl umgehend die Lungen- sowie die Herzfunktion. Einige Schürfwunden am Hinterkopf »post mortem« deuteten auf ein Schleifen der Leiche über Schotterboden hin. Zur Tatwaffe konnte Dr. Gerhard nur eine grobe Hiebwaffe, ähnlich einem spitzen Hammer, nennen.

»Vielleicht hat der Täter auch einen Vorschlaghammer benutzt. Der Winkel, in dem die Tatwaffe eingesetzt wurde, lässt auf einen sehr großen Täter schließen. Er muss ungefähr 1,95 Meter groß und sehr kräftig sein. Habt ihr da einen Kandidaten?«, fragte er mit einem hypnotischen Blick Richtung Oberlicht.

Kommissar Sander reagierte blitzschnell, »Einer der Streithähne ist ein sehr großer Junge mit genügend Power, da könnte ich drauf wetten, dass er es körperlich könnte. Lasst ihn mal mitnehmen und sehen, was sich dann bei der Gruppe tut.«

Peters willigte ein, »Alles klar, ich kümmere mich um die Vorladung, dann sehen wir weiter.«

Dr. Gerhard schaltete sich wieder ins Gespräch ein. »Ich habe die Blutgruppe und die Zahnabdrücke, die in der Akte von Jamila K. hinterlegt wurden, mit dem Opfer verglichen.

Alles scheint identisch zu sein. Ihre Verwandten sind informiert, um mit einen DNA-Vergleich meine These zu bestätigen. Wenn Sie meine Meinung als geschulter Gerichtsmediziner hören möchten, sie ist es auf jeden Fall. Ich schätze, Montagabend kann ich Ihnen Bescheid geben. Eine Identifikation der Leiche durch einen Angehörigen halte ich für zu grausam. Ich schätze, dass das Opfer auch bis Montag Zeit hat. Was sagen Sie dazu?«

Dr. Gerhard verzog sein Gesicht, was als eine Art von verzerrtem Grinsen zu deuten war. Unglaublich, er schien einen Spaß gemacht zu haben. Sander und Peters erwiderten das Grinsen und ließen den Komiker hinter sich.

»Sehr lustig«, Sander schüttelte seinen Kopf.

Als Susanne Sonntag aufstand merkte sie, dass ihr Wochenende keine Entspannung oder Erholung gebracht hatte. Die Albträume von Freitag waren der Vorbote des Horrorfestivals. »Schreckliche Erlebnisse hinterlassen nun mal Spuren«, dachte sie sich und ging gegen 10:00 Uhr duschen. Als sie aus der Dusche kam, roch es schon herrlich nach frischen Brötchen, die ein ziemlich verkaterter Alex vorbereitet hatte. Der Tisch war mit allen Schikanen und Köstlichkeiten, die der Kühlschrank hergab, gedeckt. Der Laptop war aufgebaut und eine Seite der großen Nachrichtensender war aufgeschlagen. Sobald Susanne den Raum betrat, startete Alex das aktuellste Nachrichtenvideo.

»Wie sieht dein Tag aus, Schatz?«

»Wie immer, ich fahre gleich zu Oma und werde mit ihr etwas spazieren gehen. Gehst du rüber zu deinen Eltern?«

»Erst einmal werde ich etwas abhängen und dann bestimmt

zu meinen Eltern gehen. Aber wenn du zu deiner Oma gehst, habe ich noch eine Idee. Nimm doch mal die Sachen mit, die wir in Haus Fühlingen gefunden haben. Ihre Mutter ist doch bei dem Gutsherrn Dienstmädchen gewesen, oder? Vielleicht hat sie eine Ahnung, ob die Urkunde echt war und was der Stofffetzen mit dem P sowie das Medaillon zu bedeuten haben.«

Susanne schaute skeptisch, »Meinst du, ich sollte sie nochmal darauf ansprechen? Ich würde ihr auch gerne erzählen, was letzten Samstag und diesen Samstag passiert war. Hast du etwas dagegen, wenn ich es ihr ausführlich erzählen würde?«

Alex runzelte die Stirn und antwortete mit Bedacht, »Nein, ich habe nur Angst davor, dass es sie belasten könnte. Versuche, es ihr schonend beizubringen.«

Susanne wiegelte ab, »Meine Oma ist härter im Nehmen als so manch ein gestandener Mann. Sie ist im Krieg aufgewachsen und als Köln befreit wurde, war sie ein Teenager. Mach dir mal keine Sorgen, ich nehme das alles erst einmal mit und entscheide dann vor Ort, wie sie in die Diskussion einsteigt. Ich regele das ganz spontan.«

Nachdem das Frühstück zelebriert war, räumten die beiden zusammen auf. Alex sprang anschließend unter die Dusche, Susanne machte sich fertig und fuhr los zu ihrer Oma.

Vor der Wirtschaft angekommen, entdeckte sie ihre Oma auf der Sonnenterrasse mit einer Tasse Tee in der Hand. Sie winkte zu ihr rüber und machte einen vergnügten Eindruck.

»Hallo, Liebes, setz dich. Ich habe mir schon einen Tee bestellt. Heute ist so ein schöner Tag, ich musste einfach raus aus meiner Wohnung. Erzähl, was gibt es Neues in der Welt der jungen Leute?«

Susanne strahlte, »Oma, du siehst ja super aus. Erzähl du erst einmal, was du so die Woche getrieben hast.« Susanne lächelte und wusste genau, dass es Oma gefällt, wenn man locker mit ihr redet. Sie wolle sich fühlen wie eine ihrer jungen Freundinnen, die ihr etwas von ihrem neuen Freund erzählen wollten.

So fuhr die rüstige Dame in ihrer unverbesserlichen Art fort. »In der Wirtschaft gibt es einen neuen Kellner, er ist eigentlich im Ruhestand und kellnert nur zum Spaß. Heute hat er frei, aber eines Tages werde ich ihn dir vorstellen, ich versuche seit einem Monat an seine Telefonnummer zu kommen. Sein Name ist Martin und er ist ein großer, gut gebauter Gentleman.« Susanne krümmte sich vor Lachen und stellte sich den armen Kellner vor, wie er total nervös den Annäherungen von Oma auszuweichen versuchte. Susanne bekam ihren Caffè Latte, bedankte sich und wandte sich wieder ihrer Oma zu. Sie nahm ihren Mut zusammen und dachte, »Wenn ich es ihr direkt erzähle, habe ich es hinter mir.«

Sie schaute etwas verlegen und Oma merkte direkt, dass etwas nicht stimmte.

»Liebes, was hast du auf dem Herzen, ich sehe, dass dich etwas bedrückt?«

Susanne war jetzt mutiger, » Oma, ich muss dir leider etwas beichten. Ich habe dir über letztes Wochenende etwas verheimlicht. Ich habe dich aber nicht angelogen, ich habe da eher etwas weggelassen.«

Omas Gesichtszüge wurden etwas ernster, aber nicht erbost, sondern eher bemitleidend. »Liebes, ich kann es mir denken. Ihr seid in das Herrenhaus eingebrochen, deshalb wolltest du auch die ganzen Geschichten von früher erzählt bekommen. Schatz, vergiss das Haus. Ich sage dir, es bringt Unglück und hat schon so manche Familie zerstört. Erzähl mir jetzt, was passiert ist, und bitte vergiss nicht wieder die Hälfte.«

Susanne sah jetzt sehr verlegen aus, sie rutschte nervös auf ihrem Hocker hin und her. Sie holte weit aus und versuchte die gesamte Geschichte von Beginn an zu erklären.

»Also du kennst doch noch meine Freundin Nicole, aus meiner Schulzeit. Sie lebt jetzt in Aachen und studiert dort auf der Uni. Wir wollten uns mit ihr und einem befreundeten Pärchen verabreden. Eine Grillparty am See sollte die verschiedenen Charaktere zusammenführen. Nachdem die Party richtig gut anlief, stieß eine weitere Schulfreundin dazu, sie hielt sich mit ihrer Familie am See auf. Jamila und Nicoles Freund verstanden sich überhaupt nicht und versuchten sich verbal den gesamten Abend lang fertigzumachen. Nicoles Freund ist ein echter Widerling. Ein Macho und Besserwisser, dessen Meinung immer richtig ist. Du kennst solche Typen bestimmt, die denken, sie hätten die Weisheit mit Löffeln gefressen und hören sich selber gerne reden. Als wir uns dann Gruselgeschichten am Lagerfeuer erzählten, habe ich angefangen von Haus Fühlingen zu erzählen. Ich weiß, ich hätte nicht von diesem Schandfleck unserer Gemeinde reden sollen, aber ich tat es. Ich erzählte meinen Freunden von der Geschichte des Hauses, dem Gutsherrn und dem gemeinen Richter. Die Story mit dem armen polnischen Zwangsarbeiter, der vom Richter exekutiert wurde, ließ die Anspannung dann größer werden. Wir machten uns auf den Weg, wobei die Streitereien zwischen Nicoles Macho-Freund Ruslan und Jamila immer schlimmer wurden. Im Haus angekommen endete die Situation damit, dass sich sogar noch Nicole einmischte, woraufhin sich Jamila verabschiedete, um nach Hause zu fahren. Nach diesem verheerenden Streit versuchten wir die Wogen mit einer Hausbesichtigung zu besänftigen. Wir fingen im Keller an und arbeiteten uns bis in die erste Etage vor. Der Aufenthalt im Keller dauerte etwas länger, da dort zwei verrostete Autos eingemauert waren. Unglaublich, wozu mauert man ein Auto ein? Diese Teile sind doch abschließbar, hat man das Herrn Kilian nicht gesagt?«

Oma schreckte etwas auf, »Erwähne diesen Namen nicht in meiner Gegenwart. Wer hat ihn dir verraten und warum hast du ihn dir nur gemerkt? Dieser kranke alte Mann gehört vergessen, Liebes!«

»Tut mir leid, Oma, aber Alex hat im Handschuhfach des Mercedes den Fahrzeugschein gefunden. Das ist aber nicht das Einzige, was wir gefunden haben. Ich muss dir aber zuerst die Geschichte zu Ende erzählen, dann zeige ich dir die Fundstücke. Also nach dem Keller ging es zügig in die erste Etage. Dort hielten wir uns zuerst im Ballsaal auf und entdeckten das Fenster, was zu den Stallungen gerichtet war, sowie das Arbeitszimmer vom Richter. Im Arbeitszimmer stand noch ein massiver Schreibtisch, der ein geheimes Fach hatte, in welchem wir einige Gegenstände entdeckten. Das ist aber alles nicht ausschlaggebend gewesen, warum ich dir diese Geschichte erzählen muss. Als wir das erste Obergeschoss verlassen wollten, hat Alex jemanden im Treppenhaus gesehen und ist ihm nach. Als er, ohne den Einbrecher gestellt zu haben, wiederkam, beschlossen wir leider die zweite Etage zu begutachten. Als wir dann von der Zwischenetage des Treppenhauses den Flur der zweiten Etage erblickten, konnten wir unseren Augen kaum trauen. Jamila hing am Halse aufgeknüpft im Treppenhaus. Es war ein schrecklicher Anblick, Oma, der Mörder hat hinter sie in roter Schrift ›Nehmt die Hure aus meinem Haus‹ geschrieben. Es tut mir so leid, dass ich dir das erzählen muss, aber du bist die einzige Person, außer Alex, der ich vertraue.«

»Liebes, was erzählst du mir da, das kannst du nur geträumt haben? Erzähl mir bitte alles!«

Susanne nahm einen Schluck Kaffee und fuhr fort. »Ich weiß, Oma, das ist eine unglaubliche Geschichte. Wir haben uns so erschrocken, dass wir fast erstickt wären. Wir liefen sofort aus dem Haus und riefen die Polizei. Als die dann kam, war nichts mehr von der Bluttat zu sehen. Wir haben es alle gesehen, kannst du dir das vorstellen? Wir dachten schon, dass wir verrückt wären, aber nachdem wir über die Details gesprochen hatten, war völlig klar, dass wir alle dasselbe gesehen hatten. Nachdem die Polizei wieder abgerückt war, schaute Alex nochmal nach und konnte auch nicht mal einen Tropfen Blut finden. Jedoch fand er den Grund, warum Jamila zurückgekehrt war. Jamila hatte sich einen Pullover geliehen und diesen dann während des Streits vergessen zurückzugeben. Als sie ihren Fehler bemerkte, kehrte sie zurück, wobei wir zu dieser Zeit höchstwahrscheinlich im Keller auf Schatzsuche waren. Ihr Fahrrad stand noch vor dem Herrenhaus und wir machten uns große Sorgen! Zwei Tage später wurde Jamila als vermisst gemeldet und gestern haben sie eine Leiche im See gefunden. Oma, wir waren gestern auf dem Festival am

See und haben sie gefunden! Das ist bestimmt Jamila, was sollen wir denn jetzt machen?«

Oma war schockiert, »Kind, beruhige dich. Ich habe dir gesagt, das Haus bringt jedem, seitdem es erbaut wurde, Unglück. Ich glaube dir, dass ihr die Leiche im Treppenhaus gesehen habt. Da hat sich dieser Bastard das Leben auf dieselbe Weise genommen. Dieser Tagtraum kann eine Art böse Vorahnung gewesen sein. Der Ort des eigentlichen Verbrechens kann ein absolut anderer sein. Das hat man auch bei Soldaten im Zweiten Weltkrieg beobachten können. Übermüdete Piloten sahen sterbende Kameraden vor der Schlacht, mit grausamen Wunden durch noch real folgende Unglücke. Bitte, Kind, mach einen großen Bogen um das Haus! Leute, die sich für diese Art von Prophezeiungen empfänglich zeigen, sind reinen Herzens und somit eine Herausforderung für alles Böse.«

»Da ist noch etwas, Oma, Alex konnte den Verrückten Richter wiedererkennen. Wir haben ein Foto vom Zeitungsbericht der Veröffentlichung seiner NS-Vergangenheit im Internet gefunden. Alex konnte ihn eindeutig identifizieren.«

Oma ließ sich nicht beirren, »Kind, das Haus hat euch einen Streich gespielt. Der Richter verfault unter der Erde, glaube mir, er ist tot. Ich habe mich damals selbst bei seiner Beisetzung von seinem Ableben überzeugt. Er wurde sogar im offenen Sarg aufgebahrt. Deine Freundin ist Teil eines gewaltsamen Todes, der sich in diesem Tagtraum widerspiegelt. Du wolltest mir doch noch Gegenstände zeigen, die ihr im Haus gefunden habt. Lass mal sehen! Vielleicht kann ich dazu etwas sagen, was dir hilft, die Sache zu verarbeiten.«

Susanne nickte und holte ein Kuvert aus ihrer Handtasche zum Vorschein. »Also, im Tisch gab es ein geheimes Fach, in welchem dieses Stück Stoff mit einem aufgestickten P und dieses Medaillon lagen. In direkter Nähe lag dieses Dokument, was zugleich das Todesurteil des armen polnischen Zwangsarbeiters zu sein scheint. Kannst du dir vorstellen, warum dieser Schurke die Gegenstände nicht weggeworfen hatte? Das beweist doch, dass er ein Täter gewesen ist, der bestraft gehört?«

Als die alte Dame den Stofffetzen und das Medaillon zu fassen bekam, konnte man die Trauer sowie den Schmerz in ihren Augen ablesen. Danach fing sie an jämmerlich zu weinen. So hatte Susanne ihre starke Oma noch nie gesehen. Das war nicht irgendein Stofffetzen, das sollte mehr bedeuten. Nach nur wenigen Minuten der Schweigsamkeit fing sie sich und wandte sich zu Susanne. »Liebes, entschuldige, ich wollte dir hier an diesem schönen Tag keine Arie vorspielen. Ich habe mit diesen Gegenständen nicht gerechnet. Nie im Leben hätte ich daran gedacht, sie wieder in den Händen halten zu dürfen. Dieser Wisch ist der Beweis und zugleich eine Trophäe, die sich dieses Schwein aufbewahrt hatte. Liebes, ich habe dir all die Jahre etwas vorenthalten, von dem ich nicht wollte, dass es dein Leben wie einst mein Leben beeinflusst. Alles hat mit Haus Fühlingen zu tun und ist der Ursprung des Bösen seit jeher. Die Umstände jetzt zwingen mich, dir nun auch die Wahrheit zu erzählen. Ich bin in diesem Wirtshaus zu einer Frau geworden und habe hier auch mein Kind großgezogen. Doch geboren und aufgewachsen bin ich in Haus Fühlingen. Mein Name ist Anna Maria Köhler und du bist meine Enkelin. Die Schneiders haben mich aufgenommen und auch alle Unterlagen meiner

Abstammung gesichert, um mein Geburtsrecht an Grund und Boden zu bewahren. Dein Vater ist Zeugnis einer zum Tode verurteilten Liebe, zwischen dem so gutmütigen polnischen Jungen Edward Margol und mir. Das Grab, was ich seitdem pflege, ist das meiner Liebe des Lebens. Nie habe ich je wieder für einen Menschen so empfunden. Er hatte das alles nicht verdient. Das Medaillon habe ich ihm damals geschenkt und mit dem Stofffetzen wurden früher sogenannte Polenarbeiter gekennzeichnet. Jeder Zivilarbeiter aus Polen wurde dazu gezwungen, sich so zu kennzeichnen. Kontakt jeglicher Art außerhalb des Zwangsarbeiterlagers war strengstens verboten und wurde wissentlich mit dem Tode bestraft. Wir trafen uns trotzdem häufig und gingen zusammen zum See. Bis eines Tages mein Vater dahinterkam und ihm nur einen kleinen Denkzettel verpassen wollte. Die anderen Polenarbeiter wussten alle Bescheid, als mein Vater es erfuhr, wollte er sein Gesicht vor ihnen nicht verlieren. Du weißt doch, dass er vor dem Krieg nie vorgehabt hatte, Zwangsarbeiter einzustellen. Als dann der Krieg kam und seine deutschen Arbeiter alle einberufen wurden, hatte er keine Wahl.«

Jetzt unterbrach Susanne ihre Oma. »Man hat doch immer eine Wahl, warum hat er den Steinbruch nicht geschlossen? Er hätte doch nach dem Krieg weitermachen können.«

»Liebes, so hat die Welt damals nicht funktioniert. Mein Vater hatte Lieferverträge mit kriegswichtigen Betonfirmen abgeschlossen und musste ausliefern. Vielleicht hätte er den Steinbruch verkaufen sollen, um nicht Teil des Verbrechens zu werden, da hast du natürlich Recht. Er hätte auch versuchen können, den Arbeitern ein angenehmeres Leben im Steinbruch zu verschaffen. Abschließend muss man sagen, dass dein Uropa mit der Zeit die Rolle des

Lagerleiters angenommen hatte. Dass es seinen Untergang bedeutete, hatte er schon früher bemerkt. Menschlich und seelisch baute er total ab. Manchmal erzählte er mir noch von fernen Ländern, die er schon bereist hatte. Wie toll es wäre, einfach von hier wegzuziehen, um mit einer kleinen Fabrik woanders neu anzufangen. Nachdem ich Zeuge dieser Bluttat wurde, kam mein Vater zu mir und entschuldigte sich auf Knien bei mir. Er hätte nicht damit gerechnet, dass der Amtsrichter Kilian ihn einfach ermorden lässt. Vater hatte ihm nur erzählt, dass einer der Polenarbeiter hinter mir her gepfiffen hätte. Der Richter solle ihn bestrafen, damit nicht jeder männliche Zwangsarbeiter auf dem Hof sich eingeladen fühlt, mir hinterherzupfeifen. Kannst du dir das vorstellen? Ich habe mit ansehen müssen wie mein Edward erstickte und danach, wie ihm dieser Schlächter in den Kopf schoss. Dein Nachname sollte Margol sein oder wenigstens Köhler. Die Schneiders mussten in den Wirren des Kriegsendes eine gefälschte Geburtsurkunde anfertigen lassen, dabei verliehen sie uns sogar ihren Namen. Das waren sehr anständige Leute mit viel Mut. Sie konnten selber keine Kinder bekommen, dann gaben sie mir ein Heim und einen anerkannten Namen. Vor den Leuten im Dorf war ich das Kind von einer Schwester Otto Schneiders, die bei Bombardierungen der Kölner Innenstadt ums Leben gekommen war. Ich änderte meine Frisur und wurde eine Frau. Mein Mann sei nicht aus dem Krieg heimgekehrt. Ich erzählte immer die Geschichte des Seefahrers, du erinnerst dich bestimmt. Deinem Vater habe ich die richtige Geschichte einige Monate vor seinem Unfall erzählt. Ich wollte das Geheimnis vor meinem Ableben weitergeben, aber ich möchte allerdings nicht, dass es publik gemacht wird. Ich möchte auch nach meinem Ableben, dass diese

Schmach verborgen bleibt. Bitte bedenke das! Wenn du noch Zeit hast, gehen wir rauf auf mein Zimmer, ich zeige dir, was ich und die Schneiders retten konnten.«

In diesem Moment meldete sich Susannes Handy. Alex stand im Display des Mobiltelefons.

»Warte kurz, Oma, Alex ruft gerade an. Du kannst mir gleich alles zeigen. Ich finde das echt klasse von dir, dass du mir dein Geheimnis erzählt hast. Es ist wichtig zu wissen, wer man ist und woher man kommt.«

Sichtlich gerührt wischte sich Oma Köhler die Tränen aus dem Gesicht. Endlich konnte sie ihrer geliebten Enkelin die unglaubliche Familiengeschichte beichten. Es war definitiv etwas anderes, ihrem Enkelkind die Geschichte zu erzählen, als wie vor Monaten ihrem Kind die Geschichte des Vaters zu vermitteln. Ihr Sohn reagierte geschockt, ihre Enkelin reagierte dagegen traumhaft.

Alex hatte nichts Gutes zu berichten, »Hallo, Schatz, ich habe da etwas, das ich dir erklären sollte. Die beiden Kriminalbeamten von gestern stehen gerade vor mir. Sie haben mir erklärt, dass Sie sich etwas mit mir auf dem Präsidium unterhalten möchten. Es könnte bis zu vierundzwanzig Stunden dauern und ich sollte mir ein paar Sachen mitnehmen. Ich habe keine Ahnung, was das soll, Schatz. Hast du jemals mit einem Anwalt zu tun gehabt? Ich kenne keinen und ich habe keine Ahnung, ob ich jetzt einen benötige. Es tut mir so leid, dass ich dich so erschreckt habe, aber ich weiß nicht, was die jetzt von mir wollen.«

Susanne schluckte und atmete tief aus, als sie Alex zuhörte.

»Ich fahre nach Hause und werde versuchen etwas

herauszubekommen. Vielleicht wissen auch die anderen, was jetzt zu tun ist, oder kennen sogar einen Juristen, den ich fragen kann. Ich werde auf jeden Fall versuchen dich so schnell wie möglich da rauszuholen. Ich denke an dich und lasse dich nicht im Stich, Schatz. Hörst du!«

Zu diesem Zeitpunkt beschloss Kommissar Sander, dass die Gesprächsdauer völlig angemessen und jetzt vorüber sei. Er nahm Alex das Handy aus der Hand und klopfte ihm dabei auf die Schulter. Der Kommissar legte Alex keine Handschellen an. Er redete sehr sachlich mit dem groß gewachsenen Gesellen, um ihm das Gefühl von Normalität zu geben. Jedoch war gerade nichts auch nur ansatzweise normal. Innerlich grübelte Alex, wobei ihm immer wieder der Gedanke kam, dass die beiden in ihm einen Sündenbock für den Mord gefunden hatten.

»Das darf doch nicht wahr sein«, dachte Alex. Gerade er, der immer zu den Schwächeren hält, könnte so eine abscheuliche Tat nie begehen. »Das müsste den Beamten doch aufgefallen sein. Immerhin gehört es zu deren Arbeit, Menschen einzuschätzen sowie deren Glaubwürdigkeit festzustellen. Haben sie Indizien gegen mich gesammelt? Was könnte ich getan haben, das eine solche Befragung rechtfertigt?«

Fragen um Fragen quälten ihn, was ihn die Fahrt im alten Mondeo durch die Kölner Innenstadt endlos lang vorkommen ließ. Endlich angekommen wurde der Tonfall schon etwas grober. Alex musste sich der Sicherheitskontrolle unterziehen und bekam alle persönlichen Gegenstände abgenommen. Wie ein Schwerverbrecher wurde er behandelt, was natürlich an der zu ermittelnden Straftat lag.

»So fühlt es sich also an, wenn man als Frauenmörder verdächtigt wird. Eine Erfahrung, auf die man gut verzichten kann.«

Sichtlich geknickt wurde Alex in eine winzige Zelle gesperrt. Diese Unterbringung vollzog sich in einer Arrestzelle, welche viel kleiner und unkomfortabler ist als die Wohnzelle in einer der großen Haftanstalten. Arrest ist eine Möglichkeit des Verhörs, verschlossene Tatverdächtige weichzukochen. Die lebensfeindliche Atmosphäre bringt die härtesten Gangster zum Singen. Eine Aussicht auf Jahre hinter Gittern treibt zartere Gemüter in den Wahnsinn. Nicht umsonst nennt man diese Art der Unterbringung auch Selbstmörderzelle. Stunden vergingen und Alex verlor ohne Uhr oder Handy völlig das Zeitgefühl. Dann, nach unendlich langer Zeit, hörte er einen Schlüsselbund und das Schloss der Zellentür knarrte. Kommissar Sander stand im Türrahmen, er schaute ernst auf das Häufchen Elend. Alex saß mit den verschränkten Händen auf der Gummimatratze der Zelle und hatte einen sehr verschreckten Blick aufgesetzt. Als der Kommissar diesen großgewachsenen Typen so verschreckt dasitzen sah, dachte er nur, »Dieses Weichei wird im Knast verheizt werden. Wenn er der Täter war, wird er in einer Strafvollzugsanstalt für Schwerverbrecher untergehen. Es stellt sich jedoch die Frage, ob so eine Prinzessin diese bestialische Tat begangen haben kann. Da gab es in der Vergangenheit einige Täter, die das zweite Gesicht hatten und vom zahmen Lamm in Verhören ausrasteten. Die Stimmung dieser Leute schwenkte binnen Minuten um, was die widerlichsten Charaktere hinter einer zahmen Fassade zum Vorschein kommen ließ. Wir werden es morgen früh wissen«, dachte sich der Kommissar und legte dem unwissenden Alex

Handschellen an.

»Die brauchen wir leider, Dienstvorschrift. Beim Befördern von Tatverdächtigen zum Verhörzimmer sind immer Handschellen anzulegen. Schon mal verhaftet worden oder im Knast gewesen? Ich habe in Ihrer Akte nichts dergleichen gesehen.«

Alex antwortete sehr leise und zurückhaltend, »Nein, nie! Wieso nennen Sie mich einen Tatverdächtigen und was sollen diese Handschellen? Ich habe mit Jamilas Verschwinden nichts zu tun. Bitte glauben Sie mir!«

Kommissar Sander warf ihm einen scharfen Blick entgegen.

»Junge, nicht auf dem Flur! Wir können gleich reden, von uns aus die ganze Nacht. Ich rate dir nur, verarsch uns nicht! Wir werden heute herausfinden, wie der Samstag vor einer Woche abgelaufen ist, und zwar bis ins Detail. Danach sehen wir weiter. Jetzt reiß dich zusammen, Junge!«

Alex zitterte am ganzen Körper und folgte dem Kommissar, der genau wusste, was er da tat. Er versuchte seine uneingeschränkte Aufmerksamkeit zu bekommen, was ihm sehr gut gelang. Alex folgte ihm über dem Flur, dann durch die Lobby und plötzlich stand da Susanne mit seinen Eltern.
»Unfassbar! Meine Eltern sehen mich in Handschellen als Tatverdächtiger in einem Mordfall, auf dem Kölner Polizeipräsidium«, dachte er. Ihre Blicke waren verängstigt. Sogar sein Vater schaute, als ginge er zu seiner Beerdigung.

Der Verhörraum lag direkt einen Gang von der Lobby entfernt. Dort angekommen wartete schon Hauptkommissar Peters auf seinen Kollegen und den bewusst gequälten

Tatverdächtigen. »Hallo, Herr Schäfer, bitte setzen Sie sich. Ich hoffe, Sie nehmen uns die Unterbringung nicht übel. Ich hatte noch einen wichtigen Bericht zu schreiben und musste Sie leider warten lassen.«

Alex reagierte kaum, er senkte seinen Kopf und sagte leise. »O. K.! Ich habe nichts getan, bitte glauben Sie mir.«
Der Hauptkommissar fuhr unbeeindruckt fort mit seiner Befragung. »Herr Schäfer, beruhigen Sie sich, auf Ihrem Stuhl haben schon Vorstandsvorsitzende und schwerreiche Kaufleute gesessen. Die meisten haben wir natürlich wieder laufen lassen. Momentan wollen wir nur etwas mit Ihnen reden, glauben Sie mir. Erzählen Sie erst einmal, was sich am Freitagabend bzw. in der Nacht zum Samstag vor einer Woche abgespielt hat. Versuchen Sie, alle Uhrzeiten und Details zu beschreiben.«

Alex versuchte alles so genau wie möglich wiederzugeben. Er erzählte die Geschehnisse ganz genau. Als er zur Stelle kam, an der sich Jamila verabschiedete, stoppte Kommissar Sander seinen Redeschwall.

»Wie viel Uhr ist das genau gewesen? Wann haben Sie Jamila K. das letzte Mal gesehen?«

Alex musste schlucken und versuchte das Ereignis so einfach wie möglich zu erklären. »Ich habe Jamila das letzte Mal gegen 00:15 Uhr gesehen und dann nochmal gegen 01:30 Uhr. Um 01:30 Uhr war sie aber schon tot und hing an einem Seil unter der Decke des Treppenhauses von Haus Fühlingen. Wir haben dann sofort die Polizei alarmiert.«

»Lieber Herr Schäfer, was zum Teufel erzählen Sie uns da? Was tischen Sie uns nur für eine Spukgeschichte auf? Ich habe den Bericht von dem Streifenbeamten bekommen, der am besagten Samstagmorgen zu Ihnen gekommen ist, um eine Anzeige wegen Hausfriedensbruch aufzunehmen. Können Sie mir erklären, was sie mit der Leiche gemacht haben und wie der Rest Ihrer Leute darin verstrickt ist? Wir haben alle Personen auf dem Festival wiederfinden können, die an besagter Nacht wegen Hausfriedensbruch belehrt wurden. Wie kann es sein, dass genau diese Personen eine Woche später am Fundort der Leiche auftauchen? Ich sage Ihnen, wie das sein kann! Alle Personen wussten, dass die Leiche da liegt. Oder habt Ihr dafür gesorgt, dass sie gefunden wird? Vielleicht, um euer Gewissen endlich zu beruhigen? Herr Schäfer, reden Sie mit mir, bevor es zu spät ist!«

Alex war jetzt den Tränen nahe, »Ich sage Ihnen, ich habe mit dem Tod von Jamila nichts zu tun. Die Mädels hatten sich gestritten und Jamila soll beschlossen haben nach Hause zu fahren. Gesehen haben wir die tote Jamila alle. Da können Sie gerne auch die anderen befragen. Fragen Sie auch nach Details, ich sage Ihnen, so etwas habe ich noch nie gesehen. In keinem Horrorfilm. Sie hing da und unter ihr war eine grässliche Blutlache. Ihre Brust war aufgerissen, die Haare waren blutverschmiert.«

»Stoppen Sie mal kurz«, unterbrach Kommissar Sander.

»Was ist mit der Brust des Opfers?«

»In der Brust klaffte ein großes Loch. Ihr Kollege von damals hat uns gesagt, wir sollten nach Hause gehen. Das taten wir aber nicht. Ruslan ist, nachdem der Streifenwagen um die Ecke bog, direkt hochgelaufen und hat nachgesehen. Da war keine Leiche, keine Schrift und auch keine

Blutlache mehr.«

»Hören Sie auf, da war nie eine Blutlache! Wo hatten Sie die Leiche versteckt? Herr Schäfer, was meinen Sie damit, dass die Schrift weg gewesen sein soll?«

»Da hat jemand in breiter Druckschrift ›Nehmt die Hure aus meinem Haus‹ geschrieben. Wem gehört das Haus eigentlich zurzeit? Vielleicht hat nicht der Nazirichter, sondern ein realer Besitzer etwas gegen unser Eindringen.«

Kommissar Sander schlug in diesem Moment mit der flachen Hand kräftig auf den Tisch. »Sie überlassen uns die Ermittlungen! Unglaublich, in welcher Welt leben Sie? Nehmen Sie eigentlich Drogen und was hatten Sie in besagter Nacht alles eingeworfen?«

Alex schaute jetzt sehr genervt zu den beiden Beamten. »Ich nehme keine Drogen! Die anderen nehmen übrigens auch keine Drogen, wir haben nur etwas zusammen getrunken. Ich weiß, dass sich unsere Geschichte seltsam anhört, aber was soll es. Alles ist so geschehen und ich habe nichts Schlimmes getan!«

Hauptkommissar Peters übernahm jetzt das Gespräch, »Sie denken also, Sie haben nichts Schlimmes getan. Haben Sie sich schon einmal in unsere Lage versetzt? Was sollen wir nur von Ihnen und Ihren Freunden halten? Sie haben das Opfer zuletzt gesehen. Sie haben das Opfer sogar nach dessen Ableben gesehen, natürlich nur in einem Tagtraum. Daraufhin rufen Sie die Polizei an und tischen diese haarsträubende Geschichte auf! Wissen Sie, da sind noch mehr Tatsachen, die Sie in unser Fadenkreuz rücken lassen. Sie haben die Statur des Täters, waren am vermutlichen

Tatort und haben die Leiche gefunden. Die Täter kommen immer wieder zurück zum Tatort. Glauben Sie mir, das ist keine Geschichte, das passiert wirklich immer wieder. Ich sage Ihnen eins, wir werden jetzt Haus Fühlingen auf den Kopf stellen und sollten wir einen Blutstropfen des Opfers dort finden, werde ich Sie in Untersuchungshaft stecken. Das mit der großen Fleischwunde in der Brust des Opfers wurde übrigens noch nicht publik gemacht. Sie sind für mich somit ein wahnsinnig verdächtiger Kandidat. Herr Schäfer, nun machen Sie schon und geben Sie die Tat endlich zu. Sie haben Jamila K. ermordet und mit Ihren Freunden die Leiche verschwinden lassen. Es ist vollkommen egal, ob es wegen eines eskalierten Streits der beiden Mädels oder einer anderen Sache passiert ist. Lassen Sie uns endlich nach Hause gehen, gestehen Sie sich Ihre Schuld ein. Was, denken Sie, sollen die Angehörigen jetzt denken? Wenn Sie die Sache zugeben, können die Angehörigen einen Schlussstrich ziehen.«

Jetzt fing Alex bitterlich an zu heulen.

»Alles hat sich so abgespielt, wie ich es gerade beschrieben habe. Wir haben eine Erscheinung gesehen und eine Woche später dann die Leiche entdeckt. Ich kann da nichts für. Ich bin kein Mörder!« Alex wurde jetzt lauter und versuchte die Anschuldigungen verbal abzuwehren.

Es klopfte an der Tür und ein schmächtiger alter Mann in Uniform stand vor ihr. »Sander, Peters, die sind jetzt da! Macht schon!«

Der Hauptkommissar übernahm das Geschehen wieder. Er flüsterte Alex ins Ohr, damit die Aufzeichnung das nicht mitschnitt.

»Lieber Herr Schäfer, ich weiß, dass Sie das Mädchen erschlagen haben, und ich werde Sie kriegen. Ich schwöre Ihnen, solange ich atme, werde ich versuchen Ihr Verbrechen zu beweisen.«

Sander half dem angeschlagenen Alex auf die Beine. »So, Herr Schäfer, bitte verlassen Sie in der nächsten Woche nicht die Stadt. Halten Sie sich bitte bereit, falls wir noch mehr Fragen haben. Da wir keine konkreten Beweise von Ihrer Tatbeteiligung haben, können Sie jetzt gehen. Ihre Sachen wird Ihnen der junge Kollege da drüben wiedergeben und jetzt raus.«

»Kommen Sie gut nach Hause, Herr Schäfer, und grüßen Sie Ihre feinen Freunde von uns!«, rief Hauptkommissar Peters noch hinterher.

Alex' Beine zitterten, als er zum schmächtigen älteren Polizeibeamten ging. Der wiederum wie ein Roboter seine Wertsachen hervorholte, um mit ihm ein Formular zur Entlassung auszufüllen. Die Punkte waren schnell abgearbeitet, das Formular ordnungsgemäß ausgefüllt. Alex wurde jetzt freundlich in die Lobby begleitet, wo immer noch Susanne mit seinen Eltern wartete.

Als Susanne Alex sah, lief sie los und umarmte ihn innig. Das Ehepaar Schäfer war da eher zurückhaltender. Seine Mutter drückte ihn kurz und sein Vater hielt schon mal die Tür nach draußen auf. Keiner der Gruppe drehte sich um, alle marschierten so schnell wie möglich zum Auto.

Kurz vor der Ankunft im heimischen Chorweiler fing Alex' Vater an Klartext zu reden.

» Was habt ihr da nur gemacht? Alex, erkläre mir das

bitte! Wie kann es sein, dass du in so etwas verwickelt bist? Ich dachte immer, mein Sohn ist ein vernünftiger Bursche. Was hattet ihr auf dem Gelände zu suchen? Du weißt doch, dass der Aufenthalt da verboten ist. Ich möchte jetzt eine ehrliche Antwort haben, habt ihr auch nur im Entferntesten etwas mit dem Ableben von Jamila zu tun? Ihr seid mir eine Antwort schuldig, wir machen uns große Sorgen!«

Alex senkte seinen Kopf, »Wir haben überhaupt nichts mit dem Verschwinden oder dem Ableben von Jamila zu tun. Bitte glaubt mir, ein weiteres Verhör ertrage ich heute nicht. Bitte glaubt mir.«

Das Auto hielt zu Hause an und die irritierten Eltern ließen Sohn und Schwiegertochter hinter sich. »Melde dich bitte, Schatz!«, rief ihm seine Mutter noch hinterher und so trennten sich ihre Wege wieder.

Mittlerweile war es 23:40 Uhr, die beiden Kommissare waren sprachlos und konnten diese absolut unglaubwürdige Situation nicht fassen. Was war das für ein abgefahrener Fall? Diese Flut von Informationen und diese ganzen Details aus der Vergangenheit. Das war ein Stich ins Hornissennest. »Gab es in der Villa Spuren des Mordes? Der Tod kam immerhin sehr gewaltsam, in einer Art und Weise, die extreme Spuren hinterlässt«, dachte Sander.

Pflichtbewusst veranlassten die beiden eine Abriegelung des Areals durch die hiesige Streifenpolizei, um am folgenden Montagmorgen die Spezialisten der Spurensicherung loszulassen.

»Das wird eine anstrengende Woche mit einer Menge Papierkram für uns«, dachte Peters.

In Chorweiler hingegen waren Susanne und Alex

überglücklich, sich wieder in den Armen zu halten. Es war ein unerträglicher Zustand, seinen Partner hinter Gittern zu sehen. Beides gibt einem das Gefühl von Hilflosigkeit. Ein Erlebnis, was Menschen zusammenschweißt. Die Umarmungen und Liebkosungen waren intensiv. Beide merkten, was sie gerade dabei waren zu verlieren. Sie mussten die Situation in den Griff bekommen und sich selber um die Ermittlungen kümmern.

»Vielleicht ist die Polizei auf dem Holzweg! Zuerst würde ich die Geschichte des Hauses durchleuchten. Wem gehört das Haus? Wer könnte uns etwas Böses wollen und welches Ziel verfolgt dieser Psycho? Lass uns erst einmal mit den anderen chatten, um sie auf den neusten Stand zu bringen. Die Bullen sind doch vollkommen auf der falschen Fährte. Es kann doch nicht wahr sein, dass die einem kein Wort glauben und mich als absoluten Lügner dastehen lassen«, sagte Alex.

Susanne nickte, sie war vollkommen auf seiner Seite. »Alex war die komplette Nacht bei mir gewesen, er hat einhundertprozentig keinen Mord begehen können«, dachte sie. Alleine sich darüber Gedanken zu machen war Zeitverschwendung. Die Eltern von Alex taten ihr jetzt schon leid. Diese Sorgen hatten sie nicht verdient, Alex war immerhin nicht irgendjemand. Er war ein Musterbeispiel eines Gentlemans, ein absolut aufrichtiger Charakter.

Nach einer langen Diskussion mit Alain, Maite und Nicole beschlossen die Freunde sich morgen zu treffen, um ihre Recherchen zu planen. »Wir müssen den Mörder von Jamila finden, da führt kein Weg dran vorbei. Alex muss entlastet werden!«, sagte Nicole. Alex und Susanne hatten vor, sich eine Woche frei zu nehmen. Sie wollten einen Tag arbeiten gehen und den Rest der Woche Urlaub nehmen. Offiziell könnten sie die Aktion mit dem plötzlichen Auftauchen von Verwandtschaft begründen, was aber eine gute Planung ihrer ausstehenden Arbeiten zur Folge hatte. Das waren immerhin keine dringenden oder unbedingt notwendigen Gründe. Die Arbeit sollte Montag so abgeschlossen werden, dass ein unvermittelter Urlaub keine Probleme darstellte. Alex versuchte die übrigen Aufgaben an seinem Projekt auf den Auszubildenden abzuwälzen. Momentan war die Auslastung in der Werkstatt nicht überragend und der Weg für eine Auszeit frei. Bei Susanne sah das schon etwas schwieriger aus, da das Team knapp besetzt war. Jedoch wollten einige ihrer Kollegen im Herbst eine oder sogar zwei Wochen Urlaub ergattern. Susannes Urlaubswunsch sorgte somit für freudige Akzeptanz der lieben Kolleginnen. Danach konnte Susanne ihnen den Urlaub in den Herbstferien nicht mehr streitig machen.

Alex nahm sich den Rest der Woche frei und fuhr nach der Unterredung mit seinem Chef direkt wieder nach Hause. In den vor kurzem erst umgezogenen Kölner Stadtarchiven sollten doch Informationen zu den einstigen und aktuellen Besitzern von Haus Fühlingen vorhanden sein. »Es wird sich schon herausstellen, wer einen Nutzen aus dieser Schandtat ziehen könnte«, dachte er.

Susanne hatte ihrem Liebsten noch nichts von ihren Erkenntnissen zu ihrer Abstammung erzählt und als dieser dann nach einem halben Tag Arbeit nach Hause kam, musste sie ihre Geschichte einfach erzählen.

Alex war absolut überrascht und musste diese Neuigkeit erst einmal verdauen. Seine Freundin war eigentlich die

Erbin eines Großgrundbesitzes und eine Frau mit einem Namen, der regional sehr bekannt war.

»Unglaublich, warum hat Oma Köhler dieses Geheimnis nur so lange für sich behalten?«, fragte er.

Alles schien Teil des Unglücks zu sein und doch musste Alex Licht ins Dunkel bringen. Er entschloss sich mit Susanne, Dienstagmorgen in das Stadtarchiv zu fahren, um die Hintergründe zu ermitteln.

»Eines ist klar, wenn du ein Nachkomme von dem Großgrundbesitzer Köhler bist, hätte das Anwesen nie in die Hände des Landes übergehen dürfen. Oma galt als verschollen und nur deswegen wurde das Anwesen aus der Trägerschaft des Landes an einen Privatmann verkauft. Dieser Verkauf wäre natürlich im Fall eines lebenden Nachkommen der Familie Köhler nichtig. Im Stadtarchiv liegt die Lösung und vielleicht eine Spur zu Jamilas Mörder, das habe ich im Gefühl. Ich möchte ja nichts raufbeschwören, aber einen Täter aus dem Umfeld der Kilian-Erben könnte ich mir gut vorstellen«, sagte er noch.

Susanne hatte gerade einen super Einfall und platzte in Alex' Vortrag.

»Wir müssen auch noch zu meiner Oma. Sie hatte gesagt, dass sie mir noch Unterlagen zeigen wollte. Sollen Alain, Maite und Nicole nicht zuerst ins Stadtarchiv fahren? Wir würden dann nachkommen. Das Stadtarchiv ist immerhin nicht so weit vom Hauptbahnhof entfernt. Ich schätze, man geht vom Kölner Hauptbahnhof bis zum Heumarkt ungefähr zwanzig Minuten, mit Blick auf das Kennedy-Ufer. Kein schlechter Spaziergang und verlassen können wir uns auf sie zu einhundert Prozent. Wir fahren zu meiner Oma und holen die drei danach mit deinem Auto ab. Vielleicht setzen wir uns noch in ein Café, um unsere Erkenntnisse zu besprechen. Hoffentlich haben sie keine wichtigen Vorlesungen.«

Alex nickte, diese Planung gefiel ihm gut. »Falls sie nicht fündig würden, könnte ich mich selbst nochmal von der Sachlage überzeugen. Immerhin geht es um meine Haut!«

Susanne nahm ihr Smartphone zur Hand, um eine Zeitplanung für Dienstag mit den Studenten abzusprechen. Ihre Freunde waren sehr angetan von den Vorkommnissen vom Sonntag und hatten zurzeit auch keine wichtigen Vorlesungen. Sie verabredeten sich für die Mittagszeit, dann müssten sie so gegen 09:00 Uhr in Aachen losfahren. Um 13:00 Uhr sollten sie dann mit dem Stadtarchiv durch sein.

Alex und Susanne beschlossen jetzt für den Rest des Montags die Füße hochzulegen sowie fehlenden Schlaf nachzuholen. Alex konnte nach dem Sonntag auch einiges an Erholung gebrauchen. Plötzlich meldete sich noch das Handy von Alex. Es wäre in Ordnung, wenn es seine Jungs gewesen wären, die sich nach seinem Befinden erkundigen würden. Leider war dem nicht so. Im Display erschien eine bekannte Nummer, Fathi. Er ließ lange schellen und wunderte sich nicht schlecht, als Alex nicht abnahm. Er schickte ihm eine Kurzmitteilung.

»Hi, ich wollte euch nur kurz mitteilen, was uns die Polizei gerade berichtet hat. Jamila wurde eindeutig durch eine DNA-Analyse identifiziert. Die Trauerfeier wird leider erst am Mittwoch stattfinden. Es wäre wirklich toll, wenn ihr zu uns kommen würdet.«

Alex und Susanne waren vollkommen überrumpelt. Kurze Zeit später schrieb Alex eine Mitteilung an Fathi. Er bekundete sein Beileid und sagte zu.

»Unglaublich, das wird wieder alles aufwühlen«, dachte er.

Am Dienstagmorgen beschlossen Susanne und Alex, nochmal an den Ort des Geschehens zu fahren. Haus Fühlingen lag auf dem Weg zu Oma Köhler. »Das Herrenhaus sollte mehr zu bieten haben, als die Polizei vermutete. Da müssen doch Spuren eines Kampfes zu finden sein, vielleicht finden wir auch Jamilas Fahrrad wieder!«, sagte Alex.

Kaum waren die beiden aufgestanden, fuhren sie auch schon los Richtung Haus Fühlingen. Es fing an zu regnen und die Stimmung war am Boden. Es dauerte nicht lange, bis die beiden wieder nach dem Schwimmbad links abbogen, um sich Haus Fühlingen zu nähern. Nachdem sie um die Ecke gefahren waren, sahen sie schon eine große Ansammlung von Streifenwagen und Kleinbussen, die bestimmt der Spurensicherung angehörten.

»Was sollen wir nur machen? Sollen wir anhalten und fragen, was die da machen, oder sollen wir einfach vorbeifahren?« Alex wusste nicht, was er machen sollte, und endschied sich für das möglichst Dümmste. Er wurde immer langsamer und schaute auffällig aus dem Fenster. Auf Höhe der Bushaltestelle entdeckte Hauptkommissar Peters das vorbeischleichende Auto. Er ruderte mit seinen Armen und versuchte Alex auf sich aufmerksam zu machen. Als Alex das bekannte Gesicht erspähte, lief ihm ein eisiger Schauer den Rücken hinunter. Einen kurzen Moment dachte er nicht daran anzuhalten, er spielte mit dem Gedanken, einfach Gas zu geben, um sich aus dem Staub zu machen. Doch die Vernunft siegte gute zwei Sekunden später. Er hielt seinen Wagen auf der Bushaltestelle an, dann stiegen sie aus. Herr Peters überquerte die Straße und ging gelassen auf das Pärchen zu.

»Guten Tag zusammen, na, haben Sie nochmal zum Ort des Geschehens kommen wollen? Das würde für uns sehr gut ins Muster passen, wissen Sie.« Der Hauptkommissar lächelte und lehnte sich lässig ans Auto.

Alex stotterte ein klares »Nein!« und lief dunkelrot an. Susanne brachte es auf die Palme, wie dieser aggressive Beamte ihren definitiv unschuldigen Verlobten anblaffte. »Wir wollen zu meiner Oma, sie wohnt in Fühlingen und hat ebenfalls nichts mit dieser Sache zu tun. Wie wir übrigens, das sollten Sie mittlerweile doch wirklich herausgefunden haben. Was ist mit Ihnen nur los?«

»Schön vorsichtig, junges Fräulein, ich habe da noch ein paar Neuigkeiten für Sie. Wir konnten den Leichnam mit absoluter Sicherheit Ihrer Freundin Jamila zuordnen und haben im Haus Spuren der Bluttat gefunden. Wo hatten Sie nochmal den Geist gesehen?«

»Welchen Geist? Sie meinen bestimmt die aufgeknüpfte Leiche von Jamila? Im Treppenhaus zum 2. OG. Wir standen in der Zwischenetage und konnten alles sehen«, sagte Susanne ketzerisch.

»Danke sehr, ich notiere das nur kurz für die Akten und wünsche Ihnen einen schönen Tag. Ich befürchte, wir sehen uns in naher Zukunft auf dem Präsidium wieder.«

Susanne ließ nicht locker. »Wo haben Sie die Spuren

gefunden?«

Der Kommissar war schon wieder auf der gegenüberliegenden Straßenseite, auf dem Weg zum Eingang vom Herrenhaus. Er drehte seinen Körper nicht einmal zu ihnen um und rief laut zu ihnen rüber.

»Das werden Sie noch früh genug erfahren! Ich glaube sowieso, dass Sie das schon wissen!«

Susanne blickte Alex erstaunt an, sie fuhren wieder los. Beim Zurücksetzen fuhr Alex aus Nervosität gegen den Bordstein und ließ beim Vorwärtsanfahren die Kupplung kreischen.

Peters beobachtete die Szene genau und war sich sicher, den richtigen Eindruck hinterlassen zu haben. »Sollten die auch nur irgendetwas mit dieser Tat zu tun haben, werden wir das rausfinden. Der Große würde in einem richtigen Verhör keine Stunde durchhalten und wir hätten ein umfassendes Geständnis. Ein paar Sticheleien und er vergisst, wie man Auto fährt. Das nenne ich mal beeinflussbar.«

Alex beruhigte sich nicht mehr, was sich auch in seinem Fahrstil widerspiegelte. Eine rote Ampel und mehrfache Aussetzer beim Schalten ließen ihn wie einen Fahranfänger aussehen. Bei Oma angekommen merkte Susanne, dass Alex richtig zittrige Knie hatte. Jeder Schritt sah extrem seltsam aus, was Alex natürlich zu überspielen versuchte. Oma saß an einem kleinen Tisch direkt an einem Fenster der Wirtschaft. Sie hatte einen guten Blick auf den Parkplatz im Innenhof, auf welchem jetzt Susanne und Alex vorgefahren kamen. Die Begrüßung war herzlich, so beschlossen alle erst einmal einen Tee zu trinken. Alex kam wieder runter und lauschte den Erzählungen der fünfundachtzig Jahre alten Dame.

Sie erzählte von Gedichten, die ihr Edward geschrieben hatte. Er widmete ihr jede Woche eine neue Zeile, die er ihr dann samstags präsentierte. Das Medaillon ist ein Familienerbstück, was Anna Maria Köhler ihrem Geliebten schenkte. Er sollte es an seinem Herzen tragen, damit es für immer ihr gehört. Den Stofffetzen mit dem »P« mussten alle Zivilarbeiter aus Polen tragen. Diese sogenannten Zivilarbeiter waren verschleppte Arbeitssklaven aus Polen, die nach Nürnberger Rassengesetzen als minderwertig galten. Sie wurden so aus der Gesellschaft isoliert und zugleich gedemütigt. Das Dokument beweist eindeutig die Schuld des Richters, welcher zugleich Henker spielte. Dann wurde Oma Köhler leiser und flüsterte nur noch.

»Kommt, Kinder, ich zeige euch meine Schätze. Es ist nicht viel, aber sehr aussagekräftig. Ich habe die Urkunden und Gegenstände seit Jahren in einem Bankschließfach vor neugierigen Blicken und Einbrechern geschützt. Weil ich Sonntag Susanne die Wahrheit über ihre Abstammung erzählt habe, fand ich es heute Morgen für richtig, zur Bank zu gehen, um alles zu holen, was euch von Nutzen sein könnte. Nachdem ich es euch gezeigt habe, wäre es toll, wenn wir die Sachen wieder zusammen zur Bank bringen könnten und Susanne als zusätzliche Unterschriftsberechtigte eintragen lassen. Damit hättest du, Liebes, alle Möglichkeiten offen und ich wäre die Last endlich los.«

Sie gingen jetzt in Omas kleine Wohnung über der Wirtschaft. Susanne konnte mit diesen ganzen

Versprechungen nichts anfangen. »Oma, worum geht es eigentlich, was willst du uns hier verkaufen? Ich denke, du wolltest mir Gegenstände und vielleicht Liebesbriefe von Edward zeigen?«

Die rüstige Dame nickte und holte eine schöne Aktentasche aus Leder hervor. »Alles, was mir Edward gegeben hat, ist in meinem Herzen, ich konnte nur einen Brief vor der Gestapo retten. Die übrigen Briefe musste ich herausgeben, da sie als Beweis für die Rassenverfehlung galten. Das Medaillon hat mir viele schöne Erinnerungen zurückgebracht, ich danke euch von ganzem Herzen dafür. Bis auf diesen Liebesbrief, den ich in der Hand halte, steckt weiter die gesamte Familiengeschichte mit Abstammungsbeweisen und dem Grund meiner Namensänderung in der Tasche. Ich war schwanger und musste auch nach der Befreiung Kölns mit Vergeltungsaktionen von diesen Nazischergen rechnen. Die schlimmsten und brutalsten Nationalsozialisten waren damals nicht an der Front, sondern feige an der sogenannten Heimatfront zu finden. Sie steuerten und lenkten dabei alles. Vom Überfall bestimmter Volksgruppen, bis zur Art der Vernichtung dieser. Die Schneiders waren sehr vorausschauend und suchten mit mir alle Abstammungsunterlagen zusammen. Unsere Familie hat eine lange Tradition, was die Stammbücher belegen. Im Krieg starben allerdings alle übrigen unserer Angehörigen, somit sind wir die alleinigen Erben von einem riesigen Vermächtnis. Darunter auch große Teile der Fühlinger Heide und viele Kölner Geschäftshäuser, die zurzeit in städtischer Trägerschaft stehen. Ich war nach damaligem Gesetz eine minderjährige, schwangere Frau, die einen Vormund benötigte, um ihr und das Leben ihres Kindes schützen zu können. Erst recht musste ich um meine Nachkommenschaft fürchten, wie ich erfahren habe, dass der Auslöser allen Unglücks unseren Familiensitz der Stadt Köln abgekauft hatte. Er wusste genau, dass ich noch am Leben war. Er ließ mich suchen und missbrauchte sein Amt aufs Neue, nur jetzt als Demokrat. Diese Maskerade hatte ich ihm nie abgenommen. Wer gesehen hat, was dieser Richter für ein überzeugter Schlächter gewesen ist, kann nicht an das Gute in ihm glauben. Nein, man kann und sollte dies nicht tun. Wir sind nicht Opfer einer Enteignung, uns wurde systematisch die Familie genommen. Der Mord wurde nie angeklagt, was kein Wunder ist bei dieser Vergangenheit. Jeder zweite Richter der jungen Bundesrepublik schien keine weiße Weste zu haben. Was sollten die Alliierten auch anderes nach diesem Krieg machen? Sie konnten nur aus den intellektuellen Richtern wählen, die nach dem Krieg noch da waren. Es gab somit nicht viele Leute mit einer guten Qualifikation, die dieses Amt erfordert. Das dabei einiges schieflief, ist kein Wunder.«

Susanne und Alex konnten ihren Ohren nicht trauen. »Meinst du, dass wir noch ein Anrecht auf Teile unseres Familienvermögens haben? Bist du sicher, dass wir nicht enteignet wurden?«

Oma Köhler schüttelte den Kopf.

»Nein, mein Liebes, es ist absolut sicher geklärt, dass wir einen Anspruch auf ungefähr siebzig Prozent unseres einstigen Vermögens haben. Die Geldwerte sind natürlich nicht mehr relevant, aber die Grundstücke sind nicht enteignet worden. Wir sind nicht im Kommunismus gelandet, sondern in dem amerikanisch kontrollierten Teil von Deutschland. Die Immobilien stehen seitdem nur in städtischer Trägerschaft, da die Erbschaft nicht geklärt wurde. Das hat dein Vater über eine große Anwaltskanzlei geklärt.«

Susanne hatte damit nicht gerechnet, »Wieso hat er mir nie etwas davon gesagt? Ich habe doch auch ein Recht darauf, unsere Familiengeschichte zu erfahren. Ich bin nicht gierig oder besonders scharf darauf, einen großen Besitz zu erben. Mein Leben gefällt mir so, wie es gerade ist, das hätte er wissen sollen. Oder dachte er, ich würde mich verändern, wenn ich von dieser Erbschaft erfahre?«

Oma versuchte ihre Enkelin zu besänftigen und redete jetzt mit viel Bedacht, sehr einfühlsam. »Er wollte dir alles umgehend erzählen, glaube mir. Ich habe deinen Vater erst einen Monat vor seinem Ableben von seiner und unserer Herkunft erzählt. Er kümmerte sich so intensiv und engagiert um alles, was nötig war. Als die Kanzlei alle Unterlagen bereitgestellt hatte, war es auch schon um ihn geschehen. Nach der Beerdigung ließ ich erst einmal einige Zeit vergehen, um dann mit der Kanzlei eine Vereinbarung zu treffen. Alle Anträge werden so lange zurückgestellt, bis ich dir diese Geschichte ausführlich erzählt habe. Die Dokumentation ist in der Kanzlei hinterlegt und eine Visitenkarte des Anwalts liegt bei unseren Stammbüchern im Schließfach der Bank. Es gibt übrigens keinen Schlüssel für das Schließfach. Das Fach wird nach Vorlage eines gültigen Personalausweises von uns beiden geöffnet. Wenn wir die Tasche später wieder zurückbringen, musst du von deinem Ausweis eine Kopie bei der Bank machen lassen.«

»Oh Gott, Oma, das wusste ich nicht. Ich glaube, dann habt ihr alles richtig gemacht. Ich schätze, Vater wollte mich nicht enttäuschen, falls seine Untersuchungen ins

Nichts führen. Vater ist immer jemand gewesen, den man als Realist bezeichnen konnte. Er war keiner dieser Träumer, die Phantomen hinterherjagen. Er hatte strikte Regeln und befolgte alle erdenklichen Gesetze akribisch. Selbst im Straßenverkehr benahm er sich stets mustergültig.«

Jetzt meldete sich Alex zu Wort. Er hörte der Unterredung lange zu und redete den beiden nicht dazwischen. »Also ich fasse mal die Ereignisse zusammen. Dein Vater erfährt von seiner Abstammung, er stellt Ermittlungen zu der Erbschaftsangelegenheit deiner Oma an und wird einen Monat später in einen Unfall mit Todesfolge verwickelt. Ist die Polizei über diese Ermittlungen informiert worden? Um wie viele Immobilien geht es und wem gehören diese Immobilien, die sich nicht in städtischer Trägerschaft befinden? Ist dein Vater vielleicht einem Gewaltverbrechen zum Opfer gefallen?«

Oma Köhler und Susanne waren vollkommen verblüfft, daran hätten sie nie gedacht. Aber nach reiflicher Überlegung konnten sie diese Schlussfolgerung nur zu gut verstehen. »Unglaublich, Geld könnte wirklich jemanden dazu gebracht haben, meinen Vater zu töten. Aber wer könnte das nur sein?«

Oma holte ein Kännchen Tee aus der Küche. »Auf so eine dreiste und hinterlistige Tat bin ich nicht gekommen. Tut mir leid, Liebes, wenn ich nicht an ein Verbrechen gedacht hatte. Aber ihr habt vollkommen Recht, wir müssen das in Betracht ziehen. Das bedeutet auch, dass dieser Mörder noch lebt und vielleicht auch eure Freundin auf dem Gewissen hat. Könnte es sein, dass deine Freundin dir etwas ähnelt? Wenn ja, bedeutet das, dass du, Liebes, unter Lebensgefahr stehst.«

Diese Schlussfolgerung hatten Alex und Susanne auch nicht erwartet. Aber wer in so einer misslichen Lage steckt, sollte anfangen seinen Feind zu orten.

Susanne ergriff das Wort, »Jamila sieht mir nicht ähnlich! Sie hat eine andere Haarfarbe, Augenfarbe und ihre Haut hat eine dezente Bräunung. Wie sollte man sie für mich halten?«

Alex hatte die Antwort.

»Dunkelheit. Jamila ist doch fast genauso groß wie du, oder?«

Susanne bestätigte das.

»Jamila hat auch eine ähnliche Figur wie du, wobei du natürlich bei weitem besser aussiehst.« Alex versuchte jetzt die angespannte Situation etwas aufzulockern. Susanne und ihre Oma fingen auf der Stelle an zu lachen, wobei ihre Stimmung direkt wieder abflaute.

»In der Dunkelheit hätte man sie für dich halten können, das steht außer Frage. Überlege mal selber, deine Silhouette könnte man bestimmt mit der von Jamila verwechseln.«

In diesem Moment wurde Susanne die Gefahr bewusst, in der sie war. Sie versuchte sachlicher zu werden und konzentrierte sich wieder auf die wesentlichen Dinge. »Sollten wir nicht nach dem Besuch im Stadtarchiv bei der Kanzlei vorbeisehen? Wenn wir ins Fadenkreuz eines Mörders geraten sind, sollten wir besser recherchieren. Komm, Oma, lass uns zur Bank fahren, um rechtzeitig am Kölner Stadtarchiv zu sein.«

Alle drei machten sich fertig und gingen wieder durch den Flur der Wirtschaft. Als sie das Ende des Flurs erreichten, sahen sie einen großen älteren Herrn, der sie in Hemd und Schürze begrüßte. Auf dem Kragen seines lupenreinen Hemdes stand in goldener Schrift Schneider, der Name der Wirtschaft. Susanne wusste sofort, wer dieser nette ältere Mann war. Ihre Oma stellte ihn vor.

»Das ist Martin, der eleganteste Kellner dieser Wirtschaft.« Oma ging richtig ran und Martin wurde standesgemäß verlegen. Sie plauderten ein paar Minuten lang und entschieden sich dann zum Auto zu gehen. Oma bekam sich nicht ein, er hatte sogar mal in der Nähe gewohnt. »Stellt euch vor, er ist in dieselbe Schule wie ich gegangen. Natürlich liegt das bei mir noch etwas länger zurück, aber in meinem Alter findet man kaum noch Leute, die den Klassenlehrer gekannt haben.«

Die Fahrt verlief fast reibungslos. Als Oma Köhler die Streifenwagen und den Trubel auf dem Gelände von Haus Fühlingen erblickte, fing sie umgehend an zu diskutieren. »Kinder, das ist ja unfassbar, dieser Menschenauflauf, und was haben die alle für komische Ballonanzüge an?«

Susanne wusste genau, was sie meinte, »Oma, siehst du keine Krimis? Das sind Einmalanzüge der Spurensicherung. Die werden dazu benutzt, um den Tatort nicht mit Spuren zu kontaminieren. Das sollte völlig normal sein.«

Oma nickte, »Dann sucht die Polizei jetzt nach Spuren, wie beispielsweise Blut oder Haaren des Mörders? Meint ihr, dass der Mord wirklich im Haus stattgefunden hat? Ihr wart doch da? Habt ihr nichts gehört?«

Susanne schüttelte den Kopf, »Nein, wir waren viel zu

lange im Keller. Da unten bekommt man nichts mit.«

Oma stimmte dem zu. Susanne hatte Recht, als Kind war ihr das schon aufgefallen. Die Mauern des Herrenhauses waren einfach sehr massiv. Es könnte draußen auch ein Orkan wüten, im Keller von Haus Fühlingen würde man nichts davon mitbekommen. Bei der Bank ging alles wie im Flug. Die Dokumente waren schnell wieder verstaut und die Formalitäten alle vorbereitet. Sogar ein kleines Präsent für jeden stand bereit. Es schien, als wäre die Situation gestellt gewesen. Oma bedankte sich herzlich und kniff zum Abschied dem jungen Banker in die Wange. Der hatte diese Art von Verabschiedung anscheinend nicht erwartet, was ihn jedoch nicht davon abhielt zu erwähnen, dass er auch Versicherungen verkauft. Er würde sich bei Bedarf gleich dransetzen, um die aktuellen Policen mit den älteren Verträgen von Oma zu vergleichen. Oma Köhlers Blicke wurden umgehend zu einem Felsmassiv, das keine Regung mehr zeigte.

Beim Verlassen der Bank zwinkerte sie Susanne und Alex zu. »Die denken, ich bin eine greise alte Frau mit Kohle, der sie schnell mal eine Lebensversicherung mit zehn Jahren Mindestlaufzeit verkaufen können. Nicht mit eurer Oma, das sage ich euch. Den Brüdern traue ich nicht über den Weg. Was glauben die von mir bloß? Ich bin vollkommen klar im Kopf und rechnen kann ich bestimmt noch besser als diese Jungspünde. Was glauben die eigentlich, wie ich meine Wirtschaft so lange halten konnte? Ich kann sehr gut rechnen und noch besser Verträge mit meinen Zulieferern aushandeln. Die Versicherungen prüfe ich übrigens selber und regelmäßig. Da staunt ihr!«, stolz wie Oskar kam Oma mit den zweien am Auto an.

Sie brachten sie wieder nach Hause, wobei ihnen das mittlerweile verlassene und abgesperrte Grundstück von Haus Fühlingen auffiel. Die Untersuchungen schienen abgeschlossen zu sein. Susanne und Alex machten sich jetzt auf den Weg zum Kölner Stadtarchiv. Wenn sie auf der A1 Glück haben, schaffen sie es, wie verabredet bis 13:00 Uhr da zu sein. Doch wie so oft staute sich der Verkehr kurz nach der Auffahrt Richtung Zubringer Innenstadt. Der Kölner Ring ist berühmt-berüchtigt für lange Staukolonnen. Da ist nichts zu machen, es herrschen zwar keine Bedingungen wie in Bombay, aber ein zügiges Vorankommen sieht anders aus. Susanne schrieb sofort den Studenten, um sie vorzuwarnen. So fuhren sie erst ungefähr zwanzig Minuten später in die Tiefgarage des Kölner Heumarktes. Am Heumarkt steht der digitale Lesesaal des Stadtarchivs, welcher seit dem Einsturz des ehemaligen Archives aufgebaut wurde. Im März 2009 stürzte das historische Kölner Stadtarchiv während der Bauarbeiten an der U-Bahn ein und verschüttete dreißig Regalkilometer historischer Dokumente. Beim Einsturz kamen zwei Menschen ums Leben, über neunzig wurden verletzt. Dieses schreckliche Ereignis ist der Anlass einer Massendigitalisierung der geborgenen Dokumente. Bis zu neunzig Prozent der einstigen dreißig Regalkilometer wurden bis jetzt geborgen und zur Ansicht digitalisiert. Das Archiv lagerte seit dem Mittelalter Handschriften, Nachlässe, Urkunden sowie Akten von Privatpersonen. Es überstand sogar den Zweiten Weltkrieg unbeschadet, was einem Wunder gleichkommt. »Hier werden wir Antworten bekommen«, dachten die beiden und liefen die Treppen zum Treffpunkt hinauf.

Alain begrüßte Susanne und Alex herzlich, sogar Nicole verhielt sich normal. Ihre Blicke hatten nicht mehr dieses

Feuer und sie griff auch nicht mehr an. Dieses Kapitel war wohl abgeschlossen, was Alex zu seinem Besten bemerkte. Sie gingen in ein Brauhaus vor Ort, wo sie ihre Erkenntnisse austauschen wollten.

Susanne fing direkt an über ihre Abstammung, das Gespräch mit Oma und den Zusammenhang des Todes ihres Vaters mit der vermeintlichen Erbschaft zu reden. »Wisst ihr, meine Oma hat sogar noch alle Familienstammbücher und die Heiratsurkunden ihrer Eltern. So wie sie mir die Sache erklärt hat, ist der Familienbesitz zu neunzig Prozent in städtische Trägerschaft übergegangen. Mein Vater hat mit einer Anwaltskanzlei den Umfang der Erbangelegenheit recherchiert. Alles wurde kurz vor der offiziellen Akteneinsicht mit anschließendem Erbgesuch auf Eis gelegt. Wer könnte einen Vorteil aus dieser Situation ziehen? Ich muss euch auch leider beichten, dass der Mord an Jamila mir gegolten haben könnte. Alex meint, dass meine und Jamilas Silhouette sich im Dunkeln ähneln würden. Sollte das Attentat wirklich mir gegolten haben, werde ich beschattet und jemand versucht meine Erbschaft zu verhindern. Wie konnte der Mörder nur wissen, dass wir an diesem Abend in Haus Fühlingen einbrechen?«

Die Studenten waren geschockt, »Das ist ja unglaublich! Wenn das wahr ist, bist du auch jetzt in Lebensgefahr. Mal ehrlich, wenn der Mörder uns in dieser Ruine findet, hat er uns auch heute im Blick.«

Nicole platzte in die Situation, »Wie konnte das der Polizei nicht auffallen? Wieso ist der Anwalt der Familie nicht zu den Behörden gegangen?«

Susanne wusste das auch nicht, »Du hast Recht, das ist schon seltsam. Alex, kannst du vielleicht da anrufen und einen Termin ausmachen? Ich bin bei so was immer so unsicher. Der Anwalt sollte wissen, wer bei der Sache die Fäden zieht. Was habt ihr eigentlich herausgefunden?«

Maite fing an, ohne Rücksprache ihre Erkenntnisse kundzutun.

»Also, wir haben eine Reihe von Urkunden und Schriftstücken des Gründers des Reiterhofes und dessen Erben gefunden. Dabei sind sogar datierte Baupläne des Haupt- sowie aller Nebengebäude aufgetaucht. Eine Chronik zu der Richter Familie oder des aktuellen Besitzers fehlt jedoch. Leider konnten wir nur die Dokumente im digitalen Archiv einsehen und mit niemandem ein Original ansehen. Die Originale werden zurzeit alle restauriert, was es unmöglich macht, genauer ein Thema zu durchleuchten. Der Sachbearbeiter vor Ort im Lesesaal konnte mit uns auch nur die Dokumente besprechen, welche er mit seiner Suchfunktion angezeigt bekommen hatte. In drei Jahren, 2017, sollten alle Originale wieder verfügbar sein und die zuständigen Archivare für solche Fragen ansprechbar sein. Aktuell hätten seine hoch qualifizierten Kollegen keine Zeit. Das bedeutet leider auch, dass dieser Mitarbeiter des digitalen Stadtarchives keine Fachkraft und somit auch keine Hilfe ist. Es wird Unterlagen geben, aber wo?«

Susanne schaute wieder Alex an, »Komm schon, bitte ruf bei dieser Kanzlei an und mach einen Termin für uns beide aus. Wenn es geht, würde ich Oma erst mal dabei aus dem Spiel lassen.«

Alex nickte und stand auf. Bei dieser Lärmkulisse,

verursacht durch lautstarke Gespräche und klirrendes Geschirr im Brauhaus, konnte man nicht telefonieren. Er beschloss einen kleinen Seiteneingang der Brauerei zu seinem Büro umzufunktionieren. Der Platz war vor dem anhaltenden Regen und vor allem Lärm der Gaststätte geschützt. Es meldete sich die Sekretärin der Kanzlei, die aus mehr als drei Anwälten bestand. Nach kurzer Klärung der Zuständigkeit fand die engagierte jüngere Frau die Akte der Familie Schneider. Das Beisein der Erbin Anna Maria Schneider, geborene Anna Maria Köhler, ist für ein Treffen unabdingbar. In der Akte waren einige Passagen geschwärzt und verschlüsselt. Die Sekretärin erklärte Alex, dass diese Art von Schutz nicht üblich sei und nur bei brisanten Fakten angewandt wurde. Brisant, erklärte die junge Dame, seien beispielsweise Geständnisse eines Klienten, der sich damit strafrechtlich selbst oder Dritte belastet. Im Hintergrund war eine schroffe Stimme über die Sprechanlage zu hören. Kurz danach stellte die Sekretärin klar, dass die Kanzlei zu diesem Thema nur mit Frau Köhler Termine absprechen würde. Dies ist ebenfalls eine Schutzmaßnahme, da Susanne Schneider nicht, wie ihr Vater, eine beglaubigte Vollmacht hat, über alle Belange Anna Maria Schneiders selbst zu bestimmen. »Wenn es Ihnen recht ist, rufe ich Ihre Oma an und mache mit ihr einen Termin aus. Sie können natürlich zusammen erscheinen. Vergessen Sie nicht, alles dient zum Schutz Ihrer Angelegenheit. Wir regeln solche Erbangelegenheiten immer diskret und regelkonform. Haben Sie morgen Nachmittag Zeit? Ich sehe gerade, dass Herr Sadri morgen Nachmittag keinen Termin hat.« Alex dachte kurz an die Beerdigung von Jamila morgen früh und stimmte dann zu.
»Danke Ihnen, wir haben uns diese Woche frei genommen und könnte morgen vorbeikommen. Regeln Sie das gerne

mit Susannes Oma, sie ist über alles informiert und hat uns Ihre Kontaktdaten gegeben.« Die Verabschiedung war abrupt und überschallt von einer weiteren Nachricht aus der Sprechanlage. Alex ging wieder zu der wartenden Gruppe und erklärte die Neuigkeiten. Susanne fand es in Ordnung, aber eigentlich überflüssig, Oma mit in die Kanzlei zu schleppen. Wenn das Ausmaß der Erbschaft jedoch nur einigermaßen das widerspiegelt, was Oma angedeutet hatte, ist es richtig und auch verständlich.

»Oma wird sich direkt nach dem Anruf aus der Kanzlei bei uns melden. Sie hat immerhin meine Handynummer auf Kurzwahl Eins im Haustelefon eingespeichert.«

Alain studierte die alten Baupläne und konnte so einige Räume identifizieren. »Der Keller hatte eine Zufahrt auf der Rückseite. Sehr wahrscheinlich diente er einst als Speisekammer oder um dies in der heutigen Zeit besser zu verstehen, als Vorratskammer. In den Epochen ohne Kühlschrank waren alle auf kühle Keller mit konstant niedriger Temperatur angewiesen. Oft wird dieser Aspekt vollkommen vernachlässigt. Im Fall von Haus Fühlingen wurde sogar die Zufahrt zugeschüttet, nachdem der Strom Einzug gehalten hatte. Aber wie sollen dann die Autos in den Keller gelangt sein? Somit muss die Einfahrt nach 1960 zugeschüttet worden sein.«

Maite hörte den belanglosen Thesen ihres Freundes schon viel zu lange zu. Er redete schon die gesamte Zeit, die Alex benötigte, um mit der Kanzlei einen Termin zu verabreden. Als Alex wieder zurückkehrte, entzog sie ihm das Wort. »Du hörst jetzt auf, Schatz. Das, was du seit einer halben Stunde redest, bringt doch nichts. Ehrlich, ich habe keine Ahnung, wie uns die Kellereinfahrt weiterbringen sollte.«

Alex bekam das mit und spottete zurück. »Maite beruhige dich, ich und Alain müssen uns immerhin überlegen, wie wir den Mercedes aus dem Keller bekommen. Als Miteigentümer kann ich diesen Plan nur gutheißen.«

Maite verdrehte die Augen und antwortete nicht auf diese absolut unwichtige Anekdote.

»Männer!«

Alex drehte sich wieder zu Alain und fuhr mit seiner Macho-Tour fort. »Was hast du noch entdeckt? Zeig mal, wo wir überall gewesen waren.«

Alain breitete die Karte aus und begann mit seiner interaktiven Führung. Er zeigte die Kellerräume, das Erdgeschoss, den Ballsaal der ersten Etage und natürlich das Arbeitszimmer des Richters. An diesem Teil der Führung hakte er ein bisschen. »So, das war es, weiter sind wir nicht gekommen. Die zweite Etage mit Dachgeschoss haben wir uns nicht mehr angesehen.«

Nicole schaute sich die Karte genauer an und entdeckte etwas Ungewöhnliches. »Seht ihr diese schmale Wendeltreppe hier? Sie ist auf jeder Etage mit Ausnahme des Kellers zu sehen. Habt ihr die gesehen?«

Alain unterbrach, »Nein, die haben wir definitiv nicht gesehen. Es gibt im kompletten linken Flügel, ausgehend von dieser Treppe, ein System aus doppelten Wänden. Oder sind die Wände auf dieser Seite nur halb so dick wie die im übrigen Haus?«
Alex meinte, »Das sind bestimmt tragende Wände.« Alain lehnte diese Lösung ab, » Alle tragenden Wände sind leicht schraffiert und nur die Wände, die von der Treppe

abgehen, sind nicht schraffiert. Außerdem, wo ist die Türe? Ich sehe keine Türe aus diesem Treppenhaus. Die Zeichnung ist geschickt gemacht, aber sie soll von diesen Räumen ablenken. In alten Herrenhäusern gab es oft solche Gänge für die Bediensteten, die sich verhalten sollten wie unsichtbar. Alles zum Wohl des Gutsherrn, um ungestört leben zu können. Könnte es nicht sein, dass der Mörder die ganze Zeit im Haus gewesen ist? Er hat vielleicht im Arbeitszimmer nach den Gegenständen gesucht, die wir gefunden haben. Als er bemerkte, dass wir die Treppe hinaufgekommen waren, schaltete er das Licht seiner Taschenlampe aus und versteckte sich in der doppelten Wand. Er hätte sogar die Zeit gehabt, die Etage zu wechseln oder zu verschwinden. Was er aber anscheinend nicht tat.«

Maite hatte einen weiteren Einfall. »Vielleicht haben wir ihn wirklich verschreckt. Wenn er Susanne töten wollte, hat er sein Missgeschick vielleicht erst später bemerkt. Wenn es so gewesen ist, dann haben unsere Männer diesen Schlächter fortgejagt.«

Nicole widersprach jetzt heftig Maite, »Ihr habt doch alle Jamilas Leiche im Treppenhaus baumeln sehen. Einige Minuten später war anscheinend alles verschwunden. Alles inklusive riesiger Blutlachen und der geschriebenen Botschaft. Das war kein Hirngespinst! Das war der Teufel persönlich und der braucht auch keine doppelte Wand, der überwindet jedes von Menschenhand erbaute Hindernis.«

Alain ließ sich nicht beeindrucken, »Es muss eine logische Lösung für diese Erscheinung geben. Hinter dem Treppenhaus des zweiten Obergeschosses gibt es ebenfalls eine große Nische, die zu dem Raum mit Wendeltreppe führt. Leider scheint es keine direkte Verbindung zum Raum mit der Wendeltreppe zu geben. Wie auch in der ersten Etage hinter dem Arbeitszimmer sind keine Türen zum Raum mit Wendeltreppe eingezeichnet. Da ist etwas dran, das sage ich euch. Wir müssen uns das noch einmal ansehen.«

Den Mädels rutschte das Herz in die Hose.

»Nein, auf keinen Fall gehen wir je wieder in dieses Haus!« Susannes Statement war zugleich ein Befehl. »Das geht gar nicht, nie wieder werde ich diese Ruine betreten! Ich finde nicht, dass wir uns weiter verdächtig machen sollten. Wir haben euch auch noch vergessen zu sagen, dass Haus Fühlingen von der Polizei abgeriegelt ist.

Als wir zu meiner Oma gefahren waren, wurden wir sogar vom zuständigen Hauptkommissar gesehen. Er hielt uns an und drohte Alex. Er sagte auch, dass es gut in sein Szenario passt, wenn der Hauptverdächtige den Ort des Verbrechens erneut aufsucht.«

»Was hat der denn noch gefragt?«, rief Maite laut in die Runde. Die eigentlich so stille Person hatte Temperament, das musste man ihr zugestehen, auch als Öko.

»Gar nichts, doch, warte mal. Er hat uns gefragt, wo wir den Geist gesehen haben wollen? Ich antwortete, im Treppenhaus des zweiten Obergeschosses.«

»Meint ihr, der Kommissar hat etwas gefunden?«

»Er sagte, dass er was gefunden hat, aber wo, können wir uns selber denken«, dann nahm Susanne einen tiefen Schluck aus ihrer Cola.

Alain hatte endlich wieder einen Zuspieler, »Ja, klar, das würde meine Theorie super untermauern. Nachdem dieser Irre Jamila ermordet und aufgehängt hat, tauchte er nach unserem Rückzug wieder auf. Er hatte dann ungefähr zwanzig Minuten, um die Sauerei zu beseitigen. Ich habe da auch schon eine weitere Theorie.«

Maite war jetzt sehr angespannt, »Wie soll er das denn in dieser kurzen Zeit gemacht haben? Diese Flecken schafft nicht der beste Reiniger.«

»Nein, da hast du Recht. Haushaltsreiniger sind schwach alkalisch und eher harmlos. Die damit behandelten Oberflächen können natürlich noch eine große Menge von Fetten und Ölen enthalten. Herkömmliche gereinigte Flächen sind lange nass und schwierig zu trocknen. In solchen feuchten Gebäuden sehr wahrscheinlich ein stundenlanger Prozess. Wir sind Chemiestudenten, da sollte uns doch etwas Besseres einfallen, oder? Es wäre möglich, die Flecken verschwinden zu lassen. Nachdem die Leiche versteckt wurde, könnte man die Blutlache grob aufwischen. Danach würde ich die Flecken und diese kranke Schrift mit einer mindestens fünfunddreißigprozentigen Wasserstoffperoxid-Lösung bleichen. Das Eisen im Hämoglobin wird durch das starke Reduktionsmittel Wasserstoffperoxid umgehend reduziert, was wiederum eine direkte Entfärbung zur Folge hat. Der Zerfall der Peroxide in ihre Radikale könnte durch die Zugabe eines Ammoniumsalzes beschleunigt werden. Die Lösung könnte in einer Sprühflasche alle Spuren binnen wenigen Minuten beseitigen. In der Dunkelheit sollten sich so die gröbsten Spuren vernichten lassen. Eine intensivere Nachbehandlung sollte dann alle Spuren verwischen. Ich glaube nicht an Erscheinungen, sondern vielmehr an eine Bedrohung durch lebendige Artgenossen.«

Alex klopfte ihm auf die Schulter, »Meinst du wirklich,

dass dieser Unsinn funktioniert?«

Alain runzelte die Stirn und schaute den Automechaniker fassungslos an.

»Auf jeden Fall. Ich kann es euch auch beweisen. Ich benötige nur paar Tropfen Blut und unser Uni-Labor. Ach, was rede ich da, ich benötige nur einen Internetzugang. Gebt einfach mal Katalase in eine Suchmaschine ein. Oder schaut euch mal auf den bekannten Videoportalen einen Kurzfilm über Wasserstoffperoxid an. Außerdem ist in allen Bereichen von Haus Fühlingen der alte Kalk-Putzmörtel von den Wänden abgefallen. Im Treppenhaus sowie in den übrigen Zimmern sieht es aus wie in der Wüste, überall sind Sandberge. Sprüht man auf die Blutflecken im Sand Wasserstoffperoxid, sollte das kurze Zeit später total untergehen. Der Sand sollte als Träger alles aufsaugen und ist das Blut einmal entfärbt, ist die Sache erledigt. Die Frage ist allerdings, woher der Mörder sein Fachwissen haben sollte. Er müsste ein studierter Mann sein oder der Sohn eines Richters, der sein Leben in Privatschulen verbrachte.«

Alain grinste jetzt, als hätte er das Rätsel gelöst.

Maite unterbrach ihren brillanten Freund und merkte noch eine weitere sehr wichtige Frage an, »Wenn der Mörder es auf Susanne abgesehen hatte, wie konnte er wissen, dass wir in dieser Nacht in Haus Fühlingen sein werden? Ganz zu schweigen von der Sprühflasche mit hochkonzentrierter Wasserstoffperoxid-Lösung. Wer läuft denn mit so etwas durch die Gegend?«

Die anderen sahen sich verdutzt an, da hatte Maite natürlich vollkommen Recht.

Susanne war es egal, sie konnte nichts an der Situation ändern und diese ganzen Mutmaßungen halfen ihr auch nicht weiter. »Wir müssen morgen früh auf die Trauerfeier von Jamila. Das hatte ich euch noch gar nicht erzählt, Fathi hatte sich gestern gemeldet. Ich habe schon echt Angst vor der Situation. Ihre Leute wissen, dass wir sie das letzte Mal lebend gesehen haben. Das ist eine verzwickte Situation für alle, ich hoffe, dass ihre Eltern uns nicht zu der Angelegenheit ansprechen werden. Ihr würdet doch auch zur Trauerfeier gehen, wenn Fathi euch eingeladen hätte, oder?«

Nicole nickte, »Ja, natürlich. Das ist Ehrensache, selbst ich hätte ihr nichts Böses gewollt. Auch wenn das an diesem Abend vielleicht anders ausgesehen haben könnte. Ruslan hat mich einfach auf die Palme gebracht und da solche Aktionen in der Vergangenheit öfters abgelaufen sind, kann man davon ausgehen, dass er das auch so gesteuert hatte. Er ist ein intelligenter Mensch, auch wenn man das bei so einer ignoranten Art nicht vermuten konnte. Total berechnend, wobei er mich oft auf die Probe gestellt hat.«

Dann fing Nicole leise an zu weinen und die zwei Freundinnen trösteten sie. Die beiden Jungs verzogen sich in dieser emotionalen Minute zum Thekenbereich des Brauhauses. Der Kellner machte für sie einen neuen Deckel und sie zischten sich erst einmal ein Kölsch. Alex dachte an letzte Woche und den Zeitpunkt zurück, an welchem Nicole ihren Ruslan schon völlig vergessen hatte. »Diese Heuchlerin«, dachte er nur. »Egal, was interessiert mich der Charakter von Nicole, sie ist total unwichtig für mich, aber warum denke ich dann nur jetzt an sie?« Alex träumte weiter und die beiden Kerle sprachen kein Wort.

»Endlich Ruhe«, dachten sie wohl unabhängig voneinander und schwiegen sich an. Jede Unterredung hätte das Ambiente des Brauhauses zerstört. Frauen hingegen hätten so eine Situation als sehr beklemmend empfunden und sich schon nach kurzer Zeit gefragt, ob alles in Ordnung wäre. Bei Alain und Alex war alles in Ordnung, das wussten sie auch so.

Nach einer halben Stunde und vier Kölsch später entschieden die Mädels die Location zu wechseln. »Schaut mal!«, rief Maite.

»Es hat längst aufgehört zu regnen und die Sonne ist rausgekommen.« Sogar das Altstadtpflaster am Heumarkt war schon größtenteils getrocknet. Sie beschlossen Richtung Dom, Römermuseum, Rheinwiese zu gehen und in einer der großen Kölner Brauereien direkt am Dom Mittag zu essen. Köln gibt so einiges an kulinarischen Besonderheiten her, bei denen bei Zugereisten der Angstschweiß ausbricht. Nicht beim Bestellen, wie Maite feststellte, sondern eher bei der Überraschung nach dem Servieren. Maite ist ein offener Mensch, total ökologisch eingestellt und tolerant. Aber das Gericht »Himmel und Erde« hätte sie sich anders vorgestellt. Apfelmus, Püree und Blutwurst, übergossen mit fettigen Zwiebeln, ließ sie zusammenzucken. Der Kellner kannte die Reaktion schon und reagierte standesgemäß unfreundlich. Jeder Köbes in Köln hat in seinem Arbeitsvertrag eine Klausel stehen, die es ihm verbietet, nett zu sein. Das ist die Wahrheit, echte Kölner wissen diese Eigenschaft auch zu nutzen und zu schätzen.

Nachdem Alex Maites Gericht vertilgt hatte, bestellte sie sich einen grünen Salat, das der Köbes prompt kommentierte. »Fräulein, ich muss sie jetzt rauswerfen,

Leute, die nicht schätzen, was wir in Köln essen, haben hier nichts zu suchen.« Danach lächelte er, zwinkerte Nicole zu und verschwand mit der neuen Bestellung.

Als alle hungrigen Mäuler gestopft waren, beschlossen sie eine Runde durch die Altstadt zu laufen, um dann Alex und Susanne am Heumarkt zu verabschieden.

In diesem Moment schellte Susannes Handy. Oma war am Telefon und berichtete vom Anruf der Kanzlei. Sie habe 16:30 Uhr mit der netten jungen Dame ausgemacht, was Susanne zusagte. Dann hätte sie nach der Trauerfeier etwas Pause, um den Schmerz besser zu verarbeiten. Dass sie wieder heulen wird, wusste sie und darauf zu warten machte sie wahnsinnig. Selbst bei dem Gespräch mit Oma konnte sie an nichts anderes als die Beerdigung morgen früh denken. Sie erzählte es kurz Oma und verabredete sich bei ihr um 15:30 Uhr. Diesen Termin sollten sie nicht verpassen.

Die Kanzlei hatte ihr Büro in der Leverkusener Innenstadt und sollte von Fühlingen aus gut erreichbar sein. Das gilt jedoch nur, wenn die A1 frei war, was um diese Uhrzeit eher nicht der Fall sein sollte. Da Leverkusen auf der anderen Rheinseite liegt, gibt es keine andere Möglichkeit, als die Rheinbrücke der A1 zu benutzen. Klar, es gibt auch die Autofähre, die bringt einen jedoch nur nach Leverkusen-Hitdorf. Die Innenstadt liegt von dort aus sehr ungünstig auf einer Hauptverkehrsachse zwischen Düsseldorf, der A3, und Opladen. Von der A1 hingegen sollte man ohne Stau in guten fünfzehn Minuten eins der Parkhäuser des Rathaus-Centers erreichen.

Die Gruppe ging gelassen weiter Richtung Heumarkt. Die schmalen Gassen der Kölner Altstadt bieten immer wieder Neues fürs Auge. Hochwassermarken an historischen

Fassaden und brillant sanierten Altbauten. Unzählige Antiquitätenhändler säumten den Weg, was besonders die Mädels immer wieder vom direkten Weg abschweifen ließ. Auch Alex und Alain waren nicht abgeneigt, sich Gegenstände aus dem frühen letzten Jahrhundert anzusehen. Besonders Spazierstöcke, Taschenmesser und ausgefallene Taschenuhren weckten die Aufmerksamkeit der Jungs. Den Mädels gefielen Puppen, Spielzeug, Schmuck und Hüte. Eben alles, was diese Ramschläden an unnützen Gegenständen so hergaben. Nach einer weiteren halben Stunde waren sie am Parkhaus angekommen. Sie verabschiedeten sich und die Mädels wollten sich direkt nach der Bestattung morgen melden.

»Das wird was werden«, dachte Susanne und stieg ins Auto.

Zurück ins Präsidium.

Hauptkommissar Peters und Kommissar Sander wurden von der Spurensicherung einige neue Fakten präsentiert. Mittlerweile war es später Nachmittag und die beiden Beamten wollten gerade etwas essen gehen. Die Neuigkeiten drehten den Fall etwas. Die Kollegen des Sonderdezernats Haus Fühlingen entdeckten einen verborgenen Raum hinter dem Treppenhaus des zweiten Obergeschosses. Ein Stofffetzen, der in einer ebenfalls verborgenen Tür eingeklemmt war, verriet diesen und machte den Weg in die Nische dahinter frei. In diesem Versteck gab es mehrere Kanister mit Chemikalien sowie so einige beängstigende Schlag- und Hiebwerkzeuge. Ein Tisch mit Mordinstrumenten stand inmitten der verriegelten Dachetage. Karosseriehammer, Axt, Beil und mehrere Fleischermesser, das waren die ausgestellten Waffen der

Wahl. Im Dreck und Staub des Flures wurden eindeutige DNA-Spuren des Opfers gefunden. Im Dachgeschoss schien sich die Ermordung der so zierlichen Person abgespielt zu haben, es gab eindeutige Spuren eines Kampfes und Anzeichen eines Ritualmordes. Jedoch hatten die Experten der Kölner Spurensicherung enorme Probleme mit der Beweislage. Der komplette Ort des Verbrechens wurde professionell gereinigt. Anscheinend wurden auch sehr aggressive Chemikalien verwendet, die auf jemanden mit Fachwissen deuteten. Sander sprach jetzt aus, was er dachte.

»Das muss ein Profi oder ein kranker Irrer mit viel Phantasie gewesen sein, was meinst du dazu?«

Sander stellte jetzt die Marschrute fest. »Ich glaube auch, dass dies nicht die Tat von irgendwelchen Jugendlichen ist. Das sieht mir nach viel mehr aus. Aber wer kann in der heutigen Zeit Jugendliche einschätzen? Wir müssen auf Nummer sicher gehen. Mit der Anzeige wegen Hausfriedensbruch und dem jetzt ermittelten Tatort haben wir einen direkten Verdächtigen. Da führt kein Weg dran vorbei, wir müssen uns den Jungen nochmal vornehmen.«
Alex Schäfer rutschte immer mehr ins Fadenkreuz, da er beweisbar vor Ort gewesen war und die physischen Voraussetzungen des Mörders voll erfüllt. Dieser Junge war stark genug, um Jamila aufzuknüpfen und ohne mit der Wimper zu zucken, seine aktuelle Freundin anzulügen. Die beiden Beamten dachten hierbei absolut identisch, »Wir müssen ihn aufhalten. Die Vermisstenanzeige ging noch am Vorabend raus.«

In Köln war die Verabschiedung wie immer herzlich, auch Nicole und Alex umarmten sich kurz. Das Auto stand im zweiten Untergeschoss des Parkhauses. Auf dem Weg nach Hause schwirrten Susanne so einige Gedanken durch den Kopf. Was wäre wohl, wenn sie wirklich die Erbin eines riesigen Vermögens wäre? Was, wenn sie endlich so viel Geld hätten, dass sie sich um ihre Zukunft keine Gedanken mehr machen bräuchten? Jetzt fing sie sogar an, etwas laut zu träumen. »Schatz, wenn wir wirklich so reich wären, wie meine Oma meinte, was würdest du mit dem Geld anfangen?« Dieser Traum sollte bald enden und die Wirklichkeit sollte sie wieder wachrütteln.

Alex war verdutzt und fuhr auf der Stelle etwas langsamer. Er überlegte, was ihm wichtig ist im Leben. »Ich würde als Allererstes für uns ein Haus kaufen. Eine alte Stadtvilla mit Garten und hohen Decken. Dann würde ich die Villa sanieren und uns einen unvergleichbaren Wohnraum schaffen. Wenn die Villa groß genug wäre, könnten auch Oma und meine Eltern mit einziehen.«

Susanne unterbrach Alex direkt, »Du glaubst doch wohl nicht, dass ich mit deinen Eltern und meiner Oma unter ein Dach ziehe. Das würde die totale Kontrolle bedeuten. Unsere Angehörigen würden jeden Schritt, den wir machen, beobachten.«

Alex winkte ab, »Höre auf, das würde alles gut gehen. Meine Eltern und auch deine Oma sind sehr liberale Menschen, die Individualität schätzen. Wir werden nicht unter ihrer Anwesenheit leiden, glaube mir. Ich schätze, ich würde meine eigene Werkstatt aufmachen, um mich auf teure Sportwagen zu spezialisieren. Vielleicht würde ich auch versuchen beschädigte Sportwagen aufzukaufen, um sie dann gewinnbringend weiterzuverkaufen. Ich bräuchte eine Lagerhalle oder eine kleine Werkstatt in der Nähe.

Dann müssten wir nie wieder nach unserem Geld sehen und könnten den gesamten Tag machen, was uns am besten gefällt. In erster Linie ist das natürlich dein Geld, ich würde nur etwas davon nehmen, wenn du das auch für gut erachtest. Was würdest du mit dem Geld anstellen?«

Susanne musste lachen, »Du kannst natürlich deine Werkstatt einrichten und unser Haus sanieren. Ich finde deine Idee mit der Villa und der Werkstatt super. Ich könnte dann unsere Kinder versorgen und nachmittags mit ihnen zu Fuß in deine Werkstatt kommen. Du würdest dann mit der Werkstatt und dem Autohandel Geld für unsere alltäglichen Bedürfnisse verdienen. Sodass wir von dem Geld möglichst lange etwas haben. Ich könnte die Buchhaltung vorbereiten und die Materialbestellungen für dich erledigen.« Susanne strahlte und signalisierte ihrem Lieben Übereinstimmung. Sie waren völlig auf einer Wellenlänge und wussten nur zu gut, wie ihre Wunschzukunft aussah. Nichts Abgehobenes, nichts über ihre Verhältnisse. Ihr Leben zurzeit ist absolut in Ordnung, warum an den Gegebenheiten etwas verändern? Mit diesem Geld im Rücken könnte man die aktuelle Lage stabilisieren oder eher die Lebenssituation aufwerten, ohne sie zu verändern. »Ich hoffe natürlich, dass wir nicht abrutschen. Bitte versprich mir, dass wir uns immer lieben werden, egal was uns das Leben bringt.«

Alex legte seine Hand auf Susannes Knie und schwor ihr die ewige Liebe. Bei der nächsten Ampel küssten sie sich intensiv, bis alles in einem Hupkonzert endete und sie eine Ampelphase verpassten. Super, alles lief traumhaft, bis sie auf den Hof ihres Wohnkomplexes bogen.

Sie wurden sofort von einer Streife festgehalten, bis sie dann die Initiatoren des Durcheinanders sahen.

Hauptkommissar Peters und Kommissar Sander stolzierten auf ihren Wagen zu. Der gesamte Innenhof war abgeriegelt und mehr als fünf Streifenwagen parkten in ihm. Ein weiterer Streifenwagen stand jetzt direkt hinter ihnen. Er hatte wohl schon auf sie gewartet und versperrte jetzt die Einfahrt des kompletten Wohngebiets in Chorweiler. Chorweilers Hochhauskomplex ist wie ein Hufeisen aufgebaut und somit an einer Zufahrt gut abzuriegeln. Sie könnten höchstens über den Bordstein und einen angrenzenden Grünstreifen abhauen. Die Situation war jedoch so überwältigend, dass sie keine Gegenaktion wagten. Geschockt stiegen sie aus dem Wagen, da die ersten Beamten ihre Waffe griffbereit hielten und mit der zweiten Hand auf den Boden zeigten.

Kommissar Sander las Alex seine Rechte vor und informierte ihn darüber, dass nun ein direkter Tatverdacht gegen ihn existiert. Er müsse leider direkt in U-Haft genommen werden, da Fluchtgefahr besteht. »Bei Gewaltdelikten ist das die übliche Vorgehensweise, Herr Schäfer. Wir haben so einiges an Spuren im Haus Fühlingen gefunden, von denen Sie uns nichts erzählt haben. Ich verspreche Ihnen, dass Sie jetzt genügend Zeit für eine ordentliche Aussage bekommen, um Ihre Sünden zu gestehen. Jetzt können Sie sich erst einmal von Fräulein Schneider verabschieden und Ihre vorläufige Haft antreten.«

Alex rutschte das Herz in die Hose, »Ich habe nichts getan! Kommissar, ich bitte Sie, lassen Sie mich in Ruhe. Ich habe mit Jamilas Verschwinden nichts zu tun.«

Kommissar Sander lächelte, »Wie kommen Sie nur auf die Idee, dass es um Ihre gute alte Freundin Jamila geht?

Ich gebe Ihnen einen Tipp, weil Sie Jamila umgebracht haben. Nur deshalb!«

Ein Streifenbeamter legte Alex Handschellen an, was Susanne die Tränen in die Augen trieb. Alle ihre Träume sah Susanne jetzt den Bach hinuntergehen. Die Zukunft, die sie sich erträumten, platzte gerade. Diese Versager von Beamten hatten mal wieder den Falschen verhaftet, dachte sich Susanne. Sie wurde so langsam wütend und schlug auf Hauptkommissar Peters ein, als der ihr ins Gesicht lächelte. Ihre Welt ging gerade unter und dieser Versager lacht ihr ins Gesicht.

Die Ohrfeige gefiel dem so eitlen Hauptkommissar gar nicht, was Susanne direkt zu spüren bekam. Er legte Susanne ebenfalls Handschellen an und beförderte sie in einen anderen Streifenwagen. »Das ist ein tätlicher Angriff auf einen Polizeibeamten, ich kann nicht von einer Anzeige wegen Körperverletzung absehen«, sprach er und trabte davon.

Susannes Heulen schallte über den Innenhof, fast alle Nachbarn versammelten sich jetzt auf den Balkonen, um die Szene zu begaffen. Keine Frage, mit dieser Aufmerksamkeit hatten selbst die erfahrenen Kommissare nicht gerechnet. Jetzt wurden sogar die Streifenbeamten von den Balkonen aus beschimpft. Das Viertel hält zusammen und das sollten die Beamten auch merken. Bei den häufigen Einsätzen in Chorweiler hatten sie diese Reaktion längst erwartet. Sie versuchten den aufgebrachten Mob zu beschwichtigen und wiesen auf das Verbrechen hin, welches Alex beschuldigt wurde. Nachdem das Ausmaß der Straftat seine Runde machte, verstummten die üblen Beschimpfungen der Nachbarn. Es drehte sich schließlich nicht um Falschparken oder ein Kavaliersdelikt. Die Einsatzfahrzeuge fuhren jetzt in Richtung Polizeipräsidium. Beide Insassen hatten eine riesige Angst, obwohl ihnen ihre Unschuld bewusst war. Kurz nach ihrer Ankunft führte man sie in separate Befragungsräume.

Hauptkommissar Peters nahm sich als Erste Susanne vor, »Wissen Sie, Fräulein Schneider, Sie sind eigentlich nur wegen der Ohrfeige hier. Aber da ich Ihnen Ihre Unschuld nicht abnehme, habe ich eine enorm wichtige Frage an Sie. Haben Sie Ihrem Freund geholfen den Mord an Jamila K. zu verüben? Körperlich wären Sie nicht in der Lage, diese Straftat zu begehen, was eine Mittäterschaft natürlich nicht ausschließt. Kommen Sie schon, helfen Sie Ihrem Freund und ich werde sehen, was wir für ihn tun können. Die Ohrfeige ist dann natürlich auch vergessen.« Peters lächelte wieder dreckig und setzte sich locker neben Susanne.

Susanne rutschte ein Stück weg und antwortete gefasst, »Hören Sie bitte auf, diesen Unsinn zu erzählen. Merken Sie sich bitte, Alex ist mein Verlobter, nicht irgendein Freund. Sie denken wohl, alles durchschaut zu haben, aber über das Wichtigste scheinen Sie sich keine Gedanken gemacht zu haben. Welches Motiv hätten wir, eine Schulkameradin von früher zu ermorden? Warum sollten wir so etwas nur tun?«

Hauptkommissar Peters konnte seine Überraschung nicht verbergen und setzte zum Gegenangriff an. »Sagen Sie mir, warum Sie so ein perverses Hobby haben! Sie haben Recht, mein Partner und ich konnten uns das auch nicht erklären. Eines ist jedoch klar, Sie haben Jamila als Letztes gesehen, es kam zu einem Streit und dann ist sie ermordet worden. Eine Woche später taucht ihre Leiche auf und wer steht an der Fundstelle? Wieder Sie! Sie verstricken sich hier in Widersprüche und ich bin absolut davon überzeugt, dass Sie uns etwas Elementares verschweigen. Habe ich Recht?«

»Ich habe Ihnen nichts verschwiegen, bei unserer letzten Unterredung habe ich nichts von den neuen Fakten gewusst. Meine Oma hat mir erst gestern davon erzählt.«

»Was reden Sie da, was soll das denn jetzt für eine Märchengeschichte sein? Ich rate Ihnen jetzt schnell mit der Wahrheit um die Ecke zu kommen. Sollten Sie etwas zur Aufklärung eines Mordfalls erfahren, sind Sie verpflichtet dies umgehend dem zuständigen Beamten mitzuteilen. Ich habe Sie über Ihre Rechte und Pflichten gut aufgeklärt, meinen Sie nicht? Ihr Freund sollte es zumindest begriffen haben.«

Susanne nickte, »Ja, klar, das hat er. Wir glauben, Sie suchen nur das erstbeste Opfer. Den wahren Schuldigen zu finden scheint nicht Ihr Stil zu sein. So haben wir es bis jetzt empfunden. Wären Sie in unserer Lage, würden Sie auch nicht anrufen. Sie haben nur eine Stunde bevor wir die Neuigkeiten erfahren haben, meinem Verlobten gedroht! Das ist die absolute Willkür.«

Kommissar Sander beobachtete die beiden von einem Nebenzimmer über eine Kamera. Nachdem er hörte, dass Susanne Neuigkeiten und eventuell ein Mordmotiv zu berichten hatte, wollte er schnell in den Befragungsraum kommen. Live die Reaktion der Befragten zu lesen ist ein wichtiger Teil der Ermittlungen. Einem Tatbeteiligten zu glauben, erfordert große Erfahrung.

»Hallo, Frau Schneider, ich habe alles im Nebenzimmer mitbekommen, bitte fahren Sie fort. Ich würde diese Neuigkeiten gerne auch direkt von Ihnen erfahren.«

Susanne war erschrocken, sie wurde belauscht und gemustert. »Na ja, was soll es, hätte ich mir auch denken können«, dachte Susanne. Susanne wollte jetzt die Geschichte ihrer Familie oder eher ihrer echten Abstammung erzählen.

»Kommen Sie aus der Gegend oder sind Sie Zugezogene?«, fragte Susanne als Erstes.

Hauptkommissar Peters erklärte, er sei aus Porz und ist in Longerich aufgewachsen. Beides Kölner Stadtteile in der Nähe. Herr Sander hingegen war aus der Pfalz und somit ein Zugezogener.

»So, Herr Peters, kennen Sie Geschichten zu Haus Fühlingen? Hat man in Ihrer Familie je über die Ereignisse in der Nazizeit gesprochen?«

»Nein! Ich kann mich nicht daran erinnern, dass über Haus Fühlingen gesprochen wurde«, antwortete der gelangweilte Hauptkommissar.

»Haben Sie noch nie von dem Zwangsarbeiter aus Polen gehört, der mit der Tochter des reichen Gutsherrn ein Liebesverhältnis hatte und dafür von der SS gehängt wurde?« Susanne schaute jetzt grimmig. »Diese Geschichte kennt hier in der Gegend jeder! Ausnahmslos. Wieso spielen Sie den Unwissenden?«

»Doch, jetzt fällt es mir wieder ein! Den Gutsherrn haben die Zwangsarbeiter dann ebenfalls aufgeknüpft. Nach der Befreiung Kölns haben sie kurzen Prozess mit der Familie gemacht, aber was soll das mit dem Fall zu tun haben? Ich glaube, Sie stehlen uns hier die Zeit!«

»Ich sage es Ihnen, meine Oma ist die Tochter des Gutsherrn. Sie hat Papiere, die dies beweisen. Mein Urgroßvater hatte nur die eine Erbin und diese wurde sozusagen von höchster Stelle enteignet. Der Nazirichter, der das Todesurteil meines Opas unterschrieb, kaufte das Haus aus städtischer Trägerschaft ungefähr zehn Jahre nach dem Krieg. Dieser Richter suchte permanent nach meiner Oma, die ihr Leben lang unter dem Namen ihres Kindermädchens lebte. Der liebe Richter durfte sein Amt übrigens auch nach dem Krieg weiter ausführen, da ihm bis in die 60er Jahre keine Kriegsverbrechen bewiesen werden konnten.«

»O. K., das reicht jetzt. Sie reden Unsinn, was hat das alles mit dem Mord an Jamila zu tun? Was ist denn aus dem Naziverbrecher geworden? Kommt jetzt noch mehr Blödsinn?«

»Der Richter hat sich in der zweiten Etage von Haus Fühlingen erhängt! Das Haus ist seitdem eine Ruine und verfällt zusehends. Aber das ist natürlich nicht das Mordmotiv, meine Oma hat ihre wahre Abstammung auch meinem Vater erzählt. Er hat dann ebenfalls Untersuchungen zu unserer Erbschaft angestoßen, mit großer Aussicht auf ein riesiges Erbe. Mein Vater ist letztes Jahr, eine Woche nachdem er diese wichtigen Fakten herausbekam, ermordet worden. Es galt jedoch als Verkehrsunfall mit Fahrerflucht. Sie müssen herausbekommen, wer einen Nutzen am Tod der Stammhalter meiner Familie hätte. Ich habe morgen Nachmittag einen Termin bei der Kanzlei meines Vaters. Ich kann nicht verstehen, warum die Kanzlei nach dem gewaltsamen Tod meines Vaters nicht die Polizei informierte. Ein großes Erbe ist doch ein Motiv, oder?

Können Sie eigentlich herausbekommen, wem Haus Fühlingen zurzeit gehört?«

»Das wäre ein Motiv, Frau Schneider oder wie auch immer Ihr Name lautet. Aber was hat das mit dem Mord an Jamila K. zu tun? Der Zusammenhang ist für mich nicht direkt ersichtlich. Wieso hat Ihre Großmutter Ihnen dieses Geheimnis erst jetzt gebeichtet?«

»Hallo! Hören Sie mir eigentlich zu, der Mörder hat Jamila mit mir verwechselt. In der Dunkelheit sollten wir uns sehr ähnlich sehen. Das bedeutet auch, dass er uns beschattet. Ich habe nur keine Ahnung, wie er erfahren konnte, dass Oma es sich jeden Sonntag vornahm, mir die Wahrheit über unsere Abstammung zu erzählen. Sie traute sich jedoch erst, als ich ihr vom Mord an Jamila erzählte. Dass mein Vater vielleicht ebenfalls ermordet wurde, kam uns vor einer Stunde erst in den Sinn«, sagte die aufgeregte Susanne in einer sehr überzeugenden Art und Weise.

Die beiden Beamten entschuldigten sich kurz, um die Neuigkeiten zu besprechen. Sie mussten diese Behauptungen überprüfen. Wenn das stimmt, war Susannes Großmutter ebenfalls zurzeit in großer Gefahr. »Wo soll dieser Fall noch hinführen, wir müssen das dringend überprüfen! Wenn Frau Schneider die Wahrheit sagt, ist das eine Spur, der wir nachgehen sollten. Mit der Kanzlei hat Frau Schneider auch Recht. Wie kann es sein, dass die sich nicht meldet?«, sagte Peters.

»Klingt schon mal verdächtig, aber was machen wir mit Herrn Schäfer?«, fragte Kommissar Sander.

»Das Fräulein lassen wir direkt wieder gehen und Herrn

Schäfer behalten wir erst einmal«, meinte Peters. »Bis jetzt weist alles auf ihn hin, auch wenn wir gerade neue Informationen zum Auswerten bekommen haben. So wird allen auch der Ernst der Lage klar.«

Diese Formalitäten durfte dann Kommissar Sander regeln. Er nahm ein kurzes Protokoll von Alex Schäfer auf und steckte ihn in U-Haft. Kein Wort zu Susannes Aussage und den neuen Informationen. Susanne hingegen ließ er in dem Glauben, dass sich alles klären würde und sie Alex aus formellen Regelungen nicht direkt mit nach Hause nehmen könnte.

Susanne durchschaute den Braten sofort, »Ich werde jetzt den Anwalt meines Vaters anrufen. Der kann ihnen dann auch direkt erklären, warum er nach dem tödlichen Unfall meines Vaters nicht vom Erbe erzählt hat. Ich glaube, dann werde ich Alex schnell mitnehmen können.« Sie drehte sich auf dem Hacken um, ohne eine Antwort abzuwarten.

»Toll«, dachte Sander und ging wieder in sein Büro, wo ihn seine Kollegen schon erwarteten. »Die Sache scheint so langsam interessant zu werden«, rief ihm Peters zu.

Der Hauptkommissar fing jetzt an zu telefonieren und verschloss vor seinem Kollegen die Türe. Sander gähnte und ging in die Cafeteria. Nach gut einer halben Stunde kam er zurück und setzte sich nichtssagend vor seinen Kollegen. Er schaute ihn starr eine Minute an, bis dieser ihn dann bemerkte und anfing zu reden.

»Wir haben das überprüft, die Köhler-Erbin scheint wirklich seit Kriegsende verschollen zu sein und ihr Vermögen sollte ebenfalls nicht unerheblich sein. Haus Fühlingen und einige Teile der Erbschaft sollen von der

Stadt Köln als Träger in den 60er Jahren veräußert worden sein. Die Firmen und Personen, welche zurzeit als Eigentümer in den Grundbüchern stehen, werden vom Archiv noch ermittelt. Es scheinen viele zu sein. Normalerweise kann uns das Archiv schneller Auskunft geben. Mal abwarten, was die Jungs rausfinden. Wir haben die Akte von Frau Schneiders Vater gerade bekommen, außerdem solltest du mal nach der Liste der Telefongesellschaft fragen. Die haben uns immer noch keine Zusammenstellung der Handydaten geschickt, die in dem Gebiet ab 22:00 Uhr unterwegs waren. Eigentlich unglaublich, das Areal ist total weitläufig und es sollten sich somit nicht so viele Personen um diese Uhrzeit in dieser Wabe aufgehalten haben.«

Sander ging zu seinem Schreibtisch und begann sofort zu telefonieren. Erst nach ungefähr zwanzig Minuten machte er eine Pause. Er holte sich einen Kaffee und winkte seinem Kollegen zu. Peters las sich unterdessen in die Akte des Vaters von Frau Schneider ein. Nach Minuten der Recherche besprachen die Beamten ihre Erkenntnisse.

Sander fing gespannt an, »Hast du etwas in der Akte finden können? Ich habe die Lösung leider.«

Peters schmunzelte, »Wieso leider und ja, ich habe da eine Spur.«

Sander runzelte seine Stirn.

»Direkt einhundert Meter neben Haus Fühlingen steht leider ein Spaßbad, welches samstags bis in die Nacht gut besucht wird. Da gibt es Disco-Abende und sogar FKK-Abende für Nudisten. Die Liste der georteten Telefone hilft uns nicht. Man könnte diese Liste nur benutzen, wenn man eine bestimmte Person außerhalb unserer Gruppe Jugendlicher identifizieren möchte. Man kann nicht sagen, dass die Liste ein bis zwei weitere Personen verdächtig macht. Der Telefonanbieter meldete uns über 200 verschiedene Handynummern. Was hast du gefunden? Erzähl mal von deiner neuen Spur.«

Peters legte los, » Die Anwaltskanzlei hatte sich damals gemeldet, der Kontakt ist aber eher gering gewesen. In einem Schreiben wenige Tage nach dem Unfall meldete sie förmlich eine Erbangelegenheit. Das Ausmaß sowie die Gefahren einer solchen Erbschaft waren leider nicht ersichtlich. Weitere Recherchen im Internet ergaben, dass die Kanzlei sich eigentlich um Wirtschaftsrecht kümmert. Erbschaftsangelegenheiten passen da überhaupt nicht ins Bild. Sonst ist der Fall klar, ein rücksichtsloser Raser hat Herrn Schneider die Vorfahrt genommen. Rätselhaft ist nur, dass um diese Uhrzeit nicht viele unterwegs sind. Der Unfall ereignete sich an einer Auffahrt der Stadtautobahn, die direkt an der Regattabahn vorbeiführt. Der Fahrer muss betrunken oder ein echtes Arschloch gewesen sein. Vielleicht so ein neureicher Schnösel mit der Limo vom Papa.« Kaum war dieser Satz ausgesprochen, verschüttete der Hauptkommissar den Rest seines noch heißen Kaffees über seine Hose. Ein Aufschrei und danach ein grimmiges Fluchen waren zu hören.

Kommissar Sander entfernte sich wieder von seinem Kollegen, der jetzt erst einmal mit seinem Äußeren beschäftigt war. Unterdessen klingelte sein Telefon, das Archiv meldete sich und informierte ihn über das Fax mit den aktuellen Eigentümern. Unvorstellbar, aber in der heutigen Zeit nutzte diese Behörde immer noch das Fax-System. Unverschlüsselte Datenanhänge über E-Mail versenden wäre zu unsicher. Die Fax-Liste führte mehr als zwanzig verschiedene Grundbucheinträge. Verschiedenste Privatpersonen und eine Kommanditgesellschaft, deren Komplementär (Natürliche/Juristische Person als Vollhafter) sowie ein Kommanditist (Teilhafter/Miteigentümer) angegeben waren. Anscheinend wurde ein Teil des Gewerbegebiets, welches an die Fühlinger Heide grenzt, auf dem Nachlass der Familie Köhler gebaut.

»Die müsse klären, was das plötzliche Auftauchen eines legitimen Erben bedeuten würde. Der Grund und Boden wurde ja rechtmäßig von der Stadt erworben. Das kann nur unsere Rechtsabteilung klären«, dachte der Kommissar.

Er verfasste eine E-Mail, in der er seine Fragestellung ausführlich beschrieb, als sein wieder trocken gelegter Kollege um die Ecke bog. Gemeinsam gingen sie jetzt nochmal die Liste durch.

Peters fing bei dem aktuellen Besitzer des Gutshofes an. Ein gewisser Martin Kilian, dessen polizeiliches Führungszeugnis absolut lupenrein war. Das zuständige Standesamt des Geburtsorts von Martin Kilian konnte seine Geburt bestätigen und seine Eltern nennen. »Wie schon von Fräulein Schneider beschrieben, ist Martin Kilian der Sohn eines hohen Richters gewesen. Anscheinend hat sie schon wieder Recht, was uns zu denken geben sollte. In der Akte des Richters standen noch mehr Informationen, die Susanne Schneider bereits erwähnte. Ganz besonders sprangen ihnen der Suizid sowie die Anklagen wegen mehrerer Verbrechen des Richters in der Nazizeit, kurze Zeit vor seinem Ableben, auf. Hat dieser Nachkomme des Richters versucht sein Vermögen zu sichern? Der Name Martin

Kilian ist in keinem weiteren Grundbucheintrag zu finden, was bei dieser Erbschaft nur den Verlust einer verschimmelnden Ruine zur Folge hätte. Kann ihm so viel an Haus Fühlingen gelegen haben, dass er dafür mordet, oder wollte er sich aus persönlichen Gründen an den Köhler-Nachkommen rächen?«

Kommissar Sander unterbrach seinen Kollegen. »Die Köhlers stehen nicht in der Anklageschrift. Richter Kilian oder deren Nachkommen konnten somit keinen Groll gegen die Köhler-Erben haben. Da gibt es andere, die den Hass der Kilian-Nachkommen auf sich ziehen würden.«

Sander machte strukturiert wie immer weiter, »Wir werden trotzdem nicht drum herumkommen, den Besitzer von Haus Fühlingen aufzusuchen. Der Mord geschah in seinem Haus. Dann können wir Martin Kilian genauer begutachten, um uns ein Urteil über seinen Geisteszustand zu bilden.«

Nachdem jetzt gute zwei Stunden vergangen waren, seitdem Susanne das Präsidium verlassen hatte, stand sie wieder vor dem Eingang des Kölner Polizeihauptquartiers. Sie kam auch nicht alleine, ein junger Anwalt der Kanzlei von Herrn Sadri stand ihr zur Seite. Als sie die Kanzlei von zu Hause aus anrief und ihr Problem beschrieb, kümmerte sich der Chef persönlich um sie. Er versicherte ihr einen sehr fähigen, jungen Anwalt zu ihr zu schicken, der sich um die Angelegenheit kümmert. »Die Festnahme könnte in einem so frühen Stadium der Ermittlungen eine Finte sein. Dies kann nicht unbegründet geschehen, aber wenn auch nur ein geringer Verdacht im Raum steht, können auch völlig unbescholtene Bürger festgehalten werden. Eine richtige U-Haft soll die Zeit von überführten Straftätern bis zur Verhandlung überbrücken. Ihr Freund Alex wird heute Abend mit Ihnen essen gehen können, das verspreche ich

Ihnen«, sagte Herr Sadri seelenruhig.

Der junge Anwalt ging sehr strukturiert vor und sammelte erst einmal in einem langen Gespräch die Fakten der Geschichte. Er wollte alles sehr genau wissen, auch, was in der Nacht am See geschehen war. Anscheinend war die Akte ihres Vaters gut gepflegt, da er schon so einige Details aus der Vergangenheit wusste. Nachdem diese Formalitäten geklärt waren, ging der noch kindlich wirkende Anwalt zur Information des Präsidiums. Nach einigen kleinen Diskussionen stellte er schon etwas aggressiv klar, dass er ohne seinen Mandanten das Gebäude nicht verlassen würde. Um diesen Terrier endlich loszuwerden, bestellte der Beamte den zuständigen Hauptkommissar zu sich an die Information. Hauptkommissar Peters bekam eine Nachricht auf sein Handy und fand sich ungefähr zehn Minuten später an der Information ein.

»Was gibt es? Was soll das ganze Theater?« Peters war stocksauer und beschwerte sich lautstark für die Störung.

Der junge Anwalt der Kanzlei Sadri machte kurzen Prozess mit diesem Beamten. Er warf ihm die Gesetzestexte nur so um die Ohren. Er stellte klar, dass die Anklage völlig unbegründet sei und Alex umgehend frei zu lassen wäre. Sander lenkte spätestens nach einem Telefonat des Anwalts mit der Staatsanwaltschaft ein. Er wurde handzahm und es schien so, dass er seine Position wohl noch einmal überdachte.

»Ich hole ihn, fahren Sie jetzt erst einmal runter. Einfach den Staatsanwalt anrufen, mein lieber Mann, das ist mir noch nicht untergekommen. Glauben Sie mir, mit dieser Gruppe stimmt etwas nicht. Ich habe da so ein Gefühl und meine Intuition hat mir schon oft geholfen«, grummelte Sander.

»Ich bin Anwalt! Ich habe meinen Beruf gewählt, damit ich so etwas wie Intuition nicht benötige. Mir sind Aberglauben und diese Spinnereien vollkommen fremd. Fakten, mich interessieren nur Fakten. Mein Mandant hat bis auf unbefugtes Betreten einer nicht gesicherten und lebensgefährlichen Ruine nichts Verbotenes getan. Das haben auch Ihre Kollegen am besagten Abend bestätigt. Nachdem die Gruppe von mehr als fünf Jugendlichen eine Party im Haus Fühlingen gefeiert hatte, sind Ihre Kollegen anwesend gewesen. Warum sollte man eine Straftat begehen, die eine lebenslange Haftstrafe zur Folge hat, um dann die Polizei zu rufen? Ich sage Ihnen, machen Sie bitte Ihre Arbeit und versteifen Sie sich nicht auf meinen Mandanten. Fräulein Schneider hat Ihnen doch einige interessante Neuigkeiten zu diesem Fall erzählt. Vielleicht richten Sie Ihren Fokus mehr auf den Besitzer von Haus Fühlingen, was ihm anscheinend zu Unrecht gehört. Der liebe Vater scheint es durch eine räuberische Erpressung der Familie Köhler an sich gebracht zu haben. Dies alles scheint mit Unterstützung der Kölner Justiz abgelaufen zu sein. Ein Skandal ist das!«

Hauptkommissar Peters wurde in seinem Handeln immer schneller. Ihm war bewusst, dass er jetzt einen ausführlichen Bericht zu schreiben hatte. Diese Vorkommnisse sind in der Tat skandalös und müssen von der Fachabteilung bearbeitet werden. Eine weitere Vertuschung dieser Erbangelegenheit würde auf die Kölner Polizei ein sehr schlechtes Licht werfen. Vor seinem geistigen Auge konnte er schon die Schlagzeilen der Schmierenblätter lesen.

Als Kommissar Sander mit Alex um die Ecke bog, gab es für Susanne kein Halten mehr. Sie lief los und umarmte ihren Liebsten fest. Es sah fast so aus, als würde sie ihn heute nicht mehr loslassen wollen. Noch während der Umarmung öffnete Sander die Handschellen, woraufhin Alex zärtlich seine Arme um Susanne legte. Die beiden verließen schweigend das Präsidium. Als auch der junge Anwalt die Behörde verlassen wollte, hielt ihn plötzlich eine Hand fest. Hauptkommissar Peters erhob seine Stimme zu Recht, jedoch auch mit etwas Schadenfreude.

»Hätten Sie vielleicht ein paar Minuten Zeit für uns, dann sparen wir uns den Weg in Ihre Kanzlei.«

Die zwei setzten sich ganz ungezwungen in die Kantine des Präsidiums und versuchten das Gespräch so locker wie möglich zu führen.

Peters hatte seinen Trumpf ganz vergessen, »Warum ist Ihr Statement nach dem Autounfall mit Todesfolge von Herrn Schneider so knapp ausgefallen? Nur weil Ihr Mandant jetzt verstorben ist, gibt es doch keinen Grund, die Erbangelegenheit nicht ausführlich darzustellen. Immerhin steht noch eine Straftat aus der Vergangenheit im Raum, die es zu klären gilt. Was meinen Sie, warum ist das so schlecht gelaufen? Waren Sie zu der Zeit schon bei der Kanzlei Sadri angestellt?«

Der Anwalt war absolut unwissend und nur mit den aktuellen Tatsachen vertraut. »Ich bin erst seit zwei Monaten für die Kanzlei tätig, tut mir leid. Ich weiß nur, dass Herr Schneider nie unser Mandant gewesen ist. Wir vertreten normalerweise nur Firmen oder deren juristische Personen. Mit dem Privatgeschäft haben wir normalerweise nichts zu tun.«

Peters war jetzt erstaunt, »Na gut, dann richten Sie bitte Herrn Sadri aus, dass wir in naher Zukunft mal bei ihm vorbeisehen werden. Er kann uns dann gerne den Zusammenhang zwischen Herrn Schneider und Ihrer Kanzlei erklären.«

Der junge Anwalt bedankte sich höflich und auch etwas erleichtert. So eine Situation hatte er in seiner kurzen Karriere noch nicht erlebt.

»Wenn es um Wirtschaftsspionage oder Steuerhinterziehung geht, ist das etwas anderes. Ein Mordfall ist eine ganz andere Liga, bei der es vielmehr um Einzelschicksale geht. Es ist ein schmutziges Geschäft«, dachte er sich noch, wobei er das Präsidium in Zeitlupe verließ. War seine Berufswahl wirklich die Richtige gewesen? Nachdem er vielleicht einem Mörder zur Freiheit verholfen hatte, konnte er jetzt seinem jähzornigen Chef den bevorstehenden Besuch zweier Bluthunde beichten. Auf jeden Fall würde er heute nicht mehr in die Kanzlei nach Leverkusen fahren. Mittlerweile war es schon 18:10 Uhr und sein Chef war am Telefon auch viel besser zu ertragen. Seine Wohnung befand sich im Kölner Stadtteil Nippes und ist vom Präsidium, ohne Stau, in gut fünfzehn Minuten erreichbar. Eine Abkürzung musste her, um den Stau von der Deutzer Brücke und weiter vom Konrad-Adenauer-Ufer zu umgehen. »Einfach über die Deutzer Freiheit, an der Zoobrücke vorbei und direkt über eine Seitenstraße auf den Zubringer der Mülheimer Brücke.

Genial, alles in nur zwanzig Minuten. Jetzt noch ein Anruf und der Drops ist gelutscht«, dachte er sich.

Als Susanne und Alex über den Innenhof der Wohnanlage gingen, wurden sie von vielen neugierigen Blicken beäugt. Die Verhaftung von Alex hatte sich wohl ganz schön herumgesprochen. Eine ältere Dame orientalischer Abstammung zeigte mit dem Finger auf Alex. Susanne ergriff sofort das Wort, um den netten Nachbarn den Wind aus den Segeln zu nehmen. Sie rief laut über die Straße, »Wir haben mit dem Mord nichts zu tun, merkt euch das!« Man konnte sehen, wie die Köpfe hinter den Fenstern zurückwichen und es stiller wurde. »Sucht euch jemand anderes, dem ihr die Schuld geben könnt!«, rief sie noch, bevor Alex seine Liebste ins Treppenhaus schieben konnte.

»Schatz, bitte komm runter! Die können uns mal. Lass dich nicht provozieren!«

»Hast du die ältere Dame nicht erkannt? Das ist Jamilas Oma gewesen, die denken, dass wir sie ermordet haben. Wie können die das nur von uns denken?« Susanne öffnete die Wohnungstür, wobei ihr auffiel, dass sie etwas klemmte. Sie trat die Tür regelrecht auf, als sich Alex' Handy lautstark nach dem Einschalten meldete. Mehr als fünf Kurznachrichten, drei Anrufe und eine verwüstete Wohnung ließen den Dienstagabend auf eine spezielle Art ausklingen. Die Einbrecher hatten ganze Arbeit geleistet, alles war durchwühlt und zerschlagen.

»Das kann doch kein Zufall sein, genau in diesem Moment wird bei uns eingebrochen?«

Alex stellte fest, dass ihr Schmuck sowie die teure Armbanduhr, die er zum Geburtstag geschenkt bekommen hatte, nicht entwendet wurden. »Der Einbrecher hat nach etwas anderem gesucht. Es muss sich um dieselbe Person handeln, die auch aus einem Verschwinden von dir oder deiner Oma einen Nutzen ziehen könnte«, sagte Alex.

»Du hast Recht«, sagte Susanne und wechselte danach die Gesichtsfarbe. »Meine Oma, sie ist noch viel mehr als ich in Gefahr. Oh nein, wir haben sie total vergessen! Was, wenn der Einbrecher auch sie besucht hat und ihr etwas angetan hat? Wir müssen unbedingt die Polizei anrufen!«

»Können wir machen, aber erst wenn wir fahren«, rief Alex aus dem Treppenhaus. »Ich fahre, du telefonierst. Dieser Peters kann sich mal bewegen, ohne immer den Falschen zu beschuldigen und uns die letzte Zeit zu stehlen.«
Alex steckte sein Handy wieder weg und lief mit Susanne zu ihrem Auto.

Susanne wählte die Nummer auf der Visitenkarte des Hauptkommissars. Sie erzählte ihm von dem Einbruch und den Nachbarn, die jetzt ein Auge auf sie geworfen haben.
»Alle denken, dass wir Jamila umgebracht haben, während einer rauschenden Party in einer abgelegenen Ruine. Danke, Herr Kommissar! Ich hoffe, meiner Oma ist nichts passiert, sonst werde ich Sie zur Rechenschaft ziehen. Ihrer Inkompetenz ist es zu verdanken, dass wir in dieser misslichen Lage sind. Bitte schicken Sie sofort eine Streife zu meiner Oma. Ich habe sie in den letzten Minuten mehrfach angerufen, ohne dass sie an den Apparat gegangen ist. Wir machen uns große Sorgen und sind ebenfalls auf dem Weg nach Fühlingen.«

Hauptkommissar Peters versuchte die ängstliche Susanne zu beruhigen. »Vertrauen Sie mir, da ist kein Amokläufer und auch kein Geist des Richters, der sie aufsucht. Ich verspreche Ihnen, Ihrer Oma geht es blendend. Fahren Sie bitte vorsichtig, wir machen uns jetzt ebenfalls auf den Weg. Ich habe auch schon einen Streifenwagen zu ihr geschickt. Wir wollten sowieso mit Ihrer Oma reden. Der Anwalt von eben meinte, dass Ihr Vater nie ein Mandant von Herrn Sadri gewesen sei. Die Kanzlei beschäftigt sich hauptsächlich mit Wirtschaftsvergehen.«

Die Verabschiedung war knapp und nicht sehr herzlich.

Alex fuhr einen heißen Reifen was dazu führte, dass unser Pärchen zeitgleich mit der ersten Streife am Gasthaus ankam. Die Gaststätte war hell erleuchtet und mit dem üblichen Klientel besetzt. Eine Hand voll Leute, der Wirt und Omas Kellner der Herzen. Alles schien ruhig und friedlich zu sein. Die Gäste staunten über den Streifenwagen und das bekannte Gesicht der jungen Enkelin von Frau Schneider.

Susanne stellte sich den Beamten vor und schritt voran. »Meine Oma wohnt über der Wirtschaft. Warten Sie bitte kurz, ich möchte nur den Wirt fragen, ob er meine Oma heute Abend schon gesehen hat.«

Der Wirt schüttelte den Kopf. »Nein, Frau Schneider ist heute Abend nicht in der Wirtschaft gewesen. Hat sie einer von euch gesehen?« Der Wirt polierte Gläser und rief mit durchdringender Stimme zu seinen Gästen rüber.

»Nein, von uns hat sie heute Abend keiner gesehen. Was ist denn los?«

»Sie geht nicht ans Telefon«, sagte Susanne.

»Na ja, wenn ich manchmal klingle, um ihr beispielsweise die Zählerstände zu geben, dann öffnet sie auch nicht immer. Sie hat mir selber gesagt, dass sie einfach nicht öffnet, wenn sie keine Lust hat. Dieses Privileg sollte man ihr einfach einräumen, sagte sie immer.«

Susanne schüttelte den Kopf, »Aber sie sieht meine Nummer im Display und hat mich noch nie versetzt. Wir sind alles, was von unserer Familie noch übrig ist.«

Der Wirt legte sein Spültuch zur Seite und erklärte, dass er jetzt auch beunruhigt ist. Also setzte sich ein Trupp aus Susanne, Alex, dem Wirt und zwei älteren Streifenbeamten in Bewegung. Die Türe raus, ins Treppenhaus und in die erste Etage. Dann den Gang runter, zur letzten Zimmertür, hinter der sich die Wohnung von Oma befand. Schon auf der halben Treppe konnte Susanne sehen, dass die Zimmertür etwas geöffnet war. Jetzt gab es für sie kein Halten mehr. Susanne schrie regelrecht nach ihrer Oma. Der Schmerz über den Verlust des Vaters war einfach noch allgegenwärtig. Sie lief los in die offen stehende Wohnung und befand sich plötzlich inmitten eines riesigen Chaos. Wie auch bei ihr zu Hause, war die Wohnung durchwühlt worden. Alles wurde aus den Schubladen auf den Boden geschmissen und zerschlagen. Als sie sich nach rechts drehte, sah sie in der Küche ihre Oma. Die wehrlose ältere Frau wurde mit einer Metallschlinge aufgeknüpft. Ihre Augen stierten leer in den Raum. Der Mörder hatte sie erdrosselt und dann an einem Haken, der aus der Wand ragte, fixiert. Ihr wurde ebenfalls eine sehr große Bauchwunde zugefügt, was natürlich einen enormen Blutverlust zur Folge hatte. Der Tatort sah furchteinflößend aus und über Frau Schneider klaffte ein widerlicher Schriftzug. »Jetzt habe ich dich, du Nutte!« Das war einfach zu viel für Susanne, sie übergab sich und taumelte zurück in Alex' Arme. Beide verließen umgehend das Gebäude und zogen sich bis zum Parkplatz der Wirtschaft zurück. Susanne heulte nicht, sie war absolut gefühllos. Die Leere in ihrem Blick war beängstigend. Als dann der Mondeo der Kriminalpolizei vorfuhr, machte es Klick in ihrem Kopf. So hatte Alex seine Liebe noch nie gesehen, Susanne stürmte absolut zielgerichtet auf Hauptkommissar Peters zu und ging ihm an die Gurgel. Eine gewaltige Schelle musste er sich von der aufgebrachten Susanne gefallen lassen. Beschimpfungen und wilde Tritte folgten. Die Beamten eines weiteren Streifenwagens konnten Susanne von Schlimmerem abhalten. Sie schoben sie förmlich wieder zu dem weiterhin in sich gekehrten Alex zurück. Es schien so, als hätte dieser die Situation gar nicht bemerkt. So geschockt war er.

Kommissar Sander kam jetzt auf die aufgebrachte Susanne zu und versuchte ihr die Situation zu erklären. »Bitte, Frau Schneider, beruhigen Sie sich. Wir gehen immer sehr strukturiert nach einem ewiggleichen Muster vor. Dass während dieser Zeit ihre liebe Großmutter ins Visier des Mörders rutschte, konnten wir nicht ahnen. Geben Sie uns eine Chance, wir werden diesen Irren kriegen. Wir mussten bei Ihnen anfangen, um zu sehen, wer noch alles in Frage kommt.«

»Super«, antwortet Susanne weiter sehr erregt. »Wir werden ja sehen, wo das hinführt.«

» Frau Schneider, schieben Sie diesen feigen Mord an Ihrer Angehörigen nicht uns in die Schuhe. Wir haben Sie lediglich vernommen und den Mörder nicht dazu aufgefordert, Ihre Oma umzubringen. Ganz ehrlich, was soll es jemandem bringen, Ihre Oma zu töten? Die Erbangelegenheit haben wir schon gemeldet. Das Erbe kann durch diese schreckliche Straftat nicht angefochten werden.« Sander öffnete seinen Mantel und verschaffte sich etwas Luft.

»Ja, richtig, er muss nur noch mich umbringen und hätte somit sein Ziel erreicht. Vielleicht ist er schwer krank und tut es für seinen Sohn. Schon mal daran gedacht? Oder haben Sie überhaupt nicht in diese Richtung gedacht?« Susanne fing wieder an klar zu denken.

»Frau Schneider, glauben Sie mir, wir haben in alle Richtungen ermittelt, das ist nur eine Spur gewesen. In dem von Ihnen beschriebenen Fall ist die Sachlage total anders. Wenn der korrupte Richter das Haus widerrechtlich durch die Vertreibung Ihrer Familie erworben hat, ist er auch nach Ihrem Tod nicht der rechtmäßige Besitzer. Übrigens sein Sohn ist dann ebenfalls nicht der Besitzer. Mit dieser Wendung hat auch mein Kollege nicht gerechnet, bitte überdenken Sie Ihre Reaktion. Vielleicht könnten Sie, nachdem Sie sich etwas beruhigt haben, mit Hauptkommissar Peters reden. Aus fünfzehn Jahren Diensterfahrung weiß ich, mein Kollege wird diese Reaktion nicht überbewerten. Es ist wichtig, dass Sie uns jetzt jede Kleinigkeit erzählen. Sie sind Opfer und wenn es wirklich stimmt, dass der Täter auch bei Jamila K. hinter Ihnen her war, sollten wir Sie ab heute unter Polizeischutz stellen.«

Susanne konnte keine richtige Antwort mehr geben, sie heulte jetzt so intensiv, wie sie eben Hauptkommissar Peters angegriffen hatte. Sie machte den Eindruck, wenigstens verstanden zu haben, was Herr Sander sagte. Sander klopfte Alex noch auf die Schulter und startete damit sozusagen seinen Einsatz. Alex schien wie aus einem tiefen Schlaf aufzuwachen. Er legte endlich seinen Arm um Susanne, was bei ihr eine Art Judogriff auslöste.

»Die Beiden werden da noch länger sitzen«, dachte Sander. Er ging endlich rauf zu seinem Kollegen und ließ die

Beiden mit ihrem Schmerz hinter sich.

»Was haben wir?«, rief er durch die Wohnungstür im ersten Obergeschoss. Peters antwortete prompt, »Kopfschmerzen, eine Leiche an der Leine und eine riesige Sauerei. Dieses Mal scheint unser Täter keine Zeit damit verschwendet zu haben aufzuräumen. Für die Spurensicherung und die Forensik-Experten wird das hier eine Spielwiese aus Beweisen. Nach meinem ersten Eindruck wurde die ältere Dame zuerst stranguliert und dann mit einer schweren Hiebwaffe hingerichtet. Das Muster ist in groben Zügen dasselbe wie in Haus Fühlingen, was Herrn Schäfer natürlich vollkommen aus dem Kreise der Täter ausscheiden lässt. Ich bin auf die Tatzeit gespannt und natürlich auch auf die Ergebnisse der Spurensicherung. Vielleicht gibt es ja endlich eine DNA-Spur an der Leiche. Das letzte Opfer lag immerhin eine Woche im See, was jede Spur verwischte.«

Sander nickte ihm zu und versuchte den Gefühlsausbruch der Frau Schneider zu erklären. »Die Kleine ist total am Ende, das sag ich dir. Komm schon, nimm ihr diese Reaktion nicht übel, ich habe ihr gesagt, du wärst nicht sauer und würdest das in dieser Situation gut verstehen.« Er grinste und wartete die Reaktion seines Kollegen genüsslich ab.

»Hast du dieser Furie wenigstens gesagt, dass wir in alle Richtungen ermittelt haben und die Adresse von Martin Kilian herausgefunden haben? Morgen früh wollten wir ihn vernehmen. Diese undankbare Göre schiebt alles auf mich!«
Peters war genervt und fraß den Ärger in sich hinein.

»Komm schon, Partner, wir werden den beiden Polizeischutz gewähren müssen und uns anhören, was die noch so wissen.« Sander versuchte seinen Kollegen zu bearbeiten, damit es weitergehen konnte.

Peters argumentierte sachlich weiter und nahm den Köder seines Partners gerne an. »Was meinst du, wo sollen wir hin mit denen? Ich würde sie die erste Nacht in einer unserer bevorzugten Absteigen in Präsidiumsnähe einquartieren. Morgen können sie dann ihre Bude in Ordnung bringen. In dieser Zeit haben wir Ruhe und können den Kilian-Erben aushorchen. Vielleicht schicken wir heute Abend noch die Jungs der Spurensicherung durch Frau Schneiders und Herrn Schäfers Wohnung. Da sind vielleicht Parallelen.«

Sander lachte, »War das eine Frage? Ich glaube, du hast da wieder einen interessanten Fahrplan für heute Abend und morgen früh für uns ausgedacht. Na gut, ich finde den Plan ganz in Ordnung. Ich stelle jetzt erst einmal die Namen der Kneipenbesucher zusammen, um sie genau überprüfen zu lassen. Dieser sadistische Täter hätte bestimmt seinen Spaß daran, uns bei der Arbeit zuzusehen. Auch die Reaktion von Susanne Schneider wäre sicherlich sehr befriedigend für ihn. Was kann ihn dazu nur anspornen? Die Ruine kann es nicht sein. Rachegedanken könnten schon eher dazu führen, dass man solche Verbrechen begeht. Gibt es eigentlich eine rechte Szene in Köln, die vielleicht aus Rassenhass agiert? Der Anschlag der NSU-Terrorzelle in der Kölner Kolbstraße ist auch Realität gewesen und keine Fiktion. Die Vergangenheit sollte uns wachsamer agieren lassen.«

Peters stimmte zu, »Wir werden die Kollegen vom Staatsschutz dazuziehen. Vielleicht gibt es bei denen auch eine Akte über unseren Richter. Interessant wäre auch ein Eintrag von Martin Kilian beim Staatsschutz. Was sagtest du nochmal, ist der von Beruf?«

»Er ist ein Seelenklempner und gibt laut seiner Internetseite hobbymäßig Yoga-Kurse. Wenn Martin Kilian der Hänfling auf der Startseite ist, scheidet er aus. Sein polizeiliches Führungszeugnis ist auch ohne Eintrag. Ich glaube nicht, dass er es aus finanziellen Gründen nötig hätte, eine solche Straftat zu begehen. Seine Immobilien sind alle schuldenfrei und seine Praxis auf der Düsseldorfer Königsallee scheint einen höllischen Gewinn zu erzielen.«

Die Kommissare verließen jetzt den Tatort und wagten sich die Treppe runter in die Kneipe. Susanne saß an jenem Fenster, wo sonst immer ihre Oma gesessen hatte. Alex stand beim Wirt und genehmigte sich ein Bier. Als Hauptkommissar Peters die Kneipe betrat, stand Susanne auf. »Entschuldigen Sie bitte meine ausfallende Art. Ich weiß, Sie können nichts für diesen feigen Anschlag. Das schlechte Gewissen, meine Oma nicht gut genug beschützt zu haben, ließ mich wahnsinnig werden.«

Peters reagierte angemessen und einfühlsam, trotz mieser Laune.

»Na gut, dann werde ich das mal vergessen. Wir werden Sie heute in einem Hotel unterbringen, um Ihre Wohnung genauer zu durchleuchten. Die Spurensicherung wird sich Ihrer Wohnung mal annehmen. Wenn wir viel Glück haben, findet sie Spuren, die auf denselben Täter schließen lassen. Wenn wir richtiges Glück haben, findet sie auch Spuren, die mit dem ersten Tatort übereinstimmen. Wichtig ist, dass die Kollegen freie Bahn haben. Keine Angst, Ihre Unterkunft wird angemessen sein. Ich fahre Sie persönlich hin, sobald ich den Rückruf des Kollegen bekomme, der dafür zuständig ist. Jetzt würde ich erst einmal vorschlagen, dass wir zu Ihnen nach Chorweiler fahren, damit Sie sich ein Paar Sachen für morgen früh mitnehmen können.«

Alex trank sein Bier in einem großen Zug aus und sie trabten los zum Mondeo der Kriminalpolizei. Die Karre war ein alter Haufen Metall, der von vielen Einsätzen erzählte. Es roch auch sehr eigen. Eine Mischung aus Muff und kaltem Kaffee. Außerdem schien jemand im Auto zu rauchen, was für Susanne eine abstoßende Wirkung hatte. Nach ungefähr fünfzehn Minuten Fahrzeit war die Reise vorerst beendet und sie stiegen aus.

Kommissar Sander bekam in diesem Moment einen Anruf, er stellte sich etwas abseits. Als er sich wieder den beiden näherte, stellte er eines noch klar. »Ich habe gerade einen Anruf des Gerichtsmediziners bekommen, der vor Ort war. Bitte versteht mich jetzt nicht falsch, der Todeszeitpunkt ist fast identisch mit unserer Unterredung auf dem Präsidium. Der Mörder muss Ihre und auch die Gewohnheiten Ihrer Oma genauestens studiert haben. Er wusste, wo Sie wohnen und wie Ihr normaler Tagesablauf aussah. Fraglich ist jedoch, wie der Mörder den heutigen Tagesablauf herausbekommen konnte. Eine Wohnung so zu sezieren dauert sehr lange. Könnten Sie sich weiter vorstellen, was der Mörder gesucht haben könnte?«

Susanne wusste genau, was dieser Scherge suchte, »Ich bin fest davon überzeugt, dass es um die Abstammungspapiere meiner lieben Oma geht. Das schafft er aber nicht, dafür hatte sie noch gesorgt.« Susanne grinste und ging weiter die Treppen ihres Mehrfamilienhauses hinauf.

»Warten Sie mal, was meinen Sie damit? Wofür hat Ihre Großmutter noch gesorgt?« Der Kommissar versuchte

Schritt zu halten.

»Sie hat alle Unterlagen bei der Bank einschließen lassen. Nur ich und meine verstorbene Großmutter konnten unter Vorlage eines gültigen Personalausweises an diese Dokumente. Ich habe gestern erst die Ermächtigung erteilt bekommen, nachdem meine Oma mir die Dokumente das erste Mal gezeigt hatte. Anscheinend ist das der einzige Sieg über den Angreifer, der sie bis jetzt bedrohte.«

»Frau Schneider, Sie sollten diese Dokumente unbedingt mit uns als Geleitschutz abholen. Wir leiten dann alles an die Kollegen weiter. Diese Erbschaft sollte jetzt genau untersucht werden. Sie tragen momentan einen falschen Namen und Ihr Eigentum ist Ihnen widerrechtlich vorenthalten worden. Wann haben Sie morgen Zeit? Könnten Sie eventuell einen Termin um die Mittagzeit bei der Bank arrangieren?« Sander wollte jetzt anscheinend alles richtig machen.

Susanne traf es jetzt wie der Schlag, »Morgen ist eigentlich die Beerdigung von Jamila! Wir haben ihren Verwandten versprochen zu kommen, außerdem würde es seltsam aussehen, wenn wir nicht da wären.«

Alex erhob seine Stimme, »Nein, das würde es sicher nicht. Herr Sander, Herr Peters, könnten Sie diesen irren Verwandten von Jamila bitte erklären, dass wir nichts mit der Ermordung zu tun haben? Ich bekomme schon den ganzen Abend Drohmails von denen.«

Sander runzelte wieder seine Stirn, »Direkt können wir das nicht bestätigen, da die Untersuchungen noch nicht abgeschlossen sind. Ich rufe aber jetzt noch die Eltern von Jamila an und weise auf Ihren Verlust hin. Ich kann denen auch sagen, dass wir Sie zur Tatzeit befragt haben. Entschuldigen Sie mich jetzt bitte.«

Peters ging auf den offenen Flur des Mehrfamilienhauses, um zu telefonieren. Alex und Susanne brauchten nicht lange, um die wichtigsten Gegenstände und Kleidungsstücke einzupacken. Ungefähr zehn Minuten später saßen sie wieder im Auto, auf dem Weg zu einem unbekannten Hotel in der Nähe des Präsidiums.

Auf dem Rücksitz des alten Mondeo stellte Susanne Alex noch eine interessante Frage. »Was hast du eigentlich eben gemeint mit Drohmails? Hat Fathi dir geschrieben?«

Alex stöhnte, » Wenn es nur Fathi gewesen wäre. Seine halbe Familie hat uns verflucht und wünscht uns die Pest an den Hals. Die sind davon überzeugt, dass wir die Mörder von Jamila sind. Fathi hat übrigens beigefügt, dass er uns dasselbe antun wird, dieser Affe!«

Peters drehte sich vom Beifahrersitz um und versuchte das klarzustellen. »Ich habe mit der Familie gesprochen und erklärt, dass Sie ebenfalls Opfer sind. Die haben das verstanden, glauben Sie mir. Wenn Sie möchten, rede ich mit diesem Fathi.«

Alex wiegelte ab, »Nein danke, dem werde ich gleich ein paar passende Zeilen schreiben. Die sind verrückt und total aggressiv. Wird Zeit, dass sie mal erkennen, wo der Feind sitzt. Vielleicht schreibe ich denen auch das mit der Erbschaft und dass jemand, der diese verhindern möchte, hinter uns her ist. Das sind alles Gangster, die können bestimmt auch gut auf ihre Weise ermitteln.«

Peters zuckte zusammen, »Das werden Sie nicht tun. Sie

reden mit niemand über unseren Stand der Ermittlungen, ist das klar? Im Gegenzug lassen wir Sie an einem Teil unserer Erkenntnisse teilhaben. Ich hoffe, ich habe mich nicht missverständlich ausgedrückt. Ein anderes Angebot werde ich Ihnen nicht unterbreiten. Mit solchen Aktionen bringen Sie nur Unruhe in unsere Ermittlungen.«

Die Straßen waren frei und kurze Zeit später fuhr der Bullen-Mondeo auf den Parkplatz eines der renommiertesten Hotels der Stadt. Direkt an der Rheinuferpromenade, neben der Rheinbrücke. Jeder, der schon einmal in Köln gewesen ist, kennt diesen Palast. Größen der Rock- und der Politwelt nutzen diesen zentralen Punkt, um ihren Geschäften in der Stadt nachzukommen.

»Wie kommt die Kölner Polizei nur auf solche Unterkünfte?«, fragte Alex.

Hauptkommissar Peters drehte sich nochmal kurz um, bevor das Auto anhielt. »Das hätten Sie wohl nicht gedacht, diese Unterkunft verdanken Sie der letzten Polizeiweihnachtsfeier. Der Leiter unseres Präsidiums hat auf jener Feier mit dem Geschäftsführer dieses Luxushotels der Unterbringung von wohlhabenden und in Not geratenen Prominenten zugestimmt. Das ist völlig normal, dass man Prominente oder politisch verfolgte Personen nicht in der Lagerhalle beschützt. Ich habe Sie bei meinem Chef als Erbin eines Großindustriellen vorgestellt. Eigentlich stimmt das auch! Den Beweis können wir ja morgen Mittag nachreichen«, er lächelte und drehte sich wieder nach vorne. »Das ist jetzt die einzige Annehmlichkeit, die ich Ihnen in einer so schweren Stunde geben kann.«

Susanne hatte noch nicht richtig begriffen, dass ihre

geliebte Großmutter von ihr gegangen war. Sie schaute aus dem Fenster und sah sehr benommen aus. Nachdem sie ausgestiegen waren, bedankte sich Alex bei Herrn Sander hinter Susannes Rücken.

»Du musst jetzt für sie da sein, Junge«, sagte er und blieb kurz vor dem Eingang der Lobby stehen. Kommissar Sander übernahm jetzt die Führung. Am Empfang angekommen, stellte er sich vor und bekam umgehend seine Zimmerkarte. Ohne weitere Instruktionen abzuwarten, schob er das Pärchen in den Aufzug. Er nahm einen Schlüssel aus der Tasche, steckte ihn in ein unscheinbares Schloss neben der Schalttafel und drückte auf Penthaus. »Das ist eine Direktfahrt! Das Penthaus erreicht man nur über diesen Aufzug, mit der Eingangskarte und meinem Schlüssel. Sie sind hier so sicher wie in Ihrem Schließfach auf der Bank.«

Im Penthaus angekommen bot sich ihnen ein überwältigendes Bild. Mittlerweile war es schon 22:00 Uhr und die riesigen Scheiben des Penthauses boten einen freien Blick auf die Kölner Skyline inklusive beleuchtetem Dom. Das Penthaus selber hatte gut achtzig Quadratmeter, einen kleinen Kamin sowie einen riesigen Flatscreen. Etwas weiter im Raum stand ein Whirlpool, von dem man ebenfalls die Skyline bewundern konnte. Nachdem sie eingetreten waren, stoppte Alex, schaute sich den schneeweißen Teppich an und zog verlegen seine abgewetzten Sneakers aus. Susanne war das alles egal, sie nahm ihre Umwelt überhaupt nicht wahr und schmiss sich mit Jacke auf das gut sechs Meter lange Sofa.

Sander wollte auch nur noch nach Hause und war ebenfalls sehr geschafft. »Ihre Handynummern habe ich, meine Karte lasse ich Ihnen nochmal da. Die in der Rezeption wissen Bescheid und versorgen Sie gleich mit einem Snack. Bitte klären Sie das morgen mit der Bank. Ich melde mich vormittags, sobald Ihre Wohnung freigegeben wurde. Also gute Nacht und versuchen Sie jetzt etwas zu schlafen.« Er schloss die Tür vom Flur und fuhr mit dem Aufzug wieder zum Empfang, sein Kollege wartete bereits.

»Hast du denen den Schlüssel dagelassen?«, fragte Peters.

»Natürlich nicht, den braucht man nur, wenn man zum Penthaus fährt. Vom Penthaus aus kann man natürlich ohne Schlüssel fahren. Das ist immer so!«, sagte er und amüsierte sich über seinen Kollegen.

»Was glotzt du denn so, ich habe noch nie in so einem Teil übernachtet. Wie auch, mit meinem Gehalt.«

»Ich habe die Hochzeitsnacht mit meiner Exfrau in einem Penthaus über den Dächern von Brüssel verbracht. Das ist gar nicht so teuer, wie man denkt, Kollege.« Er grinste und setzte sich wieder hinter das Lenkrad des alten Mondeo.

»Wie fandest du eigentlich die Geschichte mit der Weihnachtsfeier? Ich habe den betrunkenen Oberbürgermeister, den Stripschuppen und das Separee weggelassen.«

Die beiden Kommissare lachten jetzt herzlich. Sie fuhren noch auf ein Kölsch in die Kneipe um die Ecke und gingen dann eine Stunde später nach Hause. Ein langer Arbeitstag neigte sich dem Ende zu und das war auch gut so.

Susanne ging jetzt erst einmal duschen, während Alex die Minibar plünderte. Anschließend schellte es an der Tür. Der

Zimmerservice brachte den beiden noch ein paar gekühlte, schwammige Sandwiches und wünschte Alex einen guten Appetit. Er fand eine kleine Flasche Whiskey, mit der er sich vor der leuchtenden Metropole am Rhein aufbäumte.

»Was für ein Wechselbad der Gefühle. Erst die Neuigkeiten zur Abstammung von Susanne, dann die Sackgasse im Stadtarchiv, die Inhaftierung und zuletzt der Mord an Susannes Oma. Fathis Beschimpfungen sowie die Nacht im besten Hotel Kölns nicht zu vergessen. Fathi, richtig! Dem könnte ich ja jetzt mal den Abend vermiesen. So, wo ist denn mein Handy?«, dachte Alex berauscht vom Adrenalin. Er öffnete seinen Posteingang und dann die Nachricht von Fathi.

»Hallo, du super Typ! Ich habe gerade von der Polizei bestätigt bekommen, dass du unter Mordverdacht stehst. Mein lieber Mann, all die Jahre hatte ich wirklich gedacht, du wärst in Ordnung. Du Hurensohn, wenn ich dich das nächste Mal treffe! Ob es im Supermarkt oder auf der Straße sein sollte, dann werde ich dasselbe mit dir veranstalten. Wir sehen uns, mein Freund! Grüße, Fathi«

Er drückte auf Antworten.

»Hallo, Osama! Während ich zu Unrecht und völlig willkürlich inhaftiert wurde, hat dieser irre Serienmörder Susannes Großmutter bestialisch hingerichtet. Danke auch für die netten Grüße, schön, wenn man alles glaubt, was einem irgendwelche Bullen erzählen. Du hast mich anscheinend nie gekannt! Lasst uns bloß in Frieden, ihr Gangster! Alex«

Jetzt drückte Alex auf Senden und nahm einen großen Schluck aus der Flasche. »Das wird schon gut gehen!«, dachte er. »Was soll passieren, die können mich mal. Gerade als er diesen Gedankengang zu Ende dachte, meldete sich sein Handy erneut. Eine Kurzmitteilung von Fathi.

»Komm mal wieder runter, wie hättest du denn reagiert? Es wissen alle, dass du es nicht gewesen bist. Du hast nichts mehr zu befürchten von uns. Richte Susanne bitte unser Beileid aus! Ihr seid morgen natürlich noch eingeladen. Bitte kommt, wir müssen reden! Der Kommissar hat uns gesagt, dass Susanne eventuell das nächste Ziel sein könnte. Wir können euch Schutz geben! Vielleicht erwischen wir so auch den Mörder von Jamila!«

Alex antwortete sofort.

»Danke für die Einladung, wir sind zur Zeit im Zeugenschutz. Das bedeutet, wir können momentan nicht nach Hause. Ich schätze, wir schaffen es nicht zur Trauerfeier. Richte ihren Eltern unser Beileid aus. Sobald ich interessante Neuigkeiten zum Fall habe, schreibe ich dir! Bitte tue dies auch für uns! Wir müssen diesen Mörder aufhalten und ich glaube, diese Polizeibeamten sind richtig scheiße!«

Fathi bedankte sich ebenfalls und versprach Alex alle Informationen zuzuspielen, die er besitzt. Dafür müssten sie sich aber treffen. Alex stimmte zu und vertröstete ihn auf Ende der Woche. Das war geschafft, dachte sich Alex. Sein Flachmann war jetzt halb leer und Susanne kam aus dem Bad.

»Hast du wieder was zu saufen gefunden? Ich bin total fertig, meinst du, ich sollte Nicole und die anderen noch anrufen? Eigentlich habe ich überhaupt keine Lust, alles nochmal durchzugehen.«

»Wenn du nicht willst, kann ich denen Bescheid geben. Ich habe gerade auch die Angelegenheit mit Fathi geklärt. Er hat überreagiert und sich entschuldigt. Er wollte dir noch sein Beileid aussprechen und wir haben vereinbart die Fakten des Falls untereinander auszutauschen.«

»Schatz, bist du sicher, dass wir ihm alles erzählen sollten?«

»Natürlich tun wir das nicht. Ich dachte mir, dass wir ihn so besser auf Distanz halten können. Ich habe ihm versprochen, dass wir uns Ende der Woche treffen. Dazu wird es natürlich nicht kommen.«

Susanne blickte zu ihrem Handy, das auf dem Tisch der riesigen Sitzecke lag. Sie muss ihren Freundinnen alles erzählen! Schließlich sind Nicole und Maite ebenfalls betroffen oder zumindest etwas beteiligt. Sie wählte die Nummer und schüttete Nicole ihr Herz aus. Sie erzählte ihr keine Details, nur in groben Zügen, was geschehen war. Sie versprach Nicole morgen alles genauer zu erklären und dass sie jetzt Ruhe bräuchte.

In ihrem weißen Bademantel, klassisch, mit einem Handtuch auf dem Kopf, sah sie wunderhübsch aus. Alex konnte seine Blicke nicht mehr von ihr wenden. Sie rekelte sich auf dem Sofa und ihr Bademantel rutschte zur Seite, was ihm den besten Blick auf ihre schlanken Beine eröffnete. Er riss sich los und ging duschen. Ob er sie heute trösten könnte, in dieser Situation? Als er wieder aus dem Badezimmer kam, wusste er es. Susanne hatte das Licht verdunkelt und Kerzen angezündet. Sie rekelte sich wieder auf dem übergroßen Sofa, nur jetzt vollkommen ohne

Bademantel. Man könnte gut behaupten, dass es für die beiden spät wurde oder dass sie den Aufenthalt im Hotel, nach diesem grausamen Ereignis genossen. Die fremde Umgebung ließ Susanne den Schmerz etwas vergessen, alles wirkte so unwirklich. Sie fühlten sich wie auf einem anderen Planeten, geborgen und sicher. Der nächste Morgen sollte für sie erst nach 10:00 Uhr beginnen.

Kapitel 7

Stunden vorher machten sich die Beamten auf den Weg zum letzten aktenkundigen Verwandten des Richters. Martin Kilian, sein Sohn, wohnte nicht in Niederkassel oder Wittlaer, wie man vermuten würde. Er wohnte in einem weiteren prestigereichen Stadtteil von Düsseldorf, in einer Villa am Benrather Schlossufer. Das Villenviertel zwischen Schlossallee und dem Rheinufer steht den besten Stadtteilen Düsseldorfs in nichts nach. Der Schlosspark ist riesig und eine perfekte Joggingstrecke. Das Rheinufer sowie die Fischerinsel lassen lange Spaziergänge zur Sucht werden. Die Düsseldorfer Innenstadt lässt sich durch perfekte Verkehrsanbindung in fünfzehn Minuten erreichen. »Alles ganz toll«, dachten die Beamten. Bis auf die Tatsache, dass sie eventuell gleich einem Serienkiller gegenüberstehen würden. Sie schellten und kurze Zeit später öffnete ein schlanker, kleiner Mann im rosa Schlafanzug die Eingangstüre.

»Guten Morgen! Mein Name ist Hauptkommissar Peters und das ist mein Kollege Kommissar Sander. Wir hatten Sie vor einer Woche über die Ereignisse in Ihrer Immobilie im Kölner Süden informiert. Wir hätten jetzt ein paar Fragen an Sie, wenn Sie uns so früh empfangen würden?«

Dr. Kilian hatte eine sehr helle Stimme und schien erschrocken bis schockiert zu sein. Er schien nichts gegen den frühen Besuch zu haben.

»Bitte kommen Sie herein. Dieser schreckliche Mord, in

diesem schrecklichen Haus, hat uns ziemlich mitgenommen. Ich hätte diesen Schandfleck schon längst abreißen lassen, aber die Stadt hatte etwas dagegen. Sie haben mir sogar eine Investorengruppe empfohlen, die das Herrenhaus sanieren wollte.«

Dr. Kilian führte die Beamten in das Esszimmer mit Rheinblick.

»Ich setze noch etwas Wasser auf, kann ich Ihnen einen wunderbaren indischen Tee anbieten?«

Sander bedankte sich und stimmte zu. »Das wäre mal was anderes, mein Kollege und ich trinken sonst ausschließlich starken Kaffee. Wohnen Sie in dieser riesigen Villa etwa alleine?«

Kilian schüttelte verlegen seinen Kopf, »Nein, wie kommen Sie denn darauf? Sascha macht sich noch kurz fertig, sie ist sehr eitel. Wenn Sie eine Minute Zeit hätten, dann setze ich kurz Teewasser auf und hole die Gute.«

»Wenn Sie drauf bestehen. Es wäre aber kein Problem, wenn Ihre Frau nicht dabei wäre. Bei dem Rheinblick werden wir Ihnen aber noch ein paar Minuten einräumen.«

Sander lächelte und nickte seinem Kollegen zu. Jetzt standen die beiden Kommissare inmitten der protzigen Industriellenvilla, was sie beeindruckte. »Chef! Hast du die Treppe in der Lobby gesehen und die riesigen Ölgemälde im Kaminzimmer? Kann man so etwas mit einer Psychiaterpraxis finanzieren?«

Peters antwortete kurz angebunden, »Mit einer Praxis auf der Kö mit Sicherheit.« Er hatte dies kaum ausgesprochen, als der Hausherr wieder in der Tür stand.

»So, meine lieben Kommissare, das ist Sascha, meine bessere Hälfte. Ich mache Sie erst einmal bekannt. Das hier ist Hauptkommissar Peters und das ist Kommissar Sander. So, jetzt hole ich den Tee und dann können wir gerne etwas quatschen.«

Der Hausherr flog förmlich in die Küche und die geschockten Beamten stellten fest, dass Sascha ein gut gebauter, großer, langhaariger Kerl war. Er hatte einen seidigen Schlafanzug an und war unrasiert. »Hatte dieser Typ eben nicht gesagt, seine bessere Hälfte wäre eitel und würde sich noch etwas schön machen? Dieser schmierige Penner ist unrasiert und total ungepflegt. Ganz zu schweigen davon, dass er ein Mann ist! Unfassbar, kann das vielleicht unser Mann sein? Dieser Sitzpisser im rosa Schlafanzug? Der hätte Jamila nicht einmal einen Schreck einjagen können und die alte Dame hätte ihn sehr wahrscheinlich übers Knie gelegt«, dachte Sander.

Peters nutzte die Situation aus, »Sind Sie schon lange zusammen?« Der langhaarige Mann nickte und lehnte sich zurück in einen großen Ohrensessel.

»Wir sind seit guten acht Jahren ein Paar. Ich lebe bei Martin, wenn ich in Deutschland bin. Wissen Sie, als Model bin ich viel in der Welt unterwegs. Die letzten zwei Wochen beispielsweise bin ich für Werbeaufnahmen eines großen Kosmetikherstellers in Miami gewesen. Martins Praxis läuft jedoch besser als meine Modelkarriere. Diesen ganzen Luxus finanziert er.« Er schlug seine Beine übereinander und schaute die Polizisten hämisch an, als sein Lover mit einem Tablett wieder den Raum betrat. Als er den Tee und die Kekse sah, schnellte er rauf und verabschiedete sich wieder von den Beamten. »Ich muss mein allmorgendliches Bad nehmen, meine Herren, tut mir leid, Sie jetzt schon zu verlassen, aber ich schätze, meine Anwesenheit wird auch nicht benötigt.«

Kommissar Sander dankte Sascha mit einem Kopfnicken und erwiderte, »Richtig, Ihre Anwesenheit ist wirklich überflüssig. Also nicht, dass Sie mich falsch verstehen, ich meine, wegen unserem Fall. Ich habe nichts gegen Schwule, glauben Sie mir, ich meinte nur, weil Sie damit nichts zu tun haben.« Der Kommissar wechselte die Gesichtsfarbe.

Sascha reagierte standesgemäß, er verzog keine Miene und drehte seinen Kopf etwas nach oben. »Ich? Überflüssig? Na, wenn Sie meinen! Ich kenne ganze Heerscharen von richtigen Kerlen, die sich um meine Gesellschaft reißen würden.« Dann zog die eingeschnappte Transe ab und hinterließ eine Stimmung, die schlechter nicht sein konnte.

Dr. Kilian rief ihr noch hinterher, »Schatz, ich habe dir das schon tausendmal gesagt! Wenn wir Besuch haben, will ich nicht, dass du so die Zicke raushängen lässt. Haben wir uns verstanden?« Aber das große Mädchen war schon unterwegs zum Badezimmer.

»Dr. Kilian, könnten wir uns bitte wieder auf den Fall konzentrieren? Wir haben da noch ein paar wichtige Fragen an Sie. Also, wussten Sie von dem Schicksal der Köhler-Familie? Die Großindustriellen lebten kurz vor Ihrer Zeit in Haus Fühlingen. Der Hausherr wurde kurz nach Kriegsende von polnischen Zwangsarbeitern umgebracht. Die Nachkommen galten bis vor kurzem als verschwunden und wurden sogar nach der üblichen Wartezeit als verstorben gemeldet.«

Er erinnerte sich sofort, »Natürlich kannte ich die Geschichten über die Familie Köhler. Mein Vater, dieser grausame Barbar, erzählte ständig davon. Noch bevor er seinen Verstand verlor und sich erhängte, sprach er davon. Er beschrieb den alten Köhler als ein Weichei, der sogar zusah, wie seine Tochter, diese Nutte, mit einem Untermenschen verkehrte. Letzteres waren natürlich seine Worte, aber zu guter Letzt soll er bekommen haben, was ihm zustand.

Er hatte das Haus für sehr wenig Geld erworben, glauben Sie mir. Die Stadt Köln war froh, dieses Anwesen nicht mehr in Stand halten zu müssen. Ich bin übrigens auch froh, wenn endlich das Dach einstürzt, dann gilt diese Ruine höchstwahrscheinlich bei den Gutachtern für nicht mehr erhaltenswert. An dem Tag, an welchem ich diesen Schuppen einstampfen kann, werde ich ein großes Fest feiern.«

»Gibt es in Ihrem Besitz noch weitere Sachgegenstände oder Immobilien aus dem Köhler-Erbe?«

»Nein, ganz bestimmt nicht. Mein Vater schimpfte immer deswegen. Er sagte ständig, dass die Familie Köhler wegen dieses Ausrutschers der Tochter ihr ganzes Vermögen verloren hatte. Er drohte mir ständig, dass ich ihn bloß nicht so enttäuschen sollte. Der ganze Rest an Immobilien und Fabriken gehört jetzt der Stadt Köln. Wenn der wissen würde, in welchen Verhältnissen ich heute lebe, der würde mich mit bloßen Händen erwürgen.«

Sander runzelte die Stirn, »Ich muss Ihnen jetzt etwas erzählen, das Ihr Problem lösen sollte. Es ist ein direkter

Nachfahre der Familie Köhler gefunden worden. Halten Sie es für möglich, dass Ihr Vater die Tochter des Gutsherrn Köhler suchen ließ? Die alte Dame ist mittlerweile ebenfalls verstorben. Sie gab aber kurz vor ihrem Ableben an, dass sie sich einen neuen Namen zulegen musste, damit ihr Vater sie nicht findet.«

»Das kann sehr gut sein, mein Vater war ein echtes Monster und total nationalistisch eingestellt. Er hasste andersartige Menschen und verbot mir beispielsweise mit Ausländern zu spielen. Als er mich eines Tages erwischte, wie ich mit einem Klassenkameraden aus einer Einwandererfamilie spielte, zerrte er mich neben den Spielplatz und gab mir eine Schelle. Sehen Sie hier, mein Ohr riss in der Mitte durch, es verheilte nie. Das Trommelfell ist dabei ebenfalls gerissen. Er sagte mir später immer, wer Verbotenes tut, muss mit einer gerechten Bestrafung rechnen. Er war ein grausamer Vater ohne Herz, sein Verständnis für Gerechtigkeit ließ er jeden spüren. Ich muss zugeben, dass ich einmal gehört habe, wie er gesagt hat, ›Diese kleine Nutte werde ich schon noch kriegen‹. Aber da war er betrunken und kurz vor seinem Ende.«

Peters hatte jetzt genug gehört, »Ich halte jetzt erst einmal für unsere Akten fest, dass Sie Haus Fühlingen gerne abreißen würden und auch sonst an keinem Anteil des Erbes der Köhlers interessiert sind.«

»Ganz richtig, sie kann diese alte Ruine gerne haben. Ich habe sogar schon einmal einen Verein für das Haus gegründet. Über diese Stiftung sollte das Herrenhaus wieder aufgebaut werden, um im Grundbuch meinen Namen zu löschen. Leider war ich das einzige Mitglied. Niemand will diese denkmalgeschützte Ruine haben, glauben Sie mir. Seit dem Tod meiner lieben Mutter versuche ich das Haus zu verkaufen. Ich gebe Ihnen noch die Adresse des Maklers mit, den ich damit beauftragt habe. Das sind jetzt sogar gute Neuigkeiten für mich.«

Peters war jetzt fertig, er dankte dem Sonderling und machte sich umgehend auf den Weg zur Tür. »Danke für Ihre Kooperation, Dr. Kilian, ich wünsche Ihnen noch alles Gute und verabschiede mich jetzt. Wenn Sie Glück haben, wird man Sie in den nächsten Monaten zu Haus Fühlingen kontaktieren.« Sander schüttelte ebenfalls die Hand des Psychiaters, was ihm sichtlich schwerer fiel. An der frischen Luft angekommen, mussten sie erst einmal über diese makabre Situation lachen. »Leute gibt's, die gibt es gar nicht.«

Jetzt befanden sie sich auch schon wieder auf dem Weg nach Leverkusen, wo sie die Kanzlei des Herrn Sadri unter die Lupe nehmen wollten. Die Leverkusener Innenstadt ist von Benrath in guten zwanzig Minuten erreichbar. Mittlerweile war es jedoch schon 09:30 Uhr und die Pendler verstopften die A59.

Zeitgleich frühstückten Nicole, Maite, Alain sowie die beiden Freundinnen Annika und Gabi im Gemeinschaftsraum des Studentenheims. Die Studenten waren gut drauf und scherzten über alles Mögliche. Nicole hatte Spaß, sie wusste aber auch, dass sie die gute Stimmung mal wieder zerstören würde. Susanne hatte sie gestern Abend angerufen und ihr alles erklärt. Das ist ein Hammer, der alle schocken wird. »Erst einmal ein Gummibrötchen von gestern und dann wird mir schon etwas einfallen, wie ich das denen beibringe«, dachte Nicole.

Annika berichtet ganz aufgeregt, von ihren Plänen für das nächste Wochenende. Sie hatte eine Einladung zu einem der drei großen Musicals in Hamburg. Eine gute Schulfreundin lebt seit einigen Jahren in Hamburg, wo sie Geowissenschaften studiert. Dank Facebook ist man natürlich über alle Ereignisse ihres alltäglichen Lebens informiert. Das ist jedoch auch eine Chance, Freundschaften über sehr weite Entfernungen einigermaßen aufrechtzuerhalten.

Man kann durch moderne soziale Netzwerke einiges erreichen, aber auch so manche Beziehung zerstören. Obgleich die ständige Präsenz im Netz keine Zeit für den Partner zulässt oder die Ex, die einem den Kopf verdreht.

Nicole hatte jetzt die erste Hälfte des Frühstücks verschlungen, wobei sie wusste, dass es Zeit war.

»Leute, ich muss euch leider etwas erzählen«, sie schaute sehr ernst drein und alle merkten, dass der angenehme Teil des Morgens schon wieder vorbei war. »Also, es sind so einige Dinge geschehen, die ich euch erklären muss. Alex ist am Dienstagnachmittag verhaftet worden, er stand unter Mordverdacht. Susanne konnte es auch nicht glauben und hat direkt ihren Anwalt kontaktiert.

Ein Vertreter der Kanzlei ist dann Stunden später aufgetaucht und hat Alex dann da rausgeholt.«

Annika war fassungslos, »Wie lange kennt ihr eigentlich diesen Alex? Seid ihr sicher, dass der in Ordnung ist? Der ist doch auf dem Festivalgelände ausgetickt. Oh mein Gott, ich habe vielleicht einen Mörder kennengelernt.«

Nicole erhob sofort das Wort, »Auf gar keinen Fall lasse ich etwas über Alex kommen. Der ist schwer in Ordnung, ich würde meine Hand für ihn ins Feuer legen.«

Maite lachte, »Du meinst wohl eher, deinen Körper in sein Bett.« Dann bemerkte sie, was sie da gesagt hatte.

»Ist nur ein Spaß, bleib jetzt bloß locker.«

Aber Nicole dachte nicht daran, »Dann ist es vielleicht auch so, aber er ist mit Susanne zusammen, und nur das zählt. Ich würde ihr nie den Freund ausspannen. Alex ist auch ein so cooler Typ, der würde mich rechts liegen lassen.«

»Irgendwie glaube ich, dass du das auch schon getestet hast. Aber egal, ich meinte eigentlich nur, dass du etwas runterfahren sollst. Alex ist kein Heiliger, dass wir ihn nicht für einen Psychopathen halten, ist wohl selbstverständlich.«

Annika drehte sich verträumt zum Fenster. Sie dachte an die Schlägerei und seinen Gesichtsausdruck bei dieser. Immerhin kannten die beiden Studentinnen Alex erst seit diesem Ereignis. »Wieso sollte man ihn nicht in Betracht ziehen? Also mir kann diese überhebliche Kuh viel erzählen«, dachte sich Annika.

Nicole wäre am liebsten weggelaufen, sie wollte sich aber den Triumph über ihre Gegenspieler nicht entgehen lassen. »So, jetzt hört auf, mich fertigzumachen, und hört mir zu. Jemand hat zur Zeit der Inhaftierung von Alex Susannes Großmutter auf dieselbe bestialische Art hingerichtet wie Jamila. Somit ist absolut erwiesen, dass Alex mit dem Mord nichts zu tun hat.«

Das war eine harte Neuigkeit, die alle zutiefst traf. Annika hielt sich jetzt die Hände vor den Mund und hatte einen verängstigten Gesichtsausdruck aufgelegt. »Tut mir leid, damit hätte ich nie gerechnet. Was hat denn Susannes Oma mit dem Mord an Jamila zu tun?«

Maite war vollkommen aus dem Häuschen, »Wie konnte das passieren? Wie kann man eine liebenswerte alte Dame umbringen? Wie passt das nur zusammen?«

Nicole versuchte jetzt ihre verwirrten Freunde zu beruhigen. »Bitte hört mir zu! Susanne vermutet, dass dieser irre Mörder in der Nacht am See hinter ihr her war. Jamila sieht in der Dunkelheit Susanne sehr ähnlich. Ihre Statur könnte den Täter getäuscht haben. Nachdem er das bemerkt hatte, war es anscheinend schon zu spät. Zurzeit stehen Susanne und Alex unter Polizeischutz. Die Kölner Kriminalpolizei befürchtet, dass der Täter sie beschattet. Aber auf das Motiv kommt ihr nie, das sage ich euch.«

Maite wurde jetzt sauer, »Wieso sagst du es uns nicht einfach, was soll dieses Spiel? Kannst du nicht einmal sachlich bleiben? Du bist doch ein intelligenter Mensch, wie kannst du jetzt nur lachen?«

Nicoles Gesichtsausdruck wechselte sofort, sie sah jetzt sehr verbittert aus.

»Maite! Sei nicht so gemein zu mir, ich habe das nicht böse gemeint. Diese Nachricht ist leider so unglaublich, dass ich ständig daran denken muss. Susannes Oma, Anna Maria Schneider, musste ihr Leben lang mit einem falschen Familiennamen leben. Die Papiere fälschte ihr Kindermädchen nach dem feigen Mord an ihrem Freund. Sie war schwanger und musste ihr Kind vor den Nazis verstecken. Anna Marias richtiger Nachname ist Köhler und ihr Freund, von dem sie ein Kind erwartete, war der polnische Zivilarbeiter Edward Margol gewesen. Sie ist einst das Mädchen am Fenster gewesen, das den feigen Mord an ihrem Geliebten mit ansehen musste. Susanne ist nicht die Tochter einer Wirtsfamilie aus Alt-Fühlingen. Sie ist die letzte Hinterbliebene eines Großgrundbesitzers, dessen Erbe seit dem Krieg in städtischer Trägerschaft steht. Susanne scheint ein riesiges Erbe bevorzustehen, was ihr der Mörder anscheinend nicht zu gönnen vermag.«

Maite entschuldigte sich, »Tut mir wirklich leid, ich hätte mit so etwas wirklich nicht gerechnet. Das ist ja unglaublich, Susanne muss in großer Gefahr sein.«

Annika mischte sich wieder ein, »Nicht nur Susanne ist in Gefahr, sondern alle Personen in ihrer Umgebung. Jamila ist ein gutes Beispiel hierfür. Ich bin echt froh, dass ich an diesem Wochenende in Hamburg bin.« Sie schaute noch etwas verlegen zu Gabi und beschloss jetzt das Frühstück zu beenden. Die nächste Vorlesung sollte in zwanzig Minuten beginnen und Annika war fest entschlossen einen Sitzplatz zu ergattern.

Der Rest der Studenten wollte auch gleich aufbrechen. Gabi heftete sich heute an Nicole und ließ Annika ihrer Wege gehen. Es hatte den Anschein, dass Gabi keine Lust hatte, das folgende Wochenende alleine zu verbringen.

Um 10:15 Uhr fuhr endlich der alte Mondeo ins Parkhaus des Rathaus-Centers der Leverkusener Innenstadt. Die Kommissare benötigten jetzt erst einmal etwas zu Beißen. Dieser Stau zerrte an den Nerven und es war jetzt Zeit für eine Pause. Sie fanden bei einer Filiale der bekannten

Stadtbäckerei ein üppiges Angebot, welches von belegten Brötchen bis hin zu Pizzataschen reichte. Sie nahmen sich noch zwei Kaffee und zelebrierten ein königliches Frühstück. Man sollte frühstücken wie ein Kaiser, zu Mittag essen wie ein König und zu Abend essen wie ein Bettler. Ersteres versuchten sie zumindest zu erfüllen. Gute zwanzig Minuten später stellten sie sich bei der Empfangsdame der Kanzlei vor. Die junge Frau berichtete umgehend ihrem Chef über die Sprechanlage, dass die Kommissare ihn jetzt gerne sprechen würden. Eine raue Stimme meldete sich und verlangte mehr Zeit. »Ich bin noch mitten im Gespräch. Bitte bieten Sie unseren Gästen etwas zu trinken an und richten Sie ihnen aus, dass ich umgehend für sie da bin.«

Die junge Dame setzte Kaffee auf und beantwortete dabei drei Anrufe über ihr Headset. Die Beamten waren beeindruckt, was sie anscheinend für selbstverständlich hielt, würde ein städtischer Bediensteter als Grund für eine offizielle Beschwerde nehmen. Sie lächelte sogar dabei. »Faszinierend«, sagte Peters. Sander stimmte ihm zu und fing an zu lächeln. Es dauerte keine zehn Minuten, bis Herr Sadri seine Türe öffnete, um seine Gäste zu empfangen.

»Bitte treten Sie näher und setzen Sie sich. Ich muss nur noch eine Kleinigkeit mit meiner Mitarbeiterin besprechen, dann komme ich zu Ihnen.« Er lehnte die Tür zu seinem Büro etwas an und ließ sich von der aufgeweckten jungen Dame einige Akten heraussuchen.

Als der gestandene Anwalt wieder den Raum betrat, legte er eine alte Akte auf den Schreibtisch. »So, meine Herren, ich habe alle Informationen zusammen, wo möchten Sie anfangen? Ich muss Ihnen auch direkt sagen, wenn es um belastende Details meiner Klienten geht, kann ich Ihnen keine Auskunft geben. Die anwaltliche Schweigepflicht ist verpflichtend und ein Teil unserer Rechtsprechung.«

Peters ergriff jetzt die Initiative, »Herr Sadri, wir haben ein paar grundlegende Fragen an Sie. Nach dem Tod von Herrn Schneider legten Sie ein mehr als dürftiges Statement dazu ab. Obwohl Sie genau wussten, dass Herr Schneider in naher Zukunft sein rechtmäßiges Erbe einklagen wollte.«

»Dazu möchte ich Ihnen nur sagen, dass Herr Schneider nie mein Mandant gewesen ist. Das sollte Ihnen mein Mitarbeiter auch schon gesagt haben. Mein Mandant wäre Teil eines Rechtsstreits mit Herrn Schneider gewesen, so viel dazu.«

»Können Sie uns wenigstens den Namen Ihres Mandanten nennen, damit wir mit unseren Ermittlungen weiterkommen?«

Herr Sadri schaute finster aus dem Fenster seiner Kanzlei, »So einfach ist das nicht. Ich vertrete keine Privatpersonen, sondern wie in diesem Fall Gesellschaften. Ich hätte vermutet, dass Sie schon darauf gekommen sind, um welche Kommanditgesellschaft es sich handelt. Wenn ich Sie wäre, würde ich mir die Unterlagen zur Erbangelegenheit der Köhler nochmal genauer ansehen. Sie haben doch in alle Richtungen ermittelt, oder?«

Die Kommissare waren jetzt etwas bloßgestellt, sie reagierten sehr zurückhaltend. Sander erinnerte sich, »Wir haben alle Unterlagen vorliegen, danke. Sind Sie immer noch unser Ansprechpartner oder hat diese Gesellschaft jetzt einen anderen Vertreter?«

»Nein, nein, ich vertrete die Kommanditgesellschaft der

Reuters Getriebewerke auch heute noch. Der Komplementär und seine Kommanditisten sind im Handelsregister einsehbar und transparent. Viel mehr kann ich Ihnen zu diesem Fall nicht erklären, sogar nicht, wenn ich wollte.«

Peters war vollkommen überrascht und reagierte mit einem Ablenkungsmanöver. »Wie können Sie dann Herrn Schäfer als Mandanten beraten? Herr Schäfer ist schließlich mit Susanne Schneider ›Köhler‹ seit kurzem verlobt. Wussten Sie das nicht?«

»Nein, das wusste ich nicht, aber solange es nicht direkt um die Erbangelegenheit der Köhler-Familie geht, sehe ich da kein Problem. Des Weiteren ist Herr Schäfer von meinem Assistenten vertreten worden.«

»Wir werden Ihren Mandanten in Kürze aufsuchen, bestellen Sie ihm das bitte. Ich schätze, dass wir jetzt schon durch sind mit unserer Befragung.« Peters sah seinen Kollegen fordernd an und stand auf. »Wir werden uns in Kürze bei Ihnen melden, danke für Ihre Kooperation.«

Das sah nach Rückzug aus, Herr Sadri merkte so etwas sofort.

»Anscheinend haben die Kommissare wirklich nichts über den speziellen Teilhaber der Kommanditgesellschaft gewusst«, dachte sich der berechnende Anwalt.

Die Beamten verließen die Kanzlei im Eiltempo. Sie verabschiedeten sich noch kurz bei der Sekretärin und schlenderten jetzt wieder die Fußgängerzone rauf zum Parkhaus.

»Unglaublich, wir müssen uns die Papiere dieser feinen Gesellschaft nochmal genauer ansehen«, sprach Peters.

Das war wieder so ein Beispiel für vergessene Hausaufgaben der beiden Kriminalbeamten. Mittlerweile war es 12:00 Uhr und wenigstens erinnerten sie sich an Susanne und Alex, mit denen sie sich in der Bank treffen wollten. Sie mussten auch noch die Ergebnisse der Spurensicherung anfordern. Peters setzte sich nun mit Alex in Verbindung und Sander rief die Spurensicherung sowie die Kollegen aus der Rechtsabteilung an. Die Grundbucheinträge mussten erneut geprüft werden. Es hatte jetzt wirklich den Anschein, dass ihnen der Fall über den Kopf wächst. Doch sie hatten anscheinend wieder Glück. Am Parkhaus angekommen stand der Termin mit Frau Schneider in der Bank und sie hatten einige Neuigkeiten zu verkünden. Das Treffen sollte gegen 13:30 Uhr stattfinden und ließ den beiden Beamten noch etwas Zeit, um die neusten Erkenntnisse der Untersuchung zu besprechen. Sie hielten an ihrer Lieblingspommesbude und machten mal wieder eine »aktive Denkerpause«. Sie waren auf diesen Begriff immer sehr stolz gewesen und merkten nicht, dass sie eigentlich nur einen Anlass suchten, um Pause zu machen. Jeder fing umgehend an zu lachen, wenn sie ernsthaft versuchten ihren Ermittlungsstyle zu rechtfertigen, und doch war vieles richtig an ihrem persönlichen Denkprozess. Wichtige Entscheidungen müssen mit Bedacht getroffen werden und wo könnte man besser abschalten als in einer Pommesbude? Das funktionierte jedoch nur, wenn man sich nicht durch das nächste Bundesligaspiel des FC ablenken lässt. Nach viel zu viel Bundesliga und viel zu wenig Arbeit beschlossen sie loszufahren. 13:30 Uhr würden sie wohl nicht mehr schaffen, »Aber das junge Gemüse kann ruhig etwas warten«, sagte Peters.

Für Susanne und Alex startete der Mittwochmorgen mit einem wunderschönen Panoramablick über die Kölner Skyline. Sie umarmten sich minutenlang, bis schließlich Alex duschen ging. Susanne nahm ein wunderschönes Bad mit Blick auf den Dom. So ein Penthouse-Whirlpool sollte genutzt werden. Diese Leute, die sich diesen Luxus leisten können, wissen solche Annehmlichkeiten zumeist nicht mehr zu schätzen. Nach diesem ausgiebigen Verwöhnprogramm beschlossen die zwei etwas Richtung Rheinpark spazieren zu gehen. Es war Zeit für lange Gespräche, was sie immer mehr zusammenschweißte. An der Seilbahn im Park angekommen, bekam Alex einen Anruf von Hauptkommissar Peters. Sie verabredeten sich, was das Pärchen auf keine Weise unter Zeitdruck stellte. Sie schlenderten zurück und fuhren frühzeitig zur Bank ihrer verstorbenen Großmutter. Erst einmal in der Bank angekommen, wartete das Pärchen gute zwanzig Minuten, bis die gestressten Kommissare die Bank betraten.

Sander begrüßte beide förmlich, »Hallo, Fräulein Schneider, guten Tag, Herr Schäfer, haben Sie die Ereignisse des gestrigen Tages etwas besser verarbeiten können? Sind Sie zufrieden mit Ihrer aktuellen Unterkunft?«

Susanne antwortete höflich, aber zurückhaltend, »Ich danke Ihnen, die Unterkunft ist weit mehr, als man erwarten könnte. Ich habe uns schon angemeldet, der Filialleiter hat Sie schon erkannt und kommt gerade.«

Der Bankier stellte sich höflich vor und umgarnte das junge Fräulein mit allen Mitteln der Kunst, was er sehr glaubwürdig spielte. Er konnte wohl eine lukrative Neukundin erkennen, wenn er sie sieht, oder er hat sich die Unterlagen im Schließfach genauer angesehen. Das

Bankgeheimnis ist schließlich im Hause Auslegungssache. Die Unterlagen waren schnell überführt und Susannes Entschluss, das Schließfach fürs Erste zu behalten, ließ den Banker weiter freudig strahlen. Der Leiter der Filiale übergab feierlich seine Visitenkarte und hätte am liebsten für morgen früh den nächsten Termin vereinbart. Kommissar Sander wollte heute noch dafür sorgen, dass die Unterlagen zur richtigen Stelle gelangen. Vorher hatten sie aber noch etwas Wichtiges zu besprechen, »Bitte lassen Sie uns kurz in einem Café das weitere Vorgehen besprechen.« Peters ließ keine Zeit für Fragen oder Einsprüche.

Sander kannte ein schönes Café in der Nähe, das sie gut in weniger als fünf Minuten erreichen konnten. Dort angekommen bestellten sie sich Getränke und kamen jetzt zu dem aktuellen Stand der Ermittlungen.

Die Kommissare waren bereit ihre Neuigkeiten zu teilen und so kam es dazu, dass Peters das Wort ergriff. »Fräulein Schneider, wir haben einige sehr interessante Neuigkeiten für Sie. Wir sind heute schon früh unterwegs gewesen und haben auch Martin Kilian besucht. Dr. Kilian ist Psychiater, sehr schmächtig und hätte nie die Kraft, ein solches Verbrechen zu begehen. Als wir uns über seinen Vater unterhalten haben, stellten wir fest, dass er ihn und auch dieses Herrenhaus verabscheute. Er unternahm viele Versuche, das Haus abzureißen, er gründete sogar einen wohltätigen Verein, um seinen Namen aus den Grundbüchern zu löschen. Dass sein Vater das Haus widerrechtlich und unter Ausnutzung seines Amtes erworben hatte, konnte er sich sehr gut vorstellen. Nachdem wir ihm erklärten, dass es einen rechtmäßigen Erben für das Haus und die Ländereien gibt, war das eine wunderbare

Neuigkeit für ihn. Wir schätzen, dass die Familie Kilian dieses Mal keinerlei Schuld an den Morden hat.«

Alex war erleichtert und verwirrt zugleich, »Das sind wirklich unglaubliche Neuigkeiten. Das bedeutet aber auch, dass Sie jetzt keinen Tatverdächtigen mehr haben.«

Sander lächelte etwas, »Eigentlich gab es bis jetzt noch überhaupt keinen Tatverdächtigen. Erinnern Sie sich nicht, wir haben Ihnen doch gesagt, dass Ihre Inhaftierung reine Routine gewesen ist. Das ist die absolute Wahrheit gewesen, sollte man Parallelen zwischen dem Fundort und Tatort finden, setzt man genau dort an. Dr. Kilian ist eine ebenso kalte Spur, der wir nun nicht mehr nachgehen sollten. Es gibt aber noch weitere interessante Wendungen, die Sie hören sollten. Die Kollegen haben mehrere identische DNA-Spuren in Ihrer Wohnung, in einem verborgenen Raum im Haus Fühlingen und noch mehr am Tatort Ihrer Großmutter gefunden. Weitere Details deuten ebenfalls auf denselben Täter hin. Leider konnten wir in Ihrer Nachbarschaft niemanden finden, der etwas Ungewöhnliches zum Zeitpunkt des Einbruchs bemerkt hat.«

Für Susanne klang das alles sehr strukturiert, »Das ist immerhin auch eine Erkenntnis.« Sie rührte in ihrem Kaffee und grübelte weiter. »Könnte man nicht einen Massen-DNA-Test in Fühlingen und Chorweiler durchführen?«

Peters stimmte ihr sofort zu, »Natürlich, Fräulein Schneider, das wäre eine Möglichkeit, die man in Erwägung ziehen sollte. In einem so frühen Stadium der Ermittlungen würde dieser Schachzug zu viel Aufsehen erregen. Aufsehen können wir momentan aber nicht gebrauchen, der Täter würde verschreckt werden und wir könnten dann in zwei Monaten von vorne anfangen. Nennen Sie mich ruhig herzlos, aber die Vorgehensweise wird immer dieselbe sein. Wir müssen uns zuerst um die Spuren kümmern, die frisch gelegt sind. Sobald man einfach nicht weiterkommt oder keinen Ansatzpunkt mehr hat, beginnt man mit willkürlichen Massenkontrollen.«

Dieser Spruch ließ Alex jetzt hochschnellen, »Ach, meinen Sie, wie bei mir, einfach irgendjemanden inhaftieren?«

Sander wurde sauer, »Herr Schäfer, Sie wurden aus gutem Grunde inhaftiert, das haben wir Ihnen sehr ausgiebig erklärt. Wenn Sie jetzt so langsam nicht aufhören mit Ihrem aggressiven Verhalten, werden wir Sie nicht mehr über den Stand unserer Ermittlungen unterrichten können.«

Alex wurde kreidebleich und versuchte sofort die Wogen zu glätten. Susannes Gesichtszüge veränderten sich ebenfalls. Sie schaute sehr verärgert und kopfschüttelnd zu ihrem Liebsten hinüber. Dieser Ausdruck zeigte ihm, wie wichtig das alles für Susanne war.

Er merkte jetzt, was seine Reaktion verursacht hatte, »Nein! Bitte, ich habe das nicht so gemeint! Es ist einfach so aus mir herausgeplatzt, ich werde Ihre Methoden nie wieder anzweifeln.«

Sander mochte die beiden und versuchte jetzt seinen dickköpfigen Kollegen zu beruhigen. »Ich verstehe Sie auch gut, Herr Schäfer, ich glaube Ihnen auch, dass Sie sich ab jetzt zurückhalten werden. So ist es doch, Sie werden meinem Kollegen und mir nie wieder ins Wort fallen?«

Alex stand jetzt sogar schreckhaft auf, »Das versichere

ich Ihnen, glauben Sie mir. Ich werde Sie nie wieder anzweifeln.«

Peters schien jetzt beruhigt zu sein und machte eine winkende Handbewegung. Alex sollte sich setzen, es konnte jetzt wohl weitergehen. Susannes Nervenspiel beruhigte sich ebenfalls, sie lächelte verlegen. Peters bekam durch die unterwerfende Haltung Auftrieb, »Wir haben auch Ihren Anwalt besucht. Sie haben doch ebenfalls heute Nachmittag einen Termin bei Herrn Sadri, oder?«

»Ja, richtig, jedoch gab es eine Bedingung. Herr Sadri wollte uns nur in Anwesenheit meiner Großmutter empfangen. Er ließ nach unserem Anruf persönlich einen Termin mit Oma ausmachen.«

»Ich muss Ihnen leider sagen, dass Herr Sadri nie der Anwalt von Ihrem Vater gewesen ist. Diese Kanzlei betreut nur Unternehmen oder Komplementäre dieser, was viele weitere Fragen aufwirft. Herr Sadri beruft sich permanent auf seine anwaltliche Schweigepflicht. Warum hat Ihr Vater Ihrer Großmutter nur erzählt, dass die Kanzlei alles regeln wird? Es könnte gut sein, dass er sich außergerichtlich mit der Kanzlei über Teile Ihres Erbes geeinigt hat. Das würde aber auch bedeuten, dass wir einen wichtigen Teil der Erbangelegenheit übersehen haben.«

Die Kommissare ernteten jetzt Susannes absolute Aufmerksamkeit, »Meinen Sie, dass mein Vater von Herrn Sadri bestochen wurde? Immerhin hat Herr Sadri uns einen Anwalt geschickt, nachdem Alex von Ihnen verhaftet wurde. Ich glaube, er wird uns trotzdem empfangen und dass er auf unserer Seite steht.«

Sander lachte kurz, »Ich glaube, Sie sollten aufwachen. Wenn Ihr Vater einem außergerichtlichen Vergleich zustimmen wollte, konnte er das nur im Namen Ihrer Großmutter tun. Das hat auch nichts mit Bestechung zu tun, diese Vergleiche sind sehr üblich vor Gericht. Es könnte für sie ein lukratives Geschäft gewesen sein, was natürlich für den Mandanten von Herrn Sadri unangenehm sein konnte. Wie auch immer, das Ableben Ihrer Großmutter ändert dabei alles.«

»Was sollen wir jetzt machen?«

»Versuchen Sie einfach den Termin wahrzunehmen. Wir werden dann sehen, wozu das führt. Sollte das eben beschriebene Szenario sich so abgespielt haben, würde Herr Sadri Sie fallen lassen wie eine heiße Kartoffel. Fahren Sie einfach wie verabredet zu der Kanzlei. Wenn Sie abgewiesen werden, wissen wir Bescheid. In der Zwischenzeit werden wir uns die Kollegen aus der Rechtsabteilung vornehmen.«

Susanne schien jetzt überglücklich zu sein. Sie bedankte sich euphorisch bei den Beamten, auch Alex taute völlig auf. Anscheinend hatte er alle Demütigungen vergessen, er konnte vergeben und verhielt sich wie ein Hund. Er dachte wohl an seine liebe Susanne, was ihm leider seine Würde nicht zurückbrachte. Sie verließen das Café und verabschiedeten sich fürs Erste. Als Peters ihn hämisch angrinste, wusste er, was dieser Hauptkommissar von ihm hielt. »Er täuscht sich in mir, dem werde ich es noch zeigen«, dachte sich Alex.

Sie vereinbarten, dass sich Susanne umgehend nach dem Besuch bei der Kanzlei meldet, damit alles Weitere besprochen werden konnte.

Mittlerweile war es bereits 15:00 Uhr, was Susanne und Alex sehr stresste. Der vereinbarte Termin bei Herrn Sadri war nur mit viel Glück und einer freien A1 zu erreichen. Sie fuhren Richtung Zubringer und versuchten ihr Glück. Nach nicht einmal zwanzig Minuten erreichten sie das Parkhaus direkt neben der Kanzlei. Nachdem sie nun den Wagen abgestellt hatten, beschlossen sie die nähere Umgebung zu erkunden, um absolut pünktlich in der Anmeldung der Kanzlei zu erscheinen. Die junge Sekretärin empfing sie sehr freundlich und meldete die Ankunft des Paares umgehend. Eine raue Stimme bestellte sie wenige Minuten später zu sich.

»Toll«, dachte Susanne. »Wir werden nicht weggeschickt, dass kann nur gutes bedeuten.«

Doch das wurde direkt widerlegt. Der strenge Anwalt stellte sofort klar, dass er nie für Susannes Vater tätig gewesen war und aktuell nichts für Susannes Interessen tun könnte. Er wollte zu keinen Details der Erbschaft eine Aussage machen. Er ließ sich nicht einmal darauf ein, den Namen seines Mandanten zu nennen. Nach einigen Minuten der Diskussion stand er plötzlich auf und zeigte dem jungen Pärchen die Tür. »Das ist kein erfolgreicher Besuch gewesen«, dachte sich Alex. Das obligatorische Telefonat mit dem Hauptkommissar bestätigte, was sich alle schon dachten. Der Mandant sollte um jeden Preis geschützt werden.

Peters hatte sich das genauso vorgestellt, er hatte noch einige Rückfragen und kam dann auf ein anderes Thema zu sprechen. »Sie müssen unbedingt heute noch zu Ihrer

Wohnung fahren, um zu kontrollieren, ob etwas entwendet wurde. Falls Sie jetzt nichts Wichtiges zu tun haben, könnten Sie sich mit meinem Kollegen vor Ort treffen.«

Susanne stimmte sofort zu und machte sich mit Alex auf den Weg. Das war ein hektischer Tag mit vielen Terminen, der sie sehr forderte. Sie wollten keine Zeit verlieren und hetzten jetzt regelrecht zum Parkscheinautomaten, an welchem sich schon eine Schlange gebildet hatte. Vor ihnen suchte eine ältere Dame seelenruhig das Kleingeld zusammen. Es dauerte eine gefühlte Ewigkeit, bis sie 2,50 Euro in 10- und 20-Cent-Stücken zusammenhatte. Als das Ticket wieder aus dem Automaten kam, strahlte sie und bemerkte plötzlich die Warteschlange hinter sich. Jetzt war die rüstige Frau außer sich und die Schamesröte zog ihr ins Gesicht. Sie versuchte trotzdem den Wartenden zu erklären, dass sie ohne ihr Hörgerät leider nichts mitbekommen hatte. Es sei momentan in Reparatur und dass hinter ihr so viele Menschen warteten, konnte sie nicht wissen. Niemand außer Susanne schien das zu interessieren. Susanne nickte, machte einen gelassenen Gesichtsausdruck und signalisierte ihr damit, dass es nicht schlimm gewesen sei. Sie musste an ihre Großmutter denken, was Alex umgehend bemerkte. Tränen liefen ihr übers Gesicht, sie beschloss schon einmal zum Wagen zu gehen. Alex stand jetzt alleine da und wurde von der wartenden Menschenmasse genauestens gemustert.

»Was kann dieser großgewachsene Junge diesem hübschen Mädchen nur angetan haben?«, dachten wohl alle. Als Alex seinen Parkschein zurückbekam, merkte er, dass ihn immer noch alle anstarrten. Er verabschiedete sich freundlich und verwirrte damit den gaffenden Mob erneut.

»Tschüss zusammen!«, rief er und entfernte sich Richtung Parkdeck P3.

»Was für Idioten!«, dachte er sich noch.

Als sie aus dem Parkhaus fuhren, stellten sie zu ihrem Bedauern fest, dass die Rushhour schon eingesetzt hatte und der Verkehr zum Erliegen kam. Die Fahrt zurück nach Chorweiler dauerte unendlich lange und verschaffte ihnen genügend Zeit, um nochmal über alles nachzudenken.

»Ich sage dir, die Kanzlei ist in die Sache verwickelt. Entweder versucht sie dich um dein Erbe zu bringen oder sie schützen einen Mörder.«

»Meinst du wirklich, dass dieser Herr Sadri einen Mörder schützen würde?«

» Na klar, Anwälte sind so oder glaubst du, dass Herr Sadri eine Ausnahme ist? Ich befürchte, für Geld macht der alles. Anwälte sind alle Gangster.«

Susanne konnte das einfach nicht glauben, wenn das wahr sein sollte, schützt dieser Mann den Mörder ihres Vaters und ihrer Großmutter. Jedoch bleibt eine elementare Frage offen, »Was versucht der Mörder mit den Bluttaten zu erreichen? Haus Fühlingen scheint keiner der Gründe für einen Mord zu sein. Herr Kilian hätte es mir am liebsten geschenkt. Hoffentlich finden die Kommissare bald heraus, um was es geht.«

Die Ungewissheit über die Gründe des Mörders beschäftigte sie permanent. Als Alex endlich die Ausfahrt Richtung Chorweiler nahm, fiel ihm ein Auto auf, welches er schon einmal gesehen hatte.

»Schau mal, Schatz! Der rote Saab hinter uns, kommt der dir bekannt vor?«

»Ich glaube nicht, wo soll ich den Wagen denn gesehen haben?«

»Ich bin mir nicht sicher, aber ich glaube, ich habe das Auto schon einmal auf dem Parkplatz neben der Regattabahn gesehen.«

»Alex, sei nicht kindisch, wieso meinst du, ist das wichtig? Woher willst du wissen, ob das derselbe Saab ist?«

»Das Rot ist völlig verblichen und auf seinem Kofferraum sind bestimmt fünfzehn Aufkleber verschiedenster Metal-Bands. Ich habe mich beim Festival schon gewundert, dass sich ein Metal-Fan hierher verirrt. Ich habe den Wagen auch schon bei uns im Garagenhof gesehen und in Aachen vor dem Studentenheim. Das meine ich zumindest, ganz sicher bin ich mir nicht.«

»Schatz, du siehst rosa Elefanten. Konzentrier dich lieber auf die Straße.«

Der hellrote Saab folgte dem Pärchen bis nach Chorweiler und bog dann Richtung Innenstadt ab. Zufälle gibt es, die sind so unglaublich, dass sie in Wirklichkeit gar keine sind. Die beiden sahen sofort den Mondeo in der Einfahrt stehen, am Steuer saß Kommissar Sander und auf der Beifahrerseite Hauptkommissar Peters. Sie parkten und gingen das Treppenhaus zur Wohnung des jungen Pärchens hinauf. Die Begrüßung war verhalten und ließ auf genervte Beamte schließen.

»Fräulein Schneider, wir haben Ihnen leider eine schlechte Neuigkeit mitzuteilen. Die Suite steht Ihnen leider nur noch bis Freitagmittag zur Verfügung. Der Geschäftsführer des Hotels hat uns auf eine Buchung eines Prominenten hingewiesen, dessen Aufenthalt nicht zu umgehen ist. Weil diese Person schon öfters das Penthaus gemietet hat, ist eine Umbuchung in eine kleinere Suite undenkbar. Der Gast würde sich vor den Kopf gestoßen fühlen. Ihre Wohnung aktuell zu beziehen würde ich Ihnen jedoch auch nicht raten. Gibt es einen Ort, zu dem Sie ausweichen könnten? Es sollte ein Platz sein, der weiter weg ist und an dem Sie schon länger nicht gewesen sind.«

Alex überlegte kurz, bis es ihm einfiel. »Wir könnten in das Sommerhaus meiner Eltern nach Julianadorp, Nordholland fahren. Was meinen Sie oder wäre es besser, nicht ins Ausland zu reisen?«

»Nein, das wäre super! Die Niederlande ist europäisches Ausland und die Kollegen in Holland arbeiten sehr oft mit uns zusammen. Wenn Sie mir das Städtchen auf der Karte zeigen, werde ich die zuständigen Kollegen vor Ort informieren. Wir können Sie über Ihre aktuelle Handynummer erreichen oder im Ernstfall orten.«

Susanne schreckte auf, »Was für ein Ernstfall, wovon reden Sie eigentlich?«

»Von nichts, machen Sie sich keine Sorgen. Das ist eine alte Polizeikrankheit. Wir bedenken jede Wendung in diesem Fall, dabei vergesse ich oft auf meine Wortwahl zu achten. Nicht jeder Gedankengang ist für Sie von Interesse, glauben Sie mir.«

Diese Kommentare hätte sich der Kommissar verkneifen können. Das Pärchen öffnete die ramponierte Tür und begann sofort etwas aufzuräumen.

»Hören Sie, Frau Schneider, wie ich sehe, sind Sie hier

noch länger beschäftigt. Der Mörder sollte durch unsere Anwesenheit auf jeden Fall das Weite gesucht haben. Wir schätzen, dass Sie in der nächsten Stunde hier sicher sind. Bitte packen Sie schon einmal Sachen für das Wochenende zusammen, danach sollten Sie Ihre Wohnung wieder betreten können. Wir lassen auf jeden Fall morgen das Schloss und die Türe austauschen. Ihr Vermieter hat uns schon grünes Licht von der Versicherung gegeben. Vielleicht kaufen Sie sich einen massiven Sicherheitsriegel und sprechen die Installation mit Ihrem Vermieter ab. Mit dem Mann scheint man reden zu können. Fahren Sie bitte umgehend nach dem Packen der Koffer in das Penthaus zurück und verbringen Sie dort die Nacht. Ich gebe Ihnen jetzt den Aufzugschlüssel und melde mich, sobald ich Neuigkeiten für Sie habe. Das kann auch erst morgen früh sein.«

»Wir müssen unbedingt mit unseren Arbeitgebern reden und unseren Urlaub um eine Woche verlängern.«

Sander ging schon einmal Richtung Parkplatz, »Machen Sie das, falls es dabei Probleme geben sollte, können Sie ihrem Chef gerne unsere Telefonnummer weiterreichen. Wir regeln das schon, keine Angst.«

Susanne und Alex packten ihre Reisetaschen, die sie sonst nur für den Sommerurlaub benutzten. Sie nahmen etwas mehr mit, als eigentlich benötigt wurde. »Die Taschen sind groß und warum sollte man sie halb leer lassen?«, meinte Susanne. Zu ihrem Bedauern vermissten sie keinen Gegenstand aus der Wohnung. Die Spur schien kalt zu sein. Sie fuhren jetzt wieder in die Innenstadt zu ihrem Versteck.
»Wo sollen diese Ermittlungen nur hinführen, dass sieht nicht nach einer geordneten und erfolgreichen Beweisaufnahme aus. Eher wie eine Runde Topfschlagen

oder Blinde Kuh«, dachte sich Susanne.

»Wir müssen etwas ändern und selber mehr ermitteln. Der heutige Tag hat uns nur Misserfolge gebracht und aufgehalten. Diese Bullen sind so etwas von unfähig.«

»Da hast du Recht, Schatz, aber wo sollen wir denn anfangen?«

»Ich finde, wir sollten die Zeit zurückdrehen und wieder bei Haus Fühlingen ansetzen. Diese Gänge, die Alain in den alten Aufzeichnungen entdeckt hatte, sollten uns weiterbringen. Du kannst deinen neuen Freund nachher mal anrufen, was meinst du?«

»Was machen wir mit den Bullen? Sollten wir denen nicht Bescheid geben, nicht dass die uns dann wieder versuchen die ganze Sache in die Schuhe zu schieben.«

»Diese Sache können die wohl vergessen, das funktioniert nicht mehr. Schatz, du musst diese Verhaftung vergessen, die können dir überhaupt nichts mehr.«

Alex war jetzt sichtlich gekränkt. Er konnte seine Verärgerung auch vor Susanne nicht mehr verbergen. »Was denkst du von mir? Denkst du, ich bin ein Feigling? Mir ist das scheißegal, was die Bullen von mir halten, aber du solltest mich besser kennen. Diese Schweine haben ihre Psychospielchen mit mir gespielt und ich könnte wetten, dass die solche Methoden in der Bullenschule lernen. Ich kann mir auch schon vorstellen, wie so etwas funktioniert. Als Erstes nehmt ihr einen völlig Unschuldigen, der gerade vor Ort ist. Dann bearbeitet ihr ihn mit Schlafentzug und beschuldigt ihn der wildesten Verbrechen. Nach einiger Zeit versucht ihr ihm das Wort im Munde umzudrehen und dann habt ihr ihn. Jetzt nur schnell eine Unterschrift erzwingen und dann ist ein vollkommen Unschuldiger verurteilt hinter Gittern.«

Susanne musste versuchen ihren völlig aufgelösten Freund zu besänftigen. Er hatte sich nicht mehr unter Kontrolle, diese Frage hatte sein Trauma wieder real werden lassen. Er fuhr jetzt viel zu schnell und redete sich regelrecht in Rage. Es endete mit wüsten Beschimpfungen der ermittelnden Kommissare und einer Vollbremsung. Rechts vor links sollte wohl die einfachste, aber auch die meistmissachtetste Verkehrsregel sein.

»Alex! Du machst mir Angst, bitte beruhige dich. Ich wollte dir überhaupt nichts unterstellen, wie kannst du nur so etwas von mir denken? Ich dachte lediglich an die Spurensicherung, die haben viel mehr Möglichkeiten als wir.«

Alex kam jetzt wieder zur Vernunft. Er mäßigte seinen Fahrstil, seine Mimik wurde gelassener und er begriff, was er da gerade veranstaltet hatte.

»Tut mir leid, Schatz, ich drehe durch, wenn ich an diese Arschlöcher denken muss.«

Sie strich ihm zärtlich durch die Haare, als sie wieder auf dem Parkplatz des Luxus-Ressort-Hotels vorfuhren. Die Koffer ließen sie direkt im Kofferraum. Die nette ältere Dame am Empfang wusste Bescheid und wünschte dem Pärchen einen schönen Abend. Den schönen Abend, nach diesem stressigen Mittwoch, hatten sie sich auch verdient. Sie beschlossen zuerst die Aachener über alle Neuigkeiten zu informieren, um dann einen Treffpunkt für morgen auszumachen. Sie werden sich Haus Fühlingen nochmal vornehmen, und das ohne diese Pfuscher von Polizeibeamten. Susanne hatte Nicole schon vom Auto aus eine Nachricht zukommen lassen. Nicole versprach umgehend in den Gemeinschaftsraum des Studentenheims zu gehen, um Maite und Alain zu treffen. Wo sollten die beiden auch sonst sein an diesem Mittwochabend. Nicole behielt Recht und bereitete die zwei schon mal auf das Telefonat mit Susanne vor. Wie der Zufall es wollte, waren Gabi und Annika auch dabei. Susanne erklärte den Studenten vom zart besaiteten Psychologen Martin Kilian und dem sehr verschlossenen Anwalt Sadri, der seinen Mandanten schützen muss. Dabei erklärte sie auch noch, wie der heutige Tag im Sande verlaufen war. Die beiden Beamten suchten, bildlich gesprochen, in vollkommender Dunkelheit nach der berühmten Stecknadel im Heuhaufen.

»Für unsere Sicherheit können sie am Wochenende auch nicht mehr sorgen, da unser Versteck dann vermietet ist. Könnt ihr euch so etwas vorstellen? Man trachtet uns nach dem Leben und diese Spezialisten schaffen es nicht einmal, eine Unterkunft für uns zu organisieren. Wir haben aber schon eine Idee. Wir fahren übers Wochenende nach Holland, in das Ferienhaus von Alex' Eltern. Wenn jemand von euch Lust hat, mit nach Julianadorp zu fahren, seid ihr natürlich herzlich eingeladen. Das Haus ist riesig und steht in einem belebten Feriendorf. Man kann von dort aus sogar die Insel Texel bequem mit einer Fähre erreichen. Wir haben das früher öfters als Tagesausflug mit Alex' Eltern unternommen.«

Annika war heilfroh, dass sie dieses Wochenende in Hamburg verbrachte. Gabi sah entsetzt zu Nicole, Maite und Alain.

»Wollt ihr das wirklich wagen und mit denen am Wochenende nach Holland fahren?«

Maite nickte nur mit dem Kopf und schaute grimmig. Sie versuchte mit Susanne weiterzusprechen. »Ob das eine so gute Idee ist? Alles für nur zwei Tage hinter sich zu lassen?«

»Ja, auf jeden Fall! Das Ferienhaus kann der Mörder nicht kennen und zweihundert Kilometer weit weg sind wir bestimmt sicher. Die beiden Kommissare meinten auch, dass es eine super Idee wäre. Sie würden dann auch ihre Kollegen in den Niederlanden informieren. Wir haben da aber noch eine Idee.«

Alain wurde jetzt aktiver, »Was meint ihr? Wo wollt ihr denn noch hin?«

»Eigentlich geht es um morgen. Wir müssen nochmal in das Herrenhaus. Die geheimen Gänge, die Alain gefunden hat, wurden von der Polizei nicht entdeckt. Die haben nur einen kleinen Raum hinter dem Treppenhaus der zweiten Etage gefunden. Das verborgene Treppenhaus sowie der Raum hinter dem Arbeitszimmer wurden noch nicht entdeckt. Diese Beamten sind anscheinend vollkommen unfähig und suchen immer wieder an den falschen Stellen. Bitte helft uns!«

Jetzt sah Gabi nicht mehr so abweisend aus, sie war sehr traurig und wollte den beiden gerne helfen. »Wir machen das schon, macht euch keine Sorgen. Sagt uns nur, wann wir morgen zu euch kommen sollen.«

Alain hatte ebenfalls Blut geleckt, »Ich habe die Aufzeichnungen noch. Die letzten zwei Tage habe ich versucht die Skizzen in einen gängigen Standard zu überführen. Jetzt wissen wir ziemlich genau, welcher Gang hinter welcher Mauer beginnt. Wir benötigen nur noch ein Maßband für unsere Recherche.«

»Können wir uns morgen gegen 13:00 Uhr am Hauptbahnhof treffen? Wir holen euch wie immer ab und fahren nach Haus Fühlingen. Bitte überlegt euch auch, ob ihr Freitag nach Holland mitkommen wollt. Es würde uns wirklich freuen, wenn ihr alle mitkommt.«

Die Studenten stimmten einfühlsam zu und berieten den gesamten Abend über den Trip nach Holland. Die meisten Vorurteile hatte Annika, die auf keinen Fall mitkommen würde. Vielleicht war sie auch etwas eifersüchtig auf dieses Abenteuer und wollte Gabi nicht gehen lassen. Sie beendeten das Gespräch und Susanne konnte jetzt etwas abschalten. Sie könnte sich endlich wieder etwas gehen lassen und würde sich anschließend um Alex kümmern. Alex war diese Entscheidung nicht verborgen geblieben.

»Ich gehe jetzt duschen Schatz, du kannst ja schon mal den Whirlpool aufheizen.« Sie zwinkerte ihrem Liebsten noch zu, was Alex ein breites Lächeln ins Gesicht zauberte.
»Dieser Abend wird noch lang werden«, dachte er sich und so geschah es auch. Nach ihrem unvergesslichen Liebesspiel im Schatten der Kölner Skyline redeten sie noch stundenlang über alle möglichen Facetten des Falls. Diese intensive Nacharbeit ist für die Lösung eines so komplexen Mordfalls unabdingbar. Das scheinen die Kommissare der Kölner Mordkommission schon lange vergessen zu haben. Sie trieben sich unterdessen in den Kneipen des Bahnhofsviertels herum. »Der Mittwoch stellt die Weichen für das Wochenende, das weiß doch jeder«, sagte Peters

immer. Vorausschauend, wie sie immer schon waren, trugen sie einen Auswärtstermin für Donnerstagvormittag in ihren Kalender ein.

Kapitel 8

Susanne und Alex nutzten alle Annehmlichkeiten des Penthauses aus und schliefen nach dieser anstrengenden Nacht der Erotik erst einmal aus. Sie starteten den folgenden Donnerstag ohne Frühstück, mit einem langen Spaziergang am Rheinufer. Alain und die Studenten begannen den Tag viel früher, wobei sie immer wieder die Vorteile und Nachteile der Exkursion gegeneinander aufwogen. Die Gruppe der engagierten, interessierten Studenten gewann das Stechen. Der Treffpunkt stand nur wenige Minuten später und so begab es sich, dass sie schon nach 11:00 Uhr vormittags am Kölner Hauptbahnhof eintrafen. Sie gingen als Erstes in ein kleines Café in der Nähe und frühstückten dort ausgiebig. Nachdem alles verputzt war, fuhren sie mit dem Bus Richtung Chorweiler. Susanne und Alex warteten dort schon sehnsüchtig auf ihre Freunde.

»Hi, na, alles klar bei euch?« Alain schien gut drauf zu sein. »Habt ihr euch schon überlegt, wo wir in Haus Fühlingen anfangen sollten?«

Susanne verlangte die historischen Karten und begann umgehend zu philosophieren.

»Wir müssen im Arbeitszimmer anfangen!« Nicole wusste, worum es geht. »Die Gänge sollten auf jeden Fall von dort aus erreichbar sein. Das muss der Mörder gewusst haben.«

Alex war außer sich vor Angst.

»Was meinst du, wie wir in den Raum kommen sollen?

Steht da ein Schalter, den man einfach drückt, und dann öffnet sich eine geheime Tür?«

»Ja, das könnte doch sein, seid nicht solche Schisser! Es könnte auch sein, dass wir gar keinen Zugang finden. Wir müssen es aber versuchen.«

So quetschten sich Susanne, Alex, Nicole, Annika, Gabi und Alain in den Mercedes. Der Weg zum Herrenhaus war nicht weit, doch den Bus zu nehmen schied irgendwie aus. Die Fahrt war trotzdem angenehm gewesen, obwohl Annika permanent über ihre bevorstehende Reise nach Hamburg erzählte. Sie wollte in eins der angesagten Musicals und dann klassisch über die Reeperbahn. Sie war sehr euphorisch, jedoch gab es in dieser Woche viele Meldungen über Demonstrationen aufgebrachter Anwohner. Die sogenannten Esso-Häuser sollen abgerissen werden, was für viele der sozial schwachen Einwohner einem Desaster gleichkam. Der aufgebrachte Mob randalierte jetzt schon drei Tage lang und verursachte damit große Verdienstausfälle bei den ansässigen Kneipiers oder eher Bordellbetreibern. »Das Problem sollte sich schnell regeln«, sagte Annika sehr angespannt. Es ging ihr sehr an die Nieren, was auch jeder bis jetzt gut verstehen konnte.
»Da fährt man einmal im Leben nach Hamburg und will sich diese sündige Meile ansehen, da randaliert auch gleich ein Trupp von Asozialen vor meinen Sehenswürdigkeiten herum. Das ist doch wirklich unglaublich, ich habe so ein Pech dieses Jahr!«

»Pech hast du wirklich, aber nicht weil du eine besondere Sehenswürdigkeit verpasst, sondern weil du so wenig Verstand abbekommen hast. Wie kannst du diesen Leuten, denen man anscheinend alles nimmt, nur böse sein?«, fragte die völlig aufgelöste Maite. Eine solche ignorante Ansicht hätte sie nie von Annika erwartet. »Wie kann man als intellektuelle, aufstrebende Persönlichkeit nur solche Gedanken verfolgen?«, dachte sie.

»Jetzt komm mal runter, diese Leute wollen nur Ärger machen. Die wohnen da in den schlimmsten Bedingungen, und das freiwillig. Diese Leute sollen schöne neue Wohnungen bekommen, aber diese Wohnungen sind nicht im Stadtteil St. Pauli, sondern außerhalb. Ich finde, dass dies die einzige Möglichkeit ist, diesen Leuten zu helfen. Sie kommen nur so aus dem Teufelskreis der Gelegenheitskriminalität und dem Netzwerk der ansässigen Dealer. Hast du dich schon mal genauer mit diesem Thema beschäftigt? Sicherlich hat sich das eben sehr schlecht angehört, es ist aber auch nur die halbe Wahrheit gewesen.«

Endlich angekommen parkte Alex neben dem kleinen Trampelpfad, der um das Haus führte. Anscheinend dachte er, dass ihn so niemand sehen könnte. Wie ein Kind, das beim Verstecken seine Hände vor die Augen legt. Nachdem alle bemerkten, dass sie nach dem Aussteigen im tiefen Matsch standen, wurde ihm sein Parkplatz umgehend zum Eigentor. Alain war es egal, aber die vier Mädels machten ihm jetzt die Hölle heiß.

»Einen besseren Parkplatz hättest du nicht finden können? Du Intelligenzbestie!«

Nachdem auch er beim Aussteigen in eine tiefe Pfütze getreten war und dabei fast ausrutschte, trippelte er wie auf Eiern zu seinen Freunden. Entnervt zündete sich Annika eine Zigarette an und schickte böse Blicke zu Gabi. Sie wäre ohne Gabis Zureden heute nie mitgekommen.

»Das ist es!«, sagte Annika jetzt genervt. »Das soll das sagenumwobene Schloss Fühlingen sein, in dem der Geist eines Psychopathen wohnt? Das hässliche Teil ist viel kleiner, als ich gedacht habe. Die ganze Gegend hier riecht nach Moder und der Wald scheint den Platz schon längst wieder in Besitz genommen zu haben. Egal, kommt schon, zeigt mir, wo ihr den Typen gesehen habt, und natürlich, wo ihr Jamila aufgehängt habt.«

Die Gruppe war jetzt sprachlos und Gabi lief tiefrot an.

»Was hast du eingebildete Tussi da gesagt? Wie kannst du so etwas nur von uns denken? Wir haben dich nicht gebeten mitzukommen. Du bist nur hier, weil Nicole meinte, ihr seid in Ordnung. Von mir aus kannst du mit dem nächsten Bus Richtung Köln Hauptbahnhof fahren, etwas Besseres kann uns gar nicht passieren.« Susanne hatte noch viel vor, »Es ist keine Zeit für die Probleme von Annika und ihre Meinung interessiert mich nicht. Was glaubt die von uns? Wir sind ihr keine Rechenschaft schuldig«, dachte sie.

Die Gruppe ging weiter, Gabi kam auch mit und heftete sich an Maite. Annika setzte sich wirklich in die Bushaltestelle auf der anderen Straßenseite und schmollte. Maite kümmerte sich unterdessen ausgiebig um Gabi. Sie erklärte ihr jedes Detail, dabei gingen die Jungs vor. Alain schien nicht sehr aufgeregt zu sein, aber Alex konnte man die Nervosität ansehen. Das gesamte Gebäude mit Nebengebäuden wurde durch einen schweren Bauzaun eingegrenzt. Der Eingangsbereich hatte jetzt eine massive Baustellentür, an welcher gelbe Bänder mit einem Polizeisiegel klebten. Der Eingang schien versperrt zu sein. Da die Fenster im Erdgeschoss entweder zugemauert oder vergittert waren, beschlossen sie um das Gebäude zu gehen, um nach weiteren Eingängen zu suchen.

»Ich könnte die Türe aufbohren«, rief Alex Susanne zu.
»Ich müsste nur kurz nach Hause um meine Bohrmaschine zu holen.«

»Hier ist kein Strom, schon vergessen?«

Nach einigen Metern durch das Gebüsch entdeckte Alain ein großes Loch in der Fassade. Im Treppenhaus der ersten Etage gab es ein Fenster, das wohl mit Rahmen aus der Wand getreten wurde. Susanne erinnerte sich an diese Stelle, was ihnen jedoch nicht zu helfen schien. Bis zu der Öffnung sind es gute drei Meter, scheinbar unüberwindbar ohne Leiter. Sie pirschten sich durch ein Meer aus Brennnesseln vor, bis zu dieser Stelle unter der Öffnung. Nach einigen Diskussionen und Vorschlägen entdeckte die stille Gabi eine Leiter, vergraben unter einer mit Laub bedeckten Folie. Es schien eine nagelneue Aluminiumleiter ohne Macken oder Farbflecken zu sein. Wie konnte das sein? Es fehlte nur ein Preisschild, hätte man denken können. Diese Leiter sollte es dem Mörder leicht machen, unbemerkt in das Haus zu gelangen. Der Eingang an der Vorderseite war von der Straße aus gut einsehbar und bot auch nachts, durch den Schein der Laterne an der Bushaltestelle, keinen Schutz. Der Mörder konnte so auch vor Alex fliehen. Er musste sich nicht in der Zwischenwand verstecken, er hat einfach auf der Leiter gewartet, bis alle weggelaufen waren, und hat dann sein dreckiges Werk beseitigt.

»Was meint ihr, haben die Bullen die Leiter gefunden?«
Alain richtete die Frage an alle, was Alex vollkommen ignorierte. Er war so schlecht auf die Polizeibeamten zu

sprechen, dass es einfach so aus ihm heraussprudelte.

»Auf keinen Fall, die sind so inkompetent, dass sie die Leiter nicht einmal gefunden hätten, wenn sie immer noch an der Hauswand gelehnt hätte.«

Susanne und die Mädels glaubten das mittlerweile ebenfalls, »Die Beamten sollten mit der doppelten Wand und der Schweinerei im Treppenhaus genug zu tun gehabt haben.«

Sie lehnten die Leiter an die Hauswand und kletterten hinauf. Als sie endlich im Treppenhaus standen, konnten sie ihren Augen kaum trauen. Das gesamte Treppenhaus wurde bis auf die kleinste Ritze gereinigt. Der abgefallene Putz, der das Herrenhaus in eine Wüstenlandschaft tauchte, war verschwunden und die Räume wirkten jetzt wirklich herrschaftlich. Sogar die Wände wurden professionell gewaschen, sie strahlten jetzt regelrecht. Die Gruppe ging direkt Richtung Arbeitszimmer, wobei ihnen auffiel, dass die übrigen Räume nicht gereinigt und somit auch nicht untersucht wurden. Die Polizei schien nicht schlampig, sondern systematisch vorgegangen zu sein. Vielleicht wurden im Ballsaal keine Indizien für Kampfhandlungen oder Blutspuren gefunden. Als sie das Arbeitszimmer betraten, bot sich der Gruppe dasselbe Bild. Der Schreibtisch, in welchen sie das Amulett, die Urkunde und den Stofffetzen gefunden hatte, stand noch genauso da, wie sie ihn verlassen hatten. Alain schaute nervös aus dem Fenster, Alex tastete wie ein schnüffelnder Spürhund die Wand ab.

»Irgendwo wird ein Eingang zum versteckten Treppenhaus sein. Dieses Zimmer muss einfach Ausgangspunkt von einem Geheimgang sein. Wärt ihr ein Naziverbrecher mit Paranoia, der jederzeit Angst vor einer Verhaftung hat, wo würdet ihr den Eingang eines geheimen Fluchtweges installieren?«

»In meinem Arbeitszimmer, von wo ich ebenfalls die gesamte Einfahrt meines Gutshofs überblicken kann. Das ist genial, lasst uns alle suchen. Es muss hier sein.«

Alex verschob als Erstes den massiven Schreibtisch, was das Gelächter aller Übrigen nach sich zog. »Was sollte das, wir müssen uns auf die Wände konzentrieren. Mach schon und hilf mit.« Nicole hingegen kümmerte sich als Erstes um ihr Make-up und blockierte damit den Spiegel. Als sie eine kleine Hautunebenheit genauer betrachtete, machte sie eine seltsame Entdeckung. Unterdessen erntete sie unaufhörlich musternde Blicke von Maite. »Wie kann dieses Püppchen jetzt an ihr Make-up denken? Unglaublich!«, dachte sie.

»Kommt mal alle zu mir, ich glaube, ich habe etwas gefunden!«

»Ist es ein Mitesser oder hast du endlich verstanden, dass das dein Spiegelbild ist, in das du da starrst?«, rief jetzt Maite.

Susanne seufzte, »Zeig mal, was hast du gefunden?«

»Seht her, wenn man hier an dieser Stelle seitlich in den Spiegel sieht, hat es den Anschein, als sieht man in einen Raum dahinter. Kann ein Spiegel kaputtgehen? Wie funktioniert er eigentlich?«

Alain witterte wieder seine Chance, sein enormes Allgemeinwissen zum Besten zu geben. Er erklärte, wie alte Glasspiegel Anfang des 18. Jahrhunderts beschichtet wurden und dass diese Beschichtung blind werden konnte.

»Auch hochwertige Spiegel hatten oft das Problem, dass ihre Beschichtungen nach Jahren der Sonneneinstrahlung zerfielen. Die Qualität der Rohstoffe oder die korrekte Zusammensetzung dieser zu der Beschichtung war oft der ausschlaggebende Grund für solche Anomalien. Diese kleine Stelle scheint etwas zu wenig der spiegelnden Beschichtung abbekommen zu haben. Man kann in einem bestimmten Winkel wie durch Rauch den dahinter liegenden Raum erahnen.«

Susanne fand das unheimlich interessant und bestaunte den Spiegel wie einen goldenen Pokal. »Der Spiegel ist der Eingang, da könnte ich drauf wetten. Lasst uns versuchen ihn zu bewegen, da muss es einen Trick geben.«

Alex kümmerte sich um diese Angelegenheit. Als Automechaniker wusste er, wie man mit dieser Art von Konstruktion umzugehen hatte. Er ging wieder zum Schreibtisch, zog eine Schublade heraus und warf diese dann mit gewaltiger Wucht in den Spiegel. Die Glassplitter flogen nur durch den Raum und plötzlich schrie Gabi auf. Ein kleiner Splitter fügte ihr einen Schnitt am Oberarm zu. Die gesamte Gruppe schaute jetzt zuerst zu Gabi und Minuten später erst in den Raum hinter dem Spiegel. Alex wurde wegen seiner Unaufmerksamkeit scharf von Susanne angegangen. Er konnte selbst nicht glauben, wie er ohne Vorwarnung die Schublade in den Spiegel werfen konnte. Die Aufregung der letzten Tage schien wohl sein Feingefühl zu unterdrücken. Er tupfte jetzt mit einem Taschentuch auf dem kleinen Kratzer von Gabi herum und entschuldigte sich immer wieder bei ihr. So kann es laufen, wenn man unter Stress gerät. Nachdem der zentimeterlange Kratzer mit zwei Taschentüchern verbunden war, drehte sich die Gruppe zu dem Eingang in die versteckten Räume um. Das kleine Zimmer war völlig leer und führte gut drei Meter nach rechts, wo es anscheinend um die Ecke ging. Alex nahm jetzt behutsam die letzten Splitter aus dem Rahmen und stieg ein. Die Wände und Böden boten dasselbe Bild, was alle noch von ihrer ersten Besichtigung kannten. Auch hier war überall der Putz von den Wänden gebröckelt und es roch modrig. Die gesamte Truppe stieg jetzt durch den Spiegelrahmen und war sehr neugierig, was sie auf der anderen Seite erwartete. Susanne ging vor, der nervöse Alex folgte ihr auf Schritt und Tritt.

Einmal um die Ecke gegangen, standen sie in einem großen Treppenhaus, in dessen Mitte eine massive Wendeltreppe die Etagen miteinander verband. Licht strömte aus einem Schacht, der neben der Treppe durch alle Etagen und durch das Dach führte. Die Stufen waren verschnörkelt und erinnerten an die Gründerzeit oder eher die spätere Epoche der Industrialisierung. Keine der Wände war mit Graffitis beschmiert und auch sonst schien der Ort einsam und verlassen dazustehen.

Maite schaute verdutzt drein und bemerkte etwas, was ansonsten im gesamten Anwesen fehlte. »Schaut mal, da hängt eine Lampe! Wie kann das sein? Im Nebenraum des Arbeitszimmers ist ebenfalls eine Fassung mit Glühbirne, die von der Decke hängt.«

Alain wusste genau, was das zu bedeuten hatte. » Hier muss es einen Generator geben. Ich kann mir nicht vorstellen, dass der Mörder eine Solaranlage aufs Dach geschraubt hat, also bleibt nur diese eine Möglichkeit, um

Elektrizität zu erzeugen. Das ist auch die Lösung für das Licht, was wir in der Nacht gesehen haben. Der Spiegel hat das Licht der Straßenlaterne nicht reflektiert, sondern die Türe in den Nebenraum wurde geöffnet. Seht mal, an der Rückseite des Spiegels ist eine Klinke und darunter ein Schloss. Vom Arbeitszimmer aus kann man den Spiegel mit einem Schlüssel öffnen, seht ihr? Wir müssen mit unserem Besuch den Mörder von Jamila gestört oder sogar aufgeschreckt haben. Lasst uns den Kabeln mal nachgehen, dann werden wir den Generator schon finden.«

Das war eine Spur, die anscheinend den Experten der Spurensicherung verborgen geblieben war. Die Jugendlichen folgten den Kabeln in die zweite Etage, wo sie in einem weiteren schmalen Raum landeten. Dieser Raum war dunkel und sehr eng. Alex holte eine Taschenlampe hervor und leuchtete in ihn. In diesem kleinen Raum befand sich ein winziger Tisch mit einem altmodischen Schreibtischstuhl. Der Generator müsste eine weitere Etage über diesem Raum aufgestellt sein, da die Kabel weiterführten. Was die Gruppe jetzt zu sehen bekam, ließ sie jedoch den Generator kurz vergessen. Die Wand hinter dem Schreibtisch war absolut vollgeklebt mit Fotos, Zeitungsausschnitten und kleinen Zetteln sowie Skizzen. Alle Anwesenden fanden sich auf diesen Bildern wieder. Es schien eine Kollage aller Beteiligten darzustellen. Auf der Wand neben dem Schreibtisch hingen viele Aufnahmen von Susannes Oma.

»Dieses Schwein hat meine Oma beobachtet! Das muss schon Jahre so gehen. Seht ihr? Das sind alles verschiedene Jahreszeiten. Alex, gehe bitte mit Alain in das Dachgeschoss und finde diesen Generator. Wir brauchen Strom! Vielleicht finden wir Spuren dieses kranken

Psychopathen.«

Alex und Alain gingen sofort los. Die alte Eisentreppe knarzte unter ihrem Gewicht. Im zweiten Stock waren ihre Schritte gut zu hören, was Maite große Angst machte. »Hört ihr das? Es hört sich genauso an wie damals in jener Nacht, als Jamila starb. Kann es sein, dass der Täter schnell versucht hat seinen Generator auszuschalten? Ich meine, bevor wir ihn hören konnten. Vielleicht hat er befürchtet, dass wir sein Versteck finden.«

Susanne wusste, dass Maite Recht hatte. »So muss es gewesen sein, ich hoffe wir sind hier sicher.«

»Wie meinst du das?«

»Ich meine, wenn dieser Psycho merkt, dass man sein Versteck nicht mehr beschattet, fühlt er sich hier bestimmt noch sicherer. Die haben immerhin nicht einmal seine Leiter gefunden. Wer sollte ihn jetzt noch aufhalten? Aber da hat er seine Rechnung ohne uns gemacht.«

»Richtig, den kriegen wir! Hoffentlich erst, wenn die Jungs wieder da sind!«

Gabi schmunzelte und verzog dann das Gesicht wie ein kleines Kind, dem man den Schnuller wegnimmt. Die drei Mädels hielten sich an den Händen und wunderten sich, warum die Jungs nicht wiederkamen.

»Was soll das? Sind die eingeschlafen?« «

Dann hörten sie einen lauten Knall, ein Schrei und das Licht ging an. Es flackerte leicht. Die Mädels klammerten sich jetzt aneinander, »Wo bleiben die zwei? Hoffentlich ist nichts passiert.« Es dauerte noch gute fünf Minuten, bis sie endlich wieder Schritte auf dem Dachboden und danach auf der Treppe hörten.

»Alex! Alain! Seid ihr das?«

»Natürlich sind wir das, das ist doch kein Bahnhof hier. Wer sollte es denn sonst sein?«

In diesem Moment fiel Susanne in seine Arme. Sie küsste ihn zuerst auf den Mund und ohrfeigte ihn dann leicht. »Du lässt mich nie wieder alleine, du Idiot! Was glaubst du, wer noch ein Interesse hätte, uns in diesen verborgenen Räumen anzutreffen? Was meinst du?«

»Du hast Recht, lasst uns hier abhauen. Wir haben oben Essensreste und eine Art Küche gefunden. Jemand hat sich da etwas zu Essen gemacht, das ist noch lauwarm und stinkt ekelhaft. Der Raum unterm Dachboden ist winzig, aber ein ausgewachsenes Dreckloch. Da sind jede Menge Geflügelknochen und alles ist dreckig. Da sind auch jede Menge Fleischermesser sowie ein großer Haken mit Flaschenzug. Unter dem Haken steht eine Wanne, ich glaube, diese Vorrichtung dient zum Ausnehmen von kleinen Nutztieren, wie beispielsweise einer Ziege. Ich kenne in Köln nur eine Ziege oder eher einen Ziegenbock namens Hennes. Das ist das Maskottchen vom ersten FC Köln und es ist so gut wie heilig.«

»Wir müssen uns noch diese Wand ansehen! Das Licht leuchtet jetzt stabil und ich möchte mit meinem Smartphone Fotos machen. Wir sehen uns das dann zu Hause genauer an.«

Gabi lief hinter Susanne her und starrte im Trophäenzimmer auf ein Foto von sich selbst. Eine Aufnahme auf dem

Campus, die Gabi, Nicole und Annika zeigte. Daneben weitere Aufnahmen und auch eine Großaufnahme von Annika. Alle waren entsetzt, sie erkannten bekannte Aufenthaltsorte wieder. Sogar Alain im Bademantel durch die Scheibe des Aufenthaltsraums des Studentenheims war zu sehen. »Da hat jemand seine Hausaufgaben gemacht«, dachten sie. Im dem nächsten Moment ging das Licht aus und der Generator verstummte. Die Gruppe hatte genug gesehen, der Rückzug schien jetzt nur angebracht. Sie gingen wieder runter in die erste Etage und kletterten durch den Spiegel zurück in das lichtdurchflutete Arbeitszimmer. Alain ging hinter Susanne Richtung Treppenhaus, eine Sache brannte ihm jedoch noch auf der Seele. »Wir haben uns noch nicht das richtige Treppenhaus angesehen. Da, wo wir Jamila gesehen haben, ist doch ebenfalls ein versteckter Raum hinter dem Flur der zweiten Etage.«

Susanne wurde immer nervöser, »Ich will hier raus, die Sache gefällt mir nicht. Wir sollten nicht hier sein, kommt schon!«

»Schatz, bleib locker! Alain und ich sehen kurz nach. Wir sind in zwei Minuten wieder bei euch. Steigt die Leiter runter und wartet an der Bushaltestelle auf uns.«

Susanne schüttelte ungläubig ihren Kopf, »Bitte, Liebling, was machst du da, wir haben doch genug gesehen! Ich flehe dich an, komm mit uns.«

Alex streichelte ihr kurz über das Haar, küsste sie und half ihr im Treppenhaus auf die Leiter. Sie liefen jetzt die sauberen Stufen hinauf. Im Flur des zweiten Stockes angekommen, standen sie plötzlich vor einer Stahltür. Diese Tür, die mit einem großen Vorhängeschloss gesichert wurde, schien ohne Werkzeug unüberwindbar zu sein. Alex und Alain schauten sich die Wand genau an, was sie überhaupt nicht weiterbrachte. Dann hörten sie ein lautes Scheppern. Es war ein unglaublich nahes, blechernes Geräusch, wegen dessen sie sich nur langsam die Treppe hinunterwagten. Sie saßen in einer Einbahnstraße, die keine Möglichkeit der Deckung oder eines Entkommens bot. Wieder in der Zwischenetage des ersten Stocks angekommen sahen sie das Debakel. Jemand musste die Leiter umgestoßen haben. Wie kann das sein?

»Wir sind nicht alleine in dieser Ruine gewesen. Das Essen ist noch warm gewesen, weil der Koch noch anwesend war. Er wird uns gemustert haben oder wir waren einfach zu viele Personen, um uns anzugreifen? Bitte ruf Maite an, die Mädels sollen zusammen zurückkommen und die Leiter wieder an die Hauswand stellen.«

»Ist das nicht gefährlich?«

»Der Typ muss geflohen sein. Würde er uns heute etwas antun wollen, hätte er gerade in diesem Treppenhaus leichtes Spiel gehabt. Sieh dich aber gut um, es kann sein, dass er uns gerade jetzt beobachtet.«

Alain wollte gerade Maites Nummer wählen, als er auch schon einen Anruf von ihr bekam. »Wo bleibt ihr, was ist da bei euch los? Habt ihr was gefunden?«

»Nein, uns ist die Leiter umgefallen. Bitte kommt zusammen zurück zum Hintereingang und helft uns.«

»Alles klar, wir sind unterwegs. Tollpatsch!«, Alain konnte das laute Gelächter der Mädels im Hintergrund hören und fühlte sich jetzt etwas unwohl. Bei der Tatsache, seine

Liebste so heimtückisch angelogen zu haben, war ihm einfach nicht wohl. Was sollte er nur machen, Panik ist das Letzte, was die Mädels gebrauchen konnten.

Es dauerte nur wenige Minuten, bis die gut gelaunte Gruppe um die Ecke bog. Sogar Annika ist wieder dabei gewesen.

»Hallo, ihr Trampel, na, mal wieder alles im Griff?«

»Susanne, bitte, mach keinen Scheiß und stellt die Leiter an die Wand.«

Die Laune der Mädels flaute sofort ab. Warum war Alex nur so scheiße drauf?, dachten sie sich.

»Was habt ihr denn? Die drei haben mir alles erzählt, was ihr so entdeckt habt. Habt ihr wenigstens mein Foto mitgenommen? Ich hoffe, meine Frisur sitzt gut und dass ich meine Augen nicht wieder zugemacht habe. Das passiert mir immer wieder, wisst ihr?«, sagte Annika trotzig.

Die Jungs kletterten die Leiter wie trainierte Olympioniken hinunter. Alain stolperte voraus und ging unten angekommen sofort auf Maite zu.

»Maite, ich habe dich oder besser euch angelogen. Es tut mir leid, aber ich wollte nicht, dass ihr Angst bekommt. Die Leiter hat jemand anderes umgestoßen und wir sollten jetzt so schnell wie möglich zum Auto.«

»Wie meinst du das?«, fragte Maite und lief zusammen mit den anderen los.

»Ich meine, wir sind nicht alleine im Haus gewesen. Der Typ war noch da. Nach seiner Flucht hat er die Leiter umgeworfen.«

»Das kann nicht sein, die Leiter ist doch versteckt unter der Plane gewesen, als wir ankamen.«

»Dann muss er nach uns hinterhergeklettert sein. Jemand hat die Leiter umgestoßen, als wir in der zweiten Etage die Stahltür entdeckten.«

»Welche Stahltür?«

»Die obere Etage ist völlig abgeriegelt, durch eine Metalltür. Da war nichts zu sehen für uns.«

Am Auto angekommen sahen sie plötzlich ein eindeutiges Indiz auf den Täter. In breiter roter Schrift hat jemand eine Nachricht auf Alex' Mercedes geschrieben.

»Ich kriege dich, du Bastard.«

Sie stiegen so schnell ein, dass alle erst im Auto anfingen über die Drohung zu reden. Alex fuhr konzentriert los und machte schnell Boden gut.

»Wo sollen wir hinfahren und was machen wir jetzt?« Er fuhr Richtung Schwimmbad, als ihnen ein roter Saab entgegenkam. Am Steuer saß ein bärtiger Typ mit Sonnenbrille, dessen starke Statur gut zu sehen war.

»Schatz, sieh doch, der Saab. Was sagst du jetzt, alles Zufall?«

Susanne war jetzt völlig geschockt, war das der Mörder? Sind sie gerade an einem Serienkiller vorbeigefahren? Sie diskutierten lange darüber und fuhren erst einmal zum Garagenhof ihres Mehrfamilienhauses. Der bedrohliche

Spruch musste unverzüglich entfernt werden. Alex ließ die Farbe mit Lackreiniger binnen wenigen Minuten verschwinden. Susanne ging mit den Mädels nach oben und zeigte ihnen die Schäden in ihrer Wohnung. Sie packte noch einige Sachen zusammen und beschloss dann, der versammelten Mannschaft das Penthaus zu zeigen. Sie werden das Wochenende zusammen verbringen und waren heilfroh, Köln für einige Zeit hinter sich zu lassen.

»Wir müssen der Polizei alles erzählen! Lasst uns die Kriminalbeamten ins Penthaus bestellen. Die müssen nach dem Saab suchen.«

Die Fahrt in die Innenstadt war anstrengend und geprägt von einer langen Stauphase. Als sie endlich wieder auf den Parkplatz der Resort-Hotels vorfuhren, taten allen die Knochen weh. Beim Aussteigen sah die Gruppe aus wie eine Ansammlung von Rentnern, die sich nach einer Kaffeefahrt streckten, um dann leicht gebückt Richtung Lobby zu wanken. Die Begrüßung in der Lobby war wieder sehr herzlich und Susanne ließ umgehend eine Erklärung der Versammlung folgen. Der Portier zeigte Verständnis und beschrieb die tolle Aussicht, die man im Wohnbereich des Penthauses genießen konnte. Susanne führte die Gruppe an und machte an jeder Attraktion einen kurzen Zwischenstopp.

Unterdessen wählte Alex die Telefonnummer von Hauptkommissar Peters. Er ließ lange klingeln, bis sich plötzlich der Kommissar meldete. Er schien sehr außer Atem zu sein und seine Stimme hallte enorm. Das Treppenhaus des Präsidiums schien ihn sehr zu beanspruchen. Wie es der Zufall so wollte, hatte der Hauptkommissar Zeit vorbeizufahren, lediglich Kommissar

Sander war unterwegs. Sie verabredeten sich für die nächste Stunde und versprachen solange im Hotel zu warten. Es gab wohl schlimmere Orte, in denen man auf Hilfe warten musste. Sie vertrieben sich währenddessen die Zeit mit den Bauplänen von Haus Fühlingen und begutachteten die Räume, in denen sie waren.

Alain stellte fest, dass in der zweiten Etage ein weiterer Raum sein müsste, der vom Dienstbotentreppenhaus erreichbar sein sollte. Das Erdgeschoss und den Keller hatten sie ebenfalls nicht untersucht, was womöglich auch besser gewesen war. Der Täter muss sich hinter ihnen befunden haben, was die Frage in den Raum stellte, ob es noch weitere Eingänge in den Dienstbotenbereich gab. Zu der Zeit, in der es Dienstboten in Haus Fühlingen gegeben hat, sollte jeder Raum mit einer versteckten Tür oder Spiegel ausgestattet worden sein. Fraglich ist nur, wer dieses Geheimnis gewusst haben kann. Es muss sich um eine Person handeln, die das Haus mitsamt Dienstboten im Hochbetrieb gesehen haben sollte. Woher sonst hätte der Mörder die Informationen über versteckte Räume und Susannes Herkunft?

»Ich bin mal gespannt, was der Hauptkommissar über meine Erbangelegenheit herausgefunden hat. Die Ermittlungsergebnisse der Rechtsabteilung sollten doch schon gestern vorliegen. Herr Sander wollte uns eigentlich noch anrufen, wenn er etwas gefunden hat«, sagte Susanne.

Maite meldete sich zu Wort, »Was meinst du, wie alt mag der Typ aus dem roten Saab gewesen sein?«

»Ich schätze, so zwischen vierzig und fünfzig Jahre bestimmt. Wenn er sich gut gehalten hat, sogar etwas älter als fünfzig Jahre.«

»Dann könnte er, wenn man nur sein Alter betrachtet, alt genug gewesen sein. Das Haus soll doch bis in die späten 60er bewohnt gewesen sein, oder?«

»Ja, richtig! Das Alter passt genau in die Zeit hinein. Es könnte vielleicht ein Nachkomme der Dienstboten sein, der hier sein Unwesen treibt?«

Alain mischte sich wieder ein, »Auf keinen Fall, was hätte denn ein Dienstbote für einen Vorteil von so einer schrecklichen Tat?«

Endlich spürte Gabi ihre Chance, auch mal was dazu zu sagen, Das kann doch ein psychopathischer Serienkiller sein, der aus purem Vergnügen mordet.«

Alain ließ sich nicht beirren, »Susanne sollte viel Geld erben! Geld ist ein guter Grund und ein tadelloses Motiv für so eine Straftat. Psychopatische Serienkiller, die mit Kettensäge und Schlachtermesser aus reiner Freude dran herumlaufen, gibt es nur in Hollywood.«

»Es bleibt also dabei, diese Kriminalbeamten haben es alleine in der Hand. Sie müssen ihre Arbeit erledigen und nach Verbindungen suchen. Ein Teil des Erbes sollte so wertvoll sein, dass es jemanden völlig verrückt werden lässt. Für ihn scheint ein Mord die bessere Alternative zu sein«, meinte jetzt Alex. »Schatz, hast du unser kleines Notebook mitgenommen? Wir könnten uns die Bilder ansehen, die wir mit dem Smartphone geschossen haben. Da waren unzählige Aufnahmen, Zettel und Zeitungsausschnitte, die es noch auszuwerten gilt.«

Susanne hatte natürlich an alles gedacht und baute jetzt ihr

Notebook auf dem Couchtisch vor der Kölner Skyline auf. Die Vorhänge konnte man etwas zuziehen und per USB-Schnittstelle waren die Bilder binnen Sekunden auf dem Rechner. Ein Bildbearbeitungsprogramm sollte die Arbeit erleichtern. Alex hatte es seit ihrer letzten Urlaubsreise auf dem Rechner installiert und kannte sich damit schon ganz gut aus. Er unterteilte die Bilder in je vier Quadranten, die er separat bearbeiten konnte. Das erste Viertel beinhaltete Bilder von Alex, Susanne und ihrer verstorbenen Oma. Auf einem stand Oma Köhler vor der Wirtschaft und schien regelrecht in die Kamera zu schauen. Der Mörder hatte sie mit einem roten Stift umkreist und ein Kreuz darunter gezeichnet. Damit war klar, was er aussagen wollte. Neben diesem Bild hing ein alter Zeitungsartikel, in dem es um das Erbe der Familie Köhler ging. Sie studierten alle Kleinigkeiten und Details der Bilder, bis plötzlich das Telefon klingelte. Es meldete sich die junge Dame aus der Lobby, sie kündigte Hauptkommissar Peters an. Dies gab den Startschuss für die nächste Diskussion.

»Was sollen wir jetzt machen? Sollen wir denen alles sagen? Was ist mit den Fotos?«, fragte Susanne.

Alex reagierte als Erster, »Schatz, du musst das selber entscheiden. Das ist dein Erbe und die Morde drehen sich alle um dich. Meiner Meinung nach würde ich den Kommissaren alles erklären, aber wenn du es nicht tust, mache ich dir keine Vorwürfe. Es ist fraglich, ob diese Spezialisten die Informationen richtig auswerten können.«

»Doch, ich werde es ihnen erzählen!«, sagte Susanne.

Die anderen nickten und signalisierten ihre Zustimmung, als auch schon Hauptkommissar Peters in der Tür stand.

»Warum um Gottes Willen haben Sie die Vorhänge zugezogen? Läuft hier vielleicht etwas Illegales?«, Peters grinste, was Maite und Gabi gar nicht gefiel. Alex merkte, was er meinte, und schob mit einer Handbewegung den Vorhang auf die Seite.

»Wir haben uns Bilder angesehen, Herr Peters. Was es damit auf sich hat, würde Ihnen meine Verlobte gerne erklären.«

Susanne reagierte sehr gefasst, sie war überhaupt nicht überrascht von dieser abstoßenden Bemerkung. Sie wusste ja, von wem es kam. Sie ging selbstbewusst auf ihn zu und erklärte ihm die Ereignisse des Tages sehr genau. Sie begann mit der Karte und den Räumen ohne Tür. Der Kommissar reagierte ablehnend und versuchte diese These völlig zu ignorieren. Diese ablehnende Haltung ermöglichte ihr, das selbstbestimmte Vorgehen zu rechtfertigen. Sie versicherte ihm, dass es für sie keinen anderen Ausweg gab, als die Ruine erneut aufzusuchen. Jetzt änderte er seine Meinung und war plötzlich sehr interessiert. Als Susanne ihm von der Leiter, dem Spiegel und dem Raum mit den Fotos erzählte, hörte der Kommissar genau hin. Er verhielt sich extrem defensiv und erfragte viele Details. Als er danach die Bilder sah, hatte er endlich Blut geleckt. Er holte sein Telefon aus der Jackentasche und verständigte die Zentrale. Zwei Streifenwagen sollten schon einmal das Gelände sichern, die Spurensicherung schiebt jetzt wohl wieder Überstunden und seinen Kollegen musste er auch noch informieren. Nach dieser ganzen Aufregung brachte Maite dem Kommissar erst einmal einen Kaffee. Er setzte sich wieder an den Couchtisch und studierte jetzt ebenfalls die Fotos. Susanne fuhr weiter fort, sie erzählte jetzt von ihrem Rückzug und dem roten Saab mit den Aufklebern auf der Heckklappe.

Mittlerweile war es schon später Nachmittag geworden. Alex und Susanne mussten noch ihre Arbeitgeber erreichen, um ihren Urlaub zu verlängern. Bei Alex war das kein Problem, aber bei Susanne wollte sich die Leitung der Einrichtung nicht überreden lassen. Als Hauptkommissar Peters das bemerkte, ließ er sich das Handy reichen und klärte diese Unverschämtheit innerhalb von wenigen Sekunden. Endlich schien der grimmige Kommissar etwas richtig gemacht zu haben.

Peters regelte die Rückfahrt der Aachener Studenten und ließ sie unter dem Schutz von einer Streife zum Hauptbahnhof bringen. Er ging aber noch nicht, einige Informationen wollte er erst mit Susanne und Alex besprechen, wenn sie alleine waren.

»Also, Sie fahren morgen früh in die Region Nordholland nach Den Helder/Julianadorp mit Ihren Freunden. Ganz allgemein halte ich das für eine super Idee.«

»Danke, wir sind ganz alleine drauf gekommen!«, Susanne grinste dabei und Peters merkte sofort, worauf sie anspielte.

»Ich werde heute Abend noch die holländischen Kollegen informieren. Es könnte gut sein, dass Sie sich persönlich anmelden müssen. Ihre neuen Spuren sind sehr interessant, aber obwohl Sie anscheinend keine gute Meinung von unserer Arbeit haben, gibt es auch von uns interessante Neuigkeiten. Wir haben herausgefunden, dass die Produktionsstätte der aufgeführten Kommanditgesellschaft im Gewerbegebiet der Fühlinger Heide nicht nur auf Ihrem

Grund und Boden steht. Ihr Großvater ist Teilhaber bei der Gründung des Unternehmens gewesen. Sein Anteil scheint der größte gewesen zu sein. Nach dem Verschwinden von allen Nachkommen wurde dieser dann als ruhend vermerkt. Ein erbberechtigter Nachkomme des Großgrundbesitzers wäre direkt auch der Firmenchef, was den aktuellen im Grundbuch eingetragenen Komplementär gefährden sollte. Die Reuters Getriebewerke sind in Köln eine Institution und Hauptlieferant eines großen Kölner Automobilbauers in direkter Nachbarschaft. Die Unternehmung soll einen Umsatz von mehr als 190 Millionen Euro pro Jahr erwirtschaften, über das EBIT konnten wir noch nichts herausbekommen, aber es geht hier um viel Geld und vor allem um Macht. Das nähere Umfeld der Firmenführung wird von uns jetzt genauer unter die Lupe genommen. Deshalb finde ich es super, wenn Sie über das Wochenende in Holland abtauchen. Um Ihre Sicherheit brauchen wir uns dann keine Sorgen zu machen. Ach ja, ab Montag haben wir eine weitere Unterkunft organisiert, nur zur Sicherheit.«

»Sie meinen wirklich, dass der Mörder aus dem Umfeld der Reuters KG sein könnte? Was wäre, wenn ich an der Firmenführung nicht interessiert wäre?«

»Ob Sie interessiert sind oder nicht, die müssten Sie auszahlen! Darum geht es hauptsächlich.«

»Was wäre, wenn ich das Erbe ablehnen würde?«

»Das würde natürlich alles ändern, aber wer mit Verstand würde das nur ablehnen? Wieso sollten Sie auf ein Millionenerbe verzichten? Um Ihre politischen Gegner wohlgesonnen zu stimmen? Das wäre das absolut falsche Signal. Diese Verbrecher gehören bestraft und nicht beschenkt.«

»Sie haben Recht, aber können Sie dabei meine Sicherheit gewährleisten?«

»Wer reich ist, hat auch mehr Feinde und Neider, da können wir auch nichts dran ändern.«

»Genau das meine ich.«

»Der Mörder wird Ihre Einstellung nicht berücksichtigen. Fahren Sie morgen erst einmal in Ihr Ferienhaus und spannen Sie etwas aus. Ruhe und Entspannung bringt so einige Gedanken wieder in die Spur. Diese Herren der Reuters KG werde ich ebenfalls morgen besuchen. Ich kann Sie anrufen, wenn wir etwas herausgefunden haben.«

»Alles klar, das wäre wirklich nett.«

»Gut, dann bedanke ich mich erst einmal für die Informationen über Haus Fühlingen. Ich werde da jetzt hinfahren und die Kollegen einweisen. Die Karte kann ich mitnehmen? Ich melde mich heute Abend noch bei Ihnen.«

»Super, danke nochmal für Ihre Bemühungen.«

Alex' Gesichtszüge verdunkelten sich etwas, »Warum dankt sie ihm nur? Das ist eine Arbeit der Polizei gewesen, die durch Inkompetenz versäumt wurde. Die hätten das bei der ersten Untersuchung entdecken müssen«, dachte sich Alex. Seine Enttäuschung war nicht zu verbergen, Susanne sah das direkt. Sie schaute ihn fragend an und schüttelte leicht den Kopf. Alex drehte sich um und sah aus dem Fenster. Seine Gedanken kreisten um seine Inhaftierung und um die Grausamkeiten der beiden Kommissare. Seine

Blicke glitten über Hausdächer, die kleinen Altstadtgassen und endeten immer am alles überragenden Dom. Hauptkommissar Peters verließ jetzt ebenfalls das Penthaus, ohne sich mit einer ordentlichen Verabschiedung aufzuhalten. Kaum war die Tür zum Lift verschlossen, fragte Susanne Alex, was dieser Blick sollte.

Er schilderte ihr seine Sicht der Lage, »Warum dankst du diesem Idioten? Der hat bis jetzt alles verbockt, er ist an der Aufklärung des Falls gar nicht interessiert.«

»Schatz, jetzt mach mal halblang. Wir werden seine Informationen benötigen, wenn wir weiterkommen wollen. Außerdem bringen wir mit seiner Hilfe den gesamten Polizeiapparat auf unsere Spur. Die Spurensicherung hat bereits DNA-Spuren gefunden. Wenn man einen Verdächtigen aus dem Kreis der Reuters KG findet, könnte der Fall sich von selbst lösen. Wir sitzen dann in Holland am offenen Kamin im Haus deiner Eltern und könnten auf unseren Erfolg seelenruhig anstoßen.«

»Meinst du wirklich, dass sich der Fall schon dieses Wochenende lösen lässt? Ich habe eher die Befürchtung, dass wir nie den Mörder deiner Großmutter finden werden.«

»Sag nicht so etwas, der Mörder muss gefunden werden oder könntest du je wieder beruhigt schlafen, ohne dass dieser Irre gefasst ist?«

»Liebes, du hast Recht, vergiss, was ich eben gesagt habe. Lass uns eine Pizza bestellen und schmeiß nochmal den Whirlpool an.« Alex zwinkerte ihr zu und nutzte sein Smartphone, um eine Pizzeria in der Nähe zu finden. Es dauerte nicht lange, bis er fündig wurde. Die Pizzeria el

Fredo war nur wenige hundert Meter entfernt und die Karte ließ sich online einsehen. Susanne bestellte sich eine Pizza Hawaii und Alex nahm klassisch eine Pizza Salami. Sie wollten noch etwas an die frische Luft. Die beiden entschlossen sich die Pizza zu bestellen und dann zu Fuß abzuholen. Der wie immer freundliche Portier hatte nichts dagegen, er machte sogar einen kleinen Scherz. Er bestellte sich eine Portion Pizzabrötchen bei dem Pärchen. Alex lachte laut, Susanne wurde etwas rot und so stimmten sie zu. Als sie die Lobby verließen, versuchte der Portier nochmal darauf hinzuweisen, dass er einen Scherz machte, was ihm aber nicht mehr helfen würde. Das Pärchen hatte jetzt den festen Entschluss gefasst mitzuspielen. Sie schlenderten durch kleine Straßen den etwas heruntergekommenen Stadtteil Deutz entlang. Viele Häuser schienen einen neuen Anstrich oder gar eine neue Fassade zu benötigen. Das Flair erinnerte eher an eine Metropole an der Ruhr als an das reiche Erzbistum Köln. Sie erreichten die Pizzeria innerhalb von fünfzehn Minuten, die Bestellung war fertig und wurde in einer Styroporbox warm gehalten. Es duftete einfach himmlisch, sogar die Pizzabrötchen waren noch warm. Auf dem Weg zu ihrer Unterkunft fiel ihnen ein Gebäude auf, welches noch einen großen Bombenschaden aus dem Zweiten Weltkrieg hatte. Es stand völlig verlassen da und verfiel zusehends.

»Schau mal, Liebes, da steht auch so ein altes Gebäude, was wie Haus Fühlingen verfällt.«

Susanne schaute sich das Haus genau an. Sie bemerkte, dass im rechten Teil des Hauses rote Polyestervorhänge hingen. Unter diesem Zimmer konnte man durch ein altes Holzfenster sehen und musste feststellen, dass das Haus noch bewohnt war. Die Farbe auf dem Fenster schien stark abzubröckeln und die Fassade war fast schwarz. Die Abgase von sechzig Jahren sollten sie so eingefärbt haben. Die gehäkelten Gardinen im Erdgeschoss sowie der verwilderte Hinterhof ließen nur darauf schließen, dass die Person, die dort lebte, sehr alt sein musste.

»Schatz, das Haus ist unheimlich, lass uns weitergehen. Ist das nicht traurig, wenn man alt wird und sich niemand mehr um einen kümmert? Die Person, die dort wohnt, ist bestimmt völlig alleine auf der Welt. Ich habe jetzt auch niemanden mehr außer dir. Bitte schwör mir, dass du mich nie verlässt.«

Alex musste jetzt schlucken, mit so einer tiefsinnigen Frage hatte er gerade jetzt nicht gerechnet. »Sicher, Liebes, mach dir keine Sorgen. Wir lassen niemals mehr etwas zwischen uns kommen.«

Da schellte auch das Handy von Susanne, Hauptkommissar Peters meldete sich kurz. » Hallo, Fräulein Köhler, ich wollte Sie nur kurz informieren, dass wir die Nebenzimmer und auch den Raum mit den Fotos gefunden haben. Es hat den Anschein, dass der Mörder sich hier eingenistet hatte. Es gibt hier Konserven, eine Küche und so manche abnormale Eigenart zu untersuchen. Die Spurensicherung wird die ganze Nacht brauchen, das haben Sie sehr gut gemacht. Wir werden morgen mehr wissen. Bitte bleiben Sie auf Ihrem Zimmer und reden Sie umgehend mit Ihren Freunden aus Aachen. Die sollten ebenfalls Ihre Wohnung nicht verlassen, der Täter ist ein Stalker.«

»Ich rufe Sie gleich an, das verspreche ich Ihnen.« Susanne verabschiedete sich und der Kommissar schien ganz angetan zu sein. Er hätte wohl nie gedacht, dass diese

Gören etwas Sinnvolles zum Fall beifügen könnten.

Alex nahm Susanne zärtlich in den Arm und führte sie zu ihrem Hotel zurück. Ständig schauten sie sich um und hielten Ausschau nach einem roten Saab. Dabei schreckten sie bei jedem roten Auto, das sie sahen, auf, der Täter konnte überall sein. Als sie die hell erleuchtete Lobby des Luxus-Resort-Hotels sahen und immer näher kamen, fiel ihnen ein Stein vom Herzen. Der Portier konnte nicht mehr vor Lachen, als Susanne ihm die Papiertüte mit den Pizzabrötchen brachte. Sie war sehr erleichtert, als sie merkte, dass er sich darüber freute. Er scherzte weiter und empfahl den beiden eine Schnulze auf dem Prepaid-Kanal, der im Penthaus natürlich freigeschaltet war. Sie bedankten sich herzlich und wünschten ihm eine gute Nacht. Nachdem die Pizza vertilgt war, waren sie jedoch so müde, dass es nicht mehr für den Film reichte. Sie merkten erst Stunden später, dass es längst Nacht geworden war. So gingen sie ins Bett und holten Schlaf nach. Morgen könnten sie diesem Wahnsinn entfliehen, es würde sich alles ändern. Aber was war jetzt mit den Studenten aus Aachen, Susanne schien ihre beste Freundin völlig vergessen zu haben.

Kapitel 9

Der Tag der Flucht fing gestresst an, als beim Packen Susanne plötzlich bemerkte, dass sie vergessen hatte den Aachenern Bescheid zu geben. Was, wenn ihnen etwas passiert ist? Sie würde sich ihren Fehler nie verzeihen, so etwas machen Freunde nicht. Die Studenten hielten zu Susanne, sie waren immer für sie da, und dann das. »Was für eine geringe Wertschätzung!«, dachte sich Susanne. Sie wählte Nicoles Nummer, ihr Herz raste.

» Hi, Susanne, na, alles klar? Was ist los, soll ich noch irgendetwas Bestimmtes mitbringen?«

»Nein, nein, das ist es nicht. Hast du heute schon mit den anderen gesprochen?«

»Nein, wieso? Wir wollten uns in zwanzig Minuten zum Frühstück im Gemeinschaftsraum treffen.«

»O. K., das ist super! Wenn alle da sind, könntest du mich dann anrufen?«

» Ja, klar, ich muss mich jetzt aber fertig machen. Ich muss noch packen.«

»Du hast noch nicht gepackt? Unglaublich!«

»Ja, ja, ist gut, Mama! Ich melde mich, sobald alle da sind.«

»Alles klar, ciao!«
»Ciao!«

Alex schaute seine Susanne fragend an, »Alles in Ordnung?«

»Ich hoffe schon, aber wissen tue ich es nicht. Die haben sich, seitdem sie im Studentenheim angekommen sind, nicht mehr gesehen. Ich hoffe, es ist nichts passiert. Alle haben sich zum gemeinsamen Frühstück verabredet und melden sich in zwanzig Minuten.«

Zwanzig Minuten später meldete sich Nicole wieder, um Entwarnung zu geben. Alle waren gesund und anwesend. Susanne verkniff sich zu erklären, warum sie solche Angst hatte. Sie erzählte von ihrem Gespräch mit Herrn Peters und ließ kein Detail aus, sie hatten es einfach verdient mit einbezogen zu werden.

»Der kranke Mörder war schließlich hinter allen her, ob Millionenerbe oder armer Student. Dieser Typ geht über Leichen, was ihm vielleicht sogar Spaß macht. Ein sadistischer Metal-Fan ist aber nur sehr selten Aufsichtsratsmitglied oder Vorstandsvorsitzender einer großen Kommanditgesellschaft. Sie müssen einen Söldner engagiert haben, einen Auftragskiller vielleicht.«

Maite stimmte ihr dabei zu und ging sogar noch einen Schritt weiter.

»Was wäre, wenn es mehrere Täter wären? Was, wenn sie eine Gruppe von Mördern engagiert haben? Das würde auch die Masse an Fotos erklären. Ein einzelner Täter hätte viel Arbeit gehabt.«

Sie verabredeten sich für 11:00 Uhr auf dem Busbahnhof hinter dem Kölner Hauptbahnhof. Alex musste nur noch einmal zur Werkstatt fahren, er wollte sich für den Ausflug den kleinen Lieferwagen leihen. Die Werkstatt hat Lieferwagen, mit denen sie Motoren, Reifen oder Karosserieteile aus der Umgebung abholen können. Am Wochenende konnte man sich in eine Liste eintragen, um Umzüge oder Campingausflüge damit zu absolvieren. Lediglich 50 Euro sowie einen vollen Tank kostete der Spaß, was natürlich größtenteils für die Instandsetzung und Wartung benötigt wurde. Da die Wagen oft genutzt wurden, schien es für den Werkstattleiter ein lukratives Geschäft zu sein. Der Hauptgrund für den Fahrzeugwechsel war der Platz, in den Werkstattwagen konnte man bis zu sieben Sitze installieren. Sie waren zu sechst und wollten sich bestimmt nicht nochmal in Alex' Auto quetschen. Alex trank mit den Kollegen noch einen Kaffee und erzählte ihnen vom grausamen Tod von Susannes Großmutter. Die meisten hatten von dem Verbrechen schon gehört und waren über die Lokalpresse bestens informiert. Er ließ natürlich die wichtigsten Details aus und verlor kein Wort über Susannes Erbe. Nachdem er die Sitzbank installiert und seinen Mercedes in die Halle gefahren hatte, fuhr er gut gelaunt zurück zum Hotel, wo Susanne schon wartete.

Susanne hatte sich in der Zeit um den Check-out gekümmert. Sie saß jetzt schon wieder in der Lobby und schaute sich die aktuellen Nachrichten auf einem großen Flatscreen an. Minuten später kam Alex mit einem alten, verbeulten Werkstattauto auf den Parkplatz des Luxushotels gefahren. Susanne und auch der Portier konnten nicht aufhören zu lachen. Sie bedankte sich nochmals herzlich in der Lobby und lief dann auf den Parkplatz zu ihrem Verlobten.

»Hi, Schatz, schicke Karre!«, sie strahlte regelrecht. Alex war ebenfalls überglücklich sie zu sehen und spielte jetzt den Busfahrer.

»Einsteigen bitte, die Fahrt kostet 500 Euro und hierbei sind mehrfache zärtliche Liebkosungen nicht mit abgedeckt.«

»Sie Lümmel, zwingen Sie mich nicht Ihren Vorgesetzten zu unterrichten«, sagte Susanne.

Sie sahen aus wie frisch verliebt, diese Reise wird ihnen etwas Lebensfreude zurückgeben. Susanne graute es davor, die Beerdigung ihrer Oma zu organisieren. So viel Leid, die Beerdigung wird alles wieder aufwühlen. Endlich waren sie unterwegs, um abzuschalten und die Seele etwas baumeln zu lassen. Sie fuhren über die Deutzer Brücke, rechts Richtung Heumarkt, den Rhein entlang und dann durch den Tunnel zum Busbahnhof. Auf dem Busbahnhof war bereits die Hölle los, mehrere Langstreckenverbindungen Richtung Balkan standen abfahrtbereit. Das bedeutet meistens, dass große Kartons oder Fahrräder verstaut werden mussten. Die Höhe der Geldsumme für Übergepäck wurde natürlich sofort verhandelt. Busfahrer ist ein Job mit hoher Verantwortung, das muss man bei dem Schmiergeld natürlich bedenken. Die Menschenhorden mit Koffern, Kartons und Tüten verursachten ein Verkehrschaos. Kein Fahrzeug konnte auf oder vom Busbahnhof hinunterfahren. Erst gute zehn Minuten später lichtete sich der Pulk, als mehrere Beamte vom Ordnungsamt vorbeikamen. Die Busfahrer hatten wohl auch genug und fertigten viele Reisende sehr schnell ab. Als sie kurz darauf ihre

Freunde sahen, waren sie heilfroh von diesem Basar wegzukommen. Den wartenden Fahrzeugen wurden mehrfach Zigarettenstangen mit ausländischer Steuerbanderole angeboten, die aber niemand kaufen wollte. Endlich saßen alle Mitreisenden an Bord und los ging es. Sie beschlossen kurz vor der Autobahn in Mülheim haltzumachen, um noch eine Kleinigkeit des bekanntesten Imbisses der Welt mitzunehmen. Alex musste auch noch sein uraltes Navigationsgerät programmieren, was die gesamte Standzeit dauerte. Es dauerte sogar fünf Minuten, bis er ein GPS-Signal bekam. »Tolles Gerät!«, dachte Susanne sich. Nicole war ein sehr hübsches Mädchen und hätte ohne Weiteres bei einer Staffel von »Germanys next Topmodel« mitspielen können, aber einem Cheeseburger konnte sie nicht widerstehen. Maite und Alain staunten nicht schlecht, als sie dann drei Cheeseburger nacheinander vertilgte.

»Wie kannst du nach solchen Fressattacken nur deine Figur halten, Liebes!«, rief Maite in die Runde.

»Würde ich mir diese fettigen Kalorienbomben reinstopfen, könntet ihr alle sehen, wie ich förmlich auseinandergehen würde. Wie machst du das nur? Oder steckst du dir gleich den Finger in den Hals?«

»Was? Ich würde mir niemals den Finger in den Hals stecken! Glaubt mir, das ist nicht lustig! Meine Cousine hatte mal Bulimie und die Folgen dieser Essstörung sind heute noch sichtbar.«

»Oh Gott, was habe ich da nur gesagt? Es tut mir leid, Nicole, ich wollte dich wirklich nicht verletzen. Es ist mir einfach so rausgerutscht. Verzeihe mir!«

Maite war entsetzt über sich selbst. Sie hätte das niemals so gedacht oder gar ausgesprochen, aber innerlich schien der Gedanke an die Szene mit Alex beim Umzug im Hinterkopf geblieben zu sein. Maite schien unbewusst eine Art Barriere gegen diese gutaussehende Hexe aufzubauen.

Nachdem diese Situation zwischen den Mädels geklärt war, brachen sie wieder auf Richtung Parkplatz, wo Alex strahlend sein fahrbereites Navigationssystem präsentierte.

»Schaut mal, funktioniert doch, ich sag euch mehr Navi braucht kein Mensch.«

Sie nahmen wieder ihre Sitzpositionen ein und Alex fuhr los. Susanne saß natürlich vorne neben Alex. Gabi, Maite und Alain teilten sich die mittlere Sitzbank. Nicole saß auf einem einzelnen Sitz in der dritten Reihe. Neben Nicole lagen zwei große Reisetaschen, auf der sie ihr langen Beine ausstrecken konnte. Von außen könnte es so ausgesehen haben, als wäre Nicole isoliert und wie ein Fremdkörper auf dem letzten Platz, aber dem war nicht so. Sie hatte von hinten alles gut im Blick und konnte sich sogar während der Fahrt ausstrecken.

»So, ich fahre jetzt auf die Autobahn. Ich hoffe, ihr habt nichts vergessen, ich würde nur ungern an der holländischen Grenze umkehren, weil jemand seinen Personalausweis vergessen hat.«

»Keine Angst, ich glaube, die wichtigsten Sachen hat jeder dabei. Ich habe auch gehört, dass es in Holland sogar Supermärkte geben soll!«, sagte Nicole.

Alle lachten laut und die Stimmung wurde immer besser.

»Danke, Nicole, toll, dass man sich so gut auf deine überflüssigen Kommentare verlassen kann.«

Gabi fing jetzt mit einer Abwandlung eines altbekannten Ratespiels an. Früher hätte man dazu vielleicht Käferquiz gesagt, aber da es nicht mehr ausreichend Käfer gab, wandelte sie das Spiel leicht ab. Sie rief den Namen eines bekannten Autos in die Runde und wer diesen Typ Fahrzeug als Erster sieht, gewinnt. Um das Spiel interessanter zu machen, nannte Gabi gleich drei Fahrzeuge, die es zu suchen galt. Da Alex sehr langsam fuhr, fing das Spiel an, richtig Spaß zu machen. Manche Beifahrer der vorbeifahrenden Fahrzeuge wunderten sich ganz schön, als sie bemerkten, wie Maite oder Nicole mit dem Finger auf sie zeigten und anfingen ausgelassen zu lachen. Die müssen gedacht haben, dass man ihnen etwas auf die Tür geschrieben hatte. Die meisten jedenfalls zeigten Humor und einige winkten sogar zurück.

Als sie nach einer halben Stunde Fahrt an der holländischen Grenze ankamen, wurde das Verkehrsaufkommen schlagartig abgebremst. Plötzlich verhielten sich alle Verkehrsteilnehmer sehr rücksichtsvoll und gelassen. Die Beschleunigungsorgien und wilden Überholmanöver verschwanden gänzlich aus dem Verhaltensmuster der Autofahrer. Diese Geschwindigkeitsbegrenzung ist nicht nur negativ zu sehen, natürlich könnte man an einigen Stellen viel schneller fahren als erlaubt, aber wozu tut man sich diesen Stress immer wieder an? Klare Regeln und häufige Kontrollen sollten den Krieg auf Deutschlands Autobahnen wieder verstummen lassen. Den meisten Spaß mit einem Sportwagen hat man sowieso auf der Landstraße, und wer es schneller mag, kann jederzeit auf Deutschlands

Rennstrecken seinen Traum ausleben. Die meisten Autobahnraser suchen sich keine würdigen Gegner aus und versuchen mit Auffahren nur auf ihr Auto hinzuweisen.

Diese armen Würstchen! Aber jetzt wieder zu der Reisegruppe.

Alex fuhr jetzt Richtung Ijsselmeer-Deich, was zu eindrucksvollen Bildern führte. Der nur wenige Meter breite Deich beruhigt die Naturgewalten und lässt keinerlei von Gezeiten gesteuerter Flut mehr zu. An manchen Stellen kann man kilometerweit in beide Richtungen über das Meer sehen. Möwen tummelten sich an der Deichnarbe und eine Gruppe von Seglern war am Horizont zu sehen. Ein malerischer, aber auch beängstigender Anblick. Immerhin lag das offene Meer nur wenige Meter neben ihnen. Am Mittelpunkt der Deichstraße sind Unfälle lebensbedrohlich. Oft sollen schon Kraftfahrer nachts auf der langen monotonen Strecke eingeschlafen sein. Die Wracks wurden manchmal erst Tage später gefunden. Als hätten sie eine böse Vorahnung gehabt, tauchte plötzlich ein bekanntes Fahrzeug im Rückspiegel auf.

»Liebes, ich möchte dich ja nicht beunruhigen, aber ist das hinter uns nicht dieser schäbige rote Saab? Er hält großen Abstand, aber das Baujahr stimmt und ist mittlerweile selten geworden.«

Weil Maite, Gabi und Nicole eingeschlafen waren, meldete sich der unerschrockene Alain wieder. »Leute, was ist los, was meint ihr?«

»Schau doch mal nach hinten, siehst du das rote Auto?«

»Findest du das nicht etwas weit hergeholt? Das ist doch

bestimmt nicht derselbe Wagen, den wir vor Haus Fühlingen gesehen haben?«

»Es ist auf jeden Fall kein Holländer, der hat kein gelbes Nummernschild. Das Baujahr und die Farbe stimmen, ist doch seltsam.«

»Ja, leider kann ich das Nummernschild von so weit weg nicht lesen, sollte es aus Köln sein, stimme ich dir zu.«

Sie fuhren jetzt eine langgezogene Linkskurve entlang, wobei der Wagen außer Sicht geriet.

»Alex, meinst du, der verfolgt uns schon länger? Ist dir das vielleicht aufgefallen?«

» Nein, bestimmt nicht! Ich achte seit Tagen auf rote Saabs dieses Baujahrs, frage mal Susanne!«

»Alain, vertrau uns, Alex achtet absolut akribisch auf alle roten Autos und geht mir damit seit Tagen auf den Geist. Bis jetzt sind über neunzig Prozent aller verdächtigen Fahrzeuge nicht einmal von der schwedischen Automarke gewesen, die wir suchen.«

Nach der langgezogenen Rechtskurve war nichts mehr von einem roten Auto zu sehen. Der nächste Wagen war blau und aus Japan. Die drei waren etwas verwirrt, wie konnte das sein? Die dreißig Kilometer lange Strecke über den Deich hatte nur zwei Fahrspuren, jeweils pro Fahrtrichtung. Es gab an diesem Abschnitt keinen Seitenstreifen und somit keine Möglichkeit anzuhalten. Hatte der Saab sich überholen lassen oder hatten sie sich getäuscht? Wenige Minuten später wussten sie die Antwort. Ein roter Saab stürmte hinter dem nächstfolgendem Lieferwagen hervor und überholte hastig auf der Gegenspur drei Fahrzeuge. Der rote Panzer fuhr mit einer erschreckenden Geschwindigkeit bis auf einen halben Meter dem Werkstattwagen auf. Als Alex die Bedrohung bemerkte, befand sich der Saab schon fast hinter ihm. Am Steuer saß wieder ein bärtiger kräftiger Typ mit klassischer Sonnenbrille. Der bärtige Mann betätigte hastig die Lichthupe und versetzte Alex damit in eine Art Schockzustand. Der Schrecken dauerte nur eine Sekunde an und die Reaktion folgte umgehend. Er trat erschrocken auf das Gaspedal, was ein leichtes Schleudern des Busses zur Folge hatte. Jetzt hatte er auch die Aufmerksamkeit der übrigen Mitfahrenden, die sehr abrupt aus ihrem Schlaf geholt wurden. Nicole saß in der letzten Reihe und schaute direkt in den Kühlergrill des Schweden. Sie schrie wie am Spieß und lehnte sich mit dem Rücken an die mittlere Sitzreihe.

»Nicole! Setz dich hin und schnall dich sofort an!«, rief Gabi ihr herüber.

Nicole saß schneller, als Gabi diesen Satz auch nur aussprechen konnte. Sie suchte hektisch ihren Gurt und merkte beim Anschnallen, dass Alex mächtig beschleunigte. Der Schwede hatte trotzdem kein Problem, dem Lieferwagen zu folgen. Einige Sekunden später fuhr Alex einem Kombi mit holländischem Kennzeichen auf, er ließ gut zwei Meter Platz, was der Schwede auszunutzen versuchte. Jetzt bedrängte er seinen Vorausfahrenden nicht nur, er rammte Alex von hinten rechts und versuchte den Bus von der Straße zu schieben. Bei diesem Versuch kam der rote Saab jedoch selber ins Schleudern. Der bärtige Mann schien zu fluchen, während er große Mühe hatte, den Wagen in der Spur zu halten. Als Alex eine größere Lücke im Gegenverkehr erblickte, nutzte er seine Chance zum Überholen. Der Gegenverkehr wurde dichter und vor Alex schien kein Fahrzeug die Deichstraße zu befahren. Er beschleunigte den Bus auf gute hundertzwanzig Stundenkilometer, sie machten schnell Boden gut. Der rote Saab verschwand wieder am Horizont, sie hatten es geschafft. Nachdem die Reisegruppe wieder Festland unter den Füßen hatte, fuhr Alex wieder langsamer und steuerte ein kleines Einkaufszentrum auf dem Weg nach Julianadorp an. Er wollte die Schäden am Fahrzeug begutachten und seinen Mitreisenden eine kleine Auszeit gönnen.

»Wie konnte dieses Schwein nur wissen, dass wir gerade jetzt auf dem Weg nach Holland sind? Wie konnte er wissen, dass wir diesen Weg nehmen würden? Mein altes Navigationsgerät schickt einen meistens auf seltsame Routen.«

»Meint ihr, wir sollten weiterfahren oder wieder umkehren? Ich wollte eigentlich etwas zur Ruhe kommen, bevor ich die Beerdigung meiner Großmutter planen muss. Da der Mörder uns gerade immer einen Schritt voraus ist, sollten wir wohl besser nach Hause fahren!«

Gabi hatte trotz Schock keine Lust, nach Hause zu fahren, »Kommt schon, es ist nichts passiert, wir werden jetzt erst einmal einen Kaffee trinken und dann weiter ins Ferienhaus fahren.«

»Warum hast du nur so ein Angst davor, das Wochenende alleine zu verbringen? Wieso sollten wir jetzt noch nach Julianadorp fahren, der Mörder könnte dort auf uns warten.«

»Ich habe keine Lust das Wochenende allein im Studentenheim zu verbringen. Aber woher sollte er wissen, dass Alex' Eltern ein Ferienhaus in Holland besitzen?«

Maite mischte sich jetzt ein, » Er hat gut recherchiert, denkt mal an die Wand mit Fotos in Haus Fühlingen. Dieser Typ ist ein echter Stalker und dass er uns unbemerkt wochenlang beschattet hatte, steht wohl außer Frage. Er scheint sich unsichtbar machen zu können.«

»Wenn man nicht daran denkt, dass man beschattet werden könnte, dann achtet man auch nicht auf sein Umfeld. Dieser Typ hat Glück gehabt, bis jetzt zumindest«, meinte Alain.

»Was meinst du Liebster?«

»Ich meine, lasst uns etwas Geld zusammenwerfen und in Julianadorp ein anderes Ferienhaus beziehen. Wir könnten das Haus von Alex' Eltern beobachten und Fotos von diesem Irren schießen. Ich nehme an, dass wieder niemand auf das Nummernschild geachtet hatte.«

Alex hatte eine Idee, »Ich kenne Freunde von meinen Eltern, die ganz in der Nähe der Feriensiedlung ein Haus besitzen. Sie leben in Brüssel und fahren nur selten an die See. Das Haus steht auch in der Ferienzeit meist leer.«

»Schatz, meinst du wirklich, dass wir dieses Risiko eingehen sollten?«

»Na klar, das Haus der Familie Birken ist echt schön, es ist ein alter holländischer Bauernhof, der etwas abseits steht. Zwei Kanäle umringen das Anwesen und die Zufahrt führt über eine Steinbrücke aus dem 17. Jahrhundert. Ich werde der Familie erzählen, dass wir einen Wasserrohrbruch in unserem Haus haben und dringend eine neue

Unterbringung benötigen.«

»Schatz, du bist ein Genie!«

»Ich weiß, Liebes, das macht deine positive Ausstrahlung.«

Alex ging fort, er telefonierte zuerst mit seinen Eltern und dann mit der Familie Birken. Jan Birken war Abgeordneter, er stand wie immer unter Stress, aber an Alex konnte er sich sofort erinnern. Die Geschichte mit dem Rohrbruch klang für den erfahrenen Politiker sehr glaubwürdig. Er schickte Alex zu den Nachbarn, die das Haus in seiner Abwesenheit verwalteten.

»Ich werde die Nachbarn sofort anrufen, mein Junge. Mach dir keine Sorgen, wir nehmen euch gerne auf.«

Das war ein Wort, als Abgeordneter wusste Herr Birken sich in Szene zu setzen. Dieses Versprechen hörte sich nach mehr an und Alex konnte beruhigt aufatmen. Er verkündete die Nachricht, was Gabi sichtlich beruhigte. Die Anspannung wich aus ihrem Gesicht und der bittere Kaffee schien ihr direkt besser zu schmecken. Es dauerte jetzt keine fünf Minuten, ehe alle wieder im nur leicht verbeulten Bus saßen. Das Fahrzeug hatte an dieser Stelle schon eine Beule, was Alex weitere Rechtfertigungen dem Werkstattleiter gegenüber ersparte. Um nicht ihrem Widersacher zu begegnen, fuhr Alex einen großen Umweg über Hoorn, was die Freunde mit einem Stadtbummel verbinden konnten. Diese kleinen holländischen Dörfer mit ihren Fachwerkhäuschen und dem Kopfsteinpflaster sind immer wieder einen Spaziergang wert. Sie mussten etwas Zeit totschlagen, um dem gestressten Beamten die Möglichkeit für einen Anruf bei den Nachbarn zu geben.

Sie entdeckten einen kleinen Laden mit Handwerkszeug und Kolonialwaren. Die Mädels verschwanden umgehend, was Alex und Alain für eine eigene Shoppingtour nutzten. Sie gingen in einen der großen holländischen Discounter und versorgten sich mit einer edlen Flasche Whiskey sowie zwei Sixpacks Bier. Die Mädels hatten zwar für sich schon eingekauft, aber das hinderte sie nicht daran, noch ein paar Packungen Chips und Erdnüsse in den Einkaufswagen zu legen. Nach wenigen Minuten traf sich die Gruppe wieder in der Passage, die Ausgangspunkt für ihre Aktivitäten war. Sie beschlossen wieder loszufahren und waren alle sehr gespannt auf das Anwesen, auf welchem sie übernachten sollten. Alex kannte sich sehr gut aus in dieser Ecke von Nordholland. Er wusste sogar, wie man von Hoorn aus über Landstraßen nach Julianadorp fuhr. Die Landschaft war malerisch, die Umgebung bestand aus weitläufigen Feldern und grünen Wiesen, die immer wieder von Kanälen umsäumt wurden. Alte Bauernhäuser mit gepflasterten Innenhöfen und riesigen Gewächshäusern prägten das flache Land. Windmühlen standen aufgereiht wie Perlenketten entlang der riesigen Deichanlagen. Die Straße, die zu der Feriensiedlung von Julianadorp führte, ließ nur selten einen Blick auf das Meer zu. Es kam einem so vor, als fuhr man an einer endlosen Talsperre entlang. Kurz vor der Rezeption des Ferienparks und einem großen runden Gebäude mit Restaurant bog Alex rechts ab. Er entfernte sich etwas von der Anlage, um die ein Kanal führte und die an den Brücken mit Schranken von der Außenwelt abgeriegelt wurde. Die Anlage gibt einem eine gewisse Art von Sicherheit, wobei diese nur vorgespielt ist. Jeder kranke Psychopath kann sich an der Rezeption ein Haus mieten und erhält danach zwei Schlüsselkarten, mit denen man Zutritt auf das gesamte Gelände erhält.

»So, auf der linken Seite befindet sich die schönste Ferienanlage von gesamt Nordholland. Unser Haus ist baugleich mit den drei Häusern da vorne.«

»Wow, so groß ist euer Ferienhaus? Das ist ja eine Villa.« Nicole war außer sich und sichtlich beeindruckt.

»Ja, richtig! Meine Eltern wohnen in Chorweiler, in einer Wohnung zur Miete, und bauten in Holland dafür eine Villa, in der sie nur wenige Wochen im Jahr verbringen. Ich hätte das viel lieber umgekehrt gehabt, aber meine Eltern meinten, dass sie in Deutschland keine Zeit hätten für ein Haus. In dieser Wohnanlage gibt es Gärtner und Hausmeister, die sich um alles kümmern. Wenn man das Haus hin und wieder vermietet, wird es sogar regelmäßig grundgereinigt. Dann muss man sich auch keine Gedanken über regelmäßiges Lüften machen.«

»Toll, dafür habt ihr ein Haus, was ihr nur selten nutzen könnt«, sagte Gabi und fing an zu schmunzeln.

» Meine Rede, ich hätte das Haus längst verkauft und dafür in Chorweiler neu gebaut. Ist meiner Meinung nach viel sinnvoller.«

Kurz nachdem Alex das ausgesprochen hatte, bog er von der Straße ab und fuhr durch einen imposanten Torbogen aus Stein. Danach rollte er langsam auf eine massive Brücke, die über einen sehr breiten Kanal führte. Das Bauernhaus hatte ein Reetdach und große Fenster mit Holzschlagläden. Gebaut in einer anderen Zeit, vermittelte das Anwesen einen interessanten Eindruck. Zwei große Weidenbäume jeweils links und rechts neben dem Haus zeugten vom Alter der Hofanlage. Der Hof war mit Splitt aufgeschüttet, was beim Befahren eine Art rauschendes Geräusch entstehen ließ. Als sie ausstiegen, tauchte eine dunkle Wolke das Gebäude in ein gleißendes unwirkliches Licht. Es fehlte nur noch, dass eine Bedienstete mit Tracht die Tür öffnete.

»Hallo Sie da! Wacht het kort! Zijn ze Herr Schäfer?« Eine alte Dame, klassisch in ihren Garten-Holzschuhen, näherte sich dem Anwesen von nebenan. Sie öffnete ein kleines eisernes Törchen, versteckt hinter einem Gebüsch, und stand wenige Sekunden später vor den Gästen.

»Herr Birken verteldte mir, dat Sie komen. Mein Name ist Grietje Meyer, ich wohne gleich hier nebenan. Ich zeige Ihnen erst einmal das Haus und erkläre Ihnen den Herd.«

»Ja, der bin ich! Hallo und schön, Sie kennenzulernen. Das sind meine Freunde aus Deutschland.«

» Sie haben einen Wasserschaden in Ihrem Haus, Herr Schäfer?«

» Ja, richtig! Beim Anstellen der Energien ist ein Eckventil gerissen und hat die gesamte Küche unter Wasser gesetzt. Die Überschwemmung ist jetzt aufgewischt, aber die Feuchtigkeit sollte noch einige Tage im Haus sein. Wir haben uns zwei Heizlüfter besorgt und trocknen tagsüber.«

»Das haben Sie gut gemacht, es geht nichts über ein trockenes Haus. Feuchtigkeit ist der Feind jedes Boden- oder Wandbelags.«

Die nette alte Dame führte die Jugendlichen durch das Landhaus und zeigte allen ihre Schlafräume. Den Gasherd und den Kamin erklärte sie sehr präzise, was von großem Respekt zollte. Nicht verwunderlich, wenn man bedenkt, dass sie ebenfalls in einem Haus mit Reetdach wohnte. Sie verabschiedete sich herzlich, wobei sie nochmal auf das Gartentor hinwies.

»Wenn ihr irgendetwas benötigt oder einen Handwerker für euer Haus braucht, scheut euch nicht mich anzusprechen. Ich helfe euch, wo ich nur kann.«

»Danke, Frau Meyer, wir werden schon klarkommen. Die Grundreinigung und das Waschen der Bettwäsche wird bestimmt über die Reinigungsfirma des Ferienparks übernommen?«

»Ja natürlich, wenn Sie mir den Schlüssel gegeben haben, müssen Sie sich an der Rezeption nur kurz abmelden. Ich melde Sie gleich an. Welche Hausnummer im Ferienpark haben Sie?«

»Unser Haus steht auf Nummer 135.«

»Super, schönen Aufenthalt.«

Endlich konnte Alex die Tür hinter ihr schließen. »So, Leute, dann lasst uns mal auspacken. Danach könnten Alain und ich einen kleinen Ausflug machen. Ich schlage vor, dass Alain mit mir einen kleinen Spaziergang durch die Ferienanlage unternimmt. Ich würde zu gerne wissen, ob wir diesen Saab irgendwo sehen.«

»Schatz, bist du verrückt geworden? Ihr lasst uns doch jetzt nicht alleine? Das ist die erste Regel in Notsituationen, immer zusammenbleiben!«

»O. K.! Wir könnten auch zusammen durch den Park gehen,

vielleicht hast du damit Recht.«

Die Gruppe packte erst einmal ihre Koffer aus. Alex ging zuerst zur Terrasse, die nach hinten heraus auf einen kleineren Kanal gerichtet war. In dem gut vierhundert Quadratmeter großen Gelände hatte er schon als Kind gespielt. Seine Eltern besuchten die Familie Birken früher regelmäßig, später verlief sich die Freundschaft. Alex' Mutter meinte immer, es liegt an deren Ehe. Ihm kamen plötzlich eine ganze Reihe von schönen Erinnerungen aus seiner Kindheit. An dem Kirschbaum hing früher eine Schaukel und neben der Terrasse stand ein Sandkasten. Diese kleinen Details waren allerdings die einzigen Veränderungen, die er erblicken konnte. Im Haus konnte er sich auch an die meisten Einrichtungsgegenstände erinnern, lediglich das Sofa und die Küchenstühle schienen neu zu sein. Von der rustikalen Küche aus gab es einen Treppenabgang in den Gewölbekeller. Diesen imposanten Keller müsste er sich noch einmal ansehen.

»Die anderen werden schön staunen, wenn sie diese riesigen Räume erblicken. Das Gewölbe ist gute dreihundert Jahre älter als das Bauernhaus und soll laut Herrn Birken einmal zu einer Kapelle gehört haben. Er hat mir und meinem Vater Ende der 80er Jahre den Keller gezeigt. Zwei Wandbemalungen und ein Taufbecken aus Granit zeugen von einer anderen Zeit, in der dies ein religiöser Ort gewesen ist«, dachte Alex, als er Susanne seinen Namen rufen hörte.

»Alex! Wo bist du denn, komm bitte hoch zu mir. Ich würde den Koffer gerne auf den Schrank stellen!«

Wer könnte da besser helfen als der fast zwei Meter große

Alex? In der ersten Etage angekommen stand Susanne am Fenster und schaute in das platte Land. Hinter dem Kirschbaum, nach dem kleinen Kanal, konnte man einen Kirchturm erkennen. Ein kleines Dorfzentrum lag wohl direkt in der Nähe des Anwesens.

»Sollen wir später am Strand spazieren gehen, Schatz?«
»Klar, wir könnten das mit der Entdeckungsreise durch die Ferienhäuser verbinden, was meinst du?«

»Wie spät ist es denn?«

»Liebes, wir haben schon halb fünf Uhr nachmittags. Die Sonne ist zwar noch lange hell, aber der Weg zum Strand ist weit und die Cocktailbar an der Promenade ist eine Wucht.«

»Glaubst du, wir finden das Auto?«

»Ich hoffe, nicht, weil dann dieser Irre nicht weit weg sein sollte. Hoffentlich hat der bemerkt, dass niemand im Haus ist, und denkt, jetzt wir wären wieder nach Hause gefahren.«

»Ach, Schatz, ich habe echt gedacht, wir würden in Holland etwas abschalten können. Sieh uns doch an, ich finde, die Situation verschlechtert sich nur noch. Müssen wir uns nicht auch noch bei den holländischen Kriminalbeamten melden? Du hast doch eine Telefonnummer von Herrn Peters bekommen?«

»Ja, richtig! Ich werde da gleich anrufen. Aber was soll ich nur sagen?«

»Was meinst du?«

»Soll ich den Polizeibeamten erzählen, dass wir bei der Hinfahrt Besuch bekommen hatten? Glaubst du, dass Herr Peters den Beamten alle Details erklärt hat?«

»Ich befürchte, nicht! Lass es einfach bleiben, ich muss dir übrigens auch noch danken!«

»Wofür denn?«

»Dafür, dass du unser Leben gerettet hast. Du bist der schärfste Rennfahrer, mit dem ich jemals zusammen gewesen bin.« Susanne lächelte verstohlen.

»Du meinst wohl, der einzige!«

»Ach, Schatz, entspann dich. Ich werde dir heute Abend schon zeigen, was ich damit meine. Unser Zimmer ist immerhin das einzige, was zum Garten gelegen ist.«

Diese Blicke waren eindeutig, Alex hatte mal wieder eine lange Nacht vor sich.

Aber jetzt zurück ins Präsidium. Der Tag der beiden Kriminalbeamten Peters und Sander begann mal wieder später als geplant. Freitage sind zumeist überflüssig, auf jeden Fall, wenn man am Donnerstagabend schon begonnen hatte zu feiern. Das Wochenende war längst schon eingeleitet, wenn da nicht ein paar wichtige Verhöre auf dem Plan gestanden hätten. Sander schaffte es vor 10:00 Uhr morgens, seinen Platz einzunehmen. Hauptkommissar Peters durchbrach diese Schallmauer und platzte gegen 10:20 Uhr in das Büro. Ein Frischling und eine Bürokraft des Chefs standen am Kopierer direkt gegenüber den Kriminalbeamten. Sie stierten zu den Beamten hinüber. Peters trat, ohne sie auch nur eines Blickes zu würdigen, die

Tür zu. Die Türe schepperte laut, was die Sekretärin schrecklich zusammenzucken ließ.

»Du Drecksack hast mich gestern mit diesen dummen Nutten alleine gelassen. Die hässliche große hat mir ihre gesamte Lebensgeschichte erzählt, bis ich bemerkt habe, dass du mich mit der Rechnung sitzen gelassen hast.«

»Was? Ich habe bezahlt und dachte, für dein Ego wäre die Unterredung mit diesen Schönheiten hilfreich!«

»Ja, ja, wollte dich nur ärgern! Die zwei Mäuse waren echt nett.«

Sander fing jetzt an zu lachen, Peters konnte sich auch nicht mehr zusammenreißen. Die Kollegen vor der Türe hingegen verstanden nichts mehr. Diese beiden Beamten sind nicht normal, das stand jetzt fest.

»Wir müssen unbedingt den Vorstand der Reuters KG besuchen. Hast du die Adressen vom Komplementär und seinem Kommanditisten noch?«, fragte Sander.

»Ja klar, die Akte liegt da hinten. Die meisten Familienmitglieder wohnen in Leichlingen, einem kleinen Ort an der Wupper.«

»Ich gehe nicht davon aus, dass auf einen der Familienangehörigen ein alter, roter Saab gemeldet ist, oder?«

»Nein, Chef, ich konnte da nichts finden.«

»Hat die Spurensicherung schon ihren Bericht fertig? Was ist mit dem Beweismaterial?«

»Mach mal locker! Ich bin zwar früher als du hier gewesen,

ich habe aber denselben Kater von gestern! Also, die Spurensicherung konnte identische DNA-Spuren in den verborgenen Zimmern in Haus Fühlingen sichern, wie auch an den Tatorten. Mehr noch, sie konnten sogar eine weitere DNA-Spur identifizieren. Leider sind beide Personen nicht als Straftäter gemeldet, mit dem PKW hast du natürlich Recht, keine Spur.«

»Wir fahren zuerst zum Komplementär und Vollhafter der Kommanditgesellschaft. Es ist ein Dr. Konzen, wohnhaft in Leichlingen. Der Kommanditist ist ein Helmut Reuters. Der wird auch Namensgeber sowie Know-how-Träger dieser Unternehmung sein. Anscheinend ist Herr Konzen nur ein weiterer Investor bei diesem Unternehmen gewesen. Was mit dem Überschuss einer Kommanditgesellschaft passiert, entscheidet der Komplementär alleine, ist ja auch nur logisch.«

»Also erntet Dr. Konzen schon Jahre die Früchte von der Investition des Großgrundbesitzers Köhler.«

»Richtig! Wieso ist uns das bis jetzt nicht aufgefallen?«

»Vergiss es, wenn wir den Täter haben, fragt da kein Mensch mehr nach.«

Die beiden Beamten packten ihre Papiere ein und verließen das Präsidium in Richtung Leichlingen – Bergisches Land. Das Bergische Land beginnt umgehend ab dem Leverkusener Norden, wobei man einige Stadtteile schon zu dieser Region zählen könnte. Umgeben vom Rheinland und dem Ruhrgebiet stellt es eine echte Oase zwischen der Schwerindustrie dar. Kleine Hügel und enorm viele Fachwerkhäuschen geben der Region ein Flair, das leicht mit Teilen von Österreich verwechselt werden könnte. Von der Kölner Innenstadt aus sind es nur gut fünfundvierzig Minuten, bis man die »Blütenstadt Leichlingen« erreicht. Die Wupper schlängelt sich breit wie der Amazonas durch die schroffe Gegend. Das Haus der Konzens lag direkt an einem Hang, gute zehn Meter oberhalb des Flusslaufes. Um das Felsmassiv mit eigenem Sonnengarten standen keine weiteren Häuser. Von der Straße aus schützte eine hohe Steinmauer die Industriellenfamilie vor allen Einflüssen der Außenwelt. Als sich die beiden Beamten dem Tor der Einfahrt näherten, bemerkten sie, dass die Einfahrt von mehreren Kameras überwacht wurde. Es dauerte nur wenige Sekunden, bis eine ältere Dame auf ihr Schellen reagierte.

»Ja, bitte? Wer ist denn da?«

»Kommissar Sander und Hauptkommissar Peters! Wir würden gerne Herrn Konzen sprechen.«

»Worum geht es denn?«

»Um einen seiner Geschäftspartner, das würden wir ihn aber gerne selber fragen.«

»Natürlich, aber könnten Sie vorher Ihre Ausweise in das Sichtfeld der Kamera halten? Warum, kann ich Ihnen dann ebenfalls im Haus erklären.«

Die Kommissare folgten der Anweisung und das Tor öffnete sich in einem Bruchteil von Sekunden. Der Weg war nur kurz, aber gesäumt von aufwendig geschnittenen Sträuchern und Büschen. Die Dame war Mitte sechzig Jahre alt, sie begrüßte die Beamten höflich, aber sehr zurückhaltend.

»Guten Tag, die Herren. Ich bin Frau Konzen, mein Mann

ist heute nicht gut auf den Beinen. Er ist zur Zeit stark geschwächt, aber sein Verstand ist völlig klar. Wenn Sie möchten, stelle ich Sie vor.«

»Frau Konzen, das wäre super. Sie haben ein wirklich schönes Anwesen.«

»Oh, ich danke Ihnen. Das Anwesen haben mein Mann und ich von seinen Eltern geerbt. Mein Schwiegervater hat uns alles hinterlassen. Mein Mann ist Jurist und war in mehreren größeren Unternehmen im Aufsichtsrat beschäftigt.«

»Und er ist Komplementär einer großen Kommanditgesellschaft, nicht zu vergessen.« Peters grinste und wartete die Reaktion von Frau Konzen ab.

Frau Konzen verzog keine Miene und antwortete trocken. »Das ist ganz richtig, Herr Peters. Die Anteile der Reuters KG haben wir ebenfalls geerbt. Bitte folgen Sie mir, das Zimmer von meinem Mann ist direkt den Gang hinunter.«

Der Herr des Hauses lag mitten auf einem riesigen Himmelbett. Er trug einen edlen Bademantel und darunter ein bis nach oben zugeknöpftes altweißes Hemd. Gegenüber dem Himmelbett war ein gut siebzig Zoll großer Bildschirm installiert. Auf diesem Bildschirm liefen aktuelle Börsennachrichten und auf mehreren kleinen Fenstern konnte man Kursverläufe einzelner Aktienwerte verfolgen. Der Mann konnte es anscheinend nicht lassen.

»Guten Tag, meine Herren, entschuldigen Sie, Geld verdienen macht süchtig und ich bin ein Abhängiger.

Ferdinand Konzen, freut mich. Wie kann ich Ihnen helfen? Ich glaube, ich habe in nächster Zeit nichts vor.« Der geschwächte Erbe eines Imperiums grinste freundlich und lehnte sich entspannt zurück.

»Guten Tag, Herr Konzen, ich bin Hauptkommissar Peters und das ist Kommissar Sander. Wir ermitteln zur Zeit in einem Mordfall, der einen Ihrer Teilhaber der Reuters KG betrifft.«

»Was sagen Sie da, ist Helmut etwas passiert? Ich habe gestern noch mit ihm telefoniert, er hat sich recht lebendig angehört.«

»Um was ging es denn, wenn wir fragen dürfen?«

»Ach, wie immer! Der Wohltäter wollte wieder mal eine unsinnige Erfolgsprämie für unsere Belegschaft einführen. Können Sie sich so etwas vorstellen? Der will unsere Gewinne mit den Angestellten teilen, das wäre so, wie wenn man der Kuh, die man melkt, einen Teil der Milch wieder zu trinken gibt. Die Reuters KG zahlt übertarifliche Löhne, ist das nicht genug? So etwas kann nur einem Ingenieur einfallen. Helmut ist wie sein Vater, der hatte auch tolle Ideen, aber kein Geld dafür.«

»Herr Konzen, bitte beruhigen Sie sich! Wir sind nicht an den gewerkschaftlichen Belangen von Herrn Reuters interessiert, es geht vielmehr um einen weiteren Geldgeber.«

»Was, einen weiteren Geldgeber? Ich habe alles von meinem Vater geerbt, wen meinen Sie denn?«

»Ich glaube, Sie wissen, wen wir meinen.«

Dr. Konzen konnte seinen abwertenden Gesichtsausdruck und ein kleines Grinsen nicht verbergen. »Sind Sie vom Mossad, meine Herren, oder sollte ich jetzt besser meinen Anwalt anrufen? Glauben Sie mir, mein Anwalt wird Ihr kleinstes Problem werden. Sie können ja der Staatsanwaltschaft einen schönen Gruß von mir bestellen. Ich habe einige Zeit als Berater fungiert. Hat Ihnen meine Frau nicht erklärt, dass ich Jurist oder gelernter Rechtswissenschaftler bin?«

»Bitte entschuldigen Sie, Herr Konzen, aber wir wollten Sie nicht beleidigen oder beschuldigen. Es geht, wie Sie schon bemerkt haben, um den Großgrundbesitzer Köhler, der den größten Teil des Startkapitals Ihrer Reuters KG lieferte.«

»Die Familie Köhler hat die Wirren des Zweiten Weltkrieges nicht überlebt. Falls Sie Bedenken an der Rechtmäßigkeit meiner Firmenführung haben, kann ich Ihnen die Rechtslage gerne datiert erklären.«

»Nein danke, es geht nicht um die damalige Rechtslage. Was wäre, wenn ein Erbe der Köhlers auftauchen würde? Was, wenn Anna Maria Köhler am Leben wäre und sie sich ihr Leben lang vor dem Mörder ihres Vaters verstecken musste?«

»Ihr Vater wurde von einem aufgebrachten Mob Zwangsarbeitern umgebracht. Wer dieser armen Teufel sollte etwas Böses gegen das kleine Mädchen gehabt haben? Ich glaube, Sie verschwenden meine Zeit.«

»Kein Zwangsarbeiter, sondern der Nazirichter, welcher das erste Todesurteil unterschrieben hat. Die junge Anna

Köhler scheint den Mord ihres Geliebten live mit angesehen zu haben. Der Nazirichter soll mit einer P08 Luger nachgeholfen haben. Nach der Strangulation des Zivilarbeiters schoss er diesem jungen Polen in den Kopf. Anna stand kurz vor der Befreiung Kölns an ihrem Fenster und musste das Treiben im fahlen Licht des Mondes ansehen. Kannten Sie das Mädchen oder Herrn Kilian?«

»Nein! Ich halte auch nichts von Ammenmärchen. Anna Maria Köhler flüchtete nach dem Mord an ihrem Vater zu Verwandten in die Innenstadt, wo sie dann im Bombenhagel umkam.«

» Genau das ist falsch. Wir haben von ihrer Geburtsurkunde bis zu ihrem falschen Ausweis aus den 50er Jahren alles, was eine eindeutige Identifizierung zulässt.«

»Was! Das ist ja unglaublich! Kann ich mit ihr sprechen? Mein Vater redete von der Familie Köhler immer in den höchsten Tönen. Er war Zeit seines Lebens schwer beeindruckt von der Familie und ihrem Vermögen. Glauben Sie mir, ich habe mein Geld für dieses Leben verdient. Ein Köhler-Erbe stellt keinen Grund für mich dar, nervös zu werden.«

»Da sind wir ja beruhigt. Immerhin sind gerade fast alle Nachkommen grausam ermordet worden. Ich glaube, Sie sollten Ihre Anwälte mal konsultieren und den Staatsanwalt auf einen Drink einladen. Dass Sie nicht direkt als Täter in Frage kommen, ist uns klar, aber könnte Herr Reuters vielleicht ein Interesse an dem Ableben eines Erben haben?«

»Ich wüsste nicht, was Herr Reuters damit zu tun hat. Es

kann ihm ja völlig egal sein, wer sein Chef ist.«

»Ihre Frau erzählte uns, dass Sie und Ihre Familie lange Zeit bedroht wurden.«

»Ja, es hat da einige Drohungen per Telefon gegeben. Ein Einbruch und mehrere Attacken mit einem Auto folgten. Ich bin dabei angefahren worden.«

»Wann ist das gewesen?«

»Vor einem Jahr ungefähr. Das ist alles polizeilich aufgenommen worden, Sie können sich die Akte bestimmt aushändigen lassen. Meinen Sie, dass meine Frau und ich in Gefahr sind?«

»Das können wir Ihnen momentan noch nicht sagen. In dieser Festung sind Sie auf jeden Fall erst einmal sicher. Könnte Sie damals ein roter Saab angefahren haben?«

Herr Konzen fing an zu lachen und drehte sich zu seiner Frau, die jetzt an der Tür stand. »Was reden Sie denn da? Sie meinen doch nicht, dass mein eigener Schwiegersohn mich umbringen möchte. Er sieht zwar etwas schroff aus und hört grässliche Musik, aber ein Mörder ist er bestimmt nicht.«

» Herr Konzen, könnten Sie uns den Namen Ihrer Tochter, Ihres Schwiegersohns und dessen Adresse geben?«

» Sicher, sein Name ist Emre Toprak und er wohnt in Vaals, das liegt in Holland.«

»Wohnt Ihre Tochter bei ihm?«

»Nein, meine Tochter studiert und wohnt alleine. Meine

Frau kann Ihnen alles geben, was wir über ihn wissen. Dieser Typ war mir noch nie geheuer! Schatz, bitte gehe mit den Herren in mein Arbeitszimmer und sieh die Adresse in meinem Adressbuch nach. Hauptkommissar Peters, könnten Sie mich bitte genauestens informieren, sobald Sie etwas herausgefunden haben? Glauben Sie mir, ich werde Sie so gut unterstützen, wie ich nur kann. Bitte beschützen Sie meine Tochter.«

»Ferdinand, reg dich nicht auf, ich werde den Kommissaren alles geben, was sie benötigen, und jetzt leg dich etwas hin. Du siehst sehr müde aus.«

Frau Konzen war ebenso beunruhigt wie ihr Mann. Sie bemühte sich so viele Informationen wie möglich für die Beamten zu generieren. Sie fand sogar ein Foto, auf dem das Nummernschild des roten Wagens zu erkennen war. Sander und Peters hatten unterdessen fürs Erste genug von dem seltsamen Pärchen. Die Ermittlungen hatten jetzt das erste Mal Hand und Fuß. Eine direkte Spur, mit Motiv und Tatverdächtigem. Die Angaben mussten natürlich noch überprüft werden. Helmut Reuters hingegen konnte bei dieser Sachlage getrost von der Liste der möglichen Tatverdächtigen gestrichen werden. Sander telefonierte und Peters kümmerte sich etwas um Frau Konzen. Sie hinterließen ihre Karte und machten sich auf den Weg zurück ins Präsidium. In der Zeit, die sie für die Fahrt durch Leverkusen und halb Köln benötigten, konnten ihre Kollegen im Präsidium die Zulassung des Saabs überprüfen. Das polizeiliche Führungszeugnis von Emre Toprak forderte Sander ebenfalls an.

»Hättest du das gedacht, dieser Typ hat bestimmt einen Haufen Vorstrafen, da würde ich drauf wetten«, sagte

Sander.

»Schließ nicht von seiner Kleidung auf seinen Charakter! Das kann auch wieder eine Sackgasse sein. Hast du ein Foto von diesem Emre bekommen?«

»Ich habe drei Fotos mit meinem Smartphone abgelichtet. Wir sollten herausfinden, wo der Typ sich gerade aufhält und ob Fräulein Schneider ihn identifizieren kann.«

»Ich befürchte, wir sollten uns die Konzen-Familie mal genauer ansehen. Bei diesen Erbgeschichten könnten wir auf eine Reihe von Tatverdächtigen kommen. Herr Konzen hat seine Anteile an der Reuters KG geerbt, ist er wirklich alleiniger Erbe gewesen? Hatte er keine Geschwister? Auf uns wartet viel Arbeit im Präsidium.«

»Da hast du Recht!«

Die beiden Beamten fuhren mit ihrem alten Mondeo Richtung A3, sie kamen an einem kleinen Imbiss vorbei und hielten kurz an. Der Kater vom Vortag verflog so langsam und eine solide Grundlage für den heutigen Abend fehlte wohl noch. Sie unterhielten sich über mögliche Motive und die gerade erworbenen Eindrücke. Diese Familie schien den Köhlers in fast nichts nachzustehen. Das enorme Vermögen war kaum zu übersehen. Individualität und Kreativität waren ein Privileg, welches schwere Opfer forderte. Die Aussicht auf viel Geld sollte alle Hemmungen verfliegen lassen. Was, wenn das junge Pärchen Herrn Konzen nach dem Leben trachtete und von Susannes Erbe Wind bekommen hatte?

»Chef, lass uns aufbrechen, wir müssen uns die Ergebnisse der Kollegen ansehen. Vielleicht hat dieser Emre

Vorstrafen, seine Akte interessiert mich sehr!«

»Sander, ich glaube dieser Typ ist nur ein Werkzeug für bestimmte Straftaten. Diese reichen Schnösel haben nicht die Eier für solche Aktionen. Wir müssen herausfinden, wer der Kopf dieses Clans sein kann?«

»Da könntest du Recht haben.«

Sie fuhren weiter und waren nach gut einer halben Stunde wieder im Präsidium. Die Akten lagen schon bereit, sie machten sich umgehend ans Werk. Nach einer Stunde wurde der Fall immer klarer. Emre Toprak war über die Stadtgrenze bekannt, er gehörte einem nicht nur im Rotlichtmilieu bekannten Motorrad-Club an. Ferdinand Konzen hatte einen jüngeren Bruder, der im Fall seines Ablebens die Geschäfte der Firma führen sollte.

Anscheinend hat Anton Konzen nie geheiratet oder Nachkommen produziert. Nach seinem Ableben sollten alle Firmenanteile wieder zu Ferdinands Tochter übergehen.

»Überlege doch mal! Was wäre, wenn das Gangsterpärchen und sein geliebter Onkel sich gegen den eigenen Vater verbündet hätten? Das Mordkomplott steht und plötzlich taucht ein Erbe aus der Vergangenheit auf. Mit den Köhlers haben die bestimmt nicht gerechnet«, sagte Peters.

»Richtig, sie räumen erst einmal Susannes Vater aus dem Weg und kümmern sich dann seelenruhig um die Oma. Hätte auch fast funktioniert.«

»Wir müssen diese drei Personen vorladen und ihre Alibis überprüfen.«

»Der Onkel wohnt in Köln-Westhoven, einem kleinen

Stadtteil, zehn Fahrminuten vom Präsidium entfernt. Lass uns mal zu ihm fahren.«

»Klar, können wir machen. Ich rufe noch kurz Fräulein Konzen an. Ich bin mal gespannt, wann sie uns mit ihrer Anwesenheit beglücken könnte. Herrn Toprak werde ich von den holländischen Kollegen befragen lassen, das verleiht dem Ganzen etwas mehr Druck.«

Kaum waren die Beamten im Präsidium, da fuhren sie auch schon wieder los. Sie waren heute super engagiert und anscheinend an einer Aufklärung des Falls sehr interessiert.

»Fräulein Konzen ist in Holland bei ihrem Lover und sie weigert sich vor Sonntagabend nach Köln zu reisen. Sie würde gerne vorher mit ihren Eltern darüber reden. Wir regeln das mit den holländischen Kollegen vor Ort. Ich kümmere mich darum, sobald wir wieder zurück sind.«

Als sie nach wenigen Minuten an jener Adresse in Westhoven vorfuhren, staunten sie nicht schlecht. Sie standen vor einem runtergekommenen Mehrfamilienhaus, anscheinend sozialer Wohnungsbau der 60er. Das Vermögen der Konzens war anscheinend sehr einseitig verteilt. Sie inspizierten den Hauseingang und fanden direkt eine Taste der Sprechanlage mit der Aufschrift Konzen. Es meldete sich sofort ein älterer Herr, der ihnen öffnete.

»Sie müssen in den zweiten Stock, meine Herren.«

Die Kommissare stapften die Treppen hinauf und konnten dabei viele interessante Sprüche an den beschmierten Wänden lesen. Sozialer Wohnungsbau war kein Ausdruck für dieses Drecklog. An diesem verwahrlosten Ort war überhaupt nichts sozial. Ihnen kam ein nach kaltem Rauch stinkender Typ in Jogginghose und Badelatschen entgegen. Er sah seltsam aus und rempelte Hauptkommissar Peters an.

»Pass auf, wo du hinläufst, du Schnösel!«, rief der Bewohner.

»Fahren Sie gerne Streifenwagen?«

»Was geht Sie das an?«

»Ich könnte einem Kollegen Bescheid sagen und Sie machen sich direkt auf den Weg ins Präsidium. Haben Sie noch Fragen? Wo bleibt Ihre Entschuldigung?«

»Ach, Entschuldigung!«

Wenige Schritte später hallte ein lauter Ruf durch das Treppenhaus, »Scheiß Bullenschwein!«

Diese Verabschiedung war in der zweiten Etage wohl gut zu hören. Herr Konzen erwartete die Beamten mit einem Lächeln.

»Tut mir leid, die meisten Nachbarn in dieser Bruchbude sind Arschlöcher. Kommen Sie herein, was kann ich für Sie tun?«

»Herr Konzen, haben Sie einen Bruder, der Ferdinand heißt?«

»Ja sicher! Der feine Herr Vorstandsvorsitzende der Reuters Getriebewerke. Wieso? Ist er vielleicht verstorben?«

»Nein, wie kommen Sie darauf?«

»Schade, ich wünsche ihm mein halbes Leben schon die Pest an den Hals. Dieser Geldhai hat alles geerbt und mir gönnt er nicht einmal den Dreck unter den Nägeln. Sehen Sie meine Behausung an, ich bin Rentner und kann mir nicht einmal eine Wohnung in einem ordentlichen Stadtteil leisten. Ich habe mein Leben lang als Buchhalter für unser Unternehmen gearbeitet, das soll jetzt der Dank sein?«

»Als Buchhalter eines so renommierten Unternehmens haben Sie eine derart kleine Rente?«

»Natürlich nicht, ich bin zum Ende meines Berufslebens in finanzielle Schwierigkeiten geraten. Völlig irrelevant, wenn man bedenkt, aus welchem Hause ich abstamme. Das dachte ich zumindest mal, mein Bruder sitzt auf seinem Geld wie ein Geier.«

»Haben Sie Kontakt zu Ihrer Nichte?«

»Nein, ich habe sie seit Jahren nicht mehr gesehen.«

»Kennen Sie die Familie Köhler, auf deren Besitz und mit deren Geld Ihre Firma gebaut wurde?«

»Ja, ich kenne die Geschichten von früher. Der alte Großgrundbesitzer ist damals von seinen eigenen Zwangsarbeitern umgebracht worden. Niemand kann sich seinen Schwiegersohn aussuchen, das musste mein Bruder auch feststellen. Das geschieht ihm zu Recht, das sage ich Ihnen!«

»Woher wissen Sie das? Haben Sie nicht gesagt, Sie hätten keinen Kontakt zu Ihrer Familie?«

»Ach so, ja natürlich. Ich meinte das eben nicht ganz so.

Ich sehe meine Nichte sehr selten, aber meine Schwägerin ruft mich manchmal an. Sie ist eine höchst achtenswerte Frau mit Prinzipien und Charakter. Mein Bruder hat dieses liebenswürdige Wesen nicht verdient. Dürfte ich erfahren, warum Sie mich so zu meiner Nichte ausfragen?«

»Es ist ein Erbe der Familie Köhler aufgetaucht. Die verschollene Tochter des Gutsherren hat sich kurz vor ihrem Tod zu erkennen gegeben. Ich befürchte, dass ihr Bruder in Kürze seine Gewinne teilen oder zum Großteil abgeben muss.«

»Ich gönne es ihm von Herzen, darf ich ihm vielleicht diese Botschaft überbringen?«

»Das haben wir schon.«

»Wie hat er reagiert? Ich hätte so gerne seinen Gesichtsausdruck gesehen!«

»Er hat sehr gelassen reagiert, fast gleichgültig.«

»Fassade, alles nur Fassade! Aber wieso befassen sich zwei Kommissare mit so einer lästigen Erbangelegenheit?«

»Sie haben uns erwischt! Wir sind von der Mordkommission und untersuchen zwei Morde, die mit dieser Erbschaft der Köhlers zusammenhängen.«

»Was reden Sie da?«

»Frau Köhler und ihr Sohn wurden bestialisch ermordet und wir suchen seit gut zwei Wochen nach jemandem, der ein Motiv dafür hätte.«

»Sie glauben, dass ich etwas damit zu tun haben könnte?«

»Richtig! Sie warten seit langem darauf, dass Ihr Bruder stirbt und Ihnen die Firma überlässt. Jetzt taucht ein Köhler-Erbe auf und Sie drehen durch. Alle Ihre Wünsche hätten in Erfüllung gehen können, und dann so etwas. Sagen Sie uns einfach die Wahrheit, haben Sie ein Alibi für die Mordnächte?«

Der bis jetzt sehr gelassene ältere Herr platzte jetzt regelrecht. Er war sehr groß gewachsen und nahm sich zuerst Hauptkommissar Peters vor. Peters konnte soeben seiner Linken ausweichen, als ihn dann ein trockene rechte Gerade traf. Sander versuchte einzugreifen, er bekam einen Schwinger auf den Sodaplexus und sah jetzt ebenfalls Sterne. Anton Konzen flüchtete über das Treppenhaus und ließ die beiden Beamten hinter sich. Sander war völlig weggetreten und lag zusammengesackt auf dem Linoleumboden im Flur der Wohnung. Peters rappelte sich hoch und nahm die Verfolgung auf. Auf der Straße angekommen, war nichts mehr von Onkel Anton zu sehen. Sie bemerkten später, dass man über das Treppenhaus zum Parkdeck gelangte, dessen Ausfahrt in eine andere Straße führte. Nachdem Peters dies registrierte, ging er wieder in den zweiten Stock, um nach seinem Partner zu sehen. Sander kam gerade aus dem Bad, er trocknete sich seinen frisch geduschten Kopf ab.

»Toll, der Hauptverdächtige flieht und du gehst duschen.«

»Oh, vielen Dank für den dummen Spruch! Ich bin ohnmächtig gewesen. Danke für deine Hilfe und das Liegenlassen!«

»Uns hat gerade ein Rentner außer Gefecht gesetzt, ist dir

das eigentlich bewusst! Nichts davon wird in unseren Bericht geschrieben! Er hat uns ausgesperrt und konnte über das Treppenhaus fliehen! Ist das klar!«

»Klar!«

Die Beamten inspizierten jetzt die Wohnung des dringend Tatverdächtigen. Sie bahnten sich den Weg durch die stark verschmutzte Wohnung, deren Möblierung gut und gerne vom Sperrmüll sein konnte. Überall Plunder und Kitsch. Der Wert der gesamten Behausung schien gegenläufig der Kosten einer Entrümpelung zu sein. Nichts von Wert, aber vieles passte gut ins Bild. Auf dem Wohnzimmertisch lag ein Fotoapparat, daneben stand ein fast nostalgisch anmutender Laptop, mit dem dazugehörigen Datenkabel für die Kamera. Im Flur standen Wanderstiefel mit viel Laub und Dreck dran. Die Küche war unaufgeräumt und versehen mit martialisch anmutenden Fleischerwerkzeugen. Der Verdächtige ist geflohen, das sollte für eine genauere Durchsuchung genügen. Die Spurensicherung wurde umgehend informiert.

»Lass uns eine Streife informieren, die das Gelände sichert. Sobald die Kollegen angekommen sind können wir weiter. Bitte schick auch direkt eine Fahndung nach Onkel Anton raus. Ich könnte wetten, dass er sich ins Ausland absetzen will«, sagte Peters.

Sander legte sofort los, er benachrichtigte die Spurensicherung, eine Streife und veranlasste eine landesweite Fahndung, während sich Peters weiter die Wohnung ansah. Es dauerte gute fünf Minuten, bis der gestresste Kommissar sein letztes Telefonat beendete. Er setzte sich völlig gestresst in den großen Ohrensessel im Wohnzimmer, als er zufällig in den Zeitungskorb schaute.

»Hey Chef, hast du dir das mal angesehen?«

»Was denn? Läuft heute Abend etwas Interessantes im Fernsehen oder willst du mir einen Film empfehlen?«

»Nein!«

»Das hätte ich auch nicht gedacht, da läuft sowieso nur Schrott, wie immer.«

»In diesem Korb liegt gar keine TV-Zeitschrift, das sind alles Fachzeitschriften. Einige medizinische, einige chemische und eine Menge Waffen- oder Jagdzeitschriften.«

»Interessant, in der Küche liegen mehrere rechts angehauchte Tageszeitungen. Der Mann ist gebildet, aber er bleibt für mich ein Idiot.«

»Ganz richtig, dieser Mann scheint viele Probleme zu haben. Er ist total unglücklich mit seiner Situation und scheint dies nur mit Gewalt lösen zu wollen. Leider ist er schlau genug gewesen seinen widerlichen Plan fast fehlerfrei umzusetzen.«

»Das werden wir jetzt ändern, dieser Spinner ist jetzt aufgeflogen und was diese Nichte mit den Morden zu tun hat, werden wir noch herausfinden.«

Es schellte an der Tür, zwei Streifenbeamte übernahmen die Wache und die Kommissare konnten weiter. Die holländischen Kollegen waren nicht sehr angetan von der Bitte, einen gewalttätigen Rocker und seine Freundin zu verhören. In der Rockerszene gibt es so einige Gestalten, die leicht ausrasteten. Diese unberechenbaren Typen sind oft völlig zugedröhnt, obwohl sie auf den ersten Blick einen soliden Eindruck hinterlassen. Chemische Drogen, die es beim Konsum zulassen ein Fahrzeug oder Motorrad zu bedienen, sind in dieser Szene schwer angesagt. Tickende Zeitbomben, die nur auf eine Konfrontation warten, sind das Resultat. Das kleine Städtchen Vaals lag direkt im deutsch-holländischen Grenzgebiet. Da es sich um einen direkten Verdächtigen bei einem Tötungsdelikt handelte, wurde der Haftbefehl umgehend vollstreckt. Die Holländer machten sich sofort auf den Weg ins Grenzgebiet, um den Verdächtigen zu befragen. Leider standen sie in Vaals vor verschlossene Türen. Der dringend Tatverdächtige sei seit über einer Woche nicht mehr zu Hause gewesen, berichtete der Hausmeister bereitwillig. Wo der sich herumtreibt, wisse er aber nicht, er erzählte den Beamten von langen Ausfahrten mit diesem Motorrad-Club. Einer geregelten Arbeit würde er auch nicht nachgehen, sagte der höchst gesprächige Hausmeister noch. Ein europäischer Haftbefehl, der im gesamten Gebiet der Union gilt, war die Folge. Die Grenzen wurden für diesen markant aussehenden Rocker jetzt dichtgemacht und das galt auch für Onkel Anton, da er sich der Befragung widersetzt hatte. Fräulein Konzen hingegen ließen die Beamten fürs Erste gewähren. Nachdem der Stress mit den Ämtern erledigt war, fiel den Beamten noch eine wichtige Sache ins Auge.

»Chef, hast du heute eigentlich mal mit Fräulein Schneider oder Köhler gesprochen? Ich glaube, wir sollten sie informieren!«

»Du hast vollkommen Recht, die einzige Chance, an Geld zu gelangen, geht jetzt nur über ihre Leiche. Ich würde das aber nicht so grausam ausdrücken.«

»Also kann ich da wieder anrufen. Toll, danke, Chef!«

»Mit dir kann sie besser sprechen als mit mir.«

»Ausreden, alles nur Ausreden. Du bist doch schon wieder im Internet und schaust dir den kommenden Spieltag der Bundesliga an. Wie stehen denn die Quoten, Bock zu wetten?«

»Halt dich da raus, du bringst einem sowieso nur Unglück, und jetzt an die Arbeit. Ich werde unterdessen nochmal mit Herrn Ferdinand Konzen sprechen und ihn über seinen Bruder informieren. Ich kann mir nicht vorstellen, dass er nicht über das Wesen seines Bruders Bescheid weiß. Vor der Verbitterung und dem Hass, der ihm entgegenschlägt, sollte er jedoch gewarnt werden.«

Peters hielt sich nicht weiter mit den Fußballwetten auf und schritt zur Tat über. Er rief Ferdinand Konzen an und erläuterte ihm die Situation. Ferdinand hingegen erzählte von Schwarzgeldkassen seines korrupten Bruders und der krankhaften Spielsucht, die ihn quälte. Er hätte die Firma in den Ruin getrieben, als Strafe wurde er von allen Ämtern entlassen. Ohne Einkommen konnte er seiner Sucht auch nicht nachkommen.

»Anton ist für den Rest seines Lebens von der Spielsucht und den ewigen Lügen befreit.«

Der Kommissar reagierte auf diese Antwort sehr gefasst.

»Haben Sie sich schon mal überlegt, zu was Ihr Bruder im Stande wäre?«

»Sie meinen, ob er mir und meiner Familie etwas antun würde?«

»Könnte Ihr Bruder ein absolut berechnender, kaltblütiger Mörder sein?«

»Ich glaube, ja.«

»Was, sind Sie sicher? Wissen Sie, was Ihre Aussage für ein Gewicht vor dem Staatsanwalt haben könnte? Wieso sind Sie so sicher, dass er hinter den Straftaten stehen könnte?«

»Er hat mich vor einem Jahr angegriffen. Ich habe es meiner Frau nie erzählt, aber ich werde immer gebrechlicher und habe Angst vor ihm. Er hat mich damals mit einem Messer gejagt, ich konnte es ihm aus der Hand reißen. Danach habe ich ihm den linken Daumen mit einem Ziegelstein gebrochen. In seiner Krankenakte sollte das genau vermerkt sein.«

»Wieso sind Sie nicht zur Polizei gegangen?«

»Er tat mir leid, aber ich wollte ihn auch weiter auf meine Weise quälen. Der Geldentzug und die schlechten Lebensumstände im Sozialbau sollten als Strafe reichen. Ich habe ihm immerhin auch den Daumen gebrochen, ich hatte Schuldgefühle.«

»Die Verzweiflung scheint ihn rasend vor Wut gemacht zu haben. Wir benötigen unbedingt eine Blutprobe von Ihnen. Die Spurensicherung würde Ihre Probe sehr gerne mit einer Probe aus der Wohnung Ihres Bruders vergleichen. Ich habe persönlich seinen Rasierer sichergestellt.«

»Nur zu, Sie wissen ja, wo Sie mich finden.«

»Ich schicke Ihnen gleich jemanden von der Spurensicherung vorbei, wenn Sie nichts dagegen haben.«

»Sehr gerne! Alles was Sie in diesem Fall weiterbringt, hilft mir auch.«

Sander hatte nicht so viel Glück, er versuchte jetzt schon das dritte Mal eine Verbindung mit Fräulein Schneider aufzubauen. Vergeblich! Sie schien ihr Mobiltelefon nicht eingeschaltet zu haben. Ihr Freund ging auch nicht an sein Handy. Der Beamte wurde jetzt etwas nervös, er redete auf Alex' Mailbox und bat um Rückruf. Ohne den Anlass durchklingen zu lassen, könnte der Rückruf auf sich warten lassen. Panik wird das Letzte sein, was die Gruppe Jugendlicher jetzt gebrauchen konnte. Dabei schaute Sander kurz in die Ermittlungsakte des ersten Mordes.

»Das kann doch nicht wahr sein! Scheiße! Chef, schau mal!«

»Was denn? Ich habe zu tun!«

Die Beamten konnten ihren Augen nicht trauen, als sie die Personalien der Zeugen durchsahen, die am Fundort von Jamila K. aufgenommen wurden. Klar, da standen die Namen der üblichen Verdächtigen. Alexander Schäfer, Susanne Schneider, Nicole und auch eine Gabriele Konzen. Der Name war ihnen nie aufgefallen, Gabi Konzen studiert an der Uni Aachen und ihr Freund wohnt in Vaals, dem ersten Ort nach der Grenze. Hätten die Beamten besser recherchiert, hätte ihnen der Zusammenhang auffallen sollen. Diese Zufälle sind meistens Spuren, die eine oder mehrere Personen verdächtig machen. Betrachtet man manche Zusammenhänge dann tiefer, lassen sich klare

Schlüsse ziehen. Es war ihnen die ganze Zeit nicht aufgefallen.

»Ist die jetzt auch bei den Jugendlichen im Ferienpark, in Nordholland? Die wollten doch mit ein paar Freunden dorthin fahren.«

»Ja, richtig! Ich glaube, ich habe schon einmal neben ihr gestanden. Ich glaube, sie ist am Donnerstagabend mit den anderen Studenten im Penthaus gewesen. Sie haben mir die Bilder von den verborgenen Räumen im Haus Fühlingen gezeigt. Sie haben auch gesagt, dass sie danach wieder das rote Auto mit diesem Wilden gesehen haben. Gabriele Konzen hält ihren Freund permanent auf dem Laufenden und wird weiter versuchen ihr Erbe zu sichern. Sie scheint dann auch gegen ihren Vater zu arbeiten.«

»Was meinst du, wenn Gabriele an den Morden der Köhler-Erben beteiligt gewesen war, ist sie höchstwahrscheinlich auch an dem Ableben ihres Vaters interessiert.«

»Ich werde das mal ansprechen.«

»Wie meinst du das?«

»Wir fahren nochmal zu den Konzens und du versuchst weiter diese Bande von Rotzlöffeln anzurufen. Unterwegs solltest du mal den holländischen Kollegen die Adresse vom Ferienhaus in Julianadorp geben. Die müssen Gabriele Konzen ebenfalls in Gewahrsam nehmen und sollten mal nach dem Rocker suchen.«

»Was sollen die Jugendlichen machen? Sollen die jetzt zurückfahren?«

»Erst wenn wir Gabriele haben. Ansonsten ist das sowieso nicht sinnvoll. Du musst denen klarmachen, dass die nette Gabi ihnen einiges verschweigt. Sie sollen mitspielen und der niederländischen Gendarmerie den Vortritt lassen. Sobald Gabriele in Gewahrsam genommen wurde, sollen sie wieder nach Köln aufbrechen.«

Sie fuhren wieder los. Sander informierte zuerst die Gendarmerie. Der holländische Kontaktmann reagierte auf die Neuigkeiten fast emotionslos. Der Kommissar musste ihn mehrfach auf die Brisanz der Sachlage hinweisen, dieses Gangsterpärchen ist unberechenbar. Sobald Liebe und eine aussichtslose Lage im Spiel sind, drehen die meisten Paare durch. Ihr Leben erscheint ihnen dann sinnlos und wertlos ohne den Partner zu sein. Den Tod vor Augen, nehmen die meisten Täter eines Kapitalverbrechens ein schnelles Ableben in Kauf. Nach einem anstrengenden Gespräch wählte der Kommissar endlich die Telefonnummer des Handys von Susanne. Nach zwei weiteren Versuchen, Alex Schäfer zu kontaktieren, sendete er ihnen eine Nachricht und gab auf. »Herr Schäfer, bitte rufen Sie mich umgehend zurück! Grüße, Sander.« Vielleicht war es besser für die Gruppe, nichts über Gabi zu wissen, bis die Kollegen aus Holland am Ferienhaus der Schäfers angekommen waren.

Der Mondeo machte seltsame Geräusche, der enorme Ölverbrauch vermittelte schon seit längerem einen schleichenden Motorschaden. Peters musste in Opladen einen kleinen Zwischenstopp einlegen. Der Ölstand war kurz vor dem Minimum und im Deckel des Nachfüllstutzens sammelte sich Kondenswasser, mit hellem Ölschlamm. Die Zylinderkopfdichtung sollte undicht sein, das Kühlwasser zerstört, die Schmierung und der Kolbenklemmer waren das Nächste, was folgte. Peters füllte einen dreiviertel Liter hochviskoses Öl nach und startete den Wagen fünf Minuten später erneut.

»Na also, geht doch. Der Motor läuft seidenweich.«

»Diese Karre läuft nicht seidenweich und das gammelige Öl solltest du komplett wechseln. Seit wann hat der Wagen nochmal diese Probleme?«

»Seit ungefähr einem Jahr, wieso?«

» Du solltest unbedingt einen Ölwechsel vornehmen lassen und mit einem Additiv versuchen die Undichtigkeit an der Kopfdichtung zu verschließen. Das funktioniert nicht auf die Dauer, aber es verlängert das Leben des Motors dieser Schrottkarre um mindestens ein weiteres Jahr. Wir können Wetten abschließen, wann das Teil krepiert.«

»Ist ja gut, ich habe verstanden. Ich kenne eine gute Werkstatt in der Nähe. Der Werkstattleiter ist ein verurteilter Straftäter, der jetzt sauber ist. Er schuldet mir noch einen Gefallen.«

»Also ist er nicht sauber!«, sagte Sander und lachte.
»Halt dich da raus, ich sage dir, er ist sauber.«

Die Kommissare fuhren wieder auf das abgeschirmte Grundstück der Konzens vor. Die Herrschaften waren natürlich wie immer zu Hause. Der erneute Besuch der Polizei verwirrte die Dame des Hauses und so begaben sich alle in das Schlaf- und Arbeitszimmer von Ferdinand Konzen.

»Herr Peters, Herr Sander, was kann ich noch für Sie tun?«

»Es geht um Ihre Tochter.«

»Was ist mit Gabriele?«, rief Frau Konzen erregt in die Runde.

»Es ist nichts passiert, wir glauben, dass es Ihrer Tochter gut geht. Was haben Sie eigentlich für ein Verhältnis zu Ihrer Tochter?«

»Ich als Mutter habe natürlich einen direkten Draht zu meiner Tochter. Ferdinand hat so seine Probleme, sie in manchen Dingen zu verstehen.«

»Es nützt jetzt niemandem, dass wir um den heißen Brei herumreden. Wir haben mehrere eindeutige Verdachtsmomente, die möglicherweise eine Verbindung zwischen Ihrer Tochter, ihrem Freund und Ihrem frustrierten Bruder herstellen. Was wäre, wenn diese Personen versuchen würden, Sie umzubringen, um an Ihr Geld zu gelangen? Wäre das möglich?«

Ferdinand Konzen richtete sich auf und überlegte kurz. »Ich rede mit meiner Tochter seit Jahren kein Wort mehr, sie hat mich in ihrer Jugend schwer enttäuscht. Dass sie irgendetwas mit dem Anschlag auf mich zu tun haben soll, kann ich mir trotzdem nicht vorstellen. Ihren Onkel hat sie doch ebenfalls seit Jahren nicht mehr gesehen, ich wüsste nicht, wie das zusammenpassen sollte.«

»Liebling! Ich habe es dir nicht gesagt, um dich nicht zu verärgern! Ich telefoniere regelmäßig mit Anton und Gabriele trifft sich manchmal mit ihm. Wir wussten einfach nicht, wie du darauf reagieren würdest. Niemand verdient die absolute Isolation wegen einer Geldgeschichte.«

»Wie konntet ihr mir das antun? Dieses Schwein hat die Isolation verdient. Er hätte unser Unternehmen mit seinen Spekulationen gegen die Wand gefahren. Im Groben haben Sie Recht! Sollte mein kranker Bruder mich um die Ecke bringen, sollte er in der Konzernspitze landen.«

»Frau Konzen, könnten Sie vielleicht Ihre Tochter anrufen und sie mit der Angelegenheit konfrontieren? Wir würden gerne mithören.«

»Ich kann mir das einfach nicht vorstellen, meine kleine Gabi ist ein Engel. Dieser Typ hatte immer schon einen schlechten Einfluss auf unsere Tochter.«

Frau Konzen willigte ein und wählte die Mobilnummer von ihrer Tochter. Nach nur zweimal Schellen nahm die junge Dame ab.

»Mutter! Ich ziehe mich gerade um, kannst du in fünf Minuten noch einmal anrufen? Ich bin mit Emre in Nordholland und wir wollen gleich zum Strand gehen.«

»Nein, Liebling, ich kann gleich nicht nochmal anrufen. Ist dein Freund im Raum? Bist du nur mit ihm in Nordholland?«

»Er ist gerade unterwegs. Ich bin nur mit ihm an die Küste gefahren, wieso?«

»Weil das nicht sein kann, Liebling. Wir haben Besuch von der Kriminalpolizei gehabt, die haben uns so einige unglaubliche Neuigkeiten erzählt.«

»Was denn? Was wollten die denn von euch?«

»Von uns wollten die nichts, sie haben dich und deinen kriminellen Freund gesucht. Liebchen, kannst du uns mal verraten, was ihr so treibt? Du bist doch mit einer Gruppe Jugendlicher in Julianadorp.«

»Ja, Mutter, du hast Recht. Das sind alles Leute aus der Uni.«

»Die Polizei meint, dass du und dein toller Freund schwere Straftaten vollbracht habt. Was uns noch viel mehr belastet, ist die Tatsache, dass ihr zwei hinter dem Anschlag auf deinen Vater steckt. Kind, was hast du dir nur dabei gedacht, es geht um das Leben deines Vaters.«

»Mein Vater ist ein eingebildeter Geldhai, der sogar seinen Bruder in den Ruin getrieben hat. Als ich wirklich in Schwierigkeiten war, da hat er mich ebenfalls links liegen lassen. Erinnerst du dich, Mutter, ich wurde vergewaltigt und dein lieber Mann wollte keine Anzeige aufnehmen lassen. Alles nur wegen seinem Ansehen in der Firma. Seine Belange gingen immer vor und ich hasse ihn. Ich hoffe, er verreckt bald. Onkel Anton will mich dann direkt mit ins Boot nehmen.«

»Kindchen, das, was dir damals geschehen ist, war ein Schock für uns und dein Vater hat nur das Beste für deine Zukunft gewollt.«

»Vater ist mir scheißegal! Schade, dass er den kleinen Unfall überlebt hat!«

»Dann gibst du zu, es gewesen zu sein? Was hast du dir dabei gedacht?«

»Ja, ich war es und ich werde nicht aufhören, bis dieses Schwein genau wie ich am Boden liegt. Niemand wird ihm dann helfen, er wird bezahlen!«

Dann machte es Klick und Gabi beendete das Gespräch. Die Beamten und Ferdinand Konzen konnten nicht glauben, was sie eben gehört haben. Das eigene Kind trachtete dem Vater nach dem Leben oder dem Geld. Bei Ferdinand war es schwierig zu beurteilen, was ihm mehr bedeutete. Ihre Aggressivität überzeugte die Kommissare gänzlich, sie waren auf dem richtigen Weg zur Verhaftung. Sie erklärten den geschockten Eltern, dass ihre Tochter per europäischem Haftbefehl in zwei Mordfällen gesucht wurde. Der geächtete Onkel sei ebenfalls tatverdächtig und entzog sich einer polizeilichen Befragung mit Gewalt.

»Bitte halten Sie Türen und Fenster permanent geschlossen. Sollte Ihre Tochter sich dem Grundstück nähern, bitte öffnen Sie ihr nicht und verständigen Sie uns umgehend. Hat Ihre Tochter noch einen Schlüssel zu Ihrem Haus?«

»Ja, natürlich hat sie einen Schlüssel. Sie hat auch noch ein Zimmer und übernachtet regelmäßig bei uns. Bitte schwören Sie mir, dass meinem Kind nichts passieren wird. Sie hat das nicht getan, glauben Sie mir.«

»Wir tun, was wir können, lassen Sie zur Vorsicht die Schlösser tauschen. Jetzt müssen wir weiter, es wartet viel Arbeit auf uns.«
»Danke, aber wir haben keine Angst vor unserer Tochter, sie ist ein gutes Mädchen und würde uns nie etwas antun«, sagte der Hausherr.

»Herr Konzen, wachen Sie auf. Einen schönen Tag.« Die

Kommissare verließen das Anwesen wieder. Eltern sind schwierig, besonders die von mutmaßlichen Mördern.

Sie fuhren wieder ins Präsidium, völlig ohne jede Möglichkeit, die folgenden Geschehnisse zu beeinflussen. Die Hauptverdächtigen sowie die Gruppe von Jugendlichen sind hunderte Kilometer außerhalb ihrer Befehlsgewalt. Vielleicht hatten die Kollegen in Holland auch schon erste Erfolge zu vermelden. Das Ferienhaus in Nordholland sollte umgehend nach den Jugendlichen und speziell nach Gabriele Konzen durchsucht werden.

Kapitel 10

Zurück ins Haus der Familie Birken.

Alle waren fertig mit Auspacken. Sie versammelten sich im schönen Wohnzimmer, von dem aus die tolle Terrasse über eine riesige Glastür erreichbar war. Gemeinsam könnten sie viel mehr erreichen, das musste auch Alex zugeben. Sie gingen los Richtung Ferienanlage und Alex verschloss die Eichentür des Bauernhauses. Kurz über die massive Brücke, dann die Straße herunter und wieder über eine Betonbrücke in die Ferienanlage. Die Anlage war wie bei so vielen Häusern ebenfalls mit einem Kanal umgeben. Zusätzlich umsäumte die Anlage ein kleiner begrünter Deich, der das Dorf wie eine kleine Festung aussehen ließ. Sie durchquerten die erste Häuserreihe, als Alex in der Ferne das Haus seiner Eltern erblickte. Es war in einem tadellosen Zustand, der rote Saab hingegen war nirgends zu sehen. Alex ging noch kurz in die Rezeption der Anlagenverwaltung und wollte sein Postfach leeren. Die Gruppe stand gelangweilt vor der Rezeption, als Susanne plötzlich ein bekanntes Gesicht erblickte. Sie konnte ihren Augen nicht trauen, aber gegenüber vor dem ersten Ferienhaus der Anlage stand der nette Kellner aus der Gaststätte von Susannes Oma. Erfreut, jemanden hunderte Kilometer entfernt von zuhause zu kennen, fing Susanne an zu winken und eilte zu ihm herüber. Der Rest wartete vor der Rezeption.

»Hallo, Herr … oh Gott, ich habe Ihren Namen vergessen. Sie sind doch der nette Kellner, den mir meine Oma vorgestellt hat. Sie arbeiten doch bei Schneiders in Alt-

Fühlingen, oder? Können Sie sich noch an mich erinnern?«

»Aber sicher, mein Kind, mein Name ist Martin. Es tut mir wirklich leid, was mit deiner Großmutter passiert ist. Gibt es schon eine Spur bei der Suche nach dem Mörder? Ich bin seit einigen Tagen hier und habe von den neusten Ereignissen nichts mitbekommen.«

»Danke, nein, es gibt nichts von Bedeutung. Die Polizei vermutet, dass es mit dem Erbe zusammenhängen könnte. Das Erbe ist mir aber völlig egal. Ich habe schon überlegt, es auszuschlagen, aber die Kriminalbeamten meinen, es sei mein Geburtsrecht. Auf so etwas darf man nicht verzichten, erst recht wenn deswegen ein enger Verwandter sterben musste. Sie machen also Urlaub in Holland, sind Sie alleine?«

»Nein, ich mache Angelurlaub mit meinem Neffen.«

»Das ist schön, wie lange bleiben Sie denn noch? Sie könnten sich uns anschließen und wir könnten dann zusammen zu Abend essen.«

»Das wäre sehr verlockend, aber wir bleiben nur noch zwei Tage und wollten Nachtangeln.«

»Das verstehe ich, ich werde Sie in nächster Zeit mal in der Wirtschaft besuchen, dann trinken wir einen Kaffee zusammen.«

»Sehr gerne, Fräulein Schneider, schönen Urlaub noch.«

Susanne bemerkte, dass Alex schon wieder aus der Information des Ferienparks kam. Sie verabschiedete sich ebenfalls und ging zur Gruppe zurück, wobei die anderen ihr schon entgegenkamen. Um zum Strand zu gelangen, mussten sie am ersten Ferienhaus neben der Schranke vorbei. Einen Wimpernschlag später öffnete sich die Haustür des Kellners und ein junger Typ mit Bart und vielen Tätowierungen stand im Türrahmen. Er grinste freundlich und zwinkerte Gabi nett zu. Maite bemerkte Gabis verstohlenen Gesichtsausdruck, der in ein Lächeln überging.

»Was lächelt die diesem wildfremden Neandertaler nur zu? Steht die etwa auf Urzeitwesen?«, dachte sich Maite.

Sie gingen weiter und Maite ließ sich auf dem Weg zur Deichanlage etwas mit Alain zurückfallen.

»Alain, hast du das eben gesehen?«

»Was denn?«

»Na das vor dem Ferienhaus gegenüber der Rezeption. Gabi hat diesen bärtigen Typ angemacht, sie hat ihm zugezwinkert.«

»Na und! Schatz, sie hat keinen Freund, also darf sie das. Du sollst dich nicht immer in die Belange anderer einmischen. Du bist schon so eine Art Sittenpolizei geworden«, Alain lächelte und versuchte dabei Maite zärtlich auf die Stirn zu küssen.
Maite riss sich los, »Dieser Typ ist mir nicht geheuer gewesen, er erinnert mich stark an das Arschloch mit der Sonnenbrille und dem rotem Saab.«

»Du siehst Gespenster! Aber bitte, wenn du dich blamieren willst, sag den anderen doch, was du glaubst gesehen zu haben. Konfrontiere Gabi einfach mit der Angelegenheit und ich sage dir, du versaust uns das Wochenende völlig.«

»Ach, du hast Recht, ich kann manchmal nicht anders. Vielleicht hat sie auch nur den Bekannten von Susanne grüßen wollen.«

»Na also, jetzt genieße die frische Luft und den Blick über das offene Meer. Nach einem ›Sex on the Beach‹ wird es dir bedeutend besser gehen. Vielleicht haben die auch eine leckere Bionade!« Alain lachte und drückte seine Liebste fest an sich.

Die Gruppe erreichte die Strandbar. Sie ergatterten einen Panoramaplatz in der ersten Reihe. Maite bekam ihre Bionade und der Rest ließ es krachen. Alle Übrigen bestellten sich starke Longdrinks oder Cocktails mit viel Alkohol. Es dauerte nicht sehr lange, bis die Stimmung ausgelassen wurde und der Alkohol zu wirken begann. Alex und Alain erzählten sich witzige Storys aus der Schulzeit und die Mädels tuschelten über die beziehungstechnischen Ausrutscher von so einigen Freundinnen. Es war ein gelungener Abend, an dem sich Gabi immer wieder von den anderen entfernte, um zu telefonieren. Nach jedem Gespräch schien sie besorgter oder genervter wieder an den Tisch zurückzukommen.

»Alles klar, Gabi?«, fragte Nicole.

»Ja, na sicher, meine Eltern haben sich mal wieder in den Haaren und nerven mich.«

»Das tut mir leid, bestell dir noch einen Drink und versuch etwas abzuschalten.«

»Du hast Recht! Ich sage dir, mein Vater ist ein grausamer,

sadistischer Idiot mit Geld wie Heu. Meine Mutter verzeiht ihm alles. Ich wäre schon längst abgehauen.«

Die ausgelassene Stimmung bekam nach dieser Wutrede einen kleinen Dämpfer. Alex ging auf die Örtlichkeiten und Maite wollte sich kurz mit Alain die Gegend ansehen. Susanne setzte sich neben Gabi und Nicole.

»Gabi, was ist denn los? Möchtest du mit uns darüber reden?«, fragte Susanne völlig ahnungslos.

»Mit dir reden, nein, wieso? Du brauchst dir ja keine Sorgen mehr um deine Familie oder deine Erbschaft zu machen. Du bist jetzt fein raus, oder?«

»Was soll das denn? Warum bist du so gemein zu mir?«

»Ach, tut mir leid, ich habe das nicht so gemeint. Ich bin völlig durcheinander, weil mein Vater denkt, es würde mir nur um sein Geld gehen. Wir haben aber Streit, weil er mich in einer schrecklichen Situation im Stich gelassen hat. Ich möchte da aber jetzt nicht drauf eingehen.«

»Ja sicher, das ist in Ordnung.«

»Ich würde gerne ein bisschen alleine am Strand spazieren gehen, wenn das für euch in Ordnung geht. Ich muss die Telefonate von eben erst einmal verarbeiten«, sagte Gabi, die für Susanne und Nicole immer fremdartiger wurde. Sie wussten auch nicht, was sie wirklich im Schilde führte und was sie wirklich am Strand machen wollte. Ihr Geliebter würde wohl schon warten.

Wer gab hier die Befehle und wer war der psychopathische Mörder? Gabriele Konzen scheidet aufgrund ihrer Statur wohl gänzlich aus. Doch könnte es sein, dass sie die treibende Kraft der Bestie ist? Könnte dieses kleine, zierliche Wesen so viel Einfluss auf den Mörder haben?

Susanne und Nicole wussten nicht, was mit Gabi heute passiert war. Diese Reaktion passte so gar nicht zu dem schüchternen, netten Wesen.

»Wie konnte sie innerhalb von Stunden so ausrasten und sich nur noch seltsam benehmen?«

»Ich habe keine Ahnung, also bei uns in der Uni macht sie so etwas nicht.«

»Lass uns noch einen Drink bestellen und hoffen, dass ihre Laune heute Abend besser wird.«

Kaum hatte Susanne das ausgesprochen, kam auch schon Alex wieder. »Was ist los, wo ist denn Gabi? Geht es ihr nicht gut?«

»Nein!«, antwortete Susanne prompt.

Nicole musste schrecklich lachen, was sicherlich mit den Longdrinks zuvor zusammenhing. Alex bestellte sich ebenfalls ein neues Getränk und fuhr fort mit verrückten Geschichten aus seiner Jugend. Man hätte denken können, dass er ein steinalter Typ war, so wie er heute redete. Währenddessen spazierten Alain und Maite die wunderschöne Strandpromenade entlang. Der weitläufige Küstenstreifen mit seinem bestimmt dreißig Meter breiten feinen Sandstrand bot unbeschreibliche Eindrücke. Auf der einen Seite befand sich das flach abfallende Meer, welches sich gerade aufgrund der einsetzenden Gezeiten zurückzog. Es hinterließ dabei Inseln und Wassereinschlüsse, die sich sehr schnell aufheizten. Auf der anderen Seite ragte eine

Düne entlang des Deichs empor, die Lebensraum für unzählige Vogelarten bot. Das war Natur pur, das Pärchen redete über seine Zukunft. Kinder, Job und Träume, die sich erfüllen sollten. Ein absolut unbeschwerter Spaziergang, der jäh unterbrochen wurde.

»Schatz, siehst du das da neben der Düne?«, sagte Maite aufgeregt. Sie tat dies in einer Art und Weise, die Alain aufschrecken ließ. »Da neben der Düne, ist das nicht Gabi? Ich habe es dir gesagt, das ist der Typ. Der Freak, der uns mit dem roten Saab von der Straße drängen wollte. Er hat jetzt seine bescheuerte Sonnenbrille auf und das hat ihn verraten. Was macht sie da nur?«

»Du hast Recht, ich finde, der sieht genauso aus wie dieser Irre. Aber beschwören würde ich es nicht, meinst du, Gabi hat mit der Sache etwas zu tun?«

»Schau, sie küssen sich gerade, aber von einem Freund hat sie uns noch nie etwas erzählt. Schade, dass Annika nicht dabei ist, die könnten wir fragen.«

»In welcher Zeit lebst du? Du hast doch ein Handy, schreib sie doch kurz mal an.«

»Was soll ich ihr denn schreiben? Hat Gabi einen gestörten Freund mit Bart und einem rotem Saab?«

»Warte mal, sie saß doch auch im Auto, als wir ihn das erste Mal vor Haus Fühlingen gesehen hatten. Somit hätte sie das Auto oder diesen Typen erkennen müssen.«

»Richtig, Gabi versteckt ihren Freund anscheinend sogar vor ihrer besten Freundin. Was sagt uns das über diesen Freund?«

»Er sollte für jeden normalen Menschen untragbar sein oder er ist so nett, dass sie ihn vor uns schützen möchte.«

In diesem Moment war ein lauter Knall zu hören. Maite schreckte zusammen. Der Fremde schlug Gabi kräftig mit der flachen Hand ins Gesicht.

»Vergiss bitte das mit dem netten Typ, das ist ein widerlicher Frauenschläger.«

»Komm, lass uns wieder zurückgehen, wir müssen das den anderen erzählen. Die sollten wissen, dass Gabi ein falsches Spiel spielt.«

»Sollen wir ihr nicht helfen?«
»Hallo!! Was glaubst du, was das bedeutet? Wenn sie mit diesem Typen befreundet ist, sollte sie auch vom Mord an Jamila und Oma Schneider gewusst haben.«

»Du hast Recht, siehst du sie noch? Die sind weg! Wir müssen uns beeilen.«

»Was meinst du, haben die uns gesehen?«

Maite und Alain liefen los. Sie waren nur ungefähr fünfzig Meter von der Strandbar entfernt. Kurz bevor sie ihren sicheren Unterschlupf erreichten, sahen sie Gabi und diesen Typen auf der Düne. Sie standen da und schauten runter zu den Flüchtenden. Das waren Blicke voller Hass und Abscheu. Nun war klar, auf welcher Seite Gabi stand. Sie betraten die Bar und stürzten auf ihre gut gelaunten Freunde zu. Alex lallte schon und die Mädels kicherten mit tiefroten Bäckchen.

»Was ist los bei euch?«, rief Alex dem schwer atmenden Pärchen zu. »Ihr seid ja völlig aus der Puste, was habt ihr nur die ganze Zeit gemacht?«

Alex sah sich die Gesichtszüge der beiden genauer an und merkte, dass sie unglaublich verängstigt waren.

»Wo ist Gabi hingegangen? Was ist hier los?«, rief Maite.

»Ach, die hat mich übel beschimpft und wollte danach etwas frische Luft schnappen«, antwortete Susanne.

»Was hatte sie denn gesagt?«

»Sie meinte, dass es ihr momentan sehr schlecht ging und ich ja fein raus wäre. Kannst du das verstehen? Sie sagte wörtlich: ›Du brauchst dir ja keine Sorgen mehr um deine Familie oder deine Erbschaft machen. Du bist jetzt fein raus.‹ Danach schob sie alles auf ihren grausamen Vater. Ich verstehe sie nicht, was macht das für einen Sinn?«

»Wir haben sie gerade mit dem Typen aus der Ferienanlage gesehen.«

»Mit Martin, dem älteren Kellner aus der Gaststätte von meiner Oma?«

»Nein, der bärtige Neffe! Am Strand hatte der auch eine altmodische Sonnenbrille auf, wie der Psycho mit dem roten Saab.«

»Seid ihr euch sicher?«, fragte Alex ernüchtert.

»Ja, sie haben uns bemerkt und bis zur Strandbar verfolgt. Glaubt mir, diesen Hass in Gabis Augen habe ich noch nie bei ihr gesehen. Sie sah zum Fürchten aus«, sagte Maite.

Alex bestellte erst einmal eine Runde Cola zum Wachwerden. Dann diskutierten die Jugendlichen eine weitere Viertelstunde über die Gründe von Gabis Verhalten. Dabei bemerkte Alex, dass er eine wichtige Sache völlig vergessen hatte. Er hatte nicht nur vergessen die Gruppe bei der holländischen Polizei anzumelden, sondern er hatte sein Handy ebenfalls vergessen. Als Susanne ihr Handy suchte, musste sie zu ihrem Schrecken ebenfalls feststellen, dass es nicht auffindbar war. Das sollte kein Zufall sein, das stand fest. Alain, Maite und Nicole hatten glücklicherweise ihre Smartphones noch.

»Die Nummer der Kommissare müsste sich doch irgendwie herausfinden lassen.«

»Warum melden wir uns nicht in der nächsten Wache?«, lallte Alex.

»Möchtest du etwa in einer Ausnüchterungszelle übernachten, Liebling? Ich sage euch was, wir bleiben noch eine halbe Stunde hier, bis die Bar schließt, und dann schlagen wir uns zum Haus der Birkens durch. Das Anwesen ist wie eine Festung und so werden wir es auch die Nacht über aushalten. Morgen früh fahren wir umgehend nach Hause.«

» Das ist super! Schade, dass Maite keinen Führerschein hat, sonst könnten wir gleich losfahren!«, rief Alex.

»Schade, dass du immer so viel trinkst, sonst könnten wir gleich losfahren!«, fuhr Susanne Alex an.

»Ja, richtig.«

Die Freunde waren jetzt total runter mit ihren Nerven und versuchten jetzt im Internet eine Telefonnummer des

Kölner Polizeipräsidiums zu finden. Es dauerte nur wenige Minuten, bis sie fündig wurden. Jetzt ging es nur noch darum, wer anruft. Alex war weit entfernt vom Normalzustand, Nicole und Susanne ebenfalls. Maite war die Rettung, sie hatte nichts getrunken. Sie wählte die Nummer und wurde Sekunden später mit einer Bandansage verbunden. Typisch Beamte, die allgemeine Information des Präsidiums war freitags nur bis 12:00 Uhr besetzt. In dringenden Fällen wurde auf eine weitere Telefonnummer verwiesen.

»Wer ruft freitagabends die Nummer des Polizeipräsidiums an, wenn es nicht dringend wäre!«, rief Alex. »Das macht doch keinen Sinn!

»Das ist kein Notruf, aber trotzdem sehr wichtig«, befürwortete Alain seinen Freund.

Die Bandansage wiederholte sich alle zwanzig Sekunden und Maite verlangte nervös nach etwas zu schreiben. Eine Serviette und Kugelschreiber ließen sich schnell organisieren. Sie tippte die neue Nummer in ihr Display und sprach kurz darauf mit einer jungen Verwaltungskraft. Sie schilderte ausführlich, dass sie brisante Informationen zu einem Mordfall besitzt und die Handynummer von einem Kommissar Peters oder Sander benötigte. Die junge Verwaltungskraft erklärte, dass sie dies nicht tun könne. Die Telefonnummer eines ermittelnden Beamten dürfe nicht in falsche Hände geraten, aber die Handynummer könnte sie weiterleiten. Das war die Chance, sie hinterließen Maites Nummer und verabschiedeten sich. »Das sollte eine große Möglichkeit sein, sich vor den Aggressoren zu schützen«, dachte sie noch.

»Wir müssen jetzt hier weg, die schließen in zehn Minuten«, stellte Susanne fest. Alain übernahm jetzt die Initiative, »Lasst uns loslaufen, wir müssen uns ins Haus retten.«

»Warum sollte das denn sicher sein? Gabi kennt unsere Unterkunft, sie kennt sogar das Haus von Alex' Eltern. Mein Schatz hat uns allen eine tolle Führung der näheren Umgebung gegeben«, sagte Susanne.

»Egal, wir müssen hier weg! Ich finde, in dem alten Bauernhaus können wir uns gut einschließen. Wir müssen nur warten, bis wir alle ausgenüchtert sind, dann können wir abhauen.«

»Super, dann kann dieser Irre wieder versuchen uns von der Straße zu schieben.«

»Was meint ihr, wie konnte uns der Typ so schnell finden? Wie konnte er wissen, dass wir jetzt in der Strandbar sind?«, fragte Alex.

»Gabi!?«, riefen alle.

»Hat jemand Gabi telefonieren sehen? Ich kann mich nicht daran erinnern, dass sie ihr Handy einmal in der Hand hatte. Trotzdem wusste dieser Typ immer, wo wir sind. Er hat unsere Handynummern und kann uns per GPS orten. Jeder Idiot kann das! Es gibt eine Reihe von Apps, die man kostenlos herunterladen kann. Ob für Eltern, die ihre Kinder kontrollieren wollen, oder Apps, die mit Hilfe von den einschlägigen sozialen Netzwerken den Standort der Freunde anzeigen können«, sagte Alain.

»Sie wusste, dass wir die Handynummern der Kommissare und der Gendarmerie eingespeichert haben. Deswegen hat sie die Handys von Alex und Susanne mitgehen lassen. Wir sind überwacht worden.«

»Nicht ganz! Wenn wir abhauen, müssen wir die Handys von Nicole, Maite und Alain ausschalten.«

»So machen wir das! Ich brauche nur eine halbe Stunde, dann kann ich wieder fahren. Ich bestelle mir noch einen Koffein-Drink, dann klappt das schon.« In diesem Moment rutschte Alex von seinem Stuhl und landete auf seinem Hintern. Das war kein guter Start in einen gelungenen Rückzug, aber das mit den Handys war bestimmt richtig. Der Kellner forderte sie jetzt auf zu gehen und so standen sie jetzt wieder auf der Terrasse der Bar.

Maite hatte eine Idee. »Alain, können wir den Spieß nicht umdrehen? Wir haben doch die Handynummern von Gabi und den gestohlenen Geräten. Sollten die noch aktiv sein, können wir ihren Standort ermitteln.«

»Du hast Recht, Schatz, ich kümmere mich sofort darum.«

Alain fing wieder an mit seinem Handy zu spielen und redete nur noch wirres IT-Zeug. Alex wurde vom Koffein tatsächlich etwas nüchterner und hatte die Idee, die Düne hinaufzusteigen, um die Küstenstraße zu beobachten. Direkt hinter der Küstenstraße war eine Einfahrt, die auf die Rezeption zuführte. Das Haus der Aggressoren befand sich gegenüber und sollte vom Deich aus gut sichtbar sein. Es war fast dunkel und Alex schlich langsam, querfeldein, die Düne hinauf. Er konnte niemanden entdecken und befand sich mittlerweile an der Stelle, an welcher Gabi mit Emre zuletzt gestanden hatte. Im Ferienhaus brannte Licht und es sah so aus, als würde jemand auf der Terrasse stehen. Alain wurde jetzt abrupt, durch Maite, von seinem Handy getrennt.

»Hör jetzt auf, das schaffst du nicht in der kurzen Zeit. Wir müssen los, zurück in das Landhaus. Kommt schon, lasst uns Alex folgen.«

So machte sich auch der Rest der Truppe auf und schlich den Deich hinauf. Es dauerte einige Minuten, bis sie Alex erblickten. Er lag regungslos da und beobachtete weiter. Als sich die Gruppe näherte, schreckte er fürchterlich auf. Er sprang regelrecht hoch.

Susanne zog ihn wieder in die schützenden Weiden, »Leg dich wieder hin, du Genie! Hast du was erkennen können?«

»Da brennt Licht im Haus und auf der Terrasse steht ein älterer Herr, der raucht.«

»Wo denn? Da steht niemand und da brennt auch kein Licht.«

»Was? Das kann doch nicht sein!«

In diesem Moment stellte die Gruppe fest, dass Alex von dem Trio gesehen wurde. Der Raucher sollte ins Haus gegangen sein und hatte dabei das Licht ausgeschaltet oder seine Komplizen informiert. Vielleicht hatte er auch die ganze Zeit auf eine solche Aktion gewartet. Nach kurzer Diskussion beschloss die Gruppe loszulaufen, sie konnten das Areal der Ferienhäuser gut umrunden. Direkt neben der Anlage lag eine kleine Ansammlung von alten Backsteinhäusern, deren Gassen eng an der Hauptstraße vorbeiführten. Als sie die kleine Siedlung erreichten, bemerkten sie ihre Verfolger. Ein lauter Knall war zu hören und neben Susanne rauschte etwas ins Unterholz einer großen Eiche, die eine Verkehrsinsel säumte. Alex zog seine Liebste an sich und rannte mit ihr, was seine Beine hergaben. Die Gasse führte scheinbar ins Nichts, aber Alex kannte diese Stelle genau. Hinter einem großen Weidenbaum gab es einen kleinen Trampelpfad, der auf einen Steinbogen führte. Dies war der einzige Übergang bis zum Landhaus der Birkens, das wusste er genau. Als kleiner Junge hat er auf dem Kanal Papierschiffchen fahren lassen. In wenigen Sekunden überwanden sie die schmale Brücke und befanden sich jetzt auf der gegenüberliegenden Seite des Kanals. Sie versteckten sich hinter einem alten Schuppen, der wohl als Heuboden fungierte. Alex beobachtete die Gasse durch ein Astloch.

»Schatz, siehst du etwas?«

»Nein, da ist niemand! Doch warte, da kommt Gabi.«

»Diese verlogene Schlange! Sie hatte Angst, alleine zu sein, und würde deswegen gerne mit uns nach Holland fahren. Von wegen, die ist der Wolf im Schafspelz! So etwas Verlogenes!«, sagte Nicole.

»Bitte sei still, sie schaut zu uns rüber. Von den beiden Typen ist nichts zu sehen.«

»Die müssen weiter an der Gasse vorbeigelaufen sein«, flüsterte Alain leise.

»Da ist der bärtige Typ! Er steckt gerade seine Waffe weg und gibt Gabi einen Kuss auf die Stirn. Gabi scheint traurig zu sein, vielleicht bedauert sie, dass dieser Scheißkerl dich nicht getroffen hat.«

»Das glaube ich auch!«, sagte Alain etwas lauter.

Gabi wandte sich in diesem Moment von ihrem Freund etwas ab und verzog das Gesicht, als würde sie jemanden töten. Ihre Ohren schienen hervorragend zu funktionieren, doch nach einer gründlichen Inspektion des Ufers konnte sie keine Person erkennen. Der alte Weidenbaum verdeckte einfach alles, da der Kanal in einem Bogen hinter einer Scheune verschwand. Das Gangsterpärchen traf nun auf seinen geistigen Anführer, den Onkel. Er dirigierte das Geschehen, ein wahrhaft verdorbener Charakter.

»Was tun die jetzt?«, flüsterte Alain.

»Sei ruhig, die sind gleich weg! Dann können wir weiter bis zum Landhaus, es steht auf unserer Seite des Kanals. Susanne, sieh mal durch das Astloch, kommt dir der Alte nicht bekannt vor?«

»Oh Gott, das ist der Kellner von Omas Wirtschaft. Jetzt wird mir einiges klar. Oma hatte Vertrauen zu ihm und könnte ihn eingeweiht haben. Vielleicht hat sie ihm erzählt, dass sie mir alles über die Erbschaft erzählen wollte. Er hat meine Großmutter auf dem Gewissen, aber was interessiert diese Leute das?«

Gabi und ihre zwei Begleiter schauten sich gut um, bis ein kleines Dachfenster aufging. Eine ältere Dame schien sich über den Lärm zu beschweren. Der bärtige Typ steckte seinen Revolver in die Tasche und fragte die Dame, ob sie einen kleinen Hund gesehen hätte. Der Welpe sei ihnen weggelaufen und sie würden sich große Sorgen machen. Unterdessen entfernte sich die Gruppe von der Böschung. Die Freunde sahen jetzt ihre Chance, ins Landhaus zu flüchten und die Nacht dort zu überstehen.

»Kommt schon, lasst uns losgehen, die Anwohner haben sie vertrieben«, flüsterte Alex. Er war jetzt wieder hellwach, Adrenalin lässt einen Wunder vollbringen.

»Ja, ist ja gut, Schatz! Wir sind schon unterwegs.«

Sie setzten sich leise schleichend in Bewegung. Allen war jetzt klar, in welcher großen Gefahr sie und speziell Susanne sich befanden. Sie mussten sich durch Gestrüpp und viele junge Bäume an der Böschung des Kanals durchschlagen. Die Sonne war schon völlig untergegangen und alle hatten große Mühe, sich fortzubewegen. Der Boden war aufgeweicht und es stank nach Moder. In der Ferne konnten sie das Aufleuchten von Taschenlampen erkennen, viel zu weit weg, aber durchaus bedrohlich. Sie hatten die Finte geschluckt und waren weiter den Deich hinunter, um Susanne zu suchen. Wenige Meter trennten die Gruppe jetzt noch vom großen Vorgarten des Landhauses, plötzlich ein Schrei und ein lauter Knall. Maite war über eine der vielen Wurzeln gestolpert und im Schlamm ausgerutscht. Ihre Beine rutschten beide gleichzeitig zur Seite und sie fiel rückwärts in den Kanal. Der Bachlauf war nur wenige Zentimeter tief, der Aufprall nahm ihr die Luft.

»Alain, hilf mir!«, keuchte Maite völlig durchnässt rüber.

»Ich komme!« Alain kletterte in einem Höllentempo die Böschung herab, wo Maite noch schlammbedeckt kniete.

Susanne und Nicole standen schon im vermeintlich sicheren Vorgarten des Landhauses, wo sie sich hinter den großen Eichen versteckten. Alex tat sein Möglichstes, um Alain zu helfen, als Susanne plötzlich geblendet wurde. Als sie sich zu den Feldern umdrehte, bemerkte sie, dass die drei Taschenlampen schnell näher kamen. Nicole und Susanne versuchten jetzt die drei im Kanal zu warnen, sie wurden entdeckt.

»Alain, du musst mich stützen, ich habe mich am Bein verletzt. Sieh doch, diese Schweine haben uns entdeckt.«

»Komm schon, Alex, wir müssen sie tragen und das letzte Stück am besten laufen.«

Die Nachzügler schlossen schnell auf, was an der wütenden Meute mit Taschenlampen liegen sollte. Alex öffnete die massive Eichentür des Landhauses und schickte seine Freunde vor.

»Bitte lauft los und holt euch nur die wichtigsten Gegenstände aus euern Zimmern. Ich schließe kurz die Schlagläden auf der Terrasse und bin sofort bei euch.«

»Schatz, du bist verrückt! Die sind doch bestimmt schon am Kanal auf der Rückseite des Hauses. Die erschießen dich!«

»Keine Angst, Liebes, hinter mir sind die nicht her! Die werden auch nicht auf mich schießen und am Ende der Felder ist ein Zaun mit Stacheldraht. Bis die da rüber sind, habe ich alles verschlossen.«

Alex küsste seine Angebetete und lief los. Die drei mit den Taschenlampen waren jetzt nur noch wenige hundert Meter vom Zaun entfernt, sie leuchteten ihn schon an. Er blieb konzentriert und schaffte es, die nostalgischen, gut zwei Meter hohen Schlagläden des Landhauses zu schließen. Alle übrigen Fenster des Erdgeschosses waren mit geschmiedeten Gittern versehen. Er musste jetzt nur noch von der Terrassentür aus alles verriegeln. Als er sich gerade umdrehen wollte, schallte ein greller Schrei über die Terrasse. Der Rocker hatte sich die linke Gesichtshälfte beim Versuch, über den Zaun zu klettern, am Stacheldraht aufgeschnitten. Die Taschenlampe erhellte kurz sein blutiges, schmerzverzehrtes Gesicht. Alex lachte und rannte wieder Richtung Eingangstür, als erneut ein Knall zu hören war. Er rannte weiter und bemerkte ein Zwicken an der Wade, was immer intensiver wurde. Es kam ihm so vor, als würde ihn ein Hund langsam in die Wade beißen. Ein Schmerz, der so real und fesselnd war, dass er langsamer wurde. Er bog um die Ecke und schleppte sich in den Flur des Landhauses. Die Eingangstür ließ sich abschließen und mit einem altertümlichen, gut zwanzig Zentimeter dicken Eichenbalken verbarrikadieren. Er musste nur noch die Schlagläden verriegeln, als er das Blut auf dem Fußboden erblickte. Er war von einer Kugel in den Unterschenkel getroffen worden und hatte dies gar nicht richtig wahrgenommen.

»Schatz, ich habe alle Sachen zusammen! Was ist los?«, fragte Susanne entsetzt. »Hast du dich gestoßen?« Als sie das Blut sah, ließ sie ihre Tasche fallen und umarmte den einzigen Menschen, der ihr noch geblieben war. »Oh Gott, Schatz, was ist passiert?« Tränen rannen ihr über das Gesicht und Nicole zog sie zärtlich etwas zurück.

»Ich muss noch die Schlagläden verriegeln, bevor die merken, dass man sie noch öffnen kann. Alain, helfe mir, die haben auf mich geschossen!«

Die Jungs rannten durchs Wohnzimmer, wobei Alex seltsam hüpfte. Sie öffneten die beiden Verandatüren und hakten den Metallbügel der Schlagläden nacheinander ein. Als Alex den zweiten Haken einrasten wollte, schob sich eine starke Hand durch die Schlagläden.

»Jetzt habe ich dich, du Missgeburt!«

Alex griff nach einer Vase und warf sie Richtung Kopf. Es klirrte und der Angreifer ließ seine Waffe nach hinten fallen. Als Alex sich bücken wollte, um den Revolver aufzuheben, merkte er, wie Gabi sich regelrecht auf die Waffe stürzte. Alex wich zurück ins Wohnzimmer, verschloss den letzten Riegel. Kaum hatte er den letzten Hebel umgelegt, feuerte es durch die geschlossene Tür. Gabi schien sich nicht mit dieser Aktion zurückschrecken zu lassen, sie feuerte anscheinend das gesamte Magazin durch die Schlagläden. Für die Gruppe kam das so unvermittelt wie ein Lottogewinn. Susanne und Nicole standen geschockt neben dem Sofa. Im Wohnzimmer schlugen überall Geschosse ein, Federn flogen durch die Luft und Alain flog plötzlich rückwärts gegen den Kamin. Blut schoss aus seiner Schulter heraus und Maite wurde ohnmächtig.

»Wir müssen in den Keller. Unter der Küche ist das Gewölbe, von dem ich euch erzählt habe, es ist wie ein Bunker!«, rief Alex schmerzverzehrt zu Susanne und Nicole.

»Helft mir! Wir müssen die beiden tragen. Ich nehme Alain auf die Schulter und ihr helft Maite!«

Sie schleppten sich einen Raum weiter in die große Wohnküche, deren Fenster ebenfalls vergittert waren. Sie hörten schon Sirenen aus der Ferne, aber dass die Angreifer das störte, davon konnten sie jetzt nicht ausgehen. Alex öffnete die Tür in den Gewölbekeller, als jemand eine mzweite Reihe Schüsse durch die Fenster der Küche gab. Sie stürzten sich zu Boden und robbten die Stufen hinunter. Anscheinend hatte der Schütze kein freies Schussfeld und zielte im falschen Winkel. Er schoss in den Kühlschrank und mehrfach in eine Vitrine daneben. Alex verriegelte die zentimeterdicke Eichentür des Kellergewölbes.

»Diese Tür stammt aus dem vorletzten Jahrhundert und ist damals eine Außentür gewesen. Das Haus hat man um die Reste der Kapelle gebaut! Wir sollten jetzt sehr sicher sein!« In diesem Moment kam Maite wieder zu sich.

»Was ist passiert? Alain! Alain!« Ihre Schreie hallten durch das modrige Gewölbe. Alain war benommen, Alex zog ihn die Treppe hinunter und legte ihn auf einen langen Holztisch, der einer Rittertafel glich.

»Wir müssen ihm das Shirt ausziehen und die Blutung stoppen! Susanne, was hast du alles von uns mitgenommen?«

»Ich habe unsere Kulturtasche und noch ein paar Kleidungsstücke mitgenommen.«

»Hast du die Mullbinden und das Pflasterband eingepackt?«

»Ja! Ich habe das doch bei jedem Urlaub dabei!«

»Pack es aus, ich suche etwas zum Desinfizieren. Hier im Keller sollte doch etwas zu finden sein.«

»Schön locker, wenn wir fürs Erste sicher sind, kann ich das auch machen. Ich glaube, dein Bein blutet immer schlimmer. Lege dich neben Alain und entspanne dich!«, sagte Nicole. Alex gehorchte und setzte sich auf den Tisch, wobei er beim Hochkrempeln seines Hosenbeins eine klaffende Fleischwunde entdeckte. Maite und Susanne hatten in der Zeit Alain aus dem Shirt geholfen. Die Schusswunde von Alain war durchgehend und blutete nicht mehr sehr stark. Er konnte seinen Arm aber kaum noch bewegen, was große Ängste in ihm schürte. Alex hatte hingegen einen Streifschuss erlitten, der eine gut sechs Zentimeter lange offene Wunde verursachte. Sein Bein blutete unaufhörlich und intensiv. Maite kam wenige Minuten später mit einer alten Flasche Armagnac Cognac zurück.

»Nicole, Susanne! Kann man das verwenden, um die Wunden zu desinfizieren?«

»Wie viel Prozent Alkohol hat das Zeug?«

» Auf dem Etikett steht nichts, ich glaube, es ist handgeschrieben! «

»Mädels, was ist da los bei euch?«, rief Alex herüber. Die

drei Mädels stürzten zu ihren Männern. Susanne hatte erst

neulich einen Erste-Hilfe- Kurs vom Kindergarten besucht

und führte die Unterredung an.

»Wir müssen eure Wunden desinfizieren und verbinden. Leider haben wir dafür nur diese Flasche Armagnac gefunden. Kennt ihr das Zeug? Auf der Flasche steht nicht, wie viel Alkohol enthalten ist, kann man damit ausreichend desinfizieren?«

Alex übernahm diese schwierige Entscheidung, »Schatz, gib mir mal die Flasche, ich prüfe das.«

Er nahm sich den verstaubten Humpen und zog den Korkstopfen ab. Zuerst roch er kurz dran, danach zwinkerte er Susanne zu und nahm einen großen Schluck. Nachdem er die Flasche abgesetzt hatte, hustete er heftig und signalisierte damit, dass es sich um etwas Hochprozentiges handeln musste. Als Susanne die Flasche wieder zu greifen bekam, roch sie ebenfalls an dem Sprit und verzog dabei ihr Gesicht.

»Du sollst nicht noch mehr trinken, wir brauchen dich hier!«

Diesmal schauten alle drei Mädels Alex streng an und er fing laut an zu lachen. Anscheinend hatte er noch genügend Alkohol in der Blutbahn, um die Gefahr vor dem Haus wieder zu vergessen. Ein nächster Adrenalinschub sollte schnell folgen. Susanne nahm eine Mullbinde aus dem Kulturbeutel und tränkte diese in Alkohol. Alex schrie laut auf, als das Tuch sein Bein berührte, seine Gesichtszüge waren schmerzverzerrt und seine Arme zitterten. Nachdem Susanne mehrfach die Stelle betupft hatte, legte sie frischen Mull auf und verband das Bein sehr schnell. Alain benötigte dringender und ausgiebiger Hilfe, was offensichtlich war. Als Maite ebenfalls begann die Schulter zu betupfen, war von Alain nur ein Stöhnen zu hören. Die Erschöpfung schien die Schmerzen zu überdecken, doch die Tränen, die ihm über das Gesicht liefen, bezeugten seinen Schmerz. Sie drückte alle Mullbinden, die sie hatte, auf die Wunden und befestigte diese mit einer Rolle Paket-Klebeband, welche Nicole im Keller gefunden hatte. Seine Verbände sahen sehr seltsam aus, aber so war Alain wenigstens transportfähig.

Währenddessen an der Oberfläche. Die Gendarmerie war in hellem Aufruhr, normalerweise ist das kleine Touristenstädtchen in Nordholland kein Magnet für Schießereien oder mordlüsterne Rocker. Seit dem Anruf der deutschen Kriminalbeamten hatte sich das anscheinend geändert. Schon nachmittags durchsuchten mehrere holländische Beamte das Ferienhaus der Familie Schäfer, ohne auch nur auf einen Bewohner anzutreffen. Am Telefon hatte der deutsche Hauptkommissar von einer ganzen Gruppe Jugendlicher gesprochen, vor Ort war nichts von denen zu sehen. Wenige Stunden später hagelte es Beschwerden von älteren Damen und Anwohnern. Da draußen sollten Schüsse gefallen sein und auf einem leer stehenden Anwesen in direkter Nachbarschaft sollten Randalierer Scheiben eingeworfen haben. Sie sperrten großräumig die Zufahrtsstraßen nach Den Helder und Richtung Heerhugowaard ab. Das Dorf lag strategisch gut, niemand sollte der Kontrolle der Gendarmerie entkommen. Jetzt galt das Hauptaugenmerk der Gendarmerie der Zeugenbefragung und Aufnahme der Sachschäden. Nachdem alle Beschreibungen der Zeugen dokumentiert waren, sah sich ein junger holländischer Polizist die Sachbeschädigung am Landhaus der Birkens genauer an.

Die Nachbarin erklärte, dass im Haus eine Gruppe Jugendlicher übernachtet. Das sind Freunde, die wegen eines Wasserrohrbruchs nicht in ihrem Ferienhaus übernachten können. Die Namen habe sie nicht, da müsste der junge Beamte Herrn Birken kontaktieren. Die Nachbarin gab dem Beamten die Telefonnummer des Eigentümers.

»In der Ferienanlage können die Ihnen bestimmt Auskunft über die Bewohner geben. Die Jugendlichen sind den ganzen Abend nicht zu Hause gewesen und dann dieser Krach eben. Schrecklich!«

»Machen Sie sich keine Gedanken, diese Vandalen bekommen wir schon.«

Der junge Beamte spielte sich ganz schön auf, aber er dokumentierte die Schäden genauestens und protokollierte auf der Veranda sogar mehrere Blutflecke! Als die Gendarmerie alle Berichte zusammenlegte, staunten sie nicht schlecht, es gab hier einen Zusammenhang. Sie müssen die Kollegen in Deutschland informieren und wählten umgehend die Telefonnummer von Hauptkommissar Peters.

Zurück in den Untergrund. Im Gewölbekeller des Landhauses merkten die angeschlagenen Jugendlichen nichts von diesen Aktionen. Hätten sie nur gewusst, dass die Gendarmerie vor der Tür steht! Verängstigt und verletzt versuchten sie das Beste aus dieser Situation zu holen. Alain kämpfte gegen die Verwundung an, seine Augen waren blutunterlaufen und sein Körper schweißnass. Er zitterte leicht, aber seine Verfassung schien sich zu stabilisieren. Alain konnte aufstehen und ging nach fünfzehn Minuten Verschnaufpause zu den anderen in die zweite Gewölbekammer. Der hintere Raum des Gewölbes war bedeutend tiefer und sah aus wie eine Kathedrale. Gute zehn Stufen ging es hinunter in einen säulengesäumten Raum, der noch viel modriger roch wie der Vorraum. An der großen Wand befand sich ein Relief, welches die Kreuzigungsszene auf dem Berg Golgatha darstellte. Die leicht verblassten Farben und der Zustand der Wände deuteten darauf hin, dass der Raum sehr alt war.

Als Alain den Raum betrat, ergriff Alex das Wort, »Dieser Raum diente früher als Krypta. Direkt unter dem Altar der Kapelle wurden hier die Verstorbenen aufbewahrt, bis sie dann am folgenden Tag beerdigt wurden. Die Kapelle soll Jahrzehnte vorher abgebrannt sein, nachdem sie völlig in Vergessenheit geriet. Die Vorfahren der Birkens bauten dieses schöne Landhaus über der verschütteten Krypta.«

»Wieso macht man denn so etwas?«, fragte Alain.

»Das Landhaus ist hundertfünfzig Jahre alt, in Zeiten ohne Strom war ein riesiger Gewölbekeller sehr vorteilhaft. Die Birkens hatten eine Käserei und das Gewölbe bot hervorragende Bedingungen.«

»Käse herstellen, wo einst Leichen aufgebahrt wurden, halte ich nicht für sonderlich interessant«, merkte Maite an.

»Glaubt mir, das war es aber! Es spielt jetzt auch keine Rolle mehr, eins sollte für uns interessant sein. Im Mittelalter gab es diverse Seuchen wie die Pest und Pocken. Die Menschen dachten in dieser Zeit, dass Personen, die sich mit diesen Viren ansteckten, vom Teufel besessen waren. Teufelsaustreibungen und Aderlass zur Reinigung des Körpers waren an der Tagesordnung.«

»Was hat dieser Wahnsinn mit uns zu tun?«, fragte eine leicht gereizte Nicole.

»Herr Birken hatte mir als Kind erzählt, dass man Adlige oder die Würdenträger der Stadt nicht durch das Hauptportal bringen konnte. Um ihren Namen und den Ruf der Familie zu schützen, brachte man sie durch einen Tunnel in die Kapelle. Sogar wenn der Infizierte bereits verstorben war, brachte man ihn hierher, um ihn von seinen Sünden reinzuwaschen. Egal! Vergesst, was ich gerade gesagt habe, hinter dieser Backsteinmauer ist ein Gang. Der Tunnel führt unter den Kanal auf die andere Seite und endet an einer großen Eiche neben der Straße.«

»Wieso ist das bis heute niemandem aufgefallen?«, fragte Susanne.

»Wie, aufgefallen? Im Dorf und der Nachbarschaft wissen es wohl alle. Der Eingang ist mit einer Platte bedeckt und wurde etwas bepflanzt. Herr Birken meinte aber damals zu mir, dass sich die Platte trotzdem öffnen lassen sollte. Aus Angst vor Einbrechern hat er den Stollen zumauern lassen.«

»Das ist der Punkt! Wie sollen wir dort durchkommen?«
»Das sind Backsteine, die muss ich nur schief ansehen, dann fallen die auseinander. Lasst uns einen Hammer oder eine Eisenstange suchen. Alain, was ist eigentlich mit deiner Ortung? Wolltest du nicht versuchen eine Anwendung auf deinem Handy zu installieren, mit der man das Handy von Gabi orten könnte?«

»Ja, sicher! Ich bin auch fast fertig geworden, bis man mich über einen Damm geschleift hat und auf uns das erste Mal geschossen wurde. Was meint ihr, hat Kommissar Peters unsere Handynummer schon erhalten? Ich habe keinen Anruf in Abwesenheit, aber ich habe in diesem Bunker auch kein Netz.«

»Die müssen unsere Nachricht erhalten haben. Immerhin haben wir nicht von einem Ladendiebstahl berichtet, sondern von einem Mordfall!«, sagte Maite.

»Kommt schon, lasst uns erst einmal etwas suchen, womit wir die Mauer einreißen!«, animierte Alex die Gruppe.

So durchforsteten sie die Kellerräume auf der Suche nach einem schweren Gegenstand aus Metall. Maite fand einen Eichenbalken, Nicole eine Schaufel, aber Alain fand etwas viel Besseres. Das schmiedeeiserne Geländer der Krypta war völlig locker und ließ sich ohne viel Mühe aus der

Wand ziehen. Mit einer Hand zog der verletzte Alain an dem oberen Teil des Geländers. Ein gut zehn Kilogramm schweres Metallgeländer fiel zu Boden, der Aufprall war dumpf und es schallte durch den ganzen Keller. Einen Wimpernschlag später stand die gesamte Gruppe Jugendlicher im Kreis um Alain, der wieder etwas lachen konnte. Diese Entdeckung, von jemandem, der sich zuerst über den lockeren Handlauf sehr ärgerte, war nun die Rettung. Alex nahm das Geländer und schlug damit in die Mitte der Mauer. Der Aufprall kam so unvermittelt, dass die Mädels kopfschüttelnd zwei Schritte zurückwichen. Zum Erstaunen aller hielt die Mauer mehreren Schlägen völlig ohne jede Regung stand. Dann, als Susanne ihren Freund gerade wieder zurückhalten wollte, fing ein Stein an zu reißen. Nach einem weiteren gezielten Schlag brach ein fußballgroßes Stück nach hinten ein. Ein ekelhafter fauliger Geruch breitete sich jetzt im gesamten Gewölbe aus, offenbar gab es eine Steigerung der Unannehmlichkeiten. Alle hielten sich die Hände vor die Nase und Alex versuchte mit einer kleinen LED-Lampe an seinem Schlüsselbund in den Stollen zu leuchten.

»Da geht es bestimmt nochmal zehn Stufen hinunter. Das scheint eine gemauerte Röhre zu sein, kein billiger mit Holzbalken gestützter Erdtunnel.«

»Schatz, meinst du dieses zweihundert Jahre alte Gemäuer wird mir dadurch sympathischer? Wie sieht der Raum sonst aus? Ist das genau so dreckig wie in der Krypta oder noch schlimmer?«

»Einen Schönheitswettbewerb wird der Gang nicht gewinnen. Ich lege das jetzt frei und dann werden wir das schon merken. Haben wir eine Taschenlampe?«

»Natürlich nicht!«

»Dann schaut mal, ob ihr ein paar Lappen findet, die wir um die Stange wickeln können. Wir könnten dann den Schnaps drüber kippen und den Mist anzünden.«

Alex schien wacher und wacher zu werden. Die Wirkung des Alkohols ließ nach, was auch an der körperlichen Arbeit liegen dürfte. Er legte sich richtig ins Zeug und schlug innerhalb von zehn Minuten ein ausreichend großes Loch in die Wand. Susanne und Nicole halfen den Schutt zur Seite zu schieben. Maite hatte einen ganzen Haufen von alten Lappen und ein löchriges Laken gefunden. Der Weg war jetzt frei, Alex wickelte alle Lappen um seine Metallstange und tränkte diese dann mit Schnaps.

»Alain! Wie sieht es mit deiner Handysuchfunktion aus? Hast du das im Griff oder sollen wir einfach drauflos stürmen? Der Schacht führt zur Parallelstraße, da werden sie uns nicht vermuten!«

»Ich kann euch nicht sagen, ob es funktioniert! Das werde ich frühestens sehen, wenn ich wieder Netzempfang habe. Du hast aber Recht, wieso sollten sie eine Straße weiter auf uns warten! Lass uns einfach losgehen.«

»Jungs, wie sieht eigentlich euer Plan aus? Wir brechen jetzt aus diesem modrigen alten Schacht aus und dann? Wollt ihr nicht das Auto holen?«, fragte Maite fassungslos vor lauter Planlosigkeit ihrer Mitstreiter.

»Ah, nein, das Auto sollten wir nicht versuchen zu holen. Damit rechnen sie doch! Ich würde sagen, wir rufen sofort die Polizei.«

»Und dann? Laufen wir vor ihnen weg oder bewerfen wir sie mit Steinen?«

»Was hast du denn? Ich versuche nur uns zu retten, entschuldige bitte!«, sagte Alex säuerlich.

»Tut mir leid, wenn du dich jetzt auf den Schlips getreten fühlst! Ich meine, wir sollten versuchen einen Notruf abzusetzen und erst aus dem Tunnel laufen, wenn die Polizei vor Ort ist. Was meint ihr?«, fragte Maite.

»O. K., du hast gewonnen! Ich bekomme das Handy und werde versuchen die Polizei zu verständigen. Wie lautet eigentlich die Notrufnummer in Holland? 112?«

»Ihr habt ein Haus in Holland und wisst das nicht? Die europäische Notrufnummer lautet 112 wie in Deutschland! Unglaublich!«

Alain gab Alex das Handy und erklärte ihm auch die Handyortungsfunktion.

»Sobald das Handy Netzkontakt hat, führt es diese Funktion im Hintergrund aus und sucht nach allen Telefonbucheinträgen in der Nähe. Es sollte sich sogar die Positionen auf der Karte merken und wenn du wieder bei uns bist, können wir uns das ansehen.«

»Alles klar! Na, Mädels, ist das nicht ein toller Plan? Ihr habt gedacht, ich würde einfach auf die Straße laufen und dann nicht mehr wissen, was ich machen soll! So nicht!«, Alex zwinkerte Alain zu.

»Sei froh, dass dein Kopf angewachsen ist!«, rief Maite.

»Sei vorsichtig!«, rief Susanne.

Alex zündete die Fackel an und machte sich auf den Weg. Die Stufen waren sehr breit und mit Moos oder einer Art Alge bewuchert. Der Tunnel wurde Jahrzehnte nicht benutzt, was die Natur umgehend auszunutzen versuchte. Wurzeln quetschten sich durch die Fugen und hingen von der Decke. Je weiter er abstieg, desto mehr plätscherte Wasser durch die Decke. Als er am vermeintlich tiefsten Punkt angelangt war, bemerkte er Spiegelungen und Bewegungen auf dem braunen Boden. Er hielt die Fackel etwas niedriger und stellte fest, dass der Tunnel voll Wasser gelaufen war. Da er von der letzten Stufe aus gut durch den Gang zum gegenüberliegenden Treppenaufgang sehen konnte, dürfte das Wasser nicht sehr tief sein. Er trat vorsichtig ins Wasser, wobei die dunkelbraune Oberfläche aufbrach. Die Quelle des fauligen Geruchs war nun auch identifiziert, der Tunnel roch jetzt wie eine Jauchegrube. Alex ging weiter, nach nur zwei Schritten stand er bis zum Bauchnabel im Morast und hatte Mühe, das Handy aus dem Wasser zu halten. Seine Wunde weichte auf, es brannte schrecklich. Tausende Keime und Bakterien hatten jetzt eine Angriffsfläche, um sich einzunisten. Aber das zählte jetzt nicht, Alex musste nur hinüberwaten und einen Anruf absetzen. In der Mitte des Gangs plätscherte es wie unter einem kleinen Wasserfall, der Kanal sollte jetzt direkt über ihm sein. Er hielt das Handy nach außen und versuchte schnell durchzuhuschen. Am Treppenaufgang angekommen rief er seinen wartenden Freunden zu, »Bin jetzt drüben! Alles O. K.!«

»Beeil dich, Schatz!«, rief Susanne zurück.

Alex war jetzt ein Schlamm-Mensch, der übel roch und dem jetzt sehr kalt wurde. Er ging zitternd die Treppen hoch und sah eine Klappe, die in die Freiheit führen musste. Ein altes Vorhängeschloss hing an einem rostigen, gusseisernen Scharnier. Alex schlug einmal mit seiner Fackel dagegen. Es fiel sofort mit einem dumpfen Knall ab. Als er zum Öffnen der Klappe ansetzte, bemerkte er, dass irgendetwas den Ausgang versperrte. Die Tür ging ein Stück auf und schlug dann wieder zurück. Beim nächsten Versuch klemmte er das abgebrochene Scharnier dazwischen. Er versuchte durch den Schlitz zu sehen und einen Blick auf die Umgebung zu werfen. Er sah einen bekannten Punkt auf der gegenüberliegenden Straße. Ein bunt angemalter Brunnen aus Stein, dieser Brunnen war ihm schon als Kind aufgefallen. Er war wie ein Fliegenpilz bemalt, jedes Kind speichert solche Auffälligkeiten der Umgebung wie in einem Bilderbuch ab. Direkt neben dem Brunnen stand eine alte Holzbank, die anscheinend den Eingang des Tunnels verbarg. Mit einem kräftigen Stoß sollte er die Klappe öffnen können. Um seine Position nicht zu verraten, löschte er die Fackel und benutzte die Geländerstange als Hebel. Er wippte das Gewicht auf der Klappe zweimal rauf und kippte die Bank nach hinten. Die Bank fiel fast geräuschlos ins Gras, der Weg war jetzt frei. Alex kletterte raus, stellte die Bank neben die Klappe und ging die Straße Richtung Dorf hinunter. Nicht auffallen war jetzt alles, was zählte. In einer ruhigen Seitengasse wählte Alex die Telefonnummer der hiesigen Gendarmerie. Der Polizeibeamte nahm seine Personalien auf und bestätigte die Schießerei vom Abend.

»Eine Streife ist unterwegs zu Ihnen, Herr Schäfer, bleiben Sie auf der Straße. In ungefähr fünf Minuten sollten die Kollegen vor Ort sein.«

»O. K., das mache ich!«

In diesem Moment fing das Handy an mehrfach zu schellen. Nachdem er aufgelegt hatte, standen drei Anrufe in Abwesenheit im Display. Es war jedes Mal dieselbe Handynummer. »Entweder einer dieser Verbrecher oder einer der Kommissare, die unsere Nachricht bekommen haben!«, dachte sich Alex. Er erinnerte sich wieder an das Programm von Alain und betätigte es. Drei bekannte Telefonnummern in der Nähe wurden angezeigt. Gabis, Susannes und seine eigene. Alle Telefone schienen sich im Haus neben der Rezeption aufzuhalten, Erleichterung machte sich in Alex breit. Er atmete tief durch und ging ein Stück die Straße hinauf, die wieder zu den Birkens führte. Nach einigen Metern gingen plötzlich zwei Scheinwerfer vor ihm an. Schockiert blieb er stehen, das konnte nicht sein. Einen Sekundenbruchteil später rasten die Scheinwerfer mit quietschenden Reifen auf Alex zu. Er überwand jetzt seine Ohnmacht und flüchtete nach rechts den Deich der Ferienanlage hinauf. Ein weiteres Quietschen der Reifen signalisierte ihm, dass das Fahrzeug abrupt anhielt. Er hörte noch das Knallen einer Tür und drehte sich jetzt um. Der Rocker klebte regelrecht an seiner Fährte, als Alex von weitem schon Sirenen hören konnte. Nach einigen Metern auf dem Deich sah er das Fahrzeug der Gendarmerie. Er lief weiter in diese Richtung und ruderte mit seinen Armen. Kurz drauf zischte wieder ein Geschoss neben seinem Kopf in ein Schild der Deichanlage. Es schepperte laut und der Knall der großkalibrigen Waffe war ohrenbetäubend. Die Streife bog jetzt um die Ecke und Alex lief den Deich wieder hinunter. Als er schon fast am Einsatzwagen der Gendarmerie angekommen war, drehte er sich nochmal nach seinem Verfolger um. Dieser lief bereits wieder in die Gegenrichtung zu dem roten Saab, der quer auf der Straße stand. Ein zweiter Streifenwagen näherte sich von der Gegenrichtung aus langsam dem Saab. Über die Sprechanlage meldete sich ein älterer Beamter.

»Emre Toprak! Nehmen Sie sofort die Waffe runter und legen Sie sich flach auf den Boden oder wir werden das Feuer eröffnen!«

Ein Beamter kam jetzt mit gezogener Waffe von der Seite aus einem Vorgarten. Damit hatte er freie Schussbahn, was Emre sehr schnell einsah. Er warf seine Waffe fahrlässig in den Straßengraben und legte sich platt auf den Boden. Die Beamten sperrten sofort die Straße, sie stellten die Waffe sicher und kümmerten sich um Alex. Ein Krankenwagen wurde zum Haus der Birkens bestellt. Alex zeigte ihnen den Eingang zum Tunnel und wollte selbst nochmal hinuntersteigen. Alles, um seinen Freunden zu signalisieren, dass sie ihr Versteck zur Vorderseite verlassen könnten. Als er den Beamten die Falltür neben der Bank zeigte, staunten diese nicht schlecht. Er öffnete sie und stieg hinab in eine feuchte stinkende Kloake. Alex ging bis zur Wassergrenze die Treppen hinab und brüllte in die Dunkelheit.

»Susanne! Alain! Maite! Könnt ihr mich hören?« Susanne meldete sich kurz darauf, »Ja! Schatz, was war da eben los? Wir haben Schüsse gehört! Konntest du die Polizei erreichen?«

»Ja, natürlich! Ihr könnt rauskommen, sie sind schon da! Ich habe keine Lust, nochmal durch diese Gülle zu waten. Wir treffen uns vorne!«

»Alles klar, ich liebe dich, Schatz!«

»Ich dich auch!«

Alex' Rufe verhallten und er stieg die Treppen wieder hinauf. Das Mondlicht fiel fade durch die Falltür. Die Polizeibeamten halfen ihm das letzte Stück hoch, er zitterte am ganzen Körper. Einer der Polizisten holte eine Rettungsdecke aus dem Wagen und packte ihn ein. Als Alex die Brücke zum Vorgarten der Birkens erreichte, lief ihm auch schon Susanne entgegen. Sie umarmte und küsste ihn leidenschaftlich. Alain ging es anscheinend schlechter, der Krankenwagen fuhr vor und nahm ihn direkt mit. Alex ging jetzt erst einmal duschen, seine Fleischwunde würde danach umgehend versorgt werden. Maite wollte nach ihm ebenfalls duschen, ihr kleiner Fehltritt am Kanal war ihr sehr unangenehm. Gemeinsam wollten sie dann zu Alain ins Krankenhaus, der Arme war ganz blass und hatte dunkle Augenringe. Ein Beamter erzählte den noch Anwesenden von den vorherigen Polizeieinsätzen. Sie suchten anscheinend schon den gesamten Nachmittag nach den Jugendlichen. In Alex' Haus sowie der kompletten Umgebung. Als dann am Abend Schüsse fielen, war ein Zusammenhang offensichtlich.

»Emre Toprak wird mit Europäischem Haftbefehl gesucht. Ebenfalls gesucht werden Gabriele Konzen und ihr Onkel Anton Konzen im Zusammenhang mit einem Kapitalverbrechen in Köln.«

Susanne ergriff sofort das Wort, »Wir mussten leider auch feststellen, dass Gabi mich umbringen wollte, aber können Sie sich erklären warum?«

»Sie sollten unsere Kollegen in Deutschland kontaktieren, junge Frau!«

»Man hat uns unsere Handys gestohlen! Die Telefonnummern haben wir nicht mehr.«

»Kein Problem, Sie kennen Hauptkommissar Peters?«

»Ja, natürlich!«

» Das ist seine Handynummer und die ist von seinem Partner.«

»Danke sehr!«

»Setzen Sie sich mit den Kollegen in Verbindung und fahren Sie am besten wieder nach Deutschland zurück. Dann können Sie die zuständigen Behörden besser schützen, als wir das können.«

»O. K., aber wären Sie vielleicht noch so freundlich, uns bis morgen früh Polizeischutz zu gewähren? Wir haben alle getrunken und könnten frühestens in fünf Stunden wieder Auto fahren.«

»Tja, Fräulein, dann müssen wir wohl in den sauren Apfel beißen. Ich nehme dann ebenfalls an, dass niemand Ihren Freund mit der Fleischwunde ins Krankenhaus fahren kann.«

»Ganz richtig.«

»O. K., mein Kollege fährt Sie nach Den Helder ins Krankenhaus. Aber nicht alle Personen, Sie teilen sich auf. Der Rest bleibt hier, sobald Sie dann wieder fahren können, brechen Sie die Heimreise an. Bitte melden Sie sich bei mir ab, nicht so wie bei Ihrer Anreise! Herr Peters hatte mir versichert, dass Sie sich anmelden.«

»Tut mir leid, das ist uns durchgegangen. Wir werden so schnell wie möglich unsere Sachen packen und das Land verlassen. Ich versichere Ihnen, wir melden uns. Aber da gibt es noch eine Sache.«

»Was denn noch?«

»Wir haben mit dem Handy von Alain unsere Telefone lokalisieren können. Da gibt es diverse Programme, die durch die Verbindungen des Telefonbuchs mit sozialen Netzwerken die Position eines Mobiltelefons nachvollziehen lassen. Die Handys sind noch in Gabis Ferienhaus.«

»Sie wissen, wo diese Irren wohnen?«

»Ja, wir haben sie gesehen.«

»Wieso haben Sie nicht von einem Münzapparat die Polizei verständigt?«

»Wir waren uns nicht sicher und nachdem man auf uns geschossen hatte, blieb uns keine Zeit mehr, eine Nachricht an Sie zu senden. Was glauben Sie, warum mein Freund durch diese Kloake gegangen ist?«

»Nicht frech werden, junges Fräulein. Zeigen Sie mir das Haus auf Ihrem Handy, wir fahren da sofort hin und schauen nach. Sie sind ja noch ein paar Minuten hier, bis Sie sich alle frisch gemacht haben.«

»Ja, wir warten.«

Der niederländische Kriminalbeamte machte sich mit zwei Streifenbeamten umgehend auf den Weg. Susanne wählte die Telefonnummer von Hauptkommissar Peters. Es war mittlerweile nach Mitternacht und Hauptkommissar Peters in seiner Stammkneipe versunken über einem Kölsch. Er ließ lange klingeln und verließ die Kneipe, als er eine holländische Festnetznummer im Display sah.

»Peters!«

»Hallo, Herr Peters, hier spricht Susanne Schneider. Ich melde mich aus dem Haus von Bekannten meines Verlobten. Wir mussten uns vor ein paar üblen Gestalten verstecken und konnten Sie leider jetzt erst anrufen.«

»Tja, wenn Sie das vorher nicht einrichten konnten, ist das wohl so. Ich habe Ihnen und Ihrem Freund mehrfach eine Nachricht hinterlassen. Es gibt enorm wichtige Neuigkeiten, aber ich schätze, das wissen Sie schon. Da Sie um diese Uhrzeit anrufen, hoffe ich, Ihnen ist nichts passiert?«

»Mir ist nichts passiert, aber mein Freund hat einen Streifschuss abbekommen und Alain einen Durchschuss in die Schulter. Die Ereignisse in Holland haben sich überschlagen und man hat uns unsere Handys gestohlen.«

»Ich kann mir gut vorstellen, wer es gewesen sein könnte. Ist Fräulein Konzen noch bei Ihnen?«

»Natürlich nicht, sie hat am späten Nachmittag ihre Position in der Angelegenheit öffentlich gemacht. Ihr Freund wurde eben festgenommen, als er erneut versucht hat Alex zu erschießen. Selbst Nicole wusste nicht, dass Gabi einen Freund hat. Eins will uns nur nicht klar werden.«

»Sie meinen, warum Gabriele Konzen und diese Leute hinter Ihnen her sind?«

»Richtig! Haben Sie eine Ahnung warum, und ist Gabi auch in den Mord an meiner Großmutter involviert?«

»Ja! Mittlerweile sind Fräulein Konzen, ihr Freund und ihr Onkel in drei Mordfällen sowie einem versuchten Mord tatverdächtig. Die Tatsache, dass ihr Onkel sich gegen eine Befragung gewehrt hat und alle drei Personen flüchtig sind, kommt noch dazu.«

»Aber wieso! Wieso will mir Gabi etwas! Ich habe sie überhaupt nicht richtig gekannt!«

»Sie haben sie nicht gekannt, aber ihr Urgroßvater hat den Großvater von Frau Konzen sehr gut gekannt. Sie waren schon vor dem Zweiten Weltkrieg Geschäftspartner. Alles scheint sich um die Reuters Getriebewerke und die Position an der Spitze der Macht zu drehen. Ihre Familie und Gabrieles eigener Vater schienen ihr im Weg zu sein. Alles sollte mit dem Mordversuch an Ferdinand Konzen begonnen haben. Als ihr Vater ebenfalls in derselben Zeit mit Forderungen ankam, rollte der Stein schon.«

»Aber ich will kein Geld! Meine Familie bedeutete einfach alles für mich. Ich hätte auch niemals Forderungen gestellt.«

»Wie auch immer, Sie müssen da weg! Fahren Sie so schnell wie möglich nach Hause. Ich frage die Kollegen aus Holland, ob sie Ihnen bis zur Grenze folgen können. Nur zur Vorsicht.«

»Wo sollen wir denn nur hinfahren? Zu Hause in Chorweiler ist es doch nicht sicher?«

»Sie fahren direkt ins Präsidium, mein Kollege kümmert sich bereits um eine Unterkunft. Wir hatten doch zur

Sicherheit schon etwas für Montag besorgt, das sollte sich schon ab heute beziehen lassen. Melden Sie sich bei mir, sobald Sie da sind.«

»O. K., das machen wir, ich schreibe Ihnen auch eine SMS, wenn wir losfahren. Ich benutze dann das Telefon von Maite, einer Freundin.«

»Machen Sie das! Sehen Sie zu, dass Ihnen nichts passiert. Ich werde jetzt nochmal mit den Holländern telefonieren. Keine Angst, wir kümmern uns um Sie.«

Sie verabschiedeten sich und in diesem Augenblick stand auch schon wieder Alex in der Türe. Frisch geduscht, die Wunde mit einem Küchentuch verbunden. Maite ging jetzt ebenfalls duschen, Nicole hatte das meiste des Telefonats mitbekommen. Susanne begann sofort die gesamte Geschichte Alex zu erklären und auch bei Nicole schlossen sich die Wissenslücken. Eine unglaubliche Wendung, endlich hatten sie ein Motiv für einen Mord. Sie grübelten noch lange über Gabis Verhalten nach. Sie hatte bis heute Nachmittag nichts Auffälliges an sich. Nur die Tatsache, dass sie dieses Wochenende auf keinen Fall alleine verbringen wollte, schien jetzt einen Sinn zu ergeben. Es ging ihr nur darum, möglichst nah an Susanne dranzubleiben. Sie wartete wie eine Schlange, um blitzschnell aus der Dunkelheit zuzuschlagen. Ein wahres Raubtier, ein Wolf im Schafspelz. Sie hatte immer so still und zurückhaltend gewirkt, keiner der Gruppe hätte ihre wahren Absichten vermutet. Kurze Zeit später stand auch schon der holländische Ermittlungsbeamte in der Türe. Er hatte die Ferienwohnung des Trios inspiziert, wobei er die Handys von Susanne und Alex vorfand. Die kriminellen Mieter schienen abrupt aufgebrochen zu sein, im

Wohnzimmer lagen noch Essensreste eines örtlichen Schnellrestaurants. Sogar ein Fenster war noch geöffnet. Die gesamte Angelegenheit verursachte eine Menge Schreibkram für einen Fall, der seinen Ursprung in einem Nachbarland hatte. Diese Art von Transitkriminalität ist in Holland stark vertreten und von der zuständigen Gendarmerie verhasst. Holland ist in Europa eine Art Drehscheibe des Verbrechens. Die lockere Drogenpolitik, verbunden mit internationalen Flughäfen sowie einer zentralen Lage in Europa, bot für Gangster eine ganze Reihe von Möglichkeiten.

»Einen Geleitschutz bei Ihrer Heimreise werden wir Ihnen nicht bereitstellen können. Der Kollege Peters aus Deutschland hat wohl phantasiert, wir hier in Holland haben sehr viele Urlauber, die ständig Gesetze brechen. Wir können nicht alles überwachen.«

»Aber auf uns wurde geschossen!«, entgegnete Alex mit versteinerter Miene.

»Das ist schon richtig! Wir werden Ihre Unterkunft auch bis zu Ihrer Abreise überwachen. Wir werden Sie auch von einem Krankentransporter in das hiesige Krankenhaus fahren lassen, aber bei der Heimreise Händchen halten geht definitiv zu weit. Lassen Sie sich zusammenflicken und dann ab nach Hause.«

Der Beamte schien angespannt zu sein und verließ umgehend das Haus. Er redete noch kurz mit der Streife, dann fuhr er vom Hof. Maite machte sich in Rekordzeit fertig und ein Kleinbus des holländischen Roten Kreuzes stand bereit. Der Fahrer war ein alternativ gekleideter Heranwachsender, dessen Körperpflege viel zu wünschen übrig ließ. Während der Fahrt lief die gesamte Zeit eine Art

Meditationsmusik und der junge Fahrer brachte kein Wort heraus. Am Krankenhaus angekommen trennten sie sich. Maite und Nicole suchten Alain. Susanne wartete mit Alex in der Notaufnahme. Es dauerte nur wenige Minuten, als ein junger Arzt Alex begutachten konnte. Er reinigte die Fleischwunde und setzte Alex anschließend in einen Rollstuhl. Eine Schwester schob ihn zum Röntgen. Vor dem Röntgenraum bildete sich eine Schlange, Susanne zählte vier Personen, die vor Alex dran waren.

Unterdessen an der Info.

Maite und Nicole schilderten dem holländischen Nachtportier ihr Anliegen. Alain sei ihr Freund und mit einer Schusswunde eingeliefert worden. Nach diesem Satz gingen dem Nachtwächter die Ohren auf, er telefonierte sofort mit der Chirurgie. Der zuständige Arzt bestätigte, dass der Verletzte auf seine Freundin wartet. Nachdem er die Personalausweise kopiert hatte, schickte er die beiden in die dritte Etage. Alain lag in Zimmer 334, dem Aufwachraum. Ein Metallsplitter hatte sich in seiner Schulter versteckt. Das Projektil hat einen Schulterknochen beschädigt und ist dabei auseinandergebrochen. Nach einem kleinen Eingriff konnte die Wunde ohne weitere Komplikationen verschlossen werden. Als er wieder bekannte Gesichter um sich herum bemerkte, konnte man seine Erleichterung in den Augen erkennen. Er war sehr müde und sollte danach auf Zimmer 361 verlegt werden. Das Dreibettzimmer war voll besetzt, aber morgen früh würde ein Platz frei werden. Der Chirurg sprach ein Kauderwelsch aus Holländisch und Englisch mit russischem Akzent. Er erklärte viel über Schusswunden, dass Thema schien Erinnerungen in ihm zu erwecken.

Allgemein könnte Alain nach einem Tag unter Beobachtung das Krankenhaus wieder verlassen. Einen Tag unter Beobachtung sollte er bleiben, damit man die Gefahr von inneren Blutungen ausschließen konnte. Maite wollte jetzt nicht mehr von seiner Seite weichen.

»Nicole! Ich bleibe hier, ich werde mir ein Hotelzimmer nehmen und noch zwei weitere Tage in Holland bleiben. Alain muss sich jetzt erholen!«

»Aber ihr habt kein Auto! Wie wollt ihr denn in zwei Tagen nach Hause kommen?«

»Wir werden zuerst mit dem Bus nach Amsterdam fahren und dann den Zug oder einen Reisebus nach Hause nehmen. Das ist kein Problem, glaube mir!«

»O. K.! Es hört sich jetzt vielleicht etwas makaber an, aber warum übernachtet ihr dann nicht im Ferienhaus von Alex? Ich glaube schon, dass er euch die Schlüssel geben würde.«

»Du hast vollkommen Recht, so machen wir das! Vielleicht bleiben wir auch die gesamte Woche. Ich rede morgen früh mit Alain, ich glaube, nächste Woche haben wir keine wichtigen Prüfungen oder Vorlesungen.«

»Super! Dann könnt ihr euch beide etwas erholen.«

»Ich hoffe, für dich geht das in Ordnung, alleine mit Alex und Susanne zurückzufahren.«

Nicole wurde leicht rot und reagierte etwas abweisend, »Klar geht das in Ordnung! Ich sehe dabei keine Probleme, wieso meinst du das denn?«

»Ach, nur so, ich dachte, vielleicht fühlst du dich wie das dritte Rad am Wagen!«

»An diese Situation habe ich mich schon gewöhnt, danke!«

Nicole ließ Maite jetzt kurz alleine und wollte nach Alex sehen. Sie machte sich auf den Weg zur Notaufnahme. Im Wartebereich waren keine Personen mehr und der Nachtportier stierte schon zu ihr rüber.

»Kann ich Ihnen helfen? Haben Sie Ihren Freund mit der Schusswunde gefunden?«

»Ja, also den einen, aber ein weiterer Freund von mir ist mit einem Streifschuss in die Notaufnahme eingeliefert worden. Könnten Sie nachfragen, wo er ist?«

»Was haben Sie nur für Freunde, Liebes! Natürlich, ich rufe kurz durch!«

Die Schwester in der Notaufnahme teilte dem Wachmann mit, dass Herr Schäfer in wenigen Minuten entlassen wird. Seine Freundin sollte kurz warten. In der Notaufnahme nähte der Arzt gerade die Wunde zu, als zwei kichernde Schwestern in den Behandlungsraum kamen.

»Entschuldigen Sie, sind Sie Herr Schäfer?«, fragte eine der Schwestern.

»Ja, der bin ich!«, rief Alex mit schmerzverzerrtem Gesicht.

»Ihre Freundin steht vor der Tür der Notaufnahme und will Sie sprechen.«

Die beiden jungen Schwestern schauten verlegen zu

Susanne und verließen den Raum. Susanne wusste nicht, wie ihr geschah, sie sah Alex ratlos an.

»Hallo! Wer soll denn das sein? Verheimlichst du mir seit neuestem eine Geliebte, Schatz?«, sagte Susanne und lächelte noch.

»Bist du verrückt, nein!«, antwortete Alex genervt.

Alex versuchte diese Situation so gut wie möglich zu ignorieren, es stimmte ja auch nicht. »Nicole könnte nie so blöde sein, sich als meine Freundin auszugeben. Erstens war das mit Nicole Jahre her gewesen und zweitens hat das neulich beim Umzug nichts mit der Realität zu tun gehabt«, dachte sich Alex.

In diesem Moment öffnete sich die Türe zur Notaufnahme und eine gutaussehende schlanke Frau stand vor der Nachtschwester.

»Entschuldigen Sie, haben Sie meinen Freund Alexander Schäfer gesehen?«

Susanne konnte ihren Ohren nicht trauen, ihre beste Freundin beschrieb Alex nicht als einen Freund, sondern als ihren Freund. Die Art der Wortwahl und der Klang in ihrer Stimme ließen Susanne hochschnellen.

»Was ist denn hier los, kannst du mir das erklären?«, sagte Susanne und ging strikt auf den Flur. Sie stellte sich mit verschränkten Armen an den Türrahmen und sah, wie Nicole näher kam.

»Hallo, Susanne, na, wie geht es unserem Helden?«

»Es ist mein Held und auch mein Freund! Kann es sein,

dass ihr mir da etwas über euch erzählen müsst?«

Die Schwestern beobachteten das Szenario und konnten ihr Kichern nicht mehr zurückhalten. Sie gingen an den zwei Furien vorbei und blinzelten verstohlen zu Alex rüber.

»Was stellst du dich denn jetzt so an, ich will nichts von deinem Alex! Ich habe das nur gesagt, weil ich sonst nicht in die Notaufnahme gekommen wäre. Mach dich mal locker!«

Susanne schaute Alex an und stellte fest, dass er tiefrot anlief. Er sagte zur gesamten Situation kein Wort, als würde er auf seinen Einsatz warten. Dann durfte er aufstehen. Er wollte einen Schlussstrich ziehen, hier und jetzt. Diese Sache liegt Jahre zurück, beim Umzug war auch nichts passiert. Die beiden Kontrahentinnen schauten sich noch wütend an, als Alex das Wort ergriff.

»Schatz, sie hat das nur wegen der Nachtschwester gesagt! Zwischen Nicole und mir läuft nichts, glaube mir! Da ist nur eine Sache aus der Vergangenheit, die ich dir beichten muss.«

»Wie bitte? Ich glaube, ich höre nicht richtig!«

»Beruhige dich, es geht um die Zeit, wo wir gerade ein Paar geworden sind. Genauer noch, um die Abschlussfahrt.«

»Nein, du willst mir jetzt nicht sagen, dass du mit meiner besten Freundin während der Klassenfahrt fremdgegangen bist?«

»Wir waren doch noch gar nicht richtig zusammen. Gerade

eine Woche vor der Klassenfahrt sind wir uns ein bisschen nähergekommen!«

»Du hast einen Knall und du, Nicole, bist eine verlogene Schlampe! Ich habe etwas Besseres verdient als solche Lügen und dir habe ich geholfen, als dieser Russe dich ausgenutzt hat. Ihr könnt mich mal!«, rief Susanne noch und rannte aus der Notaufnahme.

Die beiden Krankenschwestern konnten ihren Augen nicht trauen, als Susanne heulend an ihnen vorbeilief. Jetzt lachte niemand mehr, die Stimmung war sehr gedrückt. Alex versuchte aufzutreten und bemerkte einen stechenden Schmerz bei jeder Bewegung. Die Naht spannte, er wollte ja hinterher, aber er konnte nicht. Nicole entschuldigte sich am laufenden Band bei Alex. Mit ihrer hoffentlich unbeabsichtigten Vorstellung an der Tür schien sie das Szenario erst ausgelöst zu haben. Es schien sich nicht gut anzufühlen, wenn man eine jahrelange Beziehung mit einem Wort zerstört. Als Nicole und Alex durch den Eingangsbereich der Klinik schlichen, zeigte der Nachtportier schon auf den Weg nach draußen. Nachdem sie die Rezeption hinter sich gelassen hatten, stürmten sie auf den großen Besucherparkplatz. Nichts zu sehen von Susanne. Doch dann vernahmen sie einen Schrei und hörten, wie sich eine Transportertür schloss. Das Geräusch war zuerst ein Rollen und dann ein blechernes Knallen des Türschlosses. Als sie zur Straße blickten, sahen sie den Wagen. Ein dunkler Kleintransporter mit einem Kölner Kennzeichen fuhr mit quietschenden Reifen davon. Sie waren geschockt, wie konnte das passieren?

»Das kann doch nicht wahr sein! Wo ist Susanne? Susanne!«

Panik fuhr Alex durch alle Knochen, seine Hände zitterten und er fing an panisch den Parkplatz abzusuchen.

»Alex, bleib stehen, hör auf! Die haben Susanne entführt, wir müssen unbedingt der Gendarmerie Bescheid geben! Komm wieder zu dir, wir müssen Susanne retten!«

Alex wählte sofort die Telefonnummer des ermittelnden Beamten der Gendarmerie. Nicole konnte sich an einen Teil des Kennzeichens erinnern, doch der Beamte hob nicht ab. Kein Wunder, es war mittlerweile 04:30 Uhr morgens früh und auch Hauptkommissar Peters ging nicht an sein Handy dran.

»Wir müssen los, Nicole, die haben keine Wohnung mehr in Julianadorp, was sollen die auch noch in Holland? Ich wette, Gabi saß am Steuer und dass Sie jetzt direkt wieder nach Köln zurückfahren.«

»Dann müssen wir auch zurückfahren. Alain und Maite hatten gefragt, ob sie in deinem Haus übernachten können. Geht das klar?«

»Ja, sicher, die Schlüssel sind ja noch an der Rezeption hinterlegt. Ich habe ihre Namen von Deutschland aus angegeben. Das ist so in dieser Ferienanlage, die können einfach zur Rezeption gehen und sich die Schlüssel holen.«

»Alex! Hast du den Jungen vom Fahrdienst gesehen? Wir müssen zurück zum Landhaus der Birkens, könntest du jetzt wieder Auto fahren?«

» Auf jeden Fall, und sollte ich noch zu viele Promille

intus haben, wäre mir das auch egal. Ich liebe Susanne über alles, das weißt du doch.«

»Ja, richtig!«, sagte Nicole etwas verkniffen. Gegen so viel Herz konnte sie nichts sagen, sie musste seine Entscheidung akzeptieren.

Was wäre er auch für ein Mensch, wenn er in diesem Augenblick auf sie aufmerksam werden würde?, dachte sie sich.

»Da hinten steht dieser Typ!«

Der Junge hatte Nachtschicht und an diesem Abend nichts weiter vor. Er war kein Sanitäter, sondern im Fahrdienst beschäftigt. Seine Aufgabe war es, mit Älteren oder Schwerbehinderten einkaufen zu gehen. In den Nachtschichten wurden die Fahrer oft für reine Krankentransporte der Krankenhäuser eingesetzt. Da er somit keine versorgenden oder medizinischen Aufgaben hatte, könnte er auch einen Joint rauchen. Nur um wach zu bleiben und um die Nacht rumzukriegen. Alex lief auf die Dunstschwade hinter dem Gebäude des Fuhrparks zu, er konnte sich denken, was da abgeht.

»Hey du, wir müssen schnell zurück nach Julianadorp! Meine Freundin wurde entführt und ich brauche mein Auto, um denen hinterherzufahren.«

»Was! Sind Sie nicht der Typ, der betrunken angeschossen wurde? Wie können Sie jetzt nur Auto fahren?«

»Ja, richtig, jetzt mach schon, es ist wichtig.«

»Wie du siehst, habe ich gerade etwas geraucht, ich kann erst in ein paar Minuten ordentlich fahren.«

»Ich bin mittlerweile nüchtern, meine letzten Drinks habe ich vor ungefähr acht Stunden zu mir genommen. Lass mich fahren und ich erzähle deinem Arbeitgeber auch nichts von deinem Hobby.«

»Unverschämtheit, das ist Erpressung!«
»Ja, weil es wichtig ist! Mach schon!«

Sie stiegen in den Minivan und holten Nicole vor der Rezeption ab. Sie telefonierte in der Zeit mit Maite, sie wollte über die Nacht im Krankenhaus bleiben. Morgen früh würde sie mit einem Taxi und hoffentlich auch Alain ins Ferienhaus der Schäfers fahren. Nicole sprang jetzt in den Minivan vom Roten Kreuz, Alex gab Gas. Er raste die Landstraße entlang und nahm in einer Verkehrsberuhigung mit seinem Spiegel ein Schild mit. Der Kiffer fluchte, sagte aber nichts gegen den Fahrstil von Alex. Er schaffte die Strecke in Rekordzeit und verließ vor dem Haus der Birkens, im Dauerlauf, das Auto. Alex öffnete die Eingangstür des Landhauses, nahm die gepackten Rucksäcke und warf sie Richtung Werkstattwagen. Dann rannte er zum Nachbarhaus. Er legte die Schlüssel unter die Fußmatte und spurtete wieder zum Werkstattwagen. Neben dem Wagen stand Nicole mit den Rucksäcken, sie stiegen ein und fuhren mit quietschenden Reifen los.

Der Kiffer sah dem Treiben aus sicherer Entfernung zu, was ihn nicht daran hinderte, einen weiteren Joint zu rauchen. Als sie an ihm vorbeifuhren, winkte er nett mit seinem Mittelfinger. Alex war das völlig egal, er hatte nur noch ein Ziel. Es trieb ihn nur noch ein Gedanke an. »Susanne«, seine Susanne war in Lebensgefahr, er musste sie retten. Wie konnte das nur passieren, wieso wollte er die

Angelegenheit mit Nicole nur heute noch klären?

»Völlig unnötig in dieser Situation«, dachte er sich und versuchte seine Tränen zu unterdrücken.

Nicole wurde wieder bewusst, was sie da inszeniert hatte.

»Dass diese Irren Susanne immer noch beschatten, konnte doch niemand wissen.« Alex ignorierte alle Geschwindigkeitsbegrenzungen und raste jetzt auf die Autobahn in Richtung Amsterdam.

»Hey, fährst du jetzt eine andere Strecke? Wir sind doch über den Deich hingefahren, oder?«

»Ja, richtig! Ich fahre jetzt direkt auf die Stadtautobahn Richtung Amsterdam. Hin bin ich extra über den Damm gefahren, um diverse Staus zu umgehen. Jetzt sollte es keine Verkehrsbehinderungen geben. Außerdem schätze ich, dass die Entführer die Nebenstrecke fahren, um nicht aufzufallen. Was glaubst du, wie viel Zeit haben wir gegenüber den Entführern verloren?«

»Ich schätze, so eine halbe Stunde.«

»Das schätze ich auch! Wenn ich ein bisschen auf die Tube drücke, sollten wir vor denen in Köln sein!«

»Aber wo sollen wir in Köln nach denen suchen?«

»Bitte nimm mein Handy und versuch diesen Kommissar aus dem Bett zu klingeln. Wenn wir hartnäckig genug bleiben, merkt er vielleicht, wie wichtig es ist!«

Nicole kramte Alex' Handy aus dem Rucksack. Sie musste sich dafür abschnallen und verlor bei der Kletterpartie auf dem Rücksitz zwei Mal das Gleichgewicht. Alex

Fahrmanöver verursachten Panik bei Nicole, nach beiden Ausrutschern schlug sie kräftig nach Alex' Fahrersitz und blaffte ihn an. Doch Alex ignorierte das, er hatte nur noch ein Ziel und das hatte überhaupt nichts mit Nicole zu tun. Nachdem Nicole sich wieder angeschnallt und neben ihm Platz genommen hatte, öffnete sie das Telefonbuch.

»Du musst nach Schwein suchen. Der Hauptkommissar hat mich mehrfach vernommen und wollte mir sogar den Mord an Jamila anhängen.«

»Ich sehe schon. Ich habe den Verlauf der ausgehenden Anrufe von heute aufgerufen.«

Nicole wählte mehrfach die Telefonnummer. »Hoffentlich hat er sein Handy nicht ausgeschaltet!«, rief sie Alex herüber.

»Der ist doch im Bilde, eine gewisse Rufbereitschaft sollte man doch erwarten können, oder?«

»Ich versuche es weiter!«

Nicole ließ noch minutenlang schellen und hatte nach dem gefühlt fünfundzwanzigsten Anruf einen sehr verschlafenen Hauptkommissar am Apparat. Sie stellte sich vor und schilderte kurz die Sachlage. Peters versprach sich umgehend drum zu kümmern. Er wird seinen Kollegen und die Kollegen auf Streife vom Zoll unterrichten. »Da es für diese Personen schon einen Haftbefehl gibt, sollte das alles schneller gehen. Wir werden auch direkt die amtlichen Wohnorte der gesuchten Personen überwachen. Geben Sie mir bitte nochmal das Kennzeichen und die Wagenbeschreibung des Kleintransporters durch.«

Nicole gab ihr Bestes und vermittelte dem Hauptkommissar alles, was sie wusste. Sie beschrieb nochmal die Route und ihre Position. Über das Navigationssystem auf ihrem Handy konnte sie ihm sogar eine vermeintliche Ankunftszeit übermitteln.

»Kommen Sie direkt ins Präsidium, mein Kollege wird dort auf Sie warten.«

Nicole bedankte sich und erzählte Alex, was Hauptkommissar Peters gesagt hatte. Sie rasten weiter und müssten in circa zweieinhalb Stunden in Köln sein. So langsam fing es an zu dämmern. Alex beruhigte sich langsam und fuhr jetzt nur noch 150 km/h anstelle der erlaubten 130 km/h. Sein Fahrstil wurde auch erträglicher, was Nicole natürlich begrüßte.

(05:30 Uhr morgens/Ankunft 08:00 Uhr Samstag) Unterdessen rappelte sich der noch betrunkene Hauptkommissar auf, er hatte einen Kater und musste seinem Kollegen Bescheid geben. Der sollte klar sein, letzte Woche hatte er ihm in einer ähnlichen Situation geholfen. Kommissar Sander ging nach nur drei Mal Schellen dran, er hatte fast nichts getrunken und fühlte sich topfit.

»Chef, die kriegen wir! Ich werde mir zwei Streifen nehmen und die Wohnung von Anton Konzen sowie das Anwesen von Ferdinand Konzen überwachen! Wo sollten die auch hin?«

»Nimm dir das Kennzeichen des Kleintransporters vor und befrag nochmal Frau Konzen, ob sie was weiß!«

»Ist gut! Du hast noch gute drei Stunden Zeit, schlaf dich aus!«

»Alles klar, Kollege, bis später! Wecke mich morgen bitte, ich bin echt platt.«

»Kein Thema, bis später!«

Sander sprang unter die Dusche, es lag jetzt an ihm. Er wollte eine Verhaftung, und das heute noch.

»Die denken doch nicht wirklich, dass die mit dieser Räuberpistole durchkommen. Die Erbschaft können sich Fräulein Konzen und ihr Onkel abschminken«, dachte sich Kommissar Sander.

Unterdessen im Kleintransporter der Entführer.

Susanne hatte starke Kopfschmerzen vom Chloroform. Sie lag gefesselt mit einem Jutesack auf dem Kopf auf der Ladefläche des Transporters. Als sie wieder zur Besinnung kam, taten ihr alle Glieder weh. Ihr Körper war die gesamte Zeit der Ohnmacht und dem Rütteln des Wagens ausgesetzt. Sie prallte immer wieder an die blechernen Wände des Transporters, was die Entführer nicht zu interessieren schien. Sie zog sich am Radkasten etwas hoch und richtete sich auf. Eine strenge weibliche Stimme maßregelte ihr Verhalten und wies Gabi an, besser aufzupassen.

»Schau dir diesen Bastard an, diese Polenschlampe soll sich wieder hinsetzen. Gabi, mach ihr Beine!«

Susanne hörte wie in Trance die Worte einer unbekannten Person. Wer war das und warum war diese Person so sauer auf Susanne?

»Wohin bringt ihr mich?«

»Gabi! Hast du sie nicht geknebelt, was ist nur mit dir los? Ich halte auf der nächsten Raststätte an und du wirst das zusammen mit deinem nichtsnutzigen Onkel regeln. Unglaublich!«

»Wer seid ihr, wohin bringt ihr mich?«

Susanne wiederholte das immer und immer wieder. Sie wurde wacher und bemerkte, wie das Leben wieder in sie zurückkehrte. Ihre Beine fingen an zu kribbeln, bis sie jeden Zeh wieder spüren konnte. Ihre Gedanken sortierten sich, ihre Sinne wurden schärfer. Wenige Minuten später hielt der Kleintransporter an. Hektisch stieg Gabi aus und riss wütend die Klappe auf.

»Halt still, ich muss dich knebeln.«

»Was habe ich dir getan? Ich will euer Geld nicht und ich würde auch auf mein Erbe verzichten, lasse mich in Ruhe!«

In diesem Moment zog ihr Gabi den Sack vom Gesicht und unterbrach mit einem Stück Strukturklebeband Susannes Redeschwall. Susanne wurde durch das plötzlich einfallende Licht stark geblendet. Es gab für sie keine Möglichkeit, etwas aus der näheren Umgebung zu erkennen. Sie hatte den Sack in Sekundenschnelle wieder über ihrem Gesicht.

»Sei ruhig, du Miststück, jetzt haben wir euch erwischt! Dich und deine dreckige Familie! Ihr habt euch so lange versteckt, doch damit ist jetzt Schluss. Du hättest deinen Vater mal sehen sollen, wie er eines Tages vor unserem Anwesen stand. Dieser Idiot hatte doch nicht im Ernst geglaubt, dass wir ihn berücksichtigen werden«, rief die

Stimme der älteren Dame von vorne.

Gabi knallte die große Transportertür wieder zu, drehte sich zur Seite und entdeckte einen farbigen Angestellten der Raststätte. Der Mann hatte anscheinend alles verfolgt und aus nächster Nähe mit angesehen. Sie ging zur Fahrgastzelle und zeigte mit dem Finger auf den Angestellten. Der Mann wusste, was ihm bevorstand, er lief sofort Richtung Tankstelle los. Diese sollte ihm die nötige Öffentlichkeit oder den nötigen Schutz bieten.

»Gabi, steig ein! Da kann man nichts machen, wir müssen hier weg. Vielleicht haben sie uns noch nicht zur Fahndung ausgeschrieben. Dann könnten wir Glück haben und die holländischen Behörden wissen gar nicht, worum es geht.«

Doch so viel Glück hatten die Entführer nicht, Kommissar Sander hatte bereits vor Stunden reagiert. Er verständigte die holländischen Kollegen umgehend über die Flüchtigen und die mögliche Reiseroute. Die Gendarmerie war gewarnt und nahm nur fünfzehn Minuten nach dem Hilferuf aus der Raststätte die Verfolgung auf.

Kommissar Sander stand jetzt wieder vor dem Anwesen der Konzens in Leichlingen. Er klingelte und bekam wenige Minuten später Herrn Ferdinand Konzen persönlich an die Sprechanlage. Der Mann war verwirrt und schlief noch halb. Er öffnete dem Kommissar bereitwillig, als dieser von seiner flüchtigen Tochter erzählte.

»Herr Konzen, es gibt gerade erdrückende Neuigkeiten, die zu einer langen Inhaftierung Ihrer Tochter führen könnten. Bitte öffnen Sie, ich muss mit Ihnen und Ihrer Frau reden.«

Die Tore öffneten sich und der Kommissar ging langsam durch den Vorgarten. Es roch nach frischem Tau und gemähtem Rasen. Am Haus angekommen, surrte der Türöffner.

»Kommen Sie rein, Sie wissen ja, wo Sie mich finden. Bitte schließen Sie die Türe wieder hinter sich, ich stelle die Alarmanlage gleich wieder scharf.«

Dem Mann schien es schlechter zu gehen, als er es sich eingestehen wollte. Er tat immer so stark, konnte aber anscheinend nicht einmal mehr die Haustüre öffnen. Das Haus schien gespenstisch leer und unbewohnt zu sein. Der Kommissar entdeckte auf dem Weg durch das Wohnzimmer nicht einmal ein stehen gelassenes Glas oder einen achtlos liegen gelassenen Jogurtbecher auf der Arbeitsfläche. »Was für eine Verschwendung von Wohnraum«, dachte sich der Kommissar wohl auch etwas beeindruckt bis neidisch. Er öffnete wieder die Türe zum Schlaf- und Arbeitszimmer im Erdgeschoss. Ferdinand Konzen lag wie beim letzten Mal auf seinem Bett, in seinem Bademantel. Auf dem Bildschirm lief ein Nachrichtensender, die Luft war stickig.

»Guten Morgen, Herr Sander, was beschert mir Ihren frühen Besuch?«

»Guten Morgen, Herr Konzen, ich entschuldige mich erst einmal für die so frühe Störung. Es kommt nicht häufig vor, dass ich samstags um 06:00 Uhr morgens eine Zeugenaussage aufnehmen muss. In diesem Fall ist leider Eile geboten.«

»Geht es um meine Tochter?«

»Natürlich, aber nicht ausschließlich.«

»Was meinen Sie?«

»Könnte ich mit Ihrer Frau sprechen? Ich hätte da noch ein paar Fragen an sie. Übrigens, wir haben den Freund Ihrer Tochter festgenommen.«

»Meine Frau hat ihr Wellness-Wochenende, sie trifft sich mit anderen reichen Business-Hausfrauen für ein Wochenende in diversen Luxushotels. Eine lächerliche Angewohnheit, mit noch lächerlicheren Gesprächsthemen.«

»Fährt Ihre Frau dort immer mit einem Poolfahrzeug der Reuters Getriebewerke hin? Ich stelle mir das seltsam vor, wenn sie mit einem weißen Transporter auf dem Parkplatz eines Luxushotels vorfährt. Meinen Sie nicht?«

»Mit einem Poolfahrzeug unserer Firma? Was reden Sie da, meine Frau fährt einen kleinen Sportwagen, keinen Transporter.«

»Ihre Frau hat gestern einen Transporter Ihrer Firma geliehen und ist damit nach Holland gefahren. In Holland hat sie dann mit der Hilfe von Ihrem Bruder, Ihrer Tochter und deren Freund Fräulein Schneider entführt. Sie ist die Erbin der Köhler-Anteile an Ihrem Unternehmen. Herr Toprak wurde übrigens bei einem Schusswechsel überwältigt, er verletzte einen mitreisenden Jungen und den Lebensgefährten von Fräulein Schneider. Herr Toprak soll heute Nachmittag von den holländischen Kollegen zu uns nach Köln überführt werden.«

»Sie meinen somit, dass meine Frau in diese Sache

verwickelt sein könnte?«

»Ich schätze, Ihre Frau ist vielleicht der Kopf dieses Komplotts oder spielt zumindest eine entscheidende Rolle dabei. Herr Konzen, ich möchte Ihnen nicht zu nahe treten, aber was haben Sie eigentlich für eine Krankheit?«

»Da kann meine Frau nichts dafür, ich habe auf Grund meiner alten Amalgam-Zahnfüllungen eine Quecksilbervergiftung und einen Tumor an der Schilddrüse. Das ist bei dieser Art Vergiftung häufig der Fall.«

»Seit wann haben Sie diese Symptome?«

» Seit ungefähr einem Jahr. Zu Beginn hatte ich oft einen metallischen Geschmack im Mund und dann plötzlich einen starken Ausbruch. Mein Zahnfleisch fing an zu eitern und ich hatte starke Kopfschmerzen, bis mein Hausarzt auf die Idee kam. Ich habe das gesamte Amalgam entfernen lassen. Jetzt kämpfe ich nur noch mit den Spätfolgen.«

»Herr Konzen, sprechen Sie lieber mal mit einem Facharzt. Ihre Tochter trachtet Ihnen nach dem Leben und Ihre Frau steckt auch irgendwie mit drin. Ein Streifenwagen steht vor der Türe, die Kollegen überwachen das Haus und werden uns über jede Bewegung im Haus informieren. Bitte melden Sie sich, sobald sich Ihre Frau meldet.«

»Das werde ich, anscheinend bin ich meinen lieben Blutsverwandten ein Dorn im Auge. Da Sie das Thema schon ausgesprochen haben, die Korrespondenz mit meinen Ärzten unterliegt der Regie meiner Frau. Ich habe das, bis heute, für keine schlechte Idee gehalten. Die Lieferwagen leihen wir uns schon mal für unseren Gärtner oder wenn meine Frau beispielsweise ein Bild zu einer Ausstellung transportieren lässt. Was glauben Sie, was die vorhaben?«

»Das kann ich Ihnen nicht sagen, aber ich rate Ihnen zu einem gut verfassten Testament. Vielleicht überlegen Sie mal, ob Sie jemanden ausschließen sollten. Dann hätte der Spuk für immer ein Ende.«

»Gute Idee, aber da ich meine Familie kenne, würde das jetzt nichts mehr ändern. Meine Frau Gemahlin und mein Balg sind hochintelligent. Die wissen, dass sie von dem Geld nichts mehr sehen werden. Rachsucht ist da eine weitere Option, die Sie interessieren wird.«

»Sie meinen, obwohl die Lage aussichtslos ist, werden Ihre Liebsten versuchen Sie und Fräulein Schneider ums Leben zu bringen?«

»Davon gehe ich jetzt stark aus. Wenn sie sich etwas in den Kopf gesetzt haben, sind sie kaum zu stoppen. Aber Sie sollten mal überlegen, was Sie gegen meine Frau in der Hand haben.«

»Was meinen Sie?«

»Haben Sie nur Indizien oder auch klare Fakten? Wenn Sie meine Frau nicht mit der Waffe in der Hand erwischen, ist alles zwecklos.«

»Sie haben Recht, wir haben diverse Fingerabdrücke und DNA-Spuren gefunden. Vielleicht passen diese auf jemanden dieser Gruppe. Könnten wir vielleicht von Ihnen einen DNA-Abgleich vornehmen? Sollte das gefundene Erbgut zu Ihrem passen, könnte es sich um Ihre Tochter oder Ihren Bruder handeln. Herrn Toprak haben wir auch noch.«

»Tun Sie das, ich kann hier nur nicht weg.«

»Kein Problem, ich rufe jemanden von der Ballistik. Die Jungs sollten doch auch eine Blutabnahme hinbekommen.«

»Vorsicht, ich kann mich noch wehren!

Herr Konzen machte wieder Witze. Dieser Mann hatte echte Steherqualitäten und die Methoden von Kommissar Sander gefielen ihm. Sander wollte so lange bei ihm bleiben, bis Alex und Nicole im Präsidium angekommen waren. Wo sollten die übrigen Konzens nur hin? Das Haus und die Wohnung vom Onkel wurden überwacht, die Holländer wollten sich um die Wohnung von Emre Toprak kümmern. Es blieben nur noch das auffällige Studentenheim und natürlich die Firma übrig. Am Wochenende standen die Bänder still, in der Woche wurde in drei Schichten gearbeitet. Ferdinand telefonierte mit dem Werkschutz und stellte klar, dass seine Frau unter allen Umständen festzuhalten sei. Das war ein gefundenes Fressen für jeden Wachbeamten, endlich jemanden festhalten. Eine verantwortungsvolle Aufgabe brachte ein Funkeln in die Augen der Wachmänner. Hand in Hand mit der Polizei zusammen zu arbeiten ist wohl der Traum eines jeden Wachmanns. Kommissar Sander hatte alles im Griff, »Peters wird ganz schön Augen machen. Bis der aus seinem Koma erwacht ist, habe ich den Fall schon gelöst«, dachte er sich. Ein Mitarbeiter des ballistischen Instituts des Kölner Polizeipräsidiums kam ungefähr eine Stunde später am Haus der Konzens an. Er stellte klar, dass er seit langem keinem Lebenden eine Blutprobe mehr abgenommen hatte, und setzte dann an. Obwohl er aus keinerlei Routine handeln konnte, tat der Mann sein Werk mit großer Übersicht. Die geeignete Vene war schnell gefunden und die Ampulle direkt gefüllt.

»Sie haben das sehr gut gemacht«, sagte Ferdinand Konzen und zwinkerte ihm zu.

Der Kommissar hatte hingegen noch eine speziellere Bitte. »Sie stellen bitte sofort fest, ob die DNA mit den Spuren von den letzten beiden Tatorten verwandt ist. Dann untersuchen Sie bitte den Quecksilbergehalt im Blut.«

»Wozu denn das?«

»Ich möchte wissen, ob der Mann von seiner Frau seit längerem Quecksilber verabreicht bekommt. Er hat anscheinend starke Vergiftungserscheinungen und seine Frau führt höchstwahrscheinlich ein Doppelleben.«

»Dann benötige ich Haare. In den Haaren eines Menschen lagern sich alle Arten von Giftstoffen ab, das sollten Sie eigentlich genau wissen.«

»Ja, richtig! Nur zu, ich frage ihn.«

Der Kommissar erklärte Herrn Konzen die Sachlage und der Mitarbeiter des ballistischen Instituts nahm eine Haarprobe.

»Er fährt jetzt direkt ins Labor und meldet sich, sobald er Genaueres weiß«, sagte er.

Für Kommissar Sander bedeutete das, dass er momentan nichts weiter tun konnte als warten. Sein Magen knurrte, es musste jetzt ein Frühstück her. Der Kommissar führte noch eine nette Unterhaltung mit Ferdinand Konzen und versprach ihm, belegte Brötchen vom Bäcker mitzubringen. Es war nach 07:00 Uhr morgens und vor 08:00 Uhr war nicht mit ihnen zu rechnen. 320 Kilometer unter drei Stunden zu absolvieren war eine echte Kampfansage. Mit einer gekidnappten Person auf der Ladefläche unmöglich, ohne aufzufallen. Der Kommissar erklärte sein Anliegen der Streife und nahm Bestellungen auf. Zwei Parallelstraßen weiter gab es eine kleine Backstube, die anscheinend sehr traditionell geführt wurde. Die Auswahl war zwar begrenzt, aber das, was angeboten wurde, sah sehr ansprechend aus. Die Auslage schien aus einer anderen Zeit zu stammen und die Inneneinrichtung war abgegriffen. Der Kommissar arbeitete die Liste der Bestellungen ab, dann war endlich er an der Reihe. Seine Bestellung wurde auf ein Papptablett geschichtet und in Zeitungspapier geschlagen, sehr traditionell eben. Die Streifenbeamten wurden zuerst bedient. Im Vorgarten auf dem Weg zurück ins Haus schellte sein Handy. Sander jonglierte das Tablett mit einer Hand von links nach rechts und suchte das Handy in seiner Innentasche. Die Kollegen der Spurensicherung waren am Apparat und informierten ihn über die Übereinstimmung mehrerer Fingerabdrücke von Emre Toprak am Tatort von Anna Maria Köhlers Ermordung. In der Küche unter der Arbeitsplatte, direkt neben der Leiche. Die Kriminalisten meinten, er könnte, nachdem er sich die Handschuhe ausgezogen hatte, gestolpert und dann gefallen sein. Im Fallen muss er versucht haben, sich mit seiner rechten Hand an der Arbeitsplatte festzuhalten. Der Abdruck war eindeutig an zehn markanten Stellen zu identifizieren. Der Kommissar freute sich außerordentlich über diese Neuigkeiten. Der Fall schien gelöst zu sein, bei so vielen

Indizien ist ein Prozess auch ohne Geständnis vorstellbar. Herr Konzen öffnete ihm die Türe über die Sprechanlage. Als er das Zimmer betrat, schallte ihm eine bekannte Stimme entgegen.

»Hallo, Kollege, na, hast du schön Frühstück besorgt? Scheinst ja beide Hände voll Arbeit zu haben, wie ich sehe.«

»Und du bist jetzt schön ausgeschlafen, wie ich sehe!«

»An Schlaf war ja nicht zu denken. Hat der Typ von der Spurensicherung dich endlich erreicht? Ich habe schon vor einer halben Stunde mit ihm über Emre Toprak gesprochen.«

»Deshalb war der auch so schlecht drauf!«

»Spaß beiseite! Dieser Typ ist überführt und wird uns alles erzählen. Ich habe in Holland schon Druck gemacht, die bringen ihn uns früher. Heute Mittag werden wir ihn ausquetschen.«

»Bist du über alle Neuigkeiten im Bilde?«

»Herr Konzen war so nett, mir das meiste zu erzählen.«

»Ich hoffe, mein Bericht war vollständig!«, sagte Ferdinand Konzen hämisch zu den Beamten. »Vielleicht gehen Sie eine Runde durch den Garten und tauschen sich aus. Ich könnte in der Zeit einige Telefonate führen und Mails bearbeiten.«

»Sie wollen jetzt arbeiten?«, fragte Peters erstaunt.

»Was glauben Sie wohl, wie ich an mein Geld gekommen

bin!«

Die Kommissare lachten und gingen wie zwei Hunde vor die Tür. Sie diskutierten die möglichen Szenarien aus und erörterten die Möglichkeiten der Entführer.

»Ich kann mir nicht vorstellen, dass es den Entführern noch um Geld geht. Das Emre aufgeflogen ist und somit alles ans Licht kommen wird, ist denen bestimmt klar geworden!«, meinte Sander.

Peters schaute über die Wiese hinterm Haus, die Wupper hinunter. Die leichte Strömung des flachen Gewässers zauberte einen glitzernden Teppich auf die Wasseroberfläche. Es roch frisch und das Schnattern der Enten hallte die Klippe hinauf. Dieser Platz bot so viel Natur und eine besondere Sicht über nahezu unberührter Flusslandschaft. Es dauerte Minuten, bis Peters die Stirn runzelte und antwortete.

»Das sind Psychos!«

Es hatte den Anschein, als würde der Hauptkommissar in eine Art Urschlaf verfallen. Ein Zustand, in dem achtzig Prozent aller Gehirnaktivitäten zurückgefahren werden, um Energie zu sparen. Dann blickte er plötzlich seinen Kollegen an und hatte einen Ausdruck von Panik in den Augen.

»Wie viel Uhr haben wir?«

»Es ist kurz vor 08:00 Uhr morgens, Alexander Schäfer und seine Begleiterin sollten in den nächsten Minuten im Präsidium sein. Wir überwachen die Wohnung des Onkels und das Haus der Konzens.«

»Ja, richtig, wir überwachen auch noch die Wohnung von Herrn Toprak und stehen mit dem Werkschutz der Reuters Getriebewerke in Verbindung.«

»Und, was fällt dir dabei auf?«

»Nichts! Sollte es?«

»Haus Fühlingen! Diese Irren lungern da monatelang rum und wir kommen heute nicht einmal auf die Idee, dort eine Streife hinzuschicken!«

»Glaubst du allen Ernstes, dass die dort eine weitere Straftat begehen wollen? Dass wir ihr Versteck gefunden haben, wissen sie, wieso sollten sie dort hinfahren?«

»Weil es kranke Idioten sind! Denen geht es nicht mehr um Geld, sondern nur noch um Rachegelüste. Gerade diese Klientel handelt völlig furchtlos. Susanne Schneider oder Köhler in Haus Fühlingen umzubringen wäre für sie mit Sicherheit ein Triumph.«

»Diese Irren, soll ich direkt eine Streife hinschicken?«

»Nein, wir machen das anders. Lass uns selber dort hinfahren und vor Ort die Kollegen hinzuziehen. Immerhin könnten sie über den Friedhof und die angrenzenden Felder flüchten. Du hast auch gesagt, dass sie gerade erst angekommen sein könnten.«

»Ja, wenn überhaupt!«

»Na dann los! Ich gebe kurz Herrn Konzen Bescheid und du holst schon einmal den Wagen.«

»Wie bist du eigentlich hierhergekommen?«

»Frage lieber nicht, ich glaube, du solltest besser nicht wissen, welche Kollegin mich gefahren hat.«

»O. K., verstehe.«

Peters ging nochmal in die Villa und Sander holte das Auto. Dann fuhren sie wieder Richtung Chorweiler, in der Hoffnung, nicht zu spät zu kommen.

Unterdessen kamen Alex und Nicole Köln näher. Ihre Fahrt wurde durch keinerlei Staus unterbrochen, sie hielten auch nicht an. Seitdem sie die deutsch-niederländische Grenze überquert hatten, gab Alex wieder Vollgas. Der Werkstattwagen brachte auf gerader Strecke gute 160 km/h und krächzte dabei aus allen Ecken.

»So langsam sollten wir die sehen!«, rief Alex.

»Ich glaube nicht! Diese Karre ist doch gnadenlos unterlegen, außerdem weißt du nicht, ob sie wirklich den Umweg gefahren sind. Das kann alles ändern.«

»Was meinst du, wo die hinwollen?«

»Keine Ahnung?«

»Vielleicht hat die Polizei sie auch schon erwischt.«

»Kann sein! Soll ich nochmal bei den Kommissaren der Mordkommission anrufen?«

»Wäre eine Maßnahme!«

Nicole wählte die Telefonnummer von Hauptkommissar Peters und hatte Glück. Er ging direkt an sein Handy dran.

Aufgeregt stellte sich Nicole wieder vor und versuchte ein strukturiertes Gespräch zu führen. Der Kommissar wiegelte nur ab, er hätte in diesem Moment leider keine Zeit, sich um ihre Belange zu kümmern. »Das ist jetzt Polizeiarbeit!«, ließ er verlauten. Alex und Nicole sollen im Präsidium warten, bis es weitere Informationen gibt. »Eins kann ich Ihnen sagen, der Rocker, den die Kollegen in Holland festgenommen haben, ist an mehreren Tatorten gewesen.

Jetzt müssen wir weiter, tut mir leid. Wir informieren Sie dann, sobald wir weitere Informationen haben.« Danach legte der Kommissar auf, ohne auch nur auf eine Antwort zu warten. Alex konnte das Gespräch mithören und reagierte mit Skepsis.

»Diese beiden verrückten Kommissare sind bestimmt wieder etwas anderes am Untersuchen. Die sind als Person das Unzuverlässigste, was ich je gesehen habe. Ich habe eine Idee!«, sagte jetzt sogar Nicole.

»Alain ist unsere Lösung!«, sagte Alex.

»Ach ja! Ist ja wirklich praktisch, dass der im Krankenhaus liegt.«

»Du kannst ihn anrufen und er wird uns gut helfen.«

»Wie soll das denn gehen?«

»Als ich im Keller das Handy von Alain bekommen habe, war da ein Programm drauf installiert, mit dem man seine Freunde orten konnte. Ich sollte doch nachsehen, wo diese Mörder sind.«

»Ja, richtig!«

»Wir haben doch unsere Handys wieder und ich glaube nicht, dass die Entführer daran gedacht haben, Susanne zu durchsuchen.«

»Dann kann Alain Susanne orten?«

»Ja, natürlich, ich habe es selbst ausprobiert. Man bekommt sofort alle Standorte der Telefonnummern aus dem Telefonbuch angezeigt. Ruf Alain oder Maite an!«

Nicole wählte nacheinander beide Telefonnummern ohne Erfolg. Erst nach vier weiteren Anrufen meldete sich plötzlich Maite an Alains Handy. Sie hörte sich sehr verschlafen an und im Hintergrund war ein lautes Schnarchen zu hören. Mit gedämpfter Stimme fragte sie, ob es Neuigkeiten gibt und ob sie schon im Präsidium seien. Nicole erläuterte die Situation und Maite kam nicht drum herum, Alain zu wecken. Sie hatte verstanden und wollte sich so schnell wie möglich melden. Der Akku von Alex' Handy meldete sich, sie hatten nicht mehr viel an Gesprächszeit.

Maite holte Alain aus dem Tiefschlaf, er wusste gar nicht, wie ihm geschah, und redete wirres Zeug. Es dauerte ein paar Minuten, bis er richtig aufnahmefähig war. Die starken Schmerzmittel und der Blutverlust waren wohl schuld dran.

»Was ist los, mein Schatz, warum weckst du mich? Ich bin völlig fertig und ich habe einen so trockenen Mund, das kannst du dir nicht vorstellen.«

»Ich hole dir ein Glas Wasser, bitte rede leiser! Nicole hat uns gerade angerufen, es geht um Susanne. Sie wurde entführt, das konnte ich dir noch gar nicht erklären. Kannst du die Position ihres Handys herausfinden? Sie sollte es bei sich haben.«

Bis Alain verstand, dauerte es ein paar Sekunden, man konnte regelrecht sehen, wie langsam seine Gedanken kreisten. »Klar, Schatz, ich helfe euch. Wo ist mein Handy?«

»Liebling, werde wach, es liegt vor dir.«

»Ja, richtig!«

Alain erblickte das Handy wie durch einen Schleier, er nahm es und legte los. Es dauerte eine gute Minute, bis er anfing sich etwas aufzurichten und angestrengt in das Smartphone schaute.

»Ich habe sie, du wirst nicht glauben, wo sich Susannes Handy gerade befindet.«

»Was?«

»Haus Fühlingen! Das kann nur Haus Fühlingen sein, auf dieser Seite direkt neben dem See steht sonst nichts.«

»Oh mein Gott, ich gehe kurz aus dem Zimmer und rufe sofort Alex an.«

Nicole sah den eingehenden Anruf direkt, das Handy verdunkelte sofort das Display, um Strom zu sparen. Nicole nahm ab.

»Ja!«

»Haus Fühlingen! Sie i…«

Dann brach die Verbindung ab, das Handy war aus.

»Hast du das gehört, Alex!«

»Ja! Scheiße! Was ist mit deinem Handy?«

» Ist auch leer! Immerhin sind wir schon mehr als vierzehn Stunden unterwegs, also seit dem Besuch in dieser Strandbar. Kannst du noch Autofahren?«

»Ja, klar, mach dir um mich keine Sorgen! Ich hoffe, diese Schweine haben meiner Susanne nichts getan. Ich bring die um!«

»Beruhige dich, wird schon alles gut gehen. Leider haben wir die Telefonnummer der Kommissare wieder nicht. Wir hätten sonst anhalten können, um sie mit einem Münztelefon auf die richtige Spur zu bringen.«

» Ich hoffe, dass die auch auf die Idee gekommen sind, Haus Fühlingen zu überwachen. Ist schließlich eins der Verstecke dieser Mörder. Darauf sollte man als Kriminalist doch kommen, oder?«

»Wie lange brauchen wir noch?«

»Ich schätze, wir sind in fünfundzwanzig Minuten in Fühlingen. Hoffentlich ist auf der A 46 kein Stau.«

»Samstags?«

»Ich meine ja nur!«

»Gib Gas!«

Alex fuhr mit unverminderter Geschwindigkeit in eine Baustelle und befand sich mittlerweile auf der Fleher Brücke in Düsseldorf. Die letzten fünfzig Kilometer bis

Köln wollte er in Rekordzeit schaffen, als plötzlich ein Blitzgewitter seine Geschwindigkeit festhielt. Er raste in eine Armee von Starenkästen, was bei ihm nicht einmal ein Schulterzucken verursachte. Alles war ihm egal, nur Susanne war wichtig. Nach wenigen Minuten fuhr er auf die A 59 Richtung Leverkusen.

Die beiden Beamten waren mittlerweile am Ziel und parkten auf einem Feldweg in unmittelbarer Nähe des Hauses. Sie schlichen sich an und konnten durch das Dickicht den Lieferwagen der Reuters Getriebewerke sehen.

»Schau mal, der Wagen ist da und in der ersten Etage scheint Licht zu brennen.«

»Das ist nur die Sonne, die durch ein Loch in das Haus fällt.«

» Lass uns endlich Verstärkung rufen«, rief Sander jetzt aufgeregt.

» Wieso, hast du Angst vor einem alten Mann und zwei Frauen? Der Rocker ist festgenommen, was willst du mehr?«

»Wenn du nicht sofort anrufst, mache ich das!« Hauptkommissar Peters ignorierte wie ein beleidigtes Mädchen seinen Kollegen und ging weiter. Er kümmerte sich nicht um die Meinung seines Kollegen. Dass zwei Streifen vor unwichtigen Gebäuden Wache standen und Kollegen in kürzester Zeit vor Ort sein konnten, war ihm völlig egal. Selbstüberschätzung und ein sturer Kopf schienen der Grund dieses Alleingangs zu sein. Als wäre das nicht genug, schien Sander die Umstände zu akzeptieren und trottete hinterher. Sie standen jetzt direkt vor dem Haus und traten nun aus dem Gebüsch. Die Beamten konnten an der Hinterseite eine Leiter entdecken, die an die Fassade gelehnt war. »Dort müssen wir rauf«, flüsterte Peters.

»Und dann?«

»Wir werfen die Leiter um und werden sehen, was uns erwartet.«

Kapitel 11

Vor gut dreißig Minuten kam der Lieferwagen der Reuters Getriebewerke in Köln Fühlingen an. Die Entführer nahmen den kürzesten Weg über die Autobahn und hielten sich in Holland meist an die Geschwindigkeitsbegrenzung. In Deutschland hingegen machte das Fahrzeug bei freier Fahrbahn gut seine 210 km/h. Kurz vor der Grenze nach Deutschland fuhr ein Wagen der niederländischen Gendarmerie auf und setzte sich hinter die Entführer. Zuerst ignorierten sie die Streife, jedoch wenige Kilometer später beschleunigte der Einsatzwagen schlagartig und zog an dem Lieferwagen vorbei. Er setzte sich vor die Entführer und ließ die folgende Leuchtschrift aufleuchten.

»FOLLOW ME«

Mittlerweile fuhr Onkel Anton das Fahrzeug. Die Leuchtschrift ließ ihn aggressiv werden. »Ihr wollt mich aufhalten?«, sagte er leise.

Gabi sah ihn prüfend an. »Onkel, was hast du vor?«

»Schau zu und lerne. In meinem Leben haben sich mir schon so viele Leute in den Weg gestellt, glaube mir, mit denen werde ich fertig.«

Onkel Anton fuhr dem Streifenwagen nah auf und rammte ihn von links hinten. Der Wagen sollte aus der Spur geraten und sich drehen. Einen Überschlag oder einen Unfall mit schwersten Verletzungen schien er billigend in Kauf zu nehmen. Nach zwei weiteren zwecklosen Versuchen gab er einfach Vollgas. Der Transporter hatte eine leistungsstarke Dieselmaschine mit einem großen Drehmoment unter der Haube. Der Wagen der Polizei war mit einem sehr kleinen Benzinmotor ausgestattet und versuchte mit wilden Bremsmanövern den Transporter zu stoppen. Ein Zusammenstoß schien nicht vermeidbar. Der Lieferwagen fuhr auf und die Stoßstangen verhakten sich ineinander. Jetzt konnte Onkel Anton loslegen, er trat das Gaspedal durch und schob die Streife wie ein Spielzeug vor sich her. Nach einigen Versuchen, mit Vollgas vom Lieferwagen wegzukommen, taten die Beamten das Schlechtmöglichste. Sie lenkten etwas zur Seite, der Wagen wurde wie ein Spielzeug umgerissen. Selbst die Stoßstange des Lieferwagens riss ab und wurde mit einer riesigen Wucht überrollt. Ein gequälter Schrei drang von der Ladefläche nach vorne. Susanne schien sich schrecklich den Kopf gestoßen zu haben. Onkel Anton kümmerte das nicht, er sah nur noch die Grenzschilder. Holland lag jetzt hinter ihnen und vor ihnen war die Freiheit. Kein Streifenwagen oder Straßensperre, er beschleunigte den Transporter mit einem Lächeln auf den Lippen.

Gabi sah noch einen Augenblick dem verunglückten »Streifenwagen hinterher.

»Sollte das alles so laufen, was machen wir hier eigentlich?«

»Was meinst du?«, fragte der Onkel.

»Ich meine, was soll das alles noch? Wir werden unsere Ziele nicht mehr erreichen, oder?«

»Natürlich können wir unser Ziel noch erreichen. Rede

doch mal mit deiner Mutter! Dein habgieriger Vater und diese kleine Schmarotzerin auf der Ladefläche werden wir beseitigen.«

»Aber die Polizei ist anscheinend schon im Bilde und sie haben Emre!«

»Der wird nichts sagen und beweisen können die uns gar nichts. Lass uns mal weitermachen, das wird schon!«

Dann meldete sich wieder eine strenge Damenstimme von der Ladefläche. »Kind, höre auf deinen Onkel, das mit deinem Vater regele ich schon. Vergiss nie, was er dir angetan hat! Er ist ein selbstsüchtiges Monster und er wird bezahlen.«

Es wurde still im Transporter, anscheinend hatte Frau Konzen das Regiment. Sie hörte lange Zeit nur zu und entschied mit einem Satz alles. Jeder tanzte wohl nach ihrer Pfeife. Der Transporter raste jetzt mit Höchstgeschwindigkeit über die leere Autobahn. Die Sonne schien und alles fing an sich aufzuheizen. Es sollte ein schöner Tag werden, so trügerisch wie das Wetter diese Schandtat untermalte. Susanne stöhnte unter starken Schmerzen, etwas Blut tropfte von ihrem Kinn.

»Schätzchen, hab keine Angst, es ist gleich vorbei! Wir werden dich dort aufknüpfen, wo dein Großvater schon gehangen hat. Das wird bestimmt ein schöner Spaß«, flüsterte die ältere Dame Susanne ins Ohr.

Susanne wand sich hin und her. Sie versuchte etwas zu sagen, was auch Frau Konzen nicht verborgen blieb.

»Was hast du denn, Kleines? Möchtest du mir etwas sagen? Ich nehme dir mal kurz den Knebel aus dem Mund, aber Vorsicht, wenn du frech wirst, werde ich dir Manieren beibringen«, sagte Frau Konzen und holte eine Eisenstange hervor.

»Sie sind absolut verrückt! Ich möchte Ihr Geld und Ihre Scheißfirma nicht haben. Kapieren Sie das!«, schrie Susanne.

Frau Konzen suchte nur einen Anlass und schlug ihr mit der Stange auf den Oberschenkel. »Was hast du zu mir gesagt? Du nennst mich nicht verrückt! Du Bastard nicht! Du verzichtest jetzt gerne auf unser Vermögen, aber in einigen Jahren wird das anders aussehen. Dann wirst du bemerken, wie armselig du lebst und wie gut es uns geht.«

»Es ist doch gar nicht euer Geld! Ihr seid doch nur Teilhaber und konntet euch über Jahrzehnte die Taschen vollstopfen. Reicht euch das denn immer noch nicht?«

»Genug geplaudert, Schätzchen, du bekommst deinen großen Auftritt früh genug«, sagte Frau Konzen und zog den Knebel wieder fest.

Damit hatte sie nicht gerechnet, Widerworte war sie anscheinend nicht gewohnt. Ihr Gesichtsausdruck war jetzt wie versteinert, sie hatten diese Firma über Jahre geprägt und zu dem gemacht, was sie heute war. Ein großes Unternehmen, auf dem neusten Stand der Technik.

»Wie konnte diese Göre sich anmaßen uns als Schmarotzer darzustellen? Was, wenn das die Runde machen sollte?

Unser Ruf wäre ruiniert. Dieses Miststück muss aus dem Weg geräumt werden, viel dringender als es bei meinen Mann der Fall ist. Dieser Geizkrage wird schon früh genug ins Gras beißen«, dachte sich die zutiefst gekränkte Millionärsgattin.

Der Transporter fuhr jetzt schon über die Rheinbrücke bei Leverkusen. Die erste Ausfahrt, und schon befanden sie sich auf dem Zubringer, der neben der Regattabahn endete. Sie ließen die Reuters Getriebewerke rechts liegen und bogen links ab. Die Brücke der Regattabahn war vierspurig, ein Golf mit mehreren Jugendlichen überholte den Transporter von links und schnitt selbigen beim Abbiegen auf den Parkplatz der Badeseen. Onkel Anton fluchte laut und fuhr nah auf. Ein Jugendlicher, der hinten saß, streckte ihm den Mittelfinger heraus. Der Golf fuhr mit erhöhter Geschwindigkeit durch ein Eisentor und knallte gegen einen Kombi, dessen Fahrer gerade die Parkgebühr entrichtete. Onkel Anton musste lachen, Gabi nahm die Situation gar nicht wahr und ihre Mutter ermahnte ihren Schwager. Wenn jemand Gnade walten lassen würde, dann war das wohl Gabi. Sie schien die einzige Person zu sein, die noch einigermaßen richtig tickte. Vor allem hatte sie noch ein Gewissen. Als sie Susanne in den Transporter zerrten, tat sie ihr sehr leid. Alles erinnerte sie an das Unglück, was ihr vor Jahren zuteilwurde. Ihre Mutter und ihr Onkel waren geldgesteuerte Bestien, die nur an ihren persönlichen Vorteil dachten. Eine Reihe von Selbstzweifeln kam in ihr hoch, sie versuchte sich abzulenken, als sie den kleinen Weg zum Friedhof um Haus Fühlingen herum entlangfuhren. Sie stoppten an der Rückseite des Treppenhauses, vor welchem sie die Leiter versteckt hatten. Als Gabi ausstieg, wurde ihr schlecht.

Jamila und das Aufräumen danach. Die leeren Augen der absolut unschuldigen Jamila brannten sich regelrecht in ihr Gehirn. Alles verband sie mit diesem schrecklichen Haus, einer Villa, deren Mauern das Grauen gesehen haben. Über Jahrzehnte hinaus bot Haus Fühlingen dem Bösen Unterschlupf und zehrte sich von den Seelen der Bewohner. Irrsinn sowie eine tiefe Zuneigung für das Böse waren die Folge. Jeder Bewohner entwickelte sich über kurz oder lang zu einem mordlüsternen, herrischen Irren, dessen Ziel immer die Vernichtung von Leben sein sollte. Onkel Anton stellte jetzt die Leiter auf, Gabi sollte sich um Susanne kümmern. Frau Konzen dirigierte oder kommandierte ihre Untergebenen umher. Einem Blinden die Leiter hinaufzuhelfen schien ein denkbar unmögliches Unterfangen zu sein. Anton nahm den Sack von Susannes Kopf, es klaffte jetzt eine große Platzwunde auf Susannes Stirn. Ihr Gesicht und ihre Haare waren blutverschmiert. Der Knebel blieb ihr erhalten, sie blinzelte stark, als ihre Augen wieder Tageslicht sahen.

»Geh da rauf, Miststück!«, rief Onkel Anton und lehnte die Leiter an die Fassade. Sie stöhnte und kletterte etwas tollpatschig die Leiter hinauf. Es fiel ihr schwer, das Gleichgewicht zu halten mit zusammengebundenen Handgelenken. Onkel Anton stieg sofort mit auf die Sprossenleiter und kletterte hinterher. Als Letzte kletterte Gabi hinauf, als sie oben ankam, redete ihre schlecht gelaunte Mutter schon auf sie ein. Gabi zerrte Susanne durch das Treppenhaus, bis sie an die Stelle gelangte, wo Jamila ihr Ende nahm.

»Setze dich da hin, mein Schwager muss noch ein paar Vorbereitungen treffen«, sagte sie.

Es dauerte einige Minuten, in denen sich Susanne ihre Kontrahenten genauer anschauen konnte. Gabi schaute permanent auf den Boden.

»Was soll das! Gabi, ich hätte das nie von dir gedacht. Ich dachte immer, du wärst in Ordnung. Jetzt sitze ich hier vor meinem Henker! Alles nur wegen meinem Namen und meiner Abstammung.«

»Du kleine Schlange lullst meine Tochter nicht ein. Wieso warst du bei unserem Familienanwalt? Wieso habt ihr Papiere, die eure Abstammung genauestens bezeugen, wenn ihr diese nicht gegen uns verwenden wollt?«

»Ich sage Ihnen mal was, meine Abstammung ist gottgegeben! Auf seine Eltern hat man keinen Einfluss und das Geburtsrecht ist nicht veränderbar. Leute wie Sie sind das Problem, ein anscheinend großer Teil Ihres Familienvermögens ist mit unserem Kapital erwirtschaftet worden. Sie sind aber so habgierig, dass Sie mir als Nachkommen nicht einmal einen kleinen Anteil zusprechen wollen.«

»Ach ja, du kleiner Bastard bist nicht von reinem Blut! Du bist das Produkt aus einer lauen Sommernacht und einer Schlampe ohne Anstand.«

»Machen Sie mir doch mal die Handfesseln los, dann sehen wir mal nach, wer hier wen beleidigen kann.«

»Du wagst es, mir zu drohen?«

»Mutter! Hör jetzt auf, sie hat Recht! Wieso mussten wir ihre Familie aus dem Weg räumen? Wieso bist du nur so?«

»Wenn du mir noch einmal ins Wort fällst, dann setzt es eine Tracht Prügel für dich.«

Gabi senkte das Haupt und gehorchte ihrer strengen Mutter. Sie setzte sich ebenfalls auf die Treppen und musste mit ansehen, wie Susanne leise anfing zu weinen. Den Tod vor Augen, rannen ihr die Tränen nur so über das Gesicht. Dann trat Onkel Anton wieder vor die Gruppe.

»Scheiße! Die Bullen haben das Versteck geplündert.«

»Was willst du mir jetzt sagen? Kannst du nicht einmal mitdenken, hol das Abschleppseil aus dem Auto, du Esel«, rief Frau Konzen.

»Rege dich ab, die Dreckarbeit darf ich sowieso gleich wieder alleine erledigen!«

»Wofür habe ich dich denn sonst? Unternehmerisch bist du eine Niete, das musste dein Bruder auch immer wieder feststellen.«

Onkel Anton kletterte die Leiter wieder hinunter, er war sehr verärgert über das Verhalten seiner Schwägerin. Wie konnte sie ihn nur so anfahren? Seine Taten wurden einfach nicht gewürdigt. Er ging weiter Richtung Wagen.

Nachdem der Onkel das Treppenhaus verlassen hatte, bemerkte Susanne, dass das Klebeband, mit dem ihre Handgelenke aneinander gefesselt wurden, anfing zu reißen. »Sollte das ausreichen, um die Hände aus der Fessel zu ziehen?«, dachte sie. Susanne war sich unsicher, sie wollte aber nichts unversucht lassen. Sie drehte ihre Gelenke langsam mit viel Kraft gegeneinander und bemerkte, wie das Klebeband vollständig durchriss. Einen besseren Moment konnte sie nicht erwischen. Gabis Mutter stand immer noch vor ihr und redete auf sie ein. Sie schilderte viele Details der Mordnächte, um Susanne zu quälen. Diese hingegen sprang plötzlich auf und schlug ihren Schädel von unten an das Kinn von Frau Konzen. Die eingebildete Person war so von sich überzeugt, dass sie nie mit so einer Reaktion von Susanne gerechnet hätte. Als diese dann mit aller Wucht einen Kopfstoß erlitt, kam das für sie so unvermittelt, dass sie die Stufen rückwärts in die Zwischenetage hinunterfiel. Der Aufprall hörte sich an, wie wenn man einen Sack Steine fallen lässt. Es schepperte und die gute Frau fing direkt an zu schreien. Ihr Aufschrei war schmerzerfüllt und durchdringend. Das Blut spritzte nur so aus ihrer Kopfwunde und Gabi war die Panik ins Gesicht geschrieben. Sie kümmerte sich sofort um ihre Mutter, sodass Susanne an ihr vorbeikonnte. Sie kletterte die Leiter in Windeseile hinunter, trat diese um und lief los. Eine Sekunde später spürte sie nur einen Schmerz, als sie unvermittelt zur Seite geworfen wurde. Gabis Onkel kam gerade vom Auto zurück, er schlug ihr im vollen Lauf eine Eisenstange in die Seite und schleifte den bewusstlosen Körper dann an den Füßen Richtung Leiter.

»Was ist los bei euch, könnt ihr nicht einmal auf ein Kind aufpassen?«, brüllte er hinauf zu seiner Schwägerin. Diese erschien kurz darauf blutüberströmt am Durchbruch im Treppenhaus der ersten Etage.

»Bist du jetzt völlig verrückt geworden, hier so

rumzuschreien! Bring sie herauf und tue endlich deine Arbeit«, rief sie und bemerkte dabei einen Jogger mit Hund. Er lief durch den Wald und schien sie nicht weiter zu bemerken. Sie duckten sich und Susanne wachte dabei auf. Sie durchschaute die Situation sofort und schrie, was ihre Stimmbänder hergaben. Doch es half ihr nichts, Onkel Anton hielt ihr mit einem Arm den Mund zu und schlug ihr dabei in den Magen. Sie keuchte nur noch, nicht einmal ein Piep war mehr zu hören. Als Gabi einige Sekunden später aufschaute und im Wald niemanden mehr entdecken konnte, gab sie Entwarnung. Onkel Anton schulterte das Mädchen und stapfte die Leiter hinauf. Auf den letzten Sprossen angekommen, warf er Susanne rücksichtslos in das Treppenhaus. Sie wusste, dass jetzt die Stunde geschlagen hatte.

»Du kleine Ratte hast mir den Kiefer gebrochen, ich werde dich gleich ausnehmen wie eine Weihnachtsgans!«

»Ruhe jetzt! Lass mich meine Arbeit machen, Schwägerin!«

»Was spielst du dich denn jetzt so auf?«

»Vorsicht! Ohne mich wärst du schon lange aufgeschmissen, meine Liebe! Nimm jetzt den Revolver und halte sie in Schach, wie ich es dir beigebracht habe.«

» Das weiß ich selber, gehe jetzt hoch und mach den Galgen endlich fertig!«

»Kein Problem, meine Liebe, aber wen ich da gleich dranhänge, werde ich mir noch überlegen.«

Onkel Anton war sichtlich genervt, solch einen herrischen

Ton war er nicht gewöhnt. Seine Schwägerin drückte währenddessen ein Tuch auf ihre Wunde und Gabi säuberte ihr Gesicht.

Einige Minuten später pirschten sich zwei Beamte der Kölner Kriminalpolizei an, um die Entführer zu überwältigen. Peters ging vor und kletterte die Leiter hinauf, Sander folgte. Im Treppenhaus waren Stimmen zu hören, als der Hauptkommissar von der Leiter ins Treppenhaus kletterte. Er stellte sich neben die Leiter und half seinem Kollegen nach oben. Als er sich leise umdrehte, schaute Peters in den Lauf eines Revolvers. Frau Konzen zog den Hahn durch und schaute ihn mit einem zuckenden Auge an.

»Was wollen Sie denn?«, schrie die verzweifelte Millionärsgattin den Beamten entgegen. »Haben Sie sich verlaufen, meine Herren? Ich glaube, wir müssen jetzt zwei weitere Löcher graben!«

»Frau Konzen, was machen Sie hier, sind Sie wahnsinnig? Sie haben alles Geld der Welt, eine schöne Familie und eine riesige Villa! Wieso mussten Sie sich alles kaputt machen? Sie werden bald keine Möglichkeit mehr haben, etwas von Ihrem Geld auszugeben!«

»Sie sind jetzt ruhig und gehen langsam rückwärts die Treppen hinauf.«

»Lassen Sie mich raten, da wird uns Ihr Schwager empfangen. Ich hoffe für Sie beide, dass Sie der Kleinen nichts getan haben. Sie werden schon lange genug für den Mord an Jamila K. und Frau Schneider sitzen.«

»Sie halten jetzt Ihren vorlauten Mund und gehen weiter!«, sagte sie mit immer stärker zuckendem Auge. Der Angstschweiß lief ihr nur so über das Gesicht und ihre Hände zitterten. Hauptkommissar Peters hatte Mühe, die abgelaufenen Stufen rückwärts zu gehen, und stolperte kurz vor dem Ziel.

»Bleiben Sie jetzt stehen, Sie Vollidiot!«

Peters lag auf den Stufen und schaute fassungslos die Treppen hinauf. Fräulein Schneider stand dort auf Zehenspitzen, mit blutüberströmtem Gesicht. Um ihren Hals hing ein Abschleppseil mit Karabiner, es wurde über denselben Balken geworfen, wie es auch bei Jamila der Fall gewesen war. Am Ende der Leine stand der stark gebaute Anton Konzen, er lachte und machte sich einen Spaß draus, das Seil straff zu ziehen, als die Polizeibeamten die Szene erblickten. Gabriele Konzen stand mit gesenktem Haupt hinter ihrem Onkel und weinte nur noch. Susannes Augäpfel standen weit aus ihren Augenhöhlen raus und starrten nach vorne. Sie rang um Luft und ihr Leben.

»Sie lassen jetzt sofort Frau Schneider herunter. Glauben Sie nicht, dass Sie noch um eine Haftstrafe herumkommen. Für Sie ist das Spiel jetzt vorbei.«

»Was wissen Sie schon! Erbrecht ist nicht verhandelbar und meinen Bruder brauche ich nicht. Er ist so gebrechlich geworden, dass er die Geschäfte unserer Firma nicht mehr lange führen kann«, sagte Anton Konzen.

»Ganz recht, Ihre Schwägerin trägt auch großen Anteil daran.«

»Wie bitte? Haben Sie mit meinem Mann geredet?«,

fragte die erschrockene Gattin.

»Ja, natürlich, mein Kollege hat sich lange mit ihm unterhalten. Er ist auf die Idee gekommen, Ihren Mann mal so richtig untersuchen zu lassen. Dabei ist uns aufgefallen, dass die Quecksilberwerte Ihres Mannes stetig ansteigend sind. Sie mengen Ihrem Mann anscheinend regelmäßig etwas unter das Essen. Die Vergiftungserscheinungen und Reste auf Ihren Kochutensilien werden das schon beweisen. In diesem Moment nehmen meine Kollegen Ihre Küche genauer unter die Lupe. Ach noch etwas, die Fingerabdrücke von Herrn Toprak sowie mehrere DNA-Spuren verschiedener enger Verwandten von Ferdinand Konzen wurden an den Tatorten gefunden.«

Frau Konzen wurde jetzt immer nervöser. Ihre Augen zuckten nicht nur, sie glitten auch im Millisekundentakt umher und fokussierten unkontrolliert mehrere Personen nacheinander. »Sie können mich mal, ich werde euch mitnehmen in mein Verderben!«

»Beruhigen Sie sich und geben Sie mir Ihre Waffe! Es ist vorbei, Sie ändern auch nichts an Ihrer Situation, wenn Sie einen von uns umbringen. Ihre Fingerabdrücke und Ihre DNA sind überall hier verstreut. Es geht jetzt für Sie um nichts mehr, lassen Sie Fräulein Schneider runter.«

Onkel Anton lockerte die Schlinge etwas und Susanne konnte einen tiefen Luftzug nehmen. Sie hustete stark und zog immer hastigere Luftzüge in sich. Frau Konzen hingegen wechselte nun ihre Gesichtszüge, ihr Handeln wurde immer präziser. Der Überraschungseffekt schien nun völlig verraucht zu sein. Sie schrie ihren Schwager wieder an, er solle jetzt nicht schlappmachen, und wies Gabriele an, den Polizisten die Dienstwaffen abzunehmen. Sie fuchtelte auch nicht mehr hektisch mit dem Revolver durch die Gegend, alles schien jetzt ruhiger zu laufen. Gabriele ging verlegen die Stufen runter, sie folgte ihrer Mutter aufs Wort. Dann holte sie noch ein Bündel Kabelbinder aus der Tasche, mit denen sie den Beamten die Hände und Fußgelenke verschnürte.

In diesem Augenblick kamen Nicole und Alex vorgefahren. Sie parkten direkt an der Straße hinter der Bushaltestelle. Sie schlichen die Straße entlang, dann bogen sie auf den kleinen Waldweg ab, der hinter das Haus führte.

»Was meinst du, Alex, wird die Leiter noch im Gebüsch vor dem Treppenhaus liegen?«, fragte Nicole. Wenige Meter später erklärte sich diese Frage von alleine. Sie standen unterhalb des Nebengebäudes und konnten von der Seite in das Treppenhaus sehen. Es fehlten mehrere Steine im Mauerwerk, was ihnen den Blick auf zwei gefesselte Bekannte freimachte. Hauptkommissar Peters und Kommissar Sander waren gut zu erkennen. Einige Blutflecke neben der Leiter, die noch immer an der Fassade lehnte, waren auch gut erkennbar.

»Scheiße, Alex, siehst du das?«

»Natürlich sehe ich das!«

»Was sollen wir jetzt machen?«

»Wir werden nicht direkt da reinstürmen, zuerst werden wir uns im Präsidium melden. Leider haben wir kein Handy, um kurz Bescheid zu geben, aber das brauchen wir auch nicht!«

»Wieso das denn, hast du eine Idee?«

»Ja! Ganz einfach, du läufst auf die Straße und versuchst ein Auto anzuhalten, um kurz 110 anzurufen. Du sagst denen einfach, dass Hauptkommissar Peters verletzt in dieser Ruine auf der Neusser Landstraße 5 in Fühlingen liegt. Ich steige die Leiter hoch und versuche diese Verrückten hinzuhalten.«

»Das ist eine super Idee, Alex, wir werden Susanne retten!«

»Ich hoffe, diese Schweine haben ihr nichts angetan! Ich könnte das nicht ertragen!«

Nicole legte ihm die Hand auf die Schulter und machte ihm Mut. Der Einfall war genial, doch mit einem tödlichen Risiko verbunden. Sie umarmten sich noch einmal kurz, dann lief Nicole los. Sie drehte sich nicht mehr um, ihre Gedanken kreisten um Alex, aber auch etwas um Susanne. Die gesamte Situation ließ sie nicht in Ruhe. Wenn man ihrer Freundin etwas antun sollte, war das ganz klar ihre Schuld. Mit ihrer unbedachten Art hatte sie die Beziehung der beiden in einen Scherbenhaufen verwandelt. An der Straße angekommen, fing sie direkt an wild mit ihren Armen zu wedeln und das erste Auto zu stoppen. Als Erstes kreuzte ein Zweisitzer-Cabriolet, mit einem älteren Herrn am Steuer, Nicoles Weg. Der Mann sah Nicole viel zu spät und reagierte mit einem Ausweichmanöver und Kopfschütteln. Das nächste Fahrzeug war ein dunkelblauer Passat. Am Steuer saß ein Familienvater, der den Ernst der Lage direkt durchschaute. Er hielt an der Bushaltestelle gegenüber von Haus Fühlingen und stieg aus. Nicole erklärte ihm nur das Nötigste, sie bekam umgehend sein Mobiltelefon. Die Nummer der Notrufzentrale war schnell gewählt, sie blieb sachlich und erklärte den Beamten wie besprochen die Sachlage. Eine Streife sollte in weniger als fünf Minuten vor Ort sein, ein Rettungswagen sei ebenfalls unterwegs. Nicole sollte am Handy warten, bis die Einsatzkräfte vor Ort wären. Sie stellte sich mit der Familie aus dem Passat an den Straßenrand und beobachtete das Haus. Es sah so friedlich aus, aber das sollte täuschen. Die Sonnenstrahlen zauberten ein freundliches Gesicht auf die scheinbar gelöste Situation. Wenige Minuten nachdem der Notruf abgesetzt wurde, schreckte Nicole zusammen. Bevor sie das Eintreffen der Streifenbeamten erfahren durfte, kam es zu einer schockierenden Begegnung mit der Angst. Plötzlich, wie aus dem Nichts, hallte ein Schuss über die Straße. Der Knall war so durchdringend wie ein Messerhieb, so scharf wie eine Rasierklinge und doch eine Erleichterung. Sie wartete noch gute fünf Minuten, bis die ersten Sirenen zu hören waren.

Alex drehte sich ab von Nicole und ging auf die Leiter zu, von oben waren Schreie zu hören. Er hatte große Angst, aber ließ sich trotzdem nicht abschrecken. Er kletterte die Leiter bis zur Hälfte hoch und schaute durch einen Spalt ins Treppenhaus. Er sah ein wahnwitziges Schauspiel, welches wohl durch keine ähnliche Situation aus seiner Vergangenheit hätte übertroffen werden können. Die beiden Kommissare saßen gefesselt auf dem Boden, wo sie nichts zur Rettung der Situation beitragen konnten. Seine geliebte Susanne hing an einem martialisch anmutenden Seil an der Decke, wobei ihr nur wenige Zentimeter Bodenkontakt blieben und somit genügend Luft zum Atmen. Gabi stand neben ihrer Mutter und im Hintergrund stand dieser Kellner aus der Wirtschaft von Susannes Oma. Er fokussierte Gabis Mutter, wobei er ihre Waffe nie aus den Augen ließ. Er musste Susanne aus dieser Situation befreien und das Einzige was ihn dazu ermächtigte, war die Waffe, die Gabis Mutter in ihrer Hand hielt. Er musste sie bekommen. Er kletterte weiter die Leiter hinauf und stieg in das Treppenhaus ein. Die Kommissare lagen direkt neben dem Einstieg um die Ecke. Sie erblickten Alex und ließen sich dabei nichts anmerken. Alex kletterte so leise über die Leiter, dass keiner der Entführer etwas mitbekam. Er kauerte sich nervös und verängstigt neben die Treppe zur zweiten Etage. Er wusste, dass es jetzt nur auf ihn ankam. Alex nahm sich einen Stein, der eindeutig aus der Hauswand stammte. »Ein massiver Ziegelstein sollte diese Angelegenheit regeln«, dachte er sich, ohne einen Gedanken an die Konsequenzen zu verschwenden. Er hörte sich die Belehrungen und Beschimpfungen von Frau Konzen an und machte sich bereit. Der beste Zeitpunkt wird über den Erfolg oder die Niederlage entscheiden. Nach einem weiteren Vortrag über die glorreichen Taten ihrer noch so einflussreichen Familie stoppte sie kurz, um Luft zu holen. Alex schwang sich um die Ecke und sprang mehrere Treppen zugleich hinauf. Die Millionärsgattin war völlig mit ihrer Ansprache beschäftigt, sie bemerkte erst, was geschah, als Alex einen guten Meter vor ihr stand. Als sie jetzt die Waffe herumriss, um sie auf Alex zu richten, schlug dieser ihr mit dem Stein vor die Stirn. In dem Moment des Aufpralls löste sich ein Schuss, der neben Hauptkommissar Peters einschlug. Frau Konzen sackte mit einer großen Platzwunde am Kopf in sich zusammen, Gabi fing an zu schreien und stürzte sich auf ihre Mutter. Der

Onkel ließ das Seil los, er musste sich sofort um Alex kümmern. Dieser machte das einzig Sinnvolle, er erfüllte das Ziel seiner Unternehmung und ergatterte den Revolver. Gabis Onkel stand direkt vor ihm, er richtete den Revolver auf dessen Stirn.

»Geben Sie auf, ich nehme jetzt Susanne mit und verschwinde mit ihr!«

»Du wirst mir jetzt den Revolver geben, Junge, dann setzt du dich neben den Kommissar. Du hast nicht den Mumm abzudrücken!«, rief Anton Konzen und ging noch einen Schritt auf Alex zu.

»Ach ja, wie finden Sie denn das?«, Alex spannte den Hahn durch und drückte ab. Er zielte auf das Knie und verwundete Anton Konzen schwer.

Susanne rappelte sich auf, sie löste die Schlaufe und legte das Abschleppseil ab. Als sie die Treppe herabging, hielt sie Gabi an der Hose fest.

»Du Miststück hast mein Leben zerstört!«

»Du hast mir erst gezeigt, was das bedeutet, ein Leben zu zerstören. Ich schwöre euch, ihr werdet bezahlen. Ihr werdet euch für eure Taten vor der Justiz rechtfertigen müssen.

»Schatz, nimm mein Taschenmesser und befreie die zwei Kommissare!« Alex hielt die kriminelle Familie in Schach, Susanne legte sofort los. Sie schnitt die Kabelbinder durch, wobei es jedes Mal eine halbe Minute dauerte. Gabrieles Mutter überwand ihren Schmerz und fing direkt wieder an zu fluchen.

»Herr Kommissar, ich habe eine gute Idee!«

»Sie geben mir jetzt erst einmal den Revolver«, sagte Peters. »Sie hätten uns damit auch treffen können, wissen Sie das!« Peters nahm Alex die Waffe ab, ohne eine Geste der Dankbarkeit. »Sie nehmen jetzt mein Handy und wählen die Notrufnummer. Sagen Sie der Zentrale, dass ein Beamter verletzt wurde, und nennen Sie denen meinen Namen.«

»Das alles ist schon geschehen, bevor ich die Leiter hinaufgegangen bin! Sie lassen mich wieder mal nicht ausreden! Ihre Kollegen sollten in wenigen Minuten hier sein. Wenn Sie diese Gangster im Haus festhalten können, kann ich mit Susanne die Leiter hinabsteigen.«

»Ja, ja! Natürlich, das wäre auch meine Überlegung gewesen. Gehen Sie jetzt und bringen Sie Ihre Verlobte in Sicherheit.«

Susanne und Alex warteten nicht ab, bis der Kommissar ausgesprochen hatte. Sie gingen los, bevor er den Satz vollendete. Noch zittrig ging Susanne vor, sie schaffte es, die rutschige Leiter hinunterzusteigen. Alex kletterte
spürte, trat er umgehend die Leiter um. Jetzt umarmten sich die beiden und küssten sich. Keine Spur mehr von dem Streit, der all das Übel auslöste. Alex zog Susanne jetzt am Arm, sie liefen los. Sie mussten dieses grauenhafte Gelände verlassen. Als sie um die Ecke bogen, sahen sie schon Nicole, die mit einer Familie neben der Bushaltestelle stand. Als sie die Straßenseite wechselten, war es, als würde ihnen

eine schwere Last von den Schultern fallen. Sie waren im Freien, an einer belebten Straße und wieder in Sicherheit. Nicole stand etwas abseits und schaute sehr beschämt auf den Boden.

»Susanne, ich möchte mich entschuldigen. Es ist damals nichts passiert zwischen mir und Alex. Ich habe das mit euch nicht auf dem Schirm gehabt und als wir wieder zurück waren, habe ich das alles akzeptiert. Ihr seid meine Freunde und ich möchte euch nicht verlieren!«

»Ist in Ordnung, Nicole, die Sache ist schon so lange her! Ich habe meine Wahl nie bereut, lasst uns dieses Thema jetzt abhaken.«

»Eins noch, ich liebe dich!« Alex umarmte und küsste Susanne. Als er sie wieder losließ, stand da auch schon Nicole mit Tränen in den Augen. Die beiden Freundinnen umarmten sich ebenfalls und mussten jetzt lachen. Die Sirenen wurden jetzt lauter, es dauerte nur noch eine Minute, bis zwei Streifenwagen auf den Hof von Haus Fühlingen vorfuhren. Alex ging auf die Beamten zu und erklärte ihnen, wo ihre Kollegen zu finden seien.

»Der Einstieg in das Gebäude ist auf der Rückseite! Ihre Kollegen halten dort drei flüchtige Personen fest, die mit Haftbefehl gesucht werden.«

»Wissen Sie zu den Personen Genaueres? Wer hat uns verständigt, waren Sie das?«

»Ja, wir haben angerufen, aber Kommissar Peters hatte die Idee mit dem Notruf. Anscheinend ist ihm die Situation über den Kopf gewachsen. Die drei flüchtigen Personen stehen im Verdacht, den Vater und die Großmutter meiner Verlobten umgebracht zu haben.«

»Ein Kapitalverbrechen! Sind die Flüchtigen bewaffnet?«

»Nein, ich habe ihnen den Revolver abnehmen können. Die beiden Kommissare halten sie mit dieser Waffe in Schach.«

»Wie bitte, das hört sich nach einer unglaublichen Räuberpistole an! Ich bin mal auf den Bericht der Kollegen gespannt, aber das ist jetzt auch nicht wichtig. Gehen Sie auf die andere Straßenseite und warten Sie dort auf uns.«

»Alles klar, Sie müssen noch eine Leiter als Einstieg verwenden. Sie werden das sofort sehen, wenn Sie auf die Rückseite des Gebäudes gehen.«

»Alles klar, wir kümmern uns drum! Gehen Sie jetzt zu Ihren Freunden an der Bushaltestelle.«

Vier Beamte der Kölner Polizei gingen jetzt auf die Rückseite der Ruine, zwei zogen ihre Dienstwaffe. Sie sicherten die Rückseite und gaben den anderen Beamten Rückendeckung. Sander stand schon am Einstieg, er begrüßte seinen Kollegen wie einen Schulkameraden. Sie nahmen diese Einladung gerne an und taten so, als wäre das alles Routine. Ein Krankenwagen fuhr jetzt vor, die Rettungssanitäter stürmten auf einen der Streifenbeamten zu. Zuerst wurde Frau Konzen nach unten begleitet und mit der Eskorte eines Beamten erstversorgt. Ein weiterer Sanitäter kletterte die Leiter hinauf und versorgte die Wunde von Onkel Anton. Gabriele wurde in Handschellen abgeführt und auf den Rücksitz des Streifenwagens gesperrt. Zwei weitere Streifenwagen trafen ein und sorgten für ein klares Übergewicht der Ordnungskräfte vor Ort. Susanne, Nicole und Alex wollten sich jetzt erst einmal von Kommissar Sander und Hauptkommissar Peters verabschieden. Sie überquerten erneut die Straße und gingen wieder auf den Vorgarten von Haus Fühlingen zu. Peters sah die drei Freunde direkt und wandte sich von einem jungen Streifenbeamten ab.

»Fräulein Schneider, Herr Schäfer und Sie sind Nicole, richtig? Lassen Sie mich raten, Sie wollen nach Hause?«

»Ja, Sie brauchen uns doch nicht mehr, oder?«, fragte Susanne.

»Nein, natürlich nicht! Lassen Sie Ihre Wunden gut versorgen und halten Sie Kontakt zu Ihrem Freund, den es in Holland schwerer erwischt hat. Wir erledigen hier erst einmal unsere Arbeit und kommen dann frühestens morgen auf Sie zu.«

»Könnten Sie mich bitte heute Abend nochmal anrufen und mir den Stand der Dinge erzählen? Ich muss wissen, ob sie es wirklich getan haben.«

»Das kann ich gerne tun, aber gehen Sie davon aus, dass diese Familie hinter den Morden steckt. Wir haben DNA-Spuren, die eindeutig auf die Blutsverwandtschaft von Ferdinand Konzen hinweisen und ebenso auf Herrn Toprak. Den Fall Ihres Vaters werden wir separat aufrollen, da er zeitlich zu weit auseinander liegt. Jetzt ruhen Sie sich erst einmal etwas aus und lassen Sie Ihre Kopfwunde versorgen.«

»Danke, das werde ich!«

In diesem Moment kam einer der Sanitäter aus dem Krankenwagen und wollte sich noch kurz Susannes Kopf ansehen. Ein kleiner Riss, direkt neben der Stirn, sollte schnell geklebt sein.

»Kopfwunden bluten immer stark, ich werde Ihnen auch gerne helfen das Gesicht zu reinigen. Setzen Sie sich einfach hier auf das Trittbrett des Krankenwagens, dann versorge ich Sie.«

Der junge Sanitäter öffnete die Seitentüre des Krankenwagens und wollte gerade zu seinen Utensilien, als Frau Konzen ihn zur Seite stieß. Sie hatte eine viel größere Kopfwunde, die im Krankenhaus behandelt werden sollte, aber anscheinend wieder genügend Kraft, um Susanne zu attackieren. Sie hatte ein Skalpell in der Hand und stürzte sich damit auf Susanne.

»Ich schlitze dich auf, du Miststück!«, rief Frau Konzen mit einer durchdringenden, ätzenden Stimme. Sie holte aus und versuchte das Skalpell in Susannes Brust zu schlagen. Hauptkommissar Peters stand noch neben dem Krankenwagen und versuchte nun Susannes Leben zu retten. Zeitgleich mit Frau Konzen nahm er Anlauf und trat sie, kurz bevor das Messer in ihre Brust schnellte, zur Seite. Dabei rutschte ihr das Messer aus der Hand und sie flog wie eine Schaufensterpuppe zur Seite. Ihr schlaffer Körper fiel wie ein nasser Sack um und Hauptkommissar Peters nutzte seine bessere Position, um sie festzuhalten. Zwei weitere Kollegen halfen ihm anschließend. Er legte der Millionärsgattin Handschellen an und brachte sie dann zu einem der bereitstehenden Streifenwagen.

»So, Frau Konzen, das Spiel ist jetzt endgültig aus für Sie. Wenn Sie sich nicht behandeln lassen wollen und vor meinen Augen versuchen Fräulein Schneider etwas anzutun, kann ich nichts mehr für Sie tun. Schönes Leben!«, dann knallte Peters die Türe zu und signalisierte seinen Kollegen, dass sie die Dame ebenfalls abtransportieren können. Susanne bedankte sich höflich und wollte jetzt nur noch weg. Einige Meter weiter stand der Werkstattwagen von Alex.

»Unglaublich, diese alte Kuh hätte mich fast erwischt!«

»Ja und dieser Kommissar stand direkt daneben, wie konnten sie nur Gabis Mutter aus den Augen lassen? Das bleiben Stümper!«

»Ja, du hast Recht, aber danken musste ich ihm trotzdem. Das ist ja nicht seine alleinige Schuld gewesen, ein Beamter sollte auf sie aufpassen. Wo ist der nur hin?«

»Egal, ich freue mich jetzt auf eine heiße Dusche und mein Bett.«

»Könnt ihr mich noch zum Bahnhof fahren?«, fragte Nicole.

Alex hatte Nicole völlig vergessen, er versuchte so höflich wie möglich zu reagieren. »Ja, klar fahren wir dich zum Bahnhof!«

Susanne gab ihrem zukünftigen Gatten einen Ellenbogen vom Beifahrersitz aus, »Du würdest Nicole doch nicht in dieser Situation mit dem Zug zurück nach Aachen fahren lassen? Wir fahren dich, keine Widerrede!«

»Ist in Ordnung, Schatz!«, sagte Alex und bog mit dem Werkstattwagen auf den Zubringer zur A1. Susanne hatte Recht und schien sich wieder vollkommen beruhigt zu haben. Sie nahm ihrer besten Freundin und ihrem Verlobten diesen Ausrutscher nicht mehr krumm, aber das bedeutete nicht, dass die beiden jetzt einen Freifahrtschein gewonnen hatten.

Susanne schaute verliebt Alex an. »Euch behalte ich im Auge, das wird mir nicht mehr passieren«, dachte sie sich.

Nach einer guten Dreiviertelstunde Fahrt fuhr Alex vor dem Studentenwohnheim vor. Er parkte und nahm Nicoles Koffer.

»Alex schleppt dir bestimmt noch den Koffer hinauf«, sagte Susanne und zwinkerte ihrem Liebsten zu.

»Natürlich, kein Problem!«

Die drei gingen über den Parkplatz, die Türe des Treppenhauses stand auf und Nicole sah anschließend ihren Briefkasten durch. Keine wichtigen Vorladungen oder Briefe. Sie gingen weiter am Gemeinschaftsraum vorbei, als sie schon fast auf der Treppe standen, rief eine bekannte Stimme zu ihnen rüber.

»Hi, wartet mal! Wie war das Wochenende?«, fragte Annika, die anscheinend gerade erst aus Hamburg zurück war.

»Absolut grausam! Hattest du mal mit Gabi telefoniert am Wochenende?«

»Sicher, es ging ihr doch gut bei euch, oder? Sie hat mir nur das Beste über euch erzählt.«

»Weißt du, es ist herausgekommen, dass Gabi und ihre Mutter meine Familie auf dem Gewissen haben. Du kannst nichts dafür! Sie ist mir schon lange auf den Fersen gewesen und hat mich versucht zu töten.«

»Ach du arme kleine Prinzessin«, Annika lächelte hämisch und ging an den dreien vorbei. Sie rempelte Susanne an und flüsterte ihr ins Ohr. »Du hast vergessen unseren Onkel und Emre zu erwähnen! Meine Cousine ist was Besseres als du!« Sie zwinkerte ihr zu und ging schnell weiter.

»Habt ihr das gehört?«

»Was denn?«, fragte Nicole.

»Annika hat gesagt, dass sie eine Cousine von Gabi gewesen ist und dass ich in meiner Story ihren Onkel sowie Emre vergessen habe! Die ist ein Teil dieser Bande!«

»Scheiße«, rief Nicole.

»Vielleicht war sie auch in Holland und ist mit ihrem eigenen Auto nach Hause gefahren«, stellte Alex fest.

Sie gingen weiter und standen jetzt im Treppenhaus vor dem Fenster zum Parkplatz, auf der Rückseite. Als sie hinaussahen, konnten sie beinahe ihren Augen nicht trauen. Annika stieg in eine Limousine mit auffällig großen Felgen und verdunkelten Scheiben. Ein großer Kerl mit einer Rockerkutte stieg auf der Fahrerseite ein. Annika senkte ihre Fensterscheibe und grüßte nett die drei fassungslosen

Freunde am Fenster im Treppenhaus des Studentenwohnheims. Dann schloss Annika wieder die Fensterscheibe, das Auto setzte sich in Bewegung.

»Wo im Haus haben eigentlich Annika und Gabi gewohnt?«, fragte Alex.

»Die hatten mir erzählt, sie wohnen in der dritten Etage in Zimmer 303.«

»Lasst uns da nachsehen«, rief Susanne.

Sie gingen die zwei weiteren Etagen hinauf und standen kurze Zeit später vor Zimmer 303. Leider mussten sie feststellen, dass es sich um die Besenkammer handelte. Sie wurden auf eine falsche Spur geführt und mussten die Kommissare benachrichtigen. Die drei rannten zu Nicoles Zimmer und schlossen Alex' Handy an ihr Ladekabel an. Er fuhr sein Handy hoch und wählte die Telefonnummer von Hauptkommissar Peters. Dieser hob sofort ab und meldete sich freundlich. Alex erklärte ihm die Sachlage, »Diese Annika ist eine Cousine von Gabriele Konzen und eventuell an der Sache beteiligt. Sie hat uns gerade verspottet und ist mit einem Rocker in einer Limousine mit Kölner Kennzeichen weggefahren. Eigentlich wollte sie über das Wochenende in Hamburg bei Freunden sein, doch jetzt treffen wir sie zufällig im Studentenheim. Sie wusste anscheinend alles.«

»Wir werden das überprüfen, Herr Schäfer, aber was machen Sie in Aachen? Fahren Sie bitte wieder nach Hause und erholen Sie sich etwas. Ich melde mich sofort, wenn ich etwas Neues weiß.«

»Das hoffe ich doch! Sie versprechen mir jetzt, dass Sie mich auf jeden Fall anrufen werden!«

»Herr Schäfer, bitte beruhigen Sie sich, ich melde mich so schnell, wie es geht, und jetzt ab nach Hause.«

Alex verabschiedete sich und fuhr mit Susanne wieder nach Chorweiler. »Endlich nach Hause kommen«, dachte er. Susanne schlief schon auf dem Beifahrersitz. Die Rückfahrt kam ihm schneller vor als die Fahrt nach Aachen, in nur fünfunddreißig Minuten erreichte er den Garagenhof ihrer Wohnanlage. Sie stellten das Auto auf ihrem Stellplatz in der Tiefgarage ab und schleppten sich zur Haustür. Wie der Zufall es wollte, stand Jamilas Cousin vor der Post auf der gegenüberliegenden Straßenseite. Er nickte kurz und machte einen bedauernden Gesichtsausdruck, Alex winkte zurück und öffnete die Tür zum Treppenhaus. In ihrer Wohnung angekommen, wartete das Chaos auf sie. Die Polizei hatte die Wohnung intensiv untersucht und natürlich nicht aufgeräumt. Alles lag immer noch verstreut herum, kein Buch stand mehr im Regal.

»Schatz, lass uns das ignorieren! Ich bin zu kaputt, um jetzt aufzuräumen.«

»Du glaubst doch nicht wirklich, dass ich jetzt anfangen wollte aufzuräumen. Ich brauche eine Dusche und du musst mir helfen, meine Kopfwunde abzudecken.«

»Kein Problem, Schatz, ich stelle die Reisetasche fürs Erste einfach ins Arbeitszimmer, O. K.!«

»Mach das!«

Alex umsorgte Susanne mit besonderer Aufmerksamkeit. Er kochte Tee und legte ihr eine Decke in den Balkonstuhl. Dann kümmerte er sich direkt um die Verpackung der Wunde. Susanne konnte jetzt beruhigt duschen gehen. Kurze Zeit später klingelte Alex' Handy, die Telefonnummer von Hauptkommissar Perters leuchtete im Display auf. Er erklärte Alex, dass die Beweislage für die Familie Konzen absolut erdrückend gewesen sei. Die gesamte Familie ist in den Mord verwickelt, sogar Emre Toprak hat direkt ein umfassendes Geständnis abgelegt. Der Fall, der die Beamten so lange im Dunkeln tappen ließ, löste sich an einem Wochenende. Lediglich die Rollenverteilung des mörderischen Quartetts ist noch nicht vollständig geklärt. Wer ermordete wen und wer ist der Kopf des Komplotts? Dann brachte Alex Annika ins Spiel.

»Wir haben das Alibi von Frau Annika Meinert, der Cousine von Gabriele Konzen, noch nicht vollständig überprüfen können, aber bis jetzt sprechen alle Verdächtigungen gegen ihre Beteiligung. Die Hauptschuld trifft wohl Anton Konzen, der wohl den Mord an Susanne Schneiders Vater und auch den an Jamila K. zugegeben hat. Frau Konzen hingegen verdächtigen wir als Drahtzieherin, außerdem steht sie noch im Verdacht, ihren Mann langsam vergiftet zu haben. Gabriele scheint, wie ihr Freund, nur eine helfende Hand gewesen zu sein. Das mildert ihre Haftstrafe, ändert aber nichts an ihrer Schuld Ihnen gegenüber.«

»Danke für Ihre ausführliche Information, wie geht es denn jetzt weiter?«

»Alle dringend tatverdächtigen Personen sitzen in Untersuchungshaft, die Anklageschrift wird jetzt die Staatsanwaltschaft vorbereiten. Bis zur Anklage und der Verhandlung kann oft ein Jahr vergehen. Die Staatsanwaltschaft wird Sie in den nächsten Wochen ansprechen oder vielleicht sogar für eine weitere Befragung vorladen. Keine Angst, es ist jetzt überstanden! Sie sind frei und müssen sich vor niemandem mehr verstecken.«

Kapitel 12

Ein Jahr, zwei Monate und drei Tage später.

Alains Wunden waren lange verheilt, einzig an Tagen mit stark schwankendem Luftdruck spürte er seine Narbe. Maite ging es auch prächtig, da ihre Hochzeit nun knapp bevorstand. In derselben Nacht im Krankenhaus hatte ihr Alain einen herzzerreißenden Heiratsantrag gemacht. Kurze Zeit später verlobten sie sich offiziell und verkündeten stolz ihren Heiratstermin der Verwandtschaft.

Nicole konnte mit den Wochen des Schreckens gut abschließen. Ihr half später der gutaussehende Sportstudent, den sie einst vor der Dusche getroffen hatte. Alex spielte keine Rolle mehr und der Kontakt zu Susanne ebbte allmählich ab. Maite und Alain hingegen verbrachten immer mehr Zeit mit den beiden.

An dem letzten Verhandlungstermin in der Mordangelegenheit von Familie Schneider, vor dem Kölner Landgericht, wurden gestern harte Urteile gesprochen. Anton Konzen und Emre Toprak wurden zu zweimal lebenslänglich ohne anschließende Sicherheitsverwahrung verurteilt. Gabriele und ihre Mutter bekamen jedoch nur einstellige Haftstrafen, wobei in Gabis Fall diese auf Bewährung ausgelegt wurde. Eine Mittäterschaft von Annika Meinert konnte nicht nachgewiesen werden, wobei sie in denselben Rockerkreisen wie auch Gabriele verkehrte. Das dieses Verbrechen unter anderem auch mit

Schutzgeld und Erpressung zu tun haben könnte, stand außer Frage. Susanne und Alex waren an allen Verhandlungstagen anwesend, sie amüsierten sich heimlich über die Niederlage ihrer Peiniger. In der Zeit nach den Verbrechen hatten sie viel Mühe, ihre Ängste unter Kontrolle zu halten und die schrecklichen Erlebnisse zu verarbeiten. Es dauerte Wochen, bis sich Susanne überwinden konnte den zuständigen Notar aufzusuchen, um ihre Erbangelegenheit ein für alle Male zu regeln. Alles ging dann erstaunlich schnell, Vermögenswerte wechselten die Konten und mehrere große Wohnimmobilien bekamen neue Grundbucheinträge. Sie hatte jetzt nicht nur genügend Geld, sondern auch Verantwortung über einige Mieter und viele Angestellte der Reuters Getriebewerke. Die Geschäftsführung überließ sie einer Kanzlei für Unternehmensberatungen und federführend Helmut Reuters, der endlich in die Belange der Unternehmensführung eingreifen durfte. Susanne und Alex kauften sich unabhängig ihrer eigentlichen Vermögenswerte ein kleines, unscheinbares Haus mit Hofanlage in Fühlingen. Ihre Wirtschaft lag nur eine Straße weiter und Alex bekam eine Werkstatt in der Scheune eingerichtet. Er spezialisierte sich auf die Rekonstruktion wahrer Techniklegenden und verdiente sich damit ein enormes Taschengeld. Susanne verpachtete die Wirtschaft weiter und verwaltete die Wohnimmobilien mit großer Sorgfalt. Ihr Leben änderte sich kaum, aber ihre Lebensumstände veränderten sich enorm. Nun war Zeit für eine Zukunft mit unverhofften Möglichkeiten.

Haus Fühlingen wird aktuell begutachtet und sollte in nächster Zeit den Status »erhaltenswert« verlieren. Ein

Abriss würde Susanne und Herrn Kilian sehr gefallen.

Nach den Ereignissen am See und im Haus trafen sie sich sogar auf einen Kaffeeklatsch.

Annika Meinert nahm an den letzten Verhandlungstagen nicht teil, sie wanderte mit ihrem Verlobten, einem Rocker, in die Vereinigten Staaten aus.

Ferdinand Konzen erlebte wenige Tage nach der Inhaftierung seiner Frau einen Jungbrunneneffekt. Er wurde wieder völlig gesund und öffnete einen Monat später eine Gemeinschaftskanzlei mit einem Golfbruder.

Die Schrecken waren überstanden, doch berichten immer noch einige Anwohner, die abends an Haus Fühlingen vorbeigingen, von einem Licht im ersten Stock des Herrenhauses. Dort sollte ein Spiegel hängen, der das Licht der Straßenlaterne reflektiert.

Epilog

Die Ehrfurcht vor der Vergangenheit und die Verantwortung gegenüber der Zukunft geben fürs Leben die richtige Haltung.*

Zitat: Dietrich Bonhoeffer, † 9. April 1945 KZ Flossenbürg

Dieses Zitat beschreibt die Lehre, die man aus diesem Buch ziehen sollte. Eine funktionierende Gesellschaft sollte die Lebenseinstellung der Hauptdarsteller widerspiegeln. Toleranz und Rücksicht sind dabei der Schlüssel zum friedlichen Miteinander.

Ein gutes Beispiel für den Amtsmissbrauch nach Ende des Zweiten Weltkriegs zeigt der Auschwitz-Prozess vor gut fünfzig Jahren. In der Regierungszeit von Konrad Adenauer bekleideten viele Parteimitglieder der NSDAP hohe Positionen in Amt und Würden. Der anklagende Staatsanwalt Fritz Bauer erhielt während des gesamten Prozesses Morddrohungen, da viele Weggefährten dieser angeklagten Schergen um ihre Position bangen mussten.

Schaut euch mal um und fangt an zu recherchieren. Welche Verbrechen wurden in eurer direkten Umgebung, im letzten Jahrhundert, verübt? Ihr werdet sehr überrascht sein über das, was damals alles geschehen konnte. Die Stolpersteine des Künstlers Gunter Demnig werden euch den Weg bereiten

Stolperstein des Künstlers Gunter Demnig

Danksagung

Bedanken möchte ich mich bei meiner Frau Eva sowie ihren Schwestern Gosia und Magda für die intensive Hilfe bei der Fertigstellung dieses Werkes. Weiter bedanken möchte ich mich herzlich bei meiner Mutter, die eine Skizze des Fühlinger Sees erstellt hat.